GABRIELLA
SANTOS DE LIMA

flaming CLOUDS

DER HIMMEL IN DEINEN FARBEN

Roman

W0265307

PIPER

Mehr über unsere Autoren und Bücher:
www.piper.de

Wenn Ihnen dieser Roman gefallen hat, schreiben Sie uns unter Nennung des Titels »Flaming Clouds – Der Himmel in deinen Farben« an *empfehlungen@piper.de*, und wir empfehlen Ihnen gerne vergleichbare Bücher.

Von Gabriella Santos de Lima liegen im Piper Verlag vor:
Above the Clouds:
Band 1: Flaming Clouds – Der Himmel in deinen Farben
Band 2: Endless Skies – Die Welt zwischen deinen Worten
Band 3: Shining Stars – Die Sterne auf deiner Haut

Das Zitat auf Seite 232 stammt aus:
Stefana Sabin, *Andy Warhol.* Rowohlt, Reinbek 1992.
Das Zitat auf Seite 399 stammt aus:
Lewis Carroll, *Alices Abenteuer im Wunderland* (Reclams Universal-Bibliothek), Philipp Reclam jun. Verlag, Stuttgart 1999.

FSC
www.fsc.org
MIX
Papier aus verantwortungsvollen Quellen
FSC® C083411

ISBN 978-3-492-06251-0
© Piper Verlag GmbH, München 2021
Redaktion: Friedel Wahren
Satz: psb, Berlin
Gesetzt aus der Freight
Druck und Bindung: CPI books GmbH, Leck
Printed in the EU

Für R

Saudade.

Wie Ever.

Irgendwie immer.

Art is never finished,
only abandoned.

– *Leonardo da Vinci*

Playlist

How Big, How Blue, How Beautiful von Florence + The Machine
Wolves von Phosphorescent
Famous Blue Raincoat von Leonard Cohen
Baby Behave von Fil Bo Riva
There Is a Light That Never Goes Out von The Smiths
AA von The Neighbourhood Watch
Take Care von Florence + The Machine
Two Weeks von Grizzly Bear
Paris von The 1975
Conrad von Ben Howard
Beneath the Surface von Demons of Ruby Mae
St Jude von Florence + The Machine
17 von Youth Lagoon
American Boy von Kraków Loves Adana
Blinding von Florence + The Machine
Demon Host von Timber Timber
Pale Blue Eyes von The Velvet Underground
Dreaming of You von Cigarettes After Sex
The End of the Affair von Ben Howard
Looking Too Closely von Fink
Asleep von The Smiths
Not The Same Anymore von The Strokes
Colors von Halsey
Depth Over Distance von Ben Howard
Skinny Love von Bon Iver
Trees von Twenty One Pilots

Rote Wolken

Es war Ende Dezember. Und es passierte an einem Montag. Montag, der Dreißigste. Der letzte Wochenbeginn des Jahres, das bloß angefangen hatte, um vorüberzugehen. Damit ich Tag für Tag in meinem Kündigungskalender mit einem Kreuz abhaken konnte, das laut Lilah nur jeweils vierundzwanzig Stunden Warten bedeutete. Wie ein Leben, das ich auf Pause gestellt hatte. Und das wäre Mist, weil ich doch schon so viele Kreuze gemalt hätte. Tausendsiebenundsechzig, um genau zu sein. Vielleicht hatte meine Freundin recht. Vielleicht auch nicht. Wenn ich ausrechnete, wie viele Tage noch bis zum ersten September fehlten, war das kein Warten. Das war Leben in seinen träumerischsten Farben, mit meinem wild pulsierenden Herzen, das sich dann so anfühlte, als höbe es ab. Hoch, höher und immer weiter in den Himmel, bis es nicht mehr zu erkennen war.

An diesem Montag stand ich unter roten Wolken, als

ich ihm begegnete. Drei unendliche Ewigkeiten lang betrachtete er die Zeichnungen vor sich. Völlig verträumt. Was für ein Idiot, dachte ich, aber genau dort, dort in Heathrow, mit aufsteigenden Fliegern in den Ohren und den müden Gedanken im Kopf, passierte es.

Kapitel 1

Olivia

Noch 246 Tage

Meine beste Freundin Lilah marschierte mit einer Mission auf mich zu. Das erkannte ich an ihrem Gang, zielorientiert und bestimmt, wie eine Art Soldatin auf Pumps. Gekonnt erkämpfte sie sich den Weg durch den Flughafendschungel, die königsblaue Uniform war dabei ihre undurchdringliche Rüstung.

Bevor sie mich erreichte, blinzelte ich mir selbst im schwarzen Laptopbildschirm entgegen. Unendlich dichtes Haar, Sommersprossen und todmüde Augen. Hellwach, dachte ich.

»Ich wusste, dass du hier bist«, sagte sie.

»Weil ich es dir geschrieben habe, Sherlock.«

Lilah brauchte keine Einladung, um sich mit ihrem Coffee to go an meinem Tisch niederzulassen. Das Starbucks im Terminal 3 war so gut besucht wie immer. Bunte Reisetaschen, umherrennende Kinder und Touristen, die sich bei veganem Bananenbrot in fremden Sprachen unterhielten. Ich, die in den letzten zweiundneunzig Minuten Worte getippt hatte, um sie gleich darauf wieder zu löschen. Jetzt auch Lilah, die den schwarzen Bambusbecher zwischen den Fingern fest umklammerte. Ein Weihnachtsgeschenk ihres Bruders Dean, bedruckt mit bunten Glitzersprenkeln und der Konstellation ihres Sternzeichens. Zwilling, immer unterwegs, kreativ und unruhig.

»Was hasse ich mehr, als in Uniform mit der Piccadilly Line nach Heathrow zu fahren?«, fragte sie und nahm einen Schluck von ihrem Kaffee.

»In Uniform mit drei Busumstiegen nach Heathrow zu fahren, weil die U-Bahn-Fahrer streiken.«

»Das war zu einfach.« Sie deutete augenrollend auf meinen Laptop. »Wie viele Versuche gibst du mir? Drei?«

»Wir wissen beide, dass du nur einen brauchst.«

»Du hast an dem Motivationsschreiben für das Emilia-Graham-Stipendium gearbeitet«, sagte sie und meinte damit die leere Worddatei namens *Green_Olivia_Herkunft*, an der ich verzweifelte. »Natürlich brauche ich nur einen Versuch. Wieso solltest du auch sonst nach einem Nachtflug hier sitzen? Ist ja nicht so, als hätten wir eine Wohnung in Shoreditch. Du weißt schon, dort, wo dein Bett steht und Mister Gegenüber seinen One-Night-Stands keine Privatsphäre in Form von Jalousien gibt.«

Bei dem Wort *Bett* pochte es mir in den Schläfen.

Zusammen mit June waren Lilah und ich nicht bloß die engsten Freundinnen und Flugbegleiterinnen bei LondAir, sondern auch Mitbewohnerinnen. Wir hatten ein gemeinsames Zuhause, ein Altbau in der Swanfield Street, drei Zimmer, eine Wohnküche, vierundsiebzig Quadratmeter voller Pflanzen und Chaos.

»Ich bin um zwölf von Porto gelandet«, murmelte ich. »Geplante Landung war kurz nach neun, aber wir hatten über drei Stunden Verspätung und –«

»Drei Stunden? Krass. Trotzdem erklärt das nicht, wieso du noch hier bist. Selbst wenn du nach deiner halben Nachtschicht unbedingt an diesem Aufsatz arbeiten willst.«

Mit einem tiefen Atemzug griff ich in meiner Tasche nach Sam der Zweiten, die so wie ihre Vorgängerin auch ein mittelgroßes Smythson-Modell war. Beweise waren immer besser als Ausreden, also schlug ich die Seite des heutigen Tages auf.

Stipendiumaufsatz beginnen und Nachhilfestunde vorbereiten.

»Wenn ich jetzt nach Hause gehe, ist meine Disziplin im Eimer, und ich schwöre meinem Bett, dass ich es nie wieder verlasse. Vielleicht meine ich es dann sogar ernst. Egal, ob ich die Punkte auf meiner Liste abgearbeitet habe oder nicht.«

Und das ging nicht.

Und das wusste Lilah.

Natürlich fand sie es wahnsinnig, dass ich vier Monate vor Einsendeschluss mit dem Aufsatz begann. Aber sie fand es auch ziemlich verrückt, dass ich Primzahlen vor mich hinmurmelte, wenn ich nervös war. »Livy, Livy, Livy …«, sagte sie dann, mein Name in dreifacher Wiederholung, verpackt in einem tiefen und ratlosen Seufzer.

Livy, Livy, Livy ...

Was machst du hier? Du bist nicht hellwach.

Lilah war nicht die Einzige, die meinen Namen so eindringlich wiederholen konnte. Diese Stimme in meinem Kopf war das Schlimmste nach den wachen Nächten. Egal, ob ich einschlafen wollte oder den wichtigsten Aufsatz meines Lebens schreiben musste. Klar war ich nicht hellwach. Ich war endlose Schlaflosigkeit auf zwei Beinen und ein Zombie mit schnell pochendem Herzen, weil Herzen manchmal rasten, wenn Körper zu wenig Schlaf bekamen.

»Schau nicht so.« Ich tätschelte Lilah den Handrücken. »Noch zweihundertsechsundvierzig Tage, dann ist alles vorbei.«

»Du bist so verrückt.«

Ihre Lippen verzogen sich zu einem Lächeln. Eigentlich brauchte Lilah bloß mit den Mundwinkeln zu zucken, damit in ihrem Gesicht die Sonne aufging. Wie ferngesteuert begannen selbst ihre Ohrläppchen zu strahlen, und alles ringsum wurde heller. Wenn man ihr direkt gegenübersaß, wurde einem sogar wärmer. Nur jetzt war ihr Lächeln nicht ganz so breit, denn es hing schief.

Ich war so in Gedanken versunken, dass ich fast nicht bemerkte, wie sie mir Sam aus der Hand nahm und nach einem Kugelschreiber in ihrer Tasche fischte. In Rekordgeschwindigkeit kritzelte sie ein paar Zeilen in den Kalender und schob ihn mir wieder hin. Kritisch beäugte ich das Geschriebene.

Ich werde nach Hause gehen, schlafen und mir, wenn ich aufwache, eine Liste mit Neujahrsvorsätzen erstellen, die nichts mit meinen großen Plänen zu tun haben. Spontan sein, wild sein, frei sein. Skinny Dipping. Mich auf ein Abenteuer begeben. Einfach so an den Strand fahren. Menschen nicht immer gleich wegstoßen. Lilah mindestens einmal am Tag für ihre grandiosen Vorschläge danken.

»Skinny Dipping? Abenteuer? Einfach so an den Strand fahren?«, las ich mit zusammengezogenen Brauen laut vor.

Noch während ich die Worte überflogen hatte, war sie aufgestanden.

»Was auf deiner To-do-Liste steht, ist Gesetz, schon vergessen?« Sie strich sich die Hose glatt. »Natürlich ist es sehr klischeehaft. *Achtung, Achtung, Pathosalarm!* Das würde mein Dozent jetzt sagen, aber es sind Semesterferien. Also ... Übrigens würde ich *wirklich* gern mit dir die Vorsätze ausdiskutieren, wenn ich nicht losmüsste. Hinterher komme ich noch zu spät und erhalte ein herzallerliebstes Feedback von dem Kabinenchef.« Sie unterdrückte ein weiteres Augenrollen. »Vielleicht hilft dir June, wenn sie noch nicht bei ihrem Dad ist. Sonst seht ihr euch ja morgen auf dem Flieger.«

Statt meiner Freundin zu antworten, starrte ich ihre Notizen weiter an. »Skinny Dipping«, wiederholte ich angeekelt.

»Du musst es ja nicht wörtlich nehmen.« Sie musterte mich erwartungsvoll. »Was ist? Bekomme ich zum Abschied keine Neujahrsumarmung? Das ist doch das Mindeste, nachdem ich nach dir gesehen habe.«

»Du wolltest mir deine Neujahrsvorsätze aufdrücken.

Das war deine Mission. Hab ich übrigens schon an deinem Gang bemerkt. Außerdem ist Neujahr erst übermorgen.«

»Na und? Komm schon, umarm deine beste Freundin zum letzten Mal in diesem Jahr!«

Lilah lachte diesmal völlig sorglos und gar nicht schief, da war sie wieder, die Mittagssonne in ihrem sonst so blassen Gesicht. Als ich mich erhob, quietschten die Stuhlbeine.

»Du siehst schrecklich müde aus«, hauchte sie mir ins Ohr und drückte mich an sich. »Wie die gesteigerte Version eines Zombies.«

»Nein«, sagte ich ganz ernst. »Ich bin hellwach.«

»Wie viele Tage musst du dir die Lüge noch selbst glauben?« Lilah löste sich schnaubend von mir.

Es war immer etwas seltsam, sie in ihrer LondAir-Version zu beäugen. Eigentlich trug sie nur Schwarz auf Schwarz in Form von zerrissenen Hosen mit ausgewaschenen Shirts ihrer Lieblingsbands. Kings of Leon, Giant Rooks, The Kooks. Kopfhörerschnüre und zerfranste Jutebeutel anstelle von Perlenohrringen und des Namensschilds. Als wäre sie außerhalb des Flughafens immer verspätet auf dem Weg zu einer Vorlesung und beherbergte keinen Koffer mit zig verblassten Aufklebern neben dem Jackett in ihrem Zimmer.

»Zweihundertsechsundvierzig Tage«, flüsterte ich und widerstand dem Drang, mit dem Finger über die schwarze Tinte auf meinem Handgelenk zu fahren.

In zweihundertsechsundvierzig Tagen werde ich gekündigt und in Oxford angenommen sein. In zweihundertsechsund-

vierzig Tagen wird es nur noch mich und meine Zahlen geben. Das Eulersche E, die Kreiszahl Pi, alle Brüche, alle Wurzeln, kein Gefühl von plötzlicher Taubheit mehr, das mich manchmal einfach überrennt. Endlich.

Später würde ich mich detailgetreu an diesen Moment erinnern. Das Wasserschlauchzischen der Kaffeemaschinen und das aufgerissene Zuckerpäckchen auf dem benachbarten Tisch. Wie ich Lilah nachsah, bis sie mit der Flughafenhektik verschwamm. Eine Flugbegleiterin am Boden, anziehend, bevor sie aufstieg. Ich würde mich haargenau an die unterdrückte Erschöpfung erinnern, mit der ich mich wieder hinsetzte und die eingegangene Mail schließlich bemerkte.

Evergibson@gmail.com, bestimmt Spam oder Werbung, in jedem Fall lästig und löschbar. Tja. Nicht ganz.

Ever Gibson
An: olivialgreen@gmail.uk
Betreff: *Wichtig*

Liebste Olivia,
ich sende dir anbei einen Link, der dich interessieren könnte.
Liebste Grüße!
E

Vierzehn Worte, ein Buchstabe, eine Abkürzung. Mit gerunzelter Stirn erkannte ich, dass der Link mich auf eine Dozentenwebseite der Stanford führte. Robert Gibson, Professor für theoretische Astrophysik und Kosmologie, Anfang vierzig und lächelnd. Mit dem Hemd und dem markanten Brillengestell schien er so professionell und kompetent. Alles an ihm schrie förmlich Privatuni hoch tausend. Seine Augen waren das Anziehendste. Tief und dunkel wie schwarze Löcher in einem gebräunten Gesicht.

Ich überflog die Biografie, vorbei an wissenschaftlichen Publikationen und hochgestochenen Worten. Bachelor in Stanford, Master in Cambridge, ausgezeichnet mit dem Bruno-Rossi-Preis 2009. Selbst seine fundamentalen Forschungsinteressen waren aufgelistet.

Woraus besteht das Universum?

Welche physikalischen Gesetze regeln die Gesetze des Universums?

Tief einatmend beäugte ich das Foto erneut. Masse, Drehimpuls und elektrische Ladung, Eigenschaften von klassischen schwarzen Löchern. Sommersprossen, Möchtegerneinsteinfrisur und ein undeutbarer Blick, Eigenschaften von Robert Gibson. Ein sonnenmassenschweres Phänomen und ein Mensch. Beides Gravitationsfallen, die alles auf ihrem Weg verschlangen.

Ich schloss das Tab so schnell, als könnte ich mich in verbogener Zeit verlieren, starrte ich dem American Boy länger ins Gesicht.

Noch in derselben Sekunde piepte es mir im linken Ohr. Mein Stresstinnitus. Ich hätte einfach ein emotionales Ohr, hatte die Ärztin vor Jahren mal gemeint.

Emotionales Ohr, taubes Herz, dachte ich manchmal.

Kapitel 2

Nick

Nach 893 Tagen

Wir trafen uns um drei. Scott, Chester, Remy. Und ich. Scott und Chester waren schon da, als ich das *Rascal* im Terminal 3 erreichte. Die Flughafenbar war das Lieblingslokal unter meinen Kolleginnen und Kollegen in ganz Heathrow. Mit dem Mitarbeiterausweis gab es zwanzig Prozent auf die gesamte Karte, die dunklen Wände und das gedämpfte Licht im Innern wirkten beruhigend auf Augen und Nerven. Vor allem nach Zwölf-Stunden-Schichten in der grellen Beleuchtung einer Flugzeugkabine. Statt des ständigen Rauschens und der verzerrten Funkstimmen hörte ich nun die Musik aus den versteckten Lautsprecherboxen. Nichts Schnelles und ja nichts Drängendes. Nur angenehme Hintergrundklänge, passend zum Feierabend, den man ausklingen ließ.

»Nick, Mann, da bist du ja endlich!«

Chester winkte mir breit lächelnd zu. Er trug einen dunklen Sweater über dem Hemd, an seinen Füßen glänzten die ledernen Schnürschuhe. Blitzblank poliert sahen sie genauso neu aus wie meine eigenen.

»First Officer Saint James hat es endlich zu uns geschafft.« Scott hob seine weiße Tasse, während ich mich auf dem Stuhl ihm gegenüber niederließ.

»Gut erkannt, First Officer Porter.«

»Vielen Dank, First Officer Pike.«

»Ihr seid echt bescheuert.« Ich rollte mit den Augen, aber eigentlich meinte ich es nicht ernst.

First Officer. Keine Ahnung, wie lange meine Freunde und ich davon geträumt hatten, die zwei Worte auf unseren Namensschildern zu haben. Natürlich war es affig, wie wir hier saßen, vor uns hin witzelten, lachten, Heißgetränke bestellten, weil es zu früh für Bier war, und Remy mit »Na, hallo, First Officer Crawford!« begrüßten, als auch er mit seinem Trolley auf uns zukam. Wir erzählten vom Fliegen, diskutierten über unsere Lieblingsdestinationen, die besten Hotels auf der Strecke, über das Pilotenleben im Ganzen und fragten uns, ob es so war, wie wir es uns vorgestellt hatten. Dabei hoben sich die Stimmen meiner Freunde so, als würden sie mit vibrierenden Triebwerken starten.

Aber irgendwie war es auch nicht affig.

Wir hatten uns das verdient. Zwei Jahre lang hatten wir uns zu Linienpiloten ausbilden lassen. Viel Arbeit und viel Angst, die wir meistens verheimlicht hatten, weil die meisten von uns doch harte Kerle waren, die bei Dating-Apps *happy pilot to be* in ihr Profil schrieben.

Seit drei Monaten hatten wir unseren Final Check hinter uns. Seit drei Monaten trugen wir die drei Streifen an den Ärmeln unserer Jacken und flogen auf dem rechten Sitz im Cockpit durch Europa. Seit drei Monaten hatten wir uns treffen wollen. Und endlich hatte es geklappt. Chester war vor einer guten Stunde von Palma gelandet, und Scott kam von einem schnellen Genf Turnaround. Remy hingegen würde in knapp eineinhalb Stunden die Crew seines heutigen Romflugs im FOC begrüßen. FOC war unsere gängige Kurzversion für das Flight-Operation-Center, das Gebäude neben dem nördlichen Flughafenausgang, wo jeder unserer Arbeitstage begann. Auch ich hatte letzte Nacht nicht in meinem Bett geschlafen, sondern in Oslo übernachtet.

»Wir leben nicht nur einen Traum«, sagte Scott. »Wir leben einen Traumjob.«

Daraufhin nickten alle. Pilot zu sein, das war nicht bloß ein Traumberuf, das war eine echte Berufung, für die man geboren wurde. Grenzenlose Freiheit und ewiger Weltenbummler, das Pilotendasein enthielt alles und mehr.

»Wenn …« Remy fuhr sich mit der Hand über das Gesicht. Seine Augen waren müde, leuchteten aber. Das machte das Fliegen aus dir. Du warst todmüde und todglücklich zugleich. »Wenn ich mir vorstelle, nie mehr fliegen zu können, wird mir ganz anders. Ich glaube, wenn ich wirklich nie wieder fliegen könnte, würde ich sterben.«

Mein Freund klang so ernst, dass niemand eine Antwort darauf wusste. Bis Scott die Stille mit einem Räuspern brach und die weiße Tasse hochhielt.

»Auf das Fliegen!«, rief er, ganz ernst, ganz sicher und fast feierlich.

»Auf das Fliegen«, wiederholten wir und hoben unsere Heißgetränke.

Keine Ahnung, ob jemand das Zittern in meiner Stimme hörte.

Kapitel 3

Olivia

Vier kribbelnde Gliedmaßen, sonnenmassengroße Gedanken an Robert Gibson, jeweils ein rasendes Zombieherz und ein todmüder Körper. *Mein* total fertiger Körper. Okay, na schön. Ich war ohne Frage nicht hellwach.

Als mein Handy um 16:34 Uhr mit einer Nachricht von Mrs Murphy vibrierte, sah ich das ein und legte den Stift beiseite. Jasons Mum, die Mutter eines meiner Nachhilfeschüler, fragte mich, ob ich morgen eine Extrastunde dazwischenschieben könne. *Jason kann wirkliche jede Ihrer Stunden gebrauchen, wegen der Versetzung, Sie wissen schon,* schrieb sie. Ich fuhr mir mit der Hand über das Gesicht. Am Vormittag hatte ich bereits eine Nachhilfestunde mit Andy vereinbart, und um fünf Uhr nachmittags sollte ich den Flug nach Dublin antreten, wo ich übernachten würde. Silvester während eines Auslandsaufenthalts mit June zu verbringen war eigentlich genauso unmöglich wie ein Sechser im Lotto. Selbst wenn wir uns im Planungsportal gemeinsame Flüge wünschten.

Aber irgendwann hatte wohl jeder einmal Glück.

Ich nahm den letzten Schluck meines Chai und schrieb Jasons Mum, dass ich zwischen elf und dreizehn Uhr Zeit hätte, dann packte ich meine Sachen.

Hellwach, aber eigentlich zu müde, um einen Flughafen zu durchqueren, war ein kleiner Horror. Alles war voll und laut und zu hell. Flughäfen glichen schlaflosen Großstädten, nur dass sie nicht hektisch New-York-artig pulsierten, sondern rauschten. Fliegerlärm, Flugzeuglärm und Menschenlärm von überall aus der Welt. Indien, Spanien, Australien. In Heathrow hörte ich Gesprächsfetzen in jeder Sprache. Eigentlich fand ich das interessant, heute jedoch war ich so fertig, dass ich mir auf der nächsten Rolltreppe Kopfhörer in die Ohren steckte. Ich stellte meine liebste Spotify-Playlist ein. *Florence-Fantasie.* Bloß schwere Lieder. Gerade *Cosmic Love,* um die Gedankenexplosionen aufgrund von Professor Doktor Robert Gibson zu übertönen. Und wegen dieser E. E wie Ever? Ever wie immer? Wer war sie? Ever Gibson. Eine Schwester, eine Mutter, eine Tochter? Seine Frau? War sie noch betrunken vom Weihnachtspunsch und eingehüllt in diese Weihnachtsblase mit dem dringenden Bedürfnis nach einem Happy End? Aber wieso jetzt? Wieso sie? Wieso nicht er? Wieso aus dem Nichts? Wieso überhaupt ich?

Draußen im Busbahnhof erwischte mich die Luft so eiskalt wie eine Dusche um sechs in der Frühe. Als ich die Kunstwerke auf den hohen Plakatwänden passierte, verlangsamten sich meine Schritte. Inspiriert von ihren Heimatorten Tromsø, Buenos Aires und Honolulu, hatten junge Künstler und Künstlerinnen Bilder für die neueste LondAir-Werbekampagne kreiert. Mein Lieblingsbild war das dritte von links, mit den grünen Schwaden auf einem nachtblauen Himmel und dem Stadtlichtermeer darunter.

Gerade machte eine ältere Dame davor halt, während rechts von ihr Jugendliche in Jogginghosen rauchten. Fünf Schritte weiter bemerkte ich diesen Typen. Die Hände in die Taschen seiner Bomberjacke vergraben, betrachtete er die Bleistiftzeichnungen von Buenos Aires. Er trug weder Jackett noch Pilotenmütze, doch ich machte ihn trotzdem als Co-Piloten inkognito aus. Als Airline-Angestellte achtete ich automatisch auf verräterische Kleinigkeiten. Uniformschuhe zu Jeans, das rote Crew-Label am Koffer. Bei ihm bemerkte ich nicht nur beides, er trug sogar die LondAir-Anzughose. Anfänger, dachte ich und musterte ihn genauer. Er war auf jeden Fall groß und viel größer als die meisten meiner Kolleginnen in den Zehnzentimeterpumps. Seine Statur war schlank, lange Beine, lange Arme, in seinem Nacken rollten sich dunkle Haarsträhnen zusammen. Um sein Gesicht im Profil zu erkennen, war ich zu weit weg.

Ich sah ihn so lange wie möglich an.

Und das war komisch.

Die Uniform schreckte mich eigentlich ab, und von gut aussehenden Piloten hielt ich mich grundsätzlich fern. Das hatte ich beschlossen, als Lilah mit Colson Lexington ausgegangen war, der neben ihr auch eine Flye-Flye-Flugbegleiterin gedatet hatte. »Dieses Klischee stimmt so was von«, hatte sie gesagt und erzählt, dass laut Colson jeder seiner Kollegen zwei-, drei- oder viergleisig fuhr.

Wahrscheinlich mochte ich einfach, wie versteinert der Typ da verharrte. Er wirkte so, als wäre ihm der ganze Flughafentrubel egal und er gar kein Pilot, der gerade von einem Flug kam.

Als wäre er bloß ein Augenpaar, das Bleistiftzeichnungen studierte.

Außerdem war da noch etwas anderes. Nicht unbedingt etwas Attraktives oder Anziehendes, eher etwas flüchtig Bekanntes, das ich nicht einordnen konnte. War ich schon einmal mit ihm geflogen? Ein schneller Mallorca-Turnaround? Eine Übernachtung in Genf, wo ich ihn beim Frühstücksbüfett als Teil verschiedener Crews bemerkt hatte?

Bevor ich an ihm vorbeiging, kniff ich sogar die Augen zusammen, in der Hoffnung, das fehlende Puzzleteil zu finden. Aber ich fand kein Puzzleteil. Ich konnte nicht einmal sein Gesicht betrachten, weil er sich einzig weiter dieser Bleistiftzeichnung zuwandte.

Wie hypnotisiert.

Angekommen an dem Bushaltesteg 19, drehte ich die Musik in meinem Handy auf. Normalerweise fuhr ich immer mit der U-Bahn, doch heute streikten die Zugführer. Das Chaos, das an den zentralen Haltestellen gerade herrschen musste, wollte ich mir gar nicht vorstellen.

Mein Blick blieb an den Doppeldeckerbussen Richtung West Croydon und Greenford Station hängen, der traurig grauen Flughafenfassade und dann am Himmel voller Flieger. Feuerrote Wolken auf einer vibrierend orangefarbenen Fläche. Unzählige Maschinen stiegen in die Höhe und zogen dabei wolkenweiße Rauchschwaden hinter sich her. Der Himmel sah aus wie ein Gemälde von hellen Pinselstrichen, willkürlich und hemmungslos auf die Leinwand gesetzt, als hätte der Künstler sich beim Malen skrupellos verloren.

Wie von selbst musste ich an Mum denken. Sie mochte den abendroten Himmel, keine Spur von Blau, Blässe und Weiß. Nur Farben, die brannten, ein Horizont, der in Flammen stand. Das war die Welt, die sie liebte. So ruhig, so bunt, so leise und dabei so einfach. Das sei alles, was sie je gewollt habe, hatte sie einmal gesagt und das Wort *einfach* besonders betont. Ich wusste, dass sie dabei an ihren American Boy gedacht hatte, der ihr nie wirklich gehört hatte, meinen Vater, den ich nicht kannte, und den Mann, der verschwunden war, weil er *einfach* nicht mehr gekonnt hatte. Robert Gibson, unser schwarzes Loch.

Ein letztes Mal wanderte mein Blick zu dem Flight-Crew-Angestellten inkognito, der immer noch vor der Bleistiftzeichnung von Buenos Aires stand. Ein vor sich hin träumender Pilot an der Central Bus Station in Heathrow.

Anschließend holte ich tief Luft und wählte Mums Nummer, obwohl der Zeitpunkt ungemein unpassend war. Es war der dreißigste Januar. Ein Fastende. Kein Tag, um eine mysteriöse E-Mail zum American Boy zu erhalten. Das nämlich war ein Beginn im Ende und nichts, was ich in diesem Jahr abschütteln könnte.

Mum ging beim dritten Klingeln dran.

»Livy-Liebling?« Sie klang alarmiert. »Ist alles okay?«

Ich sah vor mir, wie sie im Kiosk saß, das Handy fest gegen das Ohr gepresst. Tabakdosen hinter ihr, Zeitungen rechts, Schokoriegel links. Mum, umzingelt von abgedruckten Promigesichtern und sauren Apfelringen, dabei eingehüllt in ihre vielen Schichten von Kleidung. Shirt, Pullover und Cardigan, vielleicht sogar ein Schal. Meine Mutter war eine phänomenale Schichterin. Sie kochte am liebsten Lasagne, verpackte Geschenke zuerst in schimmerndes Seidenpapier, dann in Kartons und zuletzt in hochwertige Tüten. Morgens spachtelte sie ihr Gesicht fachmännisch mit Feuchtigkeitscreme, Primer, Grundierung und Concealer zu. Erinnerungen an den American Boy verbarg sie unter hastigem Lächeln und abwinkenden Handbewegungen. Unter Wasserhahnrauschen, wenn sie spülte, oder lauter gestelltem Fernsehgelächter, wenn sie im Wohnzimmer saß.

»Ja, alles in Ordnung. Es ist bloß ... sagt dir der Name Ever etwas?«

»Ever? Wer soll Ever sein?«

»Jemand, der mir eine Mail geschrieben hat. Mit, äh, einem Link zu dem Dozentenprofil eines Robert Gibson. W... wusstest du, dass er Professor an der Stanford ist?«

»Nein.« Pause. »Was hat diese Ever geschrieben?«

»Dass mich dieser Link interessieren könnte.«

»Ever.« Sie überlegte laut. »Ever, Ever, Ever. Nein, da klingelt nichts.«

Ich schwieg.

Mum schwieg.

»Es tut mir leid, Liebling«, flüsterte sie, ganz roh und ohne Schichten.

Die pure stechende Wahrheit.

Mir auch, dachte ich.

Kapitel 4

Nick

»Komm gut ins neue Jahr.« Scott klopfte mir auf die Schulter.

»Lass es morgen nicht zu heftig knallen.« Remy zwinkerte mir zu.

»Und vergiss nicht, du bist jetzt nicht einfach nur Nick. Du bist First Officer Saint James!« Chester wackelte mit den Brauen, bevor ich mich lachend erhob.

Ich verabschiedete mich als Erster, weil ich mit Charlie zum Abendessen verabredet war. Er wollte was Indisches kochen. *Mal was Neues ausprobieren,* mit nigelnagelneuen Markenpfannen von Fünfsterneköchen und Master-Class-Kochkursen, die er sich in fremden Hotelzimmern ansah.

Ich schlurfte über den Busbahnhof und teilte Charlie per WhatsApp mit, dass ich unterwegs sei. Aus den Augenwinkeln bemerkte ich mit einem Mal diese Striche und blieb stehen. Ein Typ hinter mir beschwerte sich mit einem *Hey, Mann, Sie blockieren den Weg!* und überholte mich. Wahrscheinlich fluchte er weiter, aber das blendete ich aus. Meine Aufmerksamkeit galt bloß dieser Bleistiftzeichnung von Buenos Aires.

Ich konnte nichts dafür.

Das passierte wie von selbst.

Genauso wie die Tatsache, dass Kunst mich bis auf die Knochen berührte. Das war mit ihr schon immer so gewesen. Vor drei Jahren hätte ich gegen den Sog von Buenos Aires in Bleistift angekämpft, wäre weitergegangen, hätte mir gesagt, dass ich mich auf gar keinen Fall umdrehen wollte, und es dennoch getan. Schweren Herzens, mit einem schweren Gefühl im Innern, genau dort, wo sich die Kunst immer reinbohrte.

Mittlerweile hatte sich das geändert. Vielleicht vergaß ich allmählich. Keine Ahnung. Jedenfalls ließ ich mich jetzt von der Kunst einsaugen, wann immer sie mir begegnete.

So auch jetzt von Alma Alonsos Bild. Winzige Dachgeschossfenster, Scheibenwischer der Autos. Als mein Blick an der Signatur der Künstlerin hängen blieb, legte ich den Kopf schräg. Kein Kürzel, ihr Name war ausgeschrieben, Alma Alonso. Zwei Zeilen, zweimal je ein großes Schreibschrift-A. Was in der Künstlerin wohl vorginge, wenn sie ihren Namen nie wieder unter ein Bild setzte? Würde sie dann sterben? So wie Remy, wenn er nie wieder ein Flugzeug steuern könnte? Der Gedanke kam wie von selbst, und ich war mir sicher, die Antwort zu kennen. Ja, Alma Alonso würde sterben. Und klar sagte ich das, ohne sie zu kennen, aber ich kannte eins ihrer Bilder.

Und das sagte alles.

Ich hasste, wie mir in genau diesem Moment Drakes Stimme in den Gedanken nachhallte. Die genau richtigen Worte zur genau falschen Zeit. Ich hatte keinen blassen Schimmer, ob sich das jemals ändern würde.

Wenn du jetzt gehst, bist du tot, Nicholas. Du wirst es bereuen. Jeden verdammten Tag. Und weißt du auch, wieso? Weil dein Leben sich nicht mehr wie ein Leben anfühlen wird. Aber mach ruhig, verschwinde, und sei ein verdammter Feigling. Kehr den Pinseln den Rücken zu. Den Leinwänden, deinen Skizzen, deiner Palette, deinen Farbtuben, selbst dem verdammten Gesso. Du bist ein bescheuerter Idiot, wenn du glaubst, dass du einfach mit der Kunst aufhören kannst. Hast du's etwa vergessen? Du schwimmst in jedem deiner Bilder. Und wenn du jetzt gehst, wirst du in der Welt ohne Kunst verbrennen. Und deine Kunst wird dich verfolgen. Das schwöre ich dir.

Drake. Drakes letzte Worte in meinem Kopf. Drakes messerscharfes Abbild in meinen Gedanken. Sie in ihrem bodenlangen Stoffkleid, kadmiumrot um ihren gebräunten Körper. Nur ihre Arme waren nackt gewesen. Dieser letzte Augenblick in ihrem Atelier, nachdem sie mir die Worte ins Gesicht gespuckt hatte. Wie sie sich dann den Mund am Handrücken abgewischt und ihn aggressiv auf meinen gepresst hatte. Es war ein wütender und verzweifelter Kuss gewesen. Schon gar kein romantischer, denn Drake stand auf Frauen. Trotzdem Farben ringsum, Farben auf meinen Lippen und auf meiner Zunge. Farben ganz, ganz tief in mir. Dann hatte ich mich von ihr gelöst und war gegangen. »Du bist jetzt tot, Nicholas«, hatte sie mir nüchtern nachgerufen.

Ich zuckte zusammen, als das Handy in meiner Hosentasche vibrierte. Ablenkung mal zur genau richtigen Zeit. Ich schob den grünen Hörer zur Seite und ging ran.

»Wann bist du da?«, fragte Charlie. »Wir warten schon alle auf dich.«

»Wir?«

»Dad, Mum und ich.«

Ich musste ein Seufzen unterdrücken und erklärte ihm, dass ich mich beeilen würde. Anschließend setzte ich meinen Weg fort, ohne mich umzudrehen. Der Hauptanzeigetafel in der Mitte des Platzes entnahm ich den Haltestellensteg meiner Buslinie Richtung Victoria. Ich war noch zwei Stege entfernt, da bemerkte ich sie. Diese Flugbegleiterin, die offensichtlich darum bemüht war, nicht als solche erkannt zu werden. Sie trug eine dunkle Winterjacke, grau-weiße Mütze und klobige Boots. Sogar das Crew-Schild hatte sie von ihrem Gepäck entfernt, aus ihrer Uniformhandtasche jedoch ragte ein Stück des LondAir-Halstuchs hervor. Neongrüne Kopfhörerschnüre verschwanden unter dem Stoff ihrer Mütze, während sie in einen Bus Richtung Kingston stieg.

Nein, dachte ich. Das kann nicht sein. Aber je länger ich diese Frau musterte, desto bekannter kam sie mir vor. Der dunklere Hautton, die dicken Haarsträhnen und die abweisende Ausstrahlung. Das angespannte Gesicht, die zusammengepressten Lippen. Die kerzengerade Haltung. Dieses ungeduldige Von-einem-Fuß-auf-den-anderentreten, so als müsse sie schnell woandershin, weil sie Millionen weitere Aufgaben zu erledigen hatte.

War diese Frau, die als Letzte ihr Gepäck in den Doppeldeckerbus hievte und dann endgültig aus meinem Blickfeld verschwand, Olivia Green?

Der Gedanke ging mir nicht aus dem Kopf. Im Bus zückte ich mein Handy, öffnete Facebook und wollte gerade *Olivia Green* in die Suchleiste eingeben, da verharrte ich unvermittelt. Oben auf meiner Timeline wurde ich an ein hochgeladenes Foto von vor drei Jahren erinnert. Willy und ich, breit grinsend vor dem Trevibrunnen. Rechts von uns erkannte ich einen gletscherblauen Pulloverärmel, der bestimmt Theo gehört hatte.

Auf dem Schnappschuss grinste Willy sein Einemillionendollarlächeln, mit dem sein Agent sich die zig Werbedeals erklärte, die er als Profibasketballspieler ergatterte. Und ein bisschen stimmte das schon, die makellos weißen Zähne und der perfekte Winkel, mit dem sich seine Lippen immer nach oben zogen. Trotzdem fragte ich mich, ob ihm niemand die Unsicherheit ansah. Sein Traum könnte doch jederzeit mit einer plötzlichen Verletzung oder einem entscheidenden versemmelten Freiwurf platzen.

Ich war schon in Gedanken bei der Nachricht, die ich Willy schicken wollte, ein einfaches *Wie geht's,* vielleicht auch ein Screenshot dieses Posts, als ich sie erkannte. Das Mädchen mit dem unendlich dichten Haar ganz rechts. Abseits der posierenden Menge, eine Beobachterin des touristischen Geschehens. Ihr Blick schweifte in meine

Richtung. Er wirkte gequält. Wie der einer Außenseiterin mitten im ungewohnt unbekannten Spektakel.

Olivia.

Kapitel 5

Olivia

245 Tage

Neongrüne Kopfhörerschnüre, dicke Glitzersocken mit aufgedruckten Herzen und gediegen gefaltete Kleidung. Das alles quoll aus dem Hartschalenkoffer, als ich ihn gegen zweiundzwanzig Uhr am nächsten Tag in dem Dubliner Hotelzimmer öffnete. Dieses Gepäckstück war mein zweites Zuhause, immer sorgfältig geordnet und exakt auf meinen aktuellen Aufenthalt abgestimmt. Ich spielte das Ich-packe-meinen-Koffer-Spiel schon so lange, ich hatte eine unfehlbare Strategie entwickelt.

Vor einer halben Stunde waren wir im Hotel angekommen, jetzt würde mich June jeden Moment abholen. Ich griff nach Jeans und Pullover und schlüpfte in die frische Kleidung, da war das kurze Klopfen an der Tür auch schon zu hören.

»Welche Farbe hat deine Unterwäsche?«, fragte sie.

Ich beobachtete verwirrt, wie June auf flachen Overknees mein Zimmer betrat, sich auf das Bett niederließ und ein pinkfarbenes Seidenpapierrechteck aus der Tasche fischte.

»Lass mich raten, sie ist schwarz, oder?«

»Du weißt, dass du wie ein Typ klingst, der Lilah anschreiben würde, oder?«

»Seit wann trage ich Logo-Sweaters, mache Hantelbankselfies und höre Raps, die in den Charts sind?« Sie lachte. »Egal, was du sagst, ich wette, deine Unterwäsche ist nicht rot.«

Mit wackelnden Augenbrauen reichte sie mir das Seidenpapierteil zum Öffnen. Ein burgunderfarbener Slip. Ich runzelte die Stirn.

»Wir haben jetzt alle einen. Alba sagt, rote Unterwäsche an Silvester bringt Glück in der Liebe.« Sie warf sich das Haar nach hinten, sodass ich die riesigen goldschimmernden Dreiecke an ihren Ohrläppchen erkannte. »Was sagst du?«

Mein Blick schweifte ratlos von dem Wäscheteil zu ihren Ohrringen. »Es ist irgendwie komisch, dass Alba uns Unterwäsche schenkt.«

»Hab ich ihr auch gesagt, aber dann meinte sie, dass ein bisschen Glück in der Liebe noch nie jemandem geschadet hat, und ich habe mich daran erinnert, dass Alba die beste Stiefmum ever ist.« Sie zuckte mit den Achseln. »Und was sagst du zu meinen Ohrringen? Cool, oder? Mal was anderes. Das ist übrigens mein Vorsatz fürs nächste Jahr.«

»Riesige Ohrringe zu tragen?«

»Einfach mal Neues ausprobieren.«

»Lilah hat dir also auch eine Liste mit Neujahrsvorsätzen geschrieben?«

Ich zog die Jacke an und überprüfte mein Aussehen im Spiegel. Einfache Jeans, einfaches Top, einfache Schuhe. Zufrieden atmete ich aus. Ich trug nur gedeckte Farben und simple Schnitte. Am liebsten verwaschene Jeans, kombiniert mit schlichten Gürteln, engen Rollkragenpullovern und meinen Lieblingsboots.

»Nein, ich habe selbst eine Liste geschrieben. Keine Fast Fashion mehr kaufen, einen guten Sommer haben, jeden Tag ein Polaroid schießen und daraus nächsten Dezember ein Fotoalbum basteln. Es sind bloß drei Punkte. Quality over Quantity. Du weißt schon.«

Sie umklammerte die Goldkette mit dem plättchenförmigen Anhänger, der unter der weißen Vintagebluse verschwand. Dazu trug sie einen Karorock und eine schwarze Strumpfhose mit Herzmuster. June hatte eine Schwäche für Mode und Lidstriche in jeglicher Form. Nur wenn sie abends die schlichten Sneakers zum Laufen schnürte, war sie mit ungeschminkten Augen zu sehen.

»Ziehst du den nicht an?« Sie nickte zu dem roten Slip herüber, weil ich ihn achtlos in den Koffer geworfen hatte.

»Keine Zeit. Wir sind zu spät dran.«

Sie erhob sich mit einem Seufzen, wobei sie zwei Minisektflaschen aus ihrer Handtasche hervorzückte. Die mit der blau gefärbten Flüssigkeit streckte sie mir entgegen.

»*Make a blueberry blue wish.* Beim ersten Schluck darfst du dir was wünschen.«

Während ich das Flaschenetikett beäugte, machte June mit ihrem Handy das letzte Foto in diesem Jahr von mir.

*

Wir verließen das Zimmer um kurz vor elf. In der Lobby wünschten uns Hotelangestellte einen schönen Abend, auf der Straße roch es nach Silvester. Ein bisschen verbrannt nach zu früh geknallten Böllern und fröhlichen Menschen, die stickig überfüllte Bars ansteuerten.

So wie June und ich.

Unser Ziel war das *Hunter's*, in dem unser Kapitän einen Tisch für fünfzehn LondAir-Mitarbeiter reserviert hatte. Genügend Plätze für die drei Crews, die jeden Abend in Dublin übernachteten. Auf TripAdvisor hatte das *Hunter's* 4,9 Sterne und June hatte gemeint, dass 4,9 Sterne fast fünf seien und wir deshalb dorthin müssten. »Das wird so cool, wirst schon sehen«, hatte sie gesagt.

Aber alles, was ich beim Betreten der Bar sah, waren fremde Körper, die sich gegen andere fremde Körper pressten. Schwitzige Männerhände auf wackelnden Frauenhintern, lautes Gedrängel und improvisiertes Getanze. Das *Hunter's* sah aus wie jede andere Bar. Nur die Wände belebten die dämmrige Stimmung, tapeziert mit unzähligen Bildern, Plakaten und Trinksprüchen.

»Das ist unsere Crew, oder?«

June deutete nach links, wo ein voll besetzter Tisch neben dem anderen stand. Mein Blick blieb an dem Kabinenchef Matthew hängen, der selbst in seiner Alltagskleidung wie in Uniform wirkte. Das weiße Hemd war jetzt dunkel, das helle Haar jedoch immer noch uniformkonform streng nach hinten gegelt. An seinem Handgelenk glänzte die teure Armbanduhr, das treffsichere Indiz der gehobenen Crew.

»Jep«, sagte ich. »Das sind sie.«

Also ab in die Menge, wo wir uns an tanzenden Gästen vorbeidrängelten und unbekannt nackte Haut mich berührte. Fast war mir so warm, dass ich an der wirklichen Existenz des Neujahrswinters zweifelte.

»Olivia, June, da seid ihr ja endlich!«

Hadley lächelte uns entgegen, als wir uns auf den freien Plätzen in der Sitzecke niederließen. Sie war eine von diesen Flugbegleiterinnen, die den Lippenstift viertelstündlich nachzogen und Bilder von leeren Airbus-Kabinen in ihre Instagram-Story posteten, um so etwas wie *Come fly with me* beizufügen. Zu Hause war sie nicht vor ihrem IKEA-Malm-Frisiertisch, sondern zwischen Instagram-Benachrichtigungen und Eine-Millionen-Likes-Hotelaussichten.

»Ich habe schon auf euch gewartet«, rief sie. »Wisst ihr eigentlich, dass ich mich die ganze Zeit gefragt habe, ob ... Oh, da ist Nick ja endlich mit dem Alkoholnachschub!«

Hadley wandte sich zum Tischende, wo dieser Nick mit einem Tablett voller Longdrinks stehen geblieben war.

»Danke fürs Bestellen, Nick«, sagte Kapitän Ryan, der weiter vorn Getränke annahm und weiterreichte.

»Kein Problem.« Das waren die ersten zwei Worte, die er sagte. Ich hörte seine Stimme, bevor ich ihn genauer betrachten konnte. Sie klang fremd und tief, dabei so laut, dass sie mühelos über die Musik hinweg zu verstehen war.

»Ja, danke, Nick«, sagte ein mir fremder Kollege, während ich diesem Nick ins Gesicht blickte.

Er sah gut aus. Markanter Kiefer, leicht schief stehende Nase und dichte Brauen. Dunkle Locken, an den Seiten kürzer als in der Mitte, dort wahrscheinlich einen Tick zu lang. Er war attraktiv und die Art von Mann, dessentwegen ich Lilah mit dem Ellbogen angestoßen hätte, um sie auf ihn aufmerksam zu machen. Ich wusste, dass Nick Pilot war, ohne dass es mir jemand sagte. Die letzte Runde war auf ihn gegangen und er hatte diese ruhige und unterschwellig selbstbewusste Art. Pilot. Nick war eindeutig Pilot. Und doch hockte ich versteckt in dieser Sitzecke und starrte ihn an, wie er wiederum plötzlich das Stück Wand vor sich fixierte.

Wie hypnotisiert.

Das war der Moment, in dem ich ihn wiedererkannte. Der Typ in Uniform von gestern Nachmittag, ein Blick auf zwei Beinen, einzig fokussiert auf ein Bild. Eigentlich beäugte er gerade bloß ein Stück Papier, mit einer Heftzwecke an die Wand gepinnt. Durch die Dunkelheit erkannte ich vage lose Umrisse und bunte Farben. Vielleicht ein orangegelbes Paar mit roten Köpfen.

Nick. Stumm wiederholte ich seinen Namen in Gedanken. *Nick.* Pause. *Nick.* Pause. *Nick* ...

Da klingelte etwas, ganz subtil, sehr sacht und zu leise, um inmitten dieses bebenden Geschehens herauszufinden, was es war. Dennoch kam es mir so vor, als wäre er Planet X. Als suchte ich verbissen nach jemandem, der gar nicht existierte. Aber ich konnte nicht aufhören. Nick verströmte Ausstrahlung wie Atmosphäre. Bedingungslos und rücksichtslos. Was mehr als abgespact-seltsam war.

Ich hatte keinen Schimmer, wer er war.

Ich hatte keinen Schimmer, wer ich war, als ich ihn wie besessen anstarrte.

Nur noch eine Sekunde länger, ein Stück tiefer, einen Wimpernschlag intensiver. Dann wüsste ich, woher ich ihn kannte. Doch June stupste mich mit dem Ellbogen an.

»An die Bar?«

Ich wandte mich widerwillig von Nick ab, Mission gescheitert, *Houston, ich habe das Problem leider nicht gelöst.* Mittlerweile hatte er sich gefangen und stieß mit Cockpitkollegen an. Breit grinsend und völlig sorglos, klassisch wie ein LondAir-Angestellter in Ausgehform.

Ein Pilotengrinsen.

An der Theke bestellten wir doppelten Gin Tonic, der Barkeeper starrte June auf die Brüste und im Hintergrund liefen Songs aus den Neunzigern. The Cure, Oasis und Radiohead in Form von modernen Remixen, sehr schreckliche Versionen. Ich musterte den dunkelgrauen Shirtrücken des Barkeepers und dachte an Sams graues Lesezeichenbändchen, da standen die fertig gemixten Drinks schon vor uns.

»Worauf stoßen wir an?«

»Aufs Spontansein, Freisein und Wildsein.« Ich hob eins der Gläser in die Luft.

»Aufs Spontansein, Freisein und Wildsein.« June nickte. »Das ist ein guter Vorsatz.«

»Natürlich ist es das. Stammt ja schließlich von Lilah.«

Wir stießen an, ehe wir uns den Weg zur Tanzfläche bahnten. Dreiundzwanzig Minuten fehlten bis Neujahr, und wir hatten noch keine einzige von ihnen getanzt. Eine Tatsache, die wir Lilah verschweigen würden, würde sie uns fragen. Sie war nämlich eine furchtlose Draufgängerin, die uns manisch ins spontane, freie und wilde Leben zerrte. June und ich waren anders und leise, jede auf ihre ganz eigene Art. June wollte das Leben festhalten und keine Minute vergessen, reihte voll beschriebene Tagebücher auf einem Regal nebeneinander und fragte uns: »Wisst ihr noch, als …« June war kein brennender Sommerabend, an dem man sich wünschte, man wäre grenzenlos und unsterblich wegen all der perfekt vergänglichen Wärme. Sie war ein Frühling, der sich leise anschlich. Mit Sonnenstrahlen, Regenschauern und den Augenblicken dazwischen, in denen die Wolken sich verzogen und du dir dachtest: Da hat sich der Frühling also versteckt.

Außerdem tanzte June genauso, wie sie war. Ein bisschen schüchtern wie mit angezogener Handbremse. Doch in den Momenten, in denen sie die Augen schloss, weil die Musik ihr so unter die Haut ging, machte etwas *Klick.* Als wären die Träume in ihr verschwunden und hätten sich mit der Realität verbunden. Wie gerade bei dem Remix von *Wonderwall,* der genauso furchtbar war wie die Songs davor. Doch bei *Maybe you gonna be the one that saves me* wurde ihre Miene so weich, dass es mir ein bisschen wehtat.

Vielleicht weil ich wusste, dass mein Gesicht nie so aussah.

Kurz vor Mitternacht winkte Hadley uns zum Anstoßen nach draußen. Zur Feier des Tages spendierten die Kapitäne Champagner, der unter Feuerwerknebel verteilt wurde. Wir ließen Gläser klirren und wünschten uns ein frohes neues Jahr als Fremde, die wir doch waren, selbst wenn wir uns Kollegen und Kolleginnen nannten.

»Wieso lächelst du nicht?«, fragte June, nachdem wir uns umarmt hatten. »Du solltest lächeln, weißt du? Nee, streich das wieder. Am besten solltest du auf das Dach der Bar klettern und schreien: *Oxford, ich komme!*«

Vorbeifahrende Autos hupten mit offenen Fenstern, Böller knallten, Kaskaden aus Feuerwerken gingen auf, die Luft war dick und nebelig. In meinen Augenwinkeln verglühten Wunderkerzen.

»June?« Meine Wangen brannten. »Was ... was mache ich, wenn ich nicht angenommen werde?«

»Wenn du nicht angenommen wirst? Du hattest einen Notendurchschnitt von null-Komma-neun. Wenn dir langweilig ist, löst du die Aufgaben in deinen Rätselheften, in denen ich nicht mal die Fragestellungen verstehe. Du hast ein Pi-Tattoo auf dem Handgelenk, und es gab keine Sekunde, in der du keine Matheolympiade-Klausur durchgerechnet hast. Du und Oxford? Ihr seid füreinander geschaffen. Wirst schon sehen.«

Wirst schon sehen.

Das war Junes Lieblingssatz in Bezug auf mich, denn sie war der Meinung, ich hätte es nicht so mit dem Träumen und Hoffen und bräuchte stattdessen ausschlaggebende Beweise. Ich könnte behaupten, das hätte ich vom verschollenen American Boy mit den zig wissenschaftlichen Auszeichnungen. Aber dann hätte ich die Mail erklären müssen, und das wollte ich nicht. Nicht am Ersten Ersten, in den paar Minuten voller Neujahrswünsche und großer Hoffnungen. Dafür war ich zu gut im Genauinspizieren und Wiederwegsehen, im Ignorieren, scheinbaren Vergessen und heimlichen Distanzieren. So öffnete ich nur die Augen und drückte ihre Hand. Ein stummes Danke. Anschließend stießen wir ein weiteres Mal an und hielten nach Hadley Ausschau, die bestimmt eine neu geöffnete Champagnerflasche umklammerte. Kaum hatte ich sie entdeckt, vibrierte Junes Handy.

»East ruft an.« Grinsend starrte uns ihr Stiefbruder vom Display entgegen. »Ich gehe schnell um die Ecke, ja?«

»East, der Gute, der dieses ultraschwere Sudoku gelöst hat, an dem ich so verzweifelt bin. Und das auch noch in weniger als zehn Minuten.« Ich wackelte mit den Brauen. »Grüß ihn von mir.«

June schüttelte den Kopf und trat belustigt zur Seite. Ich hingegen hatte jetzt eine Mission und ging mit zwei leeren Gläsern auf Hadley zu. Ich erkannte sie neben unserem Co-Piloten, einem attraktiven Mann mit Ehering, den ich um die dreißig schätzte. Neben ihr und ihrem lauten Lachen wirkte er leicht verloren. Als ich jedoch Nick weiter vorn bemerkte, hielt ich mitten im Gehen inne. Nick, der ultimative Träumer. Nick, der verpeilte Pilot. Nick, bei dem es ganz leise klingelte.

Wie angewurzelt stand er im Bartürrahmen. Leute rempelten ihn beim Rein- und Rausgehen an, von links und rechts, sie alle streiften seine Schultern und fluchten über diesen Typ, der sich einfach nicht von der Stelle rührte.

Nick, der dabei bloß mich ansah.

Bis ein Feuerwerkskörper so laut am Himmel explodierte, dass er zusammenzuckte und sich in Bewegung setzte. Sechs Schritte noch, dann wäre er bei mir.

Fünf. *Wieso zum Teufel kommt er auf mich zu?*

Vier. *Dieses Haareraufen. Ich kenne das.*

Drei. *Wieso starrt er mich so an?*

Zwei. *Und warum pocht mein Herz dabei so betörend laut?*

Eins. *Nick. Nick. Nick. Woher kenne ich dich?*

»Hey«, sagte er. »Wir kennen uns doch, oder?«

Kapitel 6

Nick

Nach 895 Tagen

Das Licht war so gedämpft, dass ich ihre Augenfarbe nicht erkennen konnte. Trotzdem wusste ich, dass ihre Augen diese eine Nuance zwischen Braun und Grün hatten. Schilfgrün, wenn Sonnenstrahlen ihr ins Gesicht schienen. Oder wenn sie über Themen redete, für die sie brannte. Von Zahlen, Formeln und Klammern, die nur sie durchschaute.

Zumindest war das früher so gewesen.

Mit offenem Mund starrte Olivia mich an, und ich starrte zurück. Sie sah aus, wie sie immer ausgesehen hatte. Und irgendwie auch nicht. Sie trug keine zerrissenen Chucks mehr, auf denen sie und ihre Freundin herumgekritzelt hatten. Kurz vor unserem Abschluss hatte ich das winzige Wort auf der linken Spitze im Klassenzimmer erkannt. *Oxford*. Geschwungen, mit Edding, das erste O größer als die anderen Buchstaben.

Jetzt betrachtete ich ihre dunklen Stiefeletten und

fragte mich, ob sie die Chucks in die Tonne geschmissen hatte. Ihre Beine steckten in dunklen Jeans, die am rechten Knie gerissen waren und eine schwarze Strumpfhose entblößten. Ihr Reißverschluss war bis zum Kinn geschlossen, ein mitternachtsblauer Mantel, der ihr bis zur Mitte ihrer Oberschenkel reichte. Die erste Jacke, in der ihre Arme nicht ertranken.

Ich wünschte, wir wären irgendwo gewesen, wo es heller war. Ich hätte gern herausgefunden, ob sie immer noch die Sommersprossen auf der Nase und den Wangen hatte. In unserer Stufe war sie bloß als *Stipendium-Pocahontas* bekannt gewesen. Wegen ihres dicken Haars, das ihr bis zu den Hüften gereicht hatte. Wegen ihrer Haut, die einen Ticken dunkler als die der meisten Schüler und Schülerinnen gewesen war. Und wegen ihrer außergewöhnlich guten Noten, mit denen sie es an die private Leyton High geschafft hatte.

In Gedanken hatte ich sie immer mit dem Wort *dazwischen* verbunden, weil sie von allem ein bisschen gewesen war. Ein bisschen braunäugig, aber auch ein wenig grünäugig. Privatschülerin und Stadtrandbewohnerin. Unscheinbar, wie sie mit gesenktem Kopf durch die Schulgänge getrottet war, aber auch Überfliegerin, die im Unterricht diese Schlauheiten von sich gegeben hatte.

»Wir sind schon mal zusammen geflogen«, sagte Olivia. »Stimmt's?«

Über ihr gingen Feuerwerke auf. Zwanzig Minuten im neuen Jahr, ich fragte mich, wann die Dubliner endlich aufhörten, wie bescheuert Raketen in die Luft zu jagen. Es war offensichtlich, dass sie mich nicht erkannte. Zuzugeben, eigentlich war es völlig wahnsinnig, dass wir uns nach mehr als zwei Jahren überhaupt gegenüberstanden. In Irland. Als Erwachsene. Ganz zufällig. Je länger ich darüber nachdachte, desto verrückter kam mir die Situation vor.

»Nick?« Sie blinzelte. Dunkle Augen, lange Wimpern. »Hast du mir zugehört?«

»Wenn du nicht weißt, wer ich bin, wieso kennst du dann meinen Namen?«

»Die Frage ist eher, ob du meinen kennst.«

»Olivia L. Green. Ich tippe auf L wie Lillian.«

Dicht über ihrem Kopf zersprang ein eiskaltblauer Feuerwerkskörper. Die Lippen teilten sich zweimal, ohne dass sie etwas sagte.

»Woher kennst du mich?« Sie verschränkte die Arme vor der Brust.

Olivia, immer bereit, sich zu verteidigen.

Keinen Schimmer, ob sie einfach so war oder ob die Leyton High sie zu diesem Menschen gemacht hatte.

»Nop«, sagte ich. »So funktioniert das nicht. Ich habe dir deine Frage beantwortet. Jetzt bist du dran. Woher weißt du, wie ich heiße?«

»Na ja, Hadley hat deinen Namen erwähnt, als du mit der neuen Getränkerunde an den Tisch gekommen bist.«

»Hadley?«

Hastig sah ich zu meinen angetrunkenen Kollegen hinüber. Ich dachte an die Frau von gestern. Die Olivia-Green-Doppelgängerin als getarnte LondAir-Flugbegleiterin.

»D... du arbeitest also wirklich bei LondAir?«, fragte ich.

Sie öffnete den Mund, glänzend, mit einem perfekten Herzen darüber.

Unmöglich, nicht daran hängen zu bleiben.

Unmöglich, dann wegzusehen.

Doch sie wurde von einem Barangestellten unterbrochen, der Gratis-Wodka-Shots durch die Menge bugsierte.

»Frohes Neues!«

Er offerierte uns das Tablett, von dem wir uns jeweils einen Shot schnappten. Mein Blick folgte dabei ihrer Hand mit den unlackierten Nägeln. Wenn sich unsere Finger flüchtig berühren würden, dachte ich, würden sich ihre garantiert sehr, sehr kalt anfühlen. Ich wollte gerade mein Schnapsglas erheben, da stellte sich aus dem Nichts jemand zwischen uns. Hadley. Die Flugbegleiterin mit dem knallroten Lippenstift.

»Ich will auch mit euch anstoßen!« Sie klang atemlos. »Worauf trinken wir? Darauf, dass wir immer zusammen fliegen sollten, weil niemand besser als du Sandwichschubladen zusammenzählen kann, Olivia? Das ist so krass. Du schaffst es in zwei Sekunden, alles zusammenzurechnen. Ich hätte Ewigkeiten gebraucht. Oder meinen Handy-Taschenrechner.«

»Keine große Sache.«

Olivia zuckte die Achseln, als wäre nichts eine große Sache. Immer auf alles eine Antwort zu wissen, zum Beispiel. Selbst dann unnahbar zu wirken, wenn ihr *Sti-*

pendium-Pocahontas im Gang hinterhergerufen wurde und sie ungerührt weiterging.

»Was Zahlen angeht, war Olivia schon immer unbesiegbar. Stufenbeste sogar. Mister Ellington hat dich doch in seiner Abschlussrede erwähnt, oder? Was hat er noch mal gemeint? Ausnahmetalent Miss Green?«

Bei meinen Worten weiteten sich ihre Augen. Mit weißen Fingerknöcheln führte sie den Shot an die Lippen und haute ihn in einem Zug weg. Nicht mal das Gesicht verzog sie dabei.

»Nicholas. Nicholas Saint James.« Sie wischte sich über den Mund. »Du bist Nicholas Saint James.«

Einen weiteren Moment lang musterte sie mich noch, anschließend straffte sie die Schultern und ging. Wortlos.

»Hast du ihr ganz highschoolmäßig das Herz gebrochen, oder wieso ist sie abgehauen?«, fragte Hadley.

Kapitel 7

Olivia

Noch 244 Tage

»WAS?« June starrte mich mit großen Augen an.

Wir hatten uns in geöffneten Winterjacken in eine Toilettenkabine gequetscht. Von draußen hörten wir immer noch das Knallen des Feuerwerks und von links eine Spülung, dann den laufenden Wasserhahn und klackernde Absätze, die sich entfernten.

»Ich verstehe das nicht«, sagte sie. »Erklär mir das noch mal.«

»Wir sind auf dieselbe Schule gegangen. Eigentlich hatten wir nur diesen Englischkurs zusammen, den er immer geschwänzt hat. Nick war einer von diesen verwöhnten Typen mit den steinreichen Eltern, die auf der Leyton High jeder hatte.«

»Jeder außer dir.«

»Ja.« Ich holte tief Luft, während die Neonröhren flimmerten. »Meine Schulzeit war einfach schrecklich, June. Neunzig Prozent meiner Stufe kannte nicht mal meinen richtigen Namen. Ich war bloß Stipendium-Pocahontas, die etwas zum Unterricht beitragen konnte, wenn alle anderen auf dem Schlauch standen. Sonst war ich Luft für sie. Nein, warte, stimmt nicht, Luft brauchten sie ja. Ich war einfach unbedeutend.«

»Du warst garantiert nicht unbedeutend!«

Junes Stimme dröhnte mir so laut in den Ohren, dass sie beinahe vibrierte. Insgeheim wünschte ich mir, ich hätte sie durch meine Erinnerungen wie durch ein Museum führen können. Wie eine kompetente Reiseführerin hätte ich die Szenen sachlich und neutral kommentiert. Dabei hätten wir mich als Erste und Einzige im leeren Biologieraum gesehen. In den Pausen hätten wir mich mit meinem durchweichten Butterbrot entdeckt, das Gesicht hinter Buchumschlägen versteckt. »Stipendium-Pocahontas in freier Wildbahn«, hätte ich gesagt, um die Stimmung aufzulockern. Vielleicht hätte ich June zum Chemieraum geführt, wo mir immer ein Schauer über den Rücken gelaufen war. Zwischen Periodensystemen und leeren Reagenzgläsern hatte ich gehört, wie Ashley, Yasmine und Gemma erstmals meinen Namen tuschelnd sagten.

Olivia. Das Mädchen mit den krass langen Haaren. Ihr wisst garantiert, wen ich meine. Wie nennen sie alle noch mal? Stipendium-Schneewittchen? Ach, ist auch egal. Stipendium-wer-auch-immer übersieht man ja eh.

Als Letztes hätte ich mir den Schulweg am Morgen aufgehoben. Über zwanzig Minuten hatte ich von meinem Viertel bis zur Privatschule gebraucht. Dreitausendsechshundertfünfundachtzig Schritte, frische Luft und das Geräusch meiner zu dünnen Sohlen. Ab und an ein vorbeifahrendes Auto, sonst nichts. Ich wusste nicht, ob ich June verraten hätte, wie ich an der letzten roten Ampel immer fünf Atemzüge genommen hatte. Sie waren tief gewesen, diese bestimmte Art von Atemzügen, die bis in den Bauch gingen. Bei jedem Luftholen hatte ich Primzahlen aufgezählt. Zwei, drei, fünf, sieben, elf, dreizehn, siebzehn, neunzehn. Dann war ich weitergegangen. Mein Ritual.

»Erde an Olivia.« June schnippte mir mit den Fingern vor dem Gesicht herum. »Und was ist jetzt mit diesem Nick?«

»Ich habe absolut keine Ahnung.«

»Das würde ich dir nicht mal in zehn Millionen Jahren glauben. Dafür bist du viel zu aufgelöst.«

Ich setzte zu einer Antwort an, brach aber ab, weil die Tür geöffnet wurde. Es folgte das Geräusch von hochhackigen Absätzen und betrunkenem Gekicher. »Habt ihr den heißen Barkeeper gesehen?«, flötete eine Stimme.

»Nick hat mich einfach kalt erwischt«, flüsterte ich. »Ich denke nicht gern an meine Schulzeit zurück. Vor allem nicht an Silvester. Und er hat mich eben daran erinnert. Ganz ehrlich, June? Ich hätte meine Oxford-Zusage darauf verwettet, dass Nicholas Saint James nicht mal weiß, dass ich existiere.«

Ich rappelte mich auf. Als ich den Türgriff berührte, legte sie mir eine Hand auf die Schulter.

»Mir ist es egal, dass heute Silvester ist. Du weißt, dass wir genau jetzt über was auch immer reden können. Über

Lilahs neueste Idee für den Bilderrahmen im Flur. Den neuen Vertrag, den die Gewerkschaft so was von verhauen hat. Oder über die Leyton High.«

»Ich weiß, June.«

»Okay.«

Meine Freundin nickte zur Tür, die ich öffnete. Vor dem Waschbecken entdeckten wir drei Frauen in unserem Alter, die sich einen Lippenstift von *MAC* teilten. Ihre Münder formten große Os, während sie sich die Lippen bemalten.

*

Wir tanzten. Bis unsere Füße brannten. Bis der Beat in unseren Ohren brannte. Den LondAir-Tisch hatten wir vorhin nur angesteuert, um unsere Jacken abzulegen. Nick mit seinen bunten Augen, wie er mich gemustert und sein Blick auf Stellen meines Gesichts verharrt hatte, als wäre er auf der Suche nach etwas Bestimmtem. Das ging mir nicht aus dem Kopf. Selbst als der DJ die Menge mit weiteren schrecklichen Remixen bombardierte, schlich mein Blick sich an den Crewtisch an. Dabei wollte ich das überhaupt nicht.

Nicholas Saint James. Wenn ich die drei Worte in Gedanken sagte, wurde mir übel.

Die Primzahlen vor den roten Ampeln.

Schlaflose Nächte voller Zusatzaufgaben.

Wie ich fluchtartig durch die Schulflure gehetzt war.

Bei seinem Namen prasselten Erinnerungen an Leyton auf mich ein. Wenn ich Nick hingegen ansah, der an diesem Tisch saß und sich lachend unterhielt, kribbelte es überall in mir. Von meiner letzten Haarwurzel bis hin zu meinem kleinsten Zeh.

Ein eiskalttaubes Gefühl.

»Wir sollten ins Hotel gehen, sonst wird das Aufstehen morgen früh zum Horror«, sagte June.

Ich wusste nicht, wie viel Uhr es war. Vielleicht drei oder vier. Fremde Menschen drängten sich immer enger an uns heran. Diese unbekümmerte Hitze und wilde Partymeute waren eigentlich nicht mein Ding. Aber manchmal war es ganz okay, zwischen schwitzenden Menschenwellen unterzugehen, um nicht selbst zu ertrinken.

Ich antwortete June mit einem Nicken. Zurück an unserem Tisch, wühlten wir nach unseren Jacken.

»Ihr geht?«

»Ja«, rief June Matthew über die Musik hinweg zu.

Er saß an der Vorderseite des Tischs mit zwei Kollegen, die ich nicht kannte.

Und Nick.

Keine Ahnung, was Matthew daraufhin sagte. Ich konnte ihm nicht zuhören, wenn Nick mich so absolut fokussierte. Als wären die Menschen hinter mir wirkliche Wellen, die verschwammen, und bloß ich in seinem Sichtfeld scharf gestochen. Auch im gedämpften Licht konnte ich beobachten, wie seine Blicke sich an meinem Körper entlangschlängelten. Plötzlich kamen mir die Hose, das Oberteil, die Unterwäsche, die Socken, die Schuhe und selbst der Kopf zu eng vor.

Vor allen Dingen mein Kopf mit den Erinnerungsfetzen an Leyton und den Gefühlen, die ich vergessen wollte.

Zu lange starrte Nick auf den runden Ausschnitt meines Pullovers und die Haarspitzen, die ihn rahmten.

In mein Gesicht traute er sich nicht zu schauen.

Manchmal wünschte ich mir, ich würde nicht alles so genau betrachten.

Vielleicht hätte ich Nick dann übersehen.

Vielleicht wäre mir dann kein Schauer über den Rücken gelaufen, und ich hätte mich anschließend nicht gefragt, ob sich das einfach so anfühlte. Spontan sein, frei sein, wild sein in einer irischen Bar mit einem Herzen, das laut pochte, und einem Kribbeln, das meine Gliedmaßen fast taub machte. Ein bekannter Shutdown aufgrund der zu unbekannten Gefühle. Manchmal war ich eine leblose Stadt mit ausgetüftelten Evakuierungsplänen.

Nur weil Stuhlbeine quietschten, wandte Nick sich von mir ab. Matthew und zwei Kollegen hatten sich erhoben und dazu entschlossen, mit uns zurückzugehen. Nick stand daraufhin ebenfalls auf. »Auf geht's!«, sagte der Kabinenchef, bevor wir die Eingangstür ansteuerten. Zehn Minuten lang trotteten June und ich den anderen hinterher, wobei wir ihre Kehrseiten beäugten.

»Das ist doch einfach nur krass, wie er dich ansieht.« Sie deutete auf Nicks Jacke.

»Ja«, murmelte ich.

Er und die anderen drehten sich kein einziges Mal zu uns um, und meine Freundin hakte sich bei mir unter.

Die irische Luft war so kalt, dass sie mir in den Lungen brannte. Wie verkohlte Feuerwerksraketen.

Für einen Moment war alles gut.

Bis wir das Hotel erreichten und gemeinsam in den Fahrstuhl stiegen. Ein Aufzug für fünf Personen, während ich den Kopf gesenkt hielt. Nick stand dicht hinter mir, und okay, vielleicht war *dicht* etwas übertrieben. Ich drängte mich an die Tür, er lehnte an der Fahrstuhlwand. Als aber Matthew uns nach den Etagen fragte und er seine Zahl nannte, war seine Nähe überfallartig.

»Und deine?«, fragte mich Matthew.

»Auch fünfte«, sagte ich leise.

Der Aufzug hielt ruckelnd auf meiner Etage, wo ich mich von den Kollegen verabschiedete, Nick ausstieg und June mich besorgt musterte. Zum Abschied drückte ich erneut ihre Hand. Anschließend trat auch ich auf den Flur.

Ich wollte Nick winkend einen guten Rückflug wünschen, doch er sprach meinen Namen aus.

»Olivia?«

Wie konnte ich dich nicht erkennen?

Das dachte ich als Erstes, als ich ihn in voller Größe und im gelben Hotellicht betrachtete. Kein dunkles Bargedrängel ringsum. Keine Möglichkeit, Blickkontakt zu vermeiden. Ich fing bei seinen Schuhen an, den Beinen in den Jeans und verharrte auf der Gürtelschnalle. Ich wanderte zu seinem Pullover, bei dem ich schluckte. Denn da kamen seine Haut, sein Hals und das Kinn. Ich hatte sein Gesicht schon in der Bar erkannt, den leichten Bartschatten dabei aber nicht bemerkt. Die Lippen und leicht schiefe Nase, sogar mit den kantigen Wangenknochen war ich vertraut.

Zuletzt erreichte ich seine Augen.

»Keine Ahnung, warum ich dich nicht erkannt habe«, murmelte ich.

Seine Antwort war ein wissendes Lächeln. Links war sein Auge goldbraun mit gelben Sprenkeln um die Iris, das rechte tief, tief grün. Ich hatte *Heterochromie* gegoogelt, als ich ihn im September vor vielen Jahren das erste Mal durch die Schulflure hatte schlendern sehen. Nick war der Neue gewesen, den meine Mitschülerinnen in Sport- und Schwimmumkleiden als den *heißen Saint James* betitelt hatten. Sein Ruf bekam ein Upgrade zum *absolut heißen Saint James,* als Yasmine De Loughrey verkündet hatte, beide seien ein Paar und hätten *es* getan. Es sei natürlich *alles* im direkten Vergleich zu Archie Lewis gewesen.

»Es war ziemlich dunkel in der Bar.« Nick hob die Schultern. »Außerdem hatten wir nur einen einzigen Kurs zusammen, oder?«

»Englisch.«

»Ich erinnere mich vage.«

»Bist du dir sicher? Du warst so gut wie nie da. Mrs Spencer hat dich irgendwann nicht mal mehr aufgerufen und bloß ein *F* hinter deinen Namen gesetzt.«

»Du hast das *F* gesehen?«

»Ich saß in der ersten Reihe.«

»Natürlich hast du das.«

Ein Grinsen verzog seine Lippen. Es erinnerte mich

ein bisschen an das Sonnenlächeln von Lilah, doch es verrutschte bei seinen darauffolgenden Worten.

»Wenn ich vorhin etwas Falsches gesagt habe, tut es mir leid. Gerade vor der Bar, als du meinen Namen gesagt hast und dann einfach weggegangen bist ... Du hast irgendwie wütend geklungen.«

»Du hast nichts Falsches gesagt.« Ich fixierte den dunklen Linoleumboden. »Ich denke nur nicht so oft an die Zeit an der Leyton High, und wenn doch, sind es meistens keine guten Erinnerungen.«

»Du erinnerst dich wirklich nicht, oder?«

»An dich?«, fragte ich verwirrt.

»Nein, an ...«

Seine Blicke streiften meine Stirn, meine Augen, meine Nase. Meine Lippen. Sieben Sekunden lang verharrten sie dort, ich zählte sie im Kopf laut mit.

Eine Primzahl.

Fast hätte ich ihn gefragt, ob *er* sich denn nicht erinnere. Das hätte unsere Unterhaltung garantiert beendet.

»Weißt du was?«, sagte er. »Vergiss die Frage. Ich bin auch müde. Wahrscheinlich sollten wir einfach schlafen gehen.«

Also suchten wir die Zimmer auf, seins zwei Türen schräg gegenüber von meinem. Unsere Verabschiedung bestand nicht aus Worten. Ich winkte bloß. Und er winkte zurück. Der Klang der Tür, die sich hinter ihm schloss, hallte sekundenlang in meinen Ohren nach. In meinem Zimmer zog ich mir die Schuhe aus, fischte das Handy aus der Jackentasche und wollte Lilahs eingetroffene Nachricht öffnen. Da klopfte es dreimal an der Tür. Das zweite Klopfen war das lauteste, golden und grün, ich starrte in Nicks Augen, nachdem ich die Klinke nach unten gedrückt hatte.

»Damals auf der Stufenfahrt im November. In Italien, am dritten Tag, in Rom, nach der Ausgangszeit, du und ich. Hast du mich damals wirklich nicht erkannt?«

Seine Finger trommelten in einem rasenden Rhythmus auf die Jeans.

Seine Finger, lang und schlank, mit kurzen Nägeln.

Seine Finger mit ihrer immer eigenen Sprache.

Wenn ich es genau nehme, begann alles mit ihnen.

Erst danach kamen die Wolken.

Kapitel 8

Nick

Meine Stimme zitterte, die Worte brannten mir auf der Zunge, und jeder verdammte Zentimeter meiner Haut kribbelte. Aber ich hoffte, dass Olivia nichts davon bemerkte. Zumindest beäugte sie mich bloß verwirrt.

Als hätte ich sie etwas in einer fremden Sprache gefragt.

Im gelben Hotellicht erkannte ich, dass ihre Augen eher braun als grün waren. Hier wirkte alles an ihr orangefarbener und wärmer.

Vielleicht war es die Art, wie das Licht von der Decke auf ihr Haar fiel.

Vielleicht war es das pochende Gefühl in mir.

Keine Ahnung.

Mit den Händen umklammerte sie ein iPhone in schwarzer Hülle. Die kurzen, lacklosen Nägel, die Knöchel, die Finger. Ich hätte sie für immer betrachten können. Nur ihre Hände. Zuletzt verharrte mein Blick auf den

Socken. Rosaroter Stoff mit Glitzerherzen. Ich musste grinsen.

»Du stehst um drei Uhr morgens vor meinem Hotelzimmer und machst dich über meine Socken lustig? Sehe ich das richtig, Saint James?«

»Ich mache mich nicht über sie lustig.« Ich hob die Hände. »Ganz im Gegenteil. Ich finde sie sogar süß.«

»Süß? Bist du betrunken, oder wie?«

»Ich muss morgen eine Ladung Passagiere von Dublin nach London, von London nach Porto und von Porto wieder zurück nach Heathrow fliegen. Ich bin mir sicher, dass ich nicht mal angetrunken bin.«

»Und was willst du dann hier?« Sie lehnte sich gegen den Türrahmen. »Vielleicht ist es dir entgangen, aber wir beide waren nicht unbedingt die besten Freunde. Und an irgendeine gemeinsame Aktion in Rom kann ich mich garantiert nicht erinnern.«

Das war untertrieben. Wir waren Fremde in derselben Stufe gewesen. Sie war auf der Grenze zwischen zwei Welten balanciert, und ich hatte mich in der Leyton-High-Society-Blase so benommen, wie es alle von mir erwarteten. Ich hatte die richtige Kleidung getragen und war mit dem richtigen Mädchen ausgegangen. Es gab nur fünf Dinge, die in meinem Leben falsch gewesen waren. Ich in Kombination mit meinen Lieblingswänden.

»Am dritten Tag, in diesem Club. Vor dieser Pinnwand. Du und ich, wir ...« Ich legte den Kopf schräg, als ich die roten Flecken an ihrem Hals ausmachte. »Wir haben uns unterhalten.«

»Daran würde ich mich erinnern.«

Ihr Blick durchbohrte mich. Und ich starb ein bisschen. Auf Socken. Mitten in Dublin. Um kurz nach drei an Neujahr.

»Wir haben nicht miteinander geredet. Schon gar nicht auf der Stufenfahrt. Tamara war die Einzige, mit der ich in Rom irgendetwas unternommen habe, außer …« Sie setzte erneut an. »Warte mal. Der Junge mit der Kapuze und der Zeichnung? Der Künstler? Du redest von dem Künstler? Das warst du?«

Drei Jahre waren vergangen, das Haar trug sie kürzer und ihre Zeiten als Stipendium-Pocahontas waren offensichtlich mehr als vorbei. Ob sie die Brandnarbe an der Seite ihrer linken Brust noch hatte, konnte ich natürlich nicht sagen. Trotzdem starrte sie mich in diesem Moment genauso bewundernd an wie damals in Rom.

»Ich habe die Zeichnung sogar mitgenommen«, flüsterte sie.

Ich blinzelte. Einmal. Zweimal. Dreimal.

»Tu nicht so überrascht. Deine Zeichnung war zu großartig, um sie dort liegen zu lassen.« Sie trat fast nervös von einem Fuß auf den anderen. Mit diesen glitzernden Herzen, die das Licht reflektierten. »Also, was hat es jetzt mit dieser Begegnung auf sich?«

»Ich … ich habe mich einfach nur gefragt, wieso du an dem Tag so traurig ausgesehen hast.«

»W… was? Sorry, aber ich verstehe unsere Unterhaltung nicht. Erst bist du völlig von der Rolle, weil ich mich nicht daran erinnere, dass du vor drei Jahren in Rom gezeichnet hast. Dann fragst du mich, wieso ich an genau diesem Tag so traurig ausgesehen habe. Dabei kennen wir uns gar nicht.«

»Wir könnten –«

»Wenn du mir jetzt sagst, dass wir uns ja kennenlernen könnten, bin ich fest davon überzeugt, dass du betrunken bist. Was machst du wirklich hier, Saint James?«

Ich hätte ihr sagen können, dass ich vielleicht doch leicht angetrunken und sie eine der wenigen war, die wussten, dass ich früher mal gezeichnet hatte. Ohne dass sie es wirklich wusste. Aber ich ließ es.

»Ich, na ja, ich dachte, wir könnten uns vielleicht austauschen. Immerhin haben wir unseren Abschluss zusammen gemacht. Wie kommt es überhaupt, dass du bei LondAir bist? Mir ist klar, wir hatten nichts miteinander zu tun. Trotzdem wusste jeder, dass du nach Oxford wolltest.«

»Ich bezweifle, dass jeder das wusste. Die meisten kannten nicht mal meinen richtigen Namen.«

»Ich schon.«

Sie seufzte.

»Das mit LondAir ist eine lange Geschichte. Außerdem spielt es keine Rolle. In zweihundertvierundvierzig Tagen bin ich sowieso endlich weg.«

Finger, die sich plötzlich sanft auf ihre Jeansoberschenkel legten, angespannte Gesichtszüge, die weicher wirkten. Und dann die Augen, die heller wurden. Alles an ihr schien leichter.

»Endlich weg«, wiederholte ich. »Du siehst glücklich aus, wenn du das sagst.«

»Ich wollte nie wirklich als Flugbegleiterin arbeiten.« Sie hob die Schultern. »Ich wollte nur Geld fürs Studium ansparen.«

»Das heißt, du stehst nicht gern lächelnd in einer Flugzeugkabine, um achthundert Menschen pro Tag willkommen zu heißen?«

»Ist schon irgendwie okay«, sagte sie nach kurzem Zögern. »Was ist mit dir? Du bist jetzt also ein fliegender Künstler?«

»Was? Nein. Ich bin kein Künstler. Ich bin Pilot.«

»*Ich bin Pilot.* Ich hasse es, wenn ihr das sagt. Es klingt immer so ...«

»Als wollten wir die Frauen rumkriegen?«

»Irgendwie schon.«

Wir lachten gleichzeitig. Mein Lachen klang tief, Olivias klang schöner.

»Also dann«, sagte sie. »War *wirklich* nett, dass ich mich mit dir austauschen konnte.«

»Noch eine Sache«, sagte ich hastig.

»Noch eine?«

»Eine letzte. Ehrenwort.«

Ich wollte weiterreden, doch konnte nicht. Sie nämlich neigte den Kopf und wurde in einem anderen Winkel von den Deckenleuchten beschienen.

Ich war mal Künstler gewesen. Licht malte sich immer selbst. Es würde für immer meine Schwachstelle sein.

Fast wie Olivia in diesem Moment, weil ihr das Licht zielsicher ins Gesicht fiel. Als wäre sie eine Statue in einem weißsterilen Raum, ausgestellt nur für mich. Die

Sommersprossen tanzten ihr wie mit Pinsel aufgesprenkelte Schneeflocken über die Gesichtszüge.

Das ist so seltsam, dachte ich. Du hast überall Sommersprossen, aber um deine Augen- und Mundpartie sind sie fast nicht vorhanden. Als wären deine Blicke zu kalt und dein Mund viel zu hart. Als hätten die Sommersprossen dort Angst vor deiner eigenen Haut. Ist sie wirklich so eisig, Olivia?

Es war der Erste Erste, bald vier Uhr morgens, und ich philosophierte über Sommersprossen.

Fuck, war ich verstrahlt.

Doch es wurde schlimmer, denn ich dachte über ihre Haut nach. Und dann über ihre Lippen. Voll und rot, warm vibrierend, auch ohne im direkten Kegel von orangem Scheinwerferlicht zu stehen.

In meiner Brust wurde es unendlich weit, und ich fragte mich, ob ich Olivia einatmete. War sie ein Mensch wie Luft, weil sie dachte, sie wäre unsichtbar gewesen? War ich vielleicht doch betrunken? War ich wirklich verstrahlt? Von ihr, in dieser Beleuchtung? Konnte mich vielleicht jemand kneifen?

Doch niemand kniff mich. Olivia räusperte sich nur.

Beinahe war es dasselbe.

»Äh, Saint James?«

»Ja?« Das Wort aus meinem Mund klang zu gepresst. *Eher wie Ja, sag mir, was das hier ist mit dir und deinen Sommersprossen.*

»Wolltest du nicht was sagen?«

Sie machte einen winzigen Schritt zur Seite, halb am

Gehen, als hätte unsere Unterhaltung schon vor Langem enden sollen. Da riss ich mich zusammen.

»Doch.« Ich schluckte. »Frohes neues Jahr, Olivia.«

»Frohes neues Jahr, Saint James.«

Mit Fragezeichen in den Augen sah sie mich an. Dann schloss sie die Tür. Einfach so.

Eine Ewigkeit lang stand ich weiter im Hotelflur rum. Er kam mir hoffnungslos überheizt vor. Und meine Hände, dachte ich. Wieso fühlen die sich so an, als würden sie brennen?

Rom, Italien

Nick

Ich betrachtete meine Finger, die entwarfen, skizzierten und schattierten.

Ich will niemals damit aufhören, dachte ich.

Es war nach Mitternacht. Schon mindestens zwanzig Minuten nach der Ausgehzeit. Theo, Willy und ich hatten uns rausgeschlichen. Natürlich. Außerhalb des Clubs klatschte Regen auf Dächer und Straßen. Es war schwül. Es war Nacht draußen, es war Nacht hier drinnen. Neongrünes Licht flimmerte von der Decke auf die Pinnwand, vor der ich stand. Vom Stockwerk weiter oben hörte ich die tiefen Bässe, zu denen sich die Clubbesucher wild bewegten. Genau genommen war es nicht mein Ding, mit aufgesetzter Kapuze im Untergeschoss eines römischen Clubs auf liniertes Papier zu kritzeln. Wahrscheinlich hätte ich erst gar nicht vor dieser meterbreiten Pinnwand zwischen Herren- und Damentoilette verharren sollen. Aber das grüne Schildchen in der Mitte, auf dem *Artistas di Roma* stand, war zu verlockend gewesen. Einfach stehen bleiben und an diese Wand voller Kritzeleien starren, das war ein Reflex. Der Block, der Stift auf dem Beistelltisch und die eingerahmte Einladung daneben: DO ART! Wie konnte ich da widerstehen?

Meinen Freunden hatte ich erzählt, dass ich auf die Toilette musste, jetzt war ich bestimmt schon über eine Viertelstunde weg und hatte keine Ahnung, wie lange ich hier noch stehen würde. Hände. Ich malte zehn Finger, die ein Glas umklammerten, mit Bleistift, kein Meisterwerk.

Trotzdem das Beste, was ich in den letzten Tagen zustande gebracht hatte.

Wir waren schon seit fünf Tagen auf Stufenfahrt, und ich fühlte mich wie in meinem persönlichen Gefängnis. Hier hatte ich keine Zeit für meine Kunst und vermisste die Nachmittage in Drakes Atelier, wo wir über die Bilder von Cézanne und Monet diskutierten, meine Nägel beschmiert mit Titanweiß und Zinnoberrot. Gestern Abend hatte ich ihr geschrieben, dass mir das Malen fehlte. Ihre Antwort war ein Foto meiner luftdicht verschlossenen Palette gewesen. Wenn ich Ende der Woche nach London zurückkäme, wären meine gemischten Grüntöne noch feucht. Außerdem würden meine Finger nicht mehr schmerzhaft zucken, sobald ich in Museen an berühmten Gemälden vorbeiging.

Ich schattierte, als ich die Schritte hörte. Sofort verkrampfte ich und vermalte mich. Es wurde ein einzelner Strich auf dem Papier. Großartig. Mit der Kapuze im Gesicht ließ ich den Stift fallen und wandte mich den Treppen zu.

Ein Mädchen in quietschgelber Regenjacke torkelte herunter. Ihre Arme ertranken in den viel zu großen Ärmeln, den Kopf hielt sie gesenkt. Ich erkannte Olivia Green sofort. Ihr Haar war einfach unverkennbar mit diesen endlos langen Strähnen, die immer glänzten.

Bitte sieh mich nicht an, dachte ich. Bitte geh einfach weiter.

Aber wie auf Kommando, so als hätte sie meine Gedanken gehört, hob sie den Kopf.

»Äh«, sagte sie. »Hi?«

Statt zu antworten, räusperte ich mich nur. Ob sie mich erkannt hatte, konnte ich nicht sagen. Dennoch kam sie geradewegs und schwankend auf mich zu, um eine Armbreite neben mir zu verharren.

»Ist das hier eine Pinnwand voller Strichmännchen?«, fragte sie verwirrt und schloss gleich darauf die Augen. »O Gott«, murmelte sie, als wäre ihr schlecht.

Kann ich mich in Luft auflösen? Kannst du bitte weitergehen? Kannst du diese Unterhaltung vergessen?

Das hätte mir durch den Kopf schießen sollen. Doch alles, was ich dachte, war, dass ich Olivia so gern richtig aus dieser Nähe angesehen hätte. Ich mochte den Abstand zwischen ihren Augen, die Sommersprossen auf ihrer dunklen Haut und die Art, wie ihre Finger sich Haarsträhnen hinter die Ohren strichen. Das hatte etwas Einnehmendes und Plakatives, obwohl das nicht zusammenpasste, aber ich musste einfach hinsehen.

»Dreht sich die Welt immer so?«, fragte sie mehr sich selbst als mich.

Olivia war definitiv betrunken. Sie roch nach Erdbeerbowle und Becks Ice zugleich. Und warum hätte sie sich sonst neben mich gestellt? Egal, ob sie mich erkannt hatte oder nicht. Eine Weile standen wir schweigend da, über uns wummernde Clubbässe. Bis sie den Blick wieder hob und auf meine Zeichnung richtete.

»Das ... sind großartige Finger.«

»Sie sind noch nicht fertig. Der linke kleine Finger ist noch nicht plastisch genug, da muss mehr Schatten rein. Außerdem zerstört dieser eine Strich das ganze Bild.«

Die Worte stolperten aus meinem Mund, bevor ich sie aufhalten konnte. *Fuck.* Hoffentlich machte die Kapuze ihren Job. Hoffentlich war Olivia einfach zu betrunken, um mich richtig wahrzunehmen.

»Das hast du gezeichnet?«

Ich wollte Nein und Ja sagen.

»Ist kompliziert«, sagte ich.

»*Kompliziert?*, wiederholte sie. »Nein, nein, nein! Ich kann dieses Wort nicht mehr hören. Das ist die bescheuertste Ausrede, die ich kenne. *Es geht nicht, weil es zu kompliziert ist.* Bullshit. Das ist einfach ganz großer Bullshit.«

»Dein Tag bestand wohl aus ziemlich viel Bullshit, hm?«

Ich traute mich. Ich hob das Gesicht und musterte sie, entdeckte aber keine Sommersprossen. Nicht einmal ihren Gesichtsausdruck konnte ich klar deuten. Einzig das leichte Zucken ihrer Schultern, zögernd und unentschieden.

»Keine Ahnung«, sagte sie.

Ich dachte an den Stadtrundgang, den Regen, die Schwüle und Roms unverkennbaren Geruch nach Müll. Kein unbedingt guter oder schlechter Tag.

»Ich glaube, manchmal hat man einfach keine Ahnung.«

»Du verstehst das nicht. Ich habe immer eine Ahnung.«

»Kann doch trotzdem sein. Man hat immer eine Ahnung, und in dieser einen Sache keine mehr. Das ist nicht besonders dramatisch.«

Statt etwas zu erwidern, griff sie nach meiner Zeichnung und beäugte sie genauer. Als wäre es okay, wenn sie mir so eine Antwort schuldig blieb.

»Sie sehen echt zerbrechlich aus«, sagte sie.

Über uns wurde die Musik leise, doch die Tanzschritte vibrierten weiter. Was zum Teufel machte ich hier überhaupt?

»Ich ... ähm ...«, begann ich. »Ich sollte gehen.«

Sie antwortete wieder nicht. Sie hob nicht mal das Gesicht.

Während ich also zur Treppe schlurfte, blieb sie vor der Pinnwand stehen. Irgendwie glaubte ich dennoch, sie sah mir nach, mit meinen zerbrechlichen Fingern zwischen ihren Händen. Aber sicher war ich mir nicht.

Ich wusste sowieso nicht, was mir mehr Angst gemacht hätte. Olivias Nachsehen oder Olivias Nicht-Nachsehen.

Es war ganz egal, wo ich Olivia in Zukunft über den Weg lief. Beim Frühstücken in der Jugendherberge, auf der Rückfahrt nach Leyton, auf den Schulfluren oder im

Englischraum. Selbst in Drakes Atelier, wo ich meine Vorskizzen immer noch mit Raster entwarf, obwohl ich mühelos frei zeichnen konnte. Selbst da grübelte ich jetzt über Olivia. Manchmal glitt mein weicher Bleistift über das Blatt, ich markierte Schattenpunkte mit kleinen Strichen und fragte mich, wie es wohl wäre, ein Gemälde von ihr zu malen.

Kapitel 9

Olivia

Noch 243 Tage

Die Bustüren öffneten sich an meiner Haltestelle. Brick Lane. Ich hievte den Koffer auf die Straße, vorbei an den bunt vibrierenden Fassaden und dem Plattenladen *Flashback Records*. Junes Lieblingsort, wenn es darum ging, nach Lana-Del-Rey-Vinyls zu wühlen. Gerade hielt sie sich mit ihrer neuen Crew bei sonnigen sechzehn Grad in Barcelona auf. Ich hingegen war noch in Uniform und steckte in den Zehnzentimeterpumps, die mich geschmerzt hätten, wären meine Füße nicht bereits taub gewesen. Das passierte oft nach einem langen Arbeitstag. Wenn mein Körper so müde war, dass er nicht mehr konnte, schaltete er in den gefühllosen Zustand. *Zombierausch* war mein Lieblingsausdruck dafür. Wäre ich bereits zu Hause gewesen, wäre ich barfuß durch mein Zimmer marschiert, bis ich wieder etwas spürte. Mich barfuß laufend auf den Boden zu konzentrieren half mir nämlich immer. Pinterestweisheit fünfhundertunddrei: Um dir deiner Umgebung bewusst wahr zu werden, fokussiere dich barfuß und tief einatmend einzig auf den Untergrund. Mein buntes Shoreditch hingegen kam nur manchmal gegen die Taubheit an. Ausgefallene Graffiti und Kunstgalerien auf gefühlt jedem Quadratmeter meines Viertels. Gemeinsam mit meinen Freundinnen lebte ich mitten im Künstlergeschehen und stellte mich bei *Paper and Cup* hinter Hipster-Studenten an, die Worte wie »Metaebene« in Small-Talk-Gesprächen benutzten.

Shoreditch bebte, atmete und lebte.

Tausendmal mehr als ich.

Wenn ich in die Swanfield Street bog, fragte ich mich, ob ich in Oxford endlich anfangen würde, so richtig zu leben. Das Gesicht hielt ich beim Einbiegen seit zwei Monaten absichtlich gesenkt, denn ich konnte keinen Blick auf dieses Werbeplakat auf der gegenüberliegenden Straße riskieren. Das In-Erinnerungen-Ertrinken-Risiko war einfach zu groß, außerdem gab es Schwimmwesten bloß unter den Sitzen von Airbus- und Boeing-Kabinen.

Angekommen in der WG, erwartete mich Lilah am runden Küchentisch. Wir hatten kein Wohnzimmer, also war die Küche der Mittelpunkt unseres Zuhauses. Holzdielen, zusammengewürfelte Möbel und Pflanzen. »Bohemian-Hipster-mäßig«, meinte Lilah zu unserer Einrichtung. »Irgendwie ein bisschen von allem«, fand June. Im Eingangsbereich klebten Zitatbilder am Rahmen des Ganzkörperspiegels, sodass man angeschrien wurde, wenn man ankam oder rausging.

THE FUTURE IS FEMALE!

I WAS NOT MADE TO BE SUBTLE!

A WOMAN IS LIKE A TEABAG: YOU NEVER KNOW HOW STRONG IT IS UNTIL IT'S IN HOT WATER!

»Ein Chai.« Lilah deutete auf die schwarze Tasse vor ihr. »Lauwarm, zwei Schüsse Hafermilch und ein Spritzer Agavendicksaft. Genau so, wie du ihn magst.«

Ich ließ mich ihr gegenüber nieder und löste dabei das Halstuch. Bevor sie nach mir gerufen hatte, hatte ich es nicht mal aus der Uniform geschafft.

»Äh«, begann ich. »Wie komme ich zu der Ehre, mit einem perfekten Chai begrüßt zu werden?«

»Es ist das erste Mal in diesem Jahr, dass wir uns sehen. Vielleicht möchte ich Karmapunkte sammeln.«

»Du bist Nicht-verzagen-Lilah-fragen-Lilah. Dein Karmakonto quillt bis in alle Ewigkeiten über.«

Ich hob die Brauen, während ich nach der Tasse griff. Beim ersten Schluck schweifte mein Blick zu dem Leiterregal, wo sich Pflanzen in beschrifteten Töpfen aneinanderreihten. Als Lilah mit ihrer ersten Monstera in die WG gekommen war, hatte sie gemeint, Pflanzen bräuchten Namen. June hatte daraufhin Städtenamen vorgeschlagen, also wurde die Monstera auf London getauft, und so ging das immer weiter. Barcelona, Miami, Shanghai, Havanna. Unsere Wohnung war ein tropisches Museum von Städten. Ich hingegen hatte nur einen mickrig schiefen Kaktus benannt. Las Vegas.

»Wenn du mich so ansiehst und dir den Nagellack abkratzt, willst du mir immer etwas sagen.« Ich musterte die roten Lackkrümel auf der Tischplatte. »Was brennt dir auf dem Herzen, *Puppe?*«

»*Puppe.*« Lilah verzog das Gesicht. »Ich kann nicht glauben, dass Dawson Mädchen so anschreibt.«

Dawson war ihr anderer Bruder. *Hey, Puppe. Na, Puppe? Ich denk an dich, Puppe.* Er meinte, das zöge immer bei den »Mädels«. Sein Markenzeichen waren teure Sneakers und Shirts mit *Ellesee*-Aufdruck. Alle Mädchen, die er mit *Puppe* anschrieb, taten Lilah sehr leid.

»Er ist neunzehn«, sagte ich.

»Das ist keine Entschuldigung.«

Sie griff nach ihrem Handy, auf dem sie etwas eintippte. Wahrscheinlich den Namen ihres Bruders, um mir seinen neuesten fragwürdigen Post zu präsentieren.

»Skorpion. Rachsüchtig, verschlossen und leidenschaftlich.« Sie hielt mir das Display unter die Nase, auf dem definitiv nicht Dawsons Instagram-Profil zu erkennen war. »Das Sternzeichen von diesem Nicholas, von dem du mir geschrieben hast. Skorpion ist eigentlich ziemlich nice.«

Blinzelnd starrte ich auf Nicks geöffnete Facebook-Seite. Das Profilfoto zeigte ihn mit zwei seiner Freunde, doch es war zu klein, als dass ich hätte erkennen können, mit wem genau.

»Du hast mir also einen Chai gemacht, um mir zu gestehen, dass du Nicholas Saint Leyton James auf Facebook gestalkt hast?« Ich runzelte die Stirn. »Und die Horoskopdeutung gibt es gratis dazu?«

»Wir reden hier von mir. Natürlich gibt es die Horoskopdeutung gratis dazu.« Sie legte das Handy zur Seite. »Du hast in deiner Sprachnachricht so komisch geklungen.

Deshalb habe ich ihn gegoogelt. Ich dachte, das könnte dich interessieren, Livy-Libra. Also?«

»Also?«, fragte ich verwirrt zurück.

»Was ist mit diesem Nick? June hat erzählt, dass der Typ dich echt krass angesehen hat.«

»Ich verstehe die Bedeutung von *krass* in diesem Zusammenhang nicht.«

»Krass eben.« Sie fuchtelte mit den Händen in der Luft herum. »Sehr intensiv und gleichzeitig komisch. So als hätte das was zu bedeuten.«

»Keine Ahnung, wie er mich angesehen hat und ob das was zu bedeuten hatte. Aber das habe ich dir schon alles in der Sprachnachricht erklärt.«

Einen letzten Moment lang durchbohrte sie mich mit einem abwartenden Blick à la gnadenlose Kabinenchefin, die unter Besatzungsmitgliedern panisch gefürchtet wurde.

»Na schön«, murmelte sie schließlich.

Eine Viertelstunde später befreite ich mich aus der Uniform und sprang unter die Dusche. Mit Schaum im Haar dachte ich nur widerwillig an diese Begegnung zurück. Nicholas Saint James und ich vor meinem Hotelzimmer, als er sagte, dass er eigentlich ein Künstler sei, und gleich darauf behauptete, auf keinen Fall einer zu sein.

Als Ablenkung löste ich auf meinem Bett ein paar Sudokus, eine Playlist auf Spotify im Hintergrund. Irgendwann kam ich nicht mehr gegen den Drang an und öffnete, mich selbst verfluchend, Nicks Facebook-Seite. Ich klickte das Profilbild an. Das Foto zeigte drei junge Männer im

Smoking mit Fliege, die mir bekannt vorkamen. Sowohl die Anzüge als auch die Jungs. Nick, William Ross und Theodore Haveford auf unserem Abschlussball. Rabenschwarzes Haar und dieses schiefe Lächeln. Theodore. Nick in der Mitte sah so gut aus wie immer. Schnell wanderte mein Blick weiter. William war der Größte der drei, Surferlocken und dieses verdammte Grübchengrinsen.

Sekundenlang starrte ich den Jungs ins Gesicht. Anschließend legte ich das Handy beiseite, ging auf den Schreibtisch zu und strich den heutigen Tag auf dem Wandkalender ab. *Noch zweihundertdreiundvierzig Tage.* Ich zählte die Tage bis zu meiner Kündigung im wahrsten Sinne des Wortes. Keinen Schimmer, wieso mein Herz sich schwer anfühlte, während ich die Schutzkappe auf die Eddingspitze schob und beim Anblick des Ikeaschranks schluckte. Vielleicht war es der Umzugskarton, der sich in der linken Hälfte versteckte. Als Symbol dafür, dass LondAir und Shoreditch kein *Für Immer* waren. In seinem Innern befand sich nichts Wichtiges. Bettwäsche mit Sonnenblumenmuster, die Aunt Sadie mir zum Auszug geschenkt hatte, meine ramponierten Chucks, die ich irgendwie nicht hatte wegschmeißen können. Krimskrams, Kleinigkeiten und die einzige Aufnahme, die ich vom American Boy besaß. Er gemeinsam mit Mum, jung, braun gebrannt und lächelnd. Ich war so unverkennbar seine Tochter, dass es wehtat, ihn und gleich darauf mich im Spiegel anzusehen. Vielleicht vermied ich deshalb die Mail mit diesem Link.

Aber es brachte ja nichts.

Ich griff wieder nach dem iPhone und setzte mich auf den Teppich, wobei ich aus dem Fenster blickte. Mein Zimmer sei eine Festung und von außen undurchdringlich, meinte June letzte Woche. Daraufhin hatte ich gelacht. Was hätte ich auch sonst tun sollen? Die Wahrheit sagen?

Hey, weißt du noch, wie du mich mit den immer geschlossenen Vorhängen aufgezogen hast? Ich habe gelacht, statt dir zu erklären, dass ich sie nicht öffne, weil seit zwei Monaten dieses Werbeplakat von William Ross schräg gegenüber hängt.

William als Gigant, mit einem drei Meter breiten Gesicht und einem Mund in der Größe meines Körpers. Wie er vor diesem vibrierend orangefarbenen Hintergrund lächelnd für Sneakers modelte. Einemillionendollarlächeln, Einemillionendollarleben, Tausendmillionendollarslogan. *Just do it* mit diesem mich verhöhnenden Haken, wenn ich nicht am Vorbeilaufen herumkam. Just do it, dachte ich dann. Ja, genau.

Ich war Kilometer von meiner Heimat entfernt, dennoch verfolgten mich Spuren der Leyton High. Samt diesem ätzenden Echo. *Stipendium-Pocahontas*. Was war das überhaupt für ein bescheuerter Name? Bloß weil ich anders aussah? Anders, exotisch, interessant, ungewöhnlich, warm aus der Ferne, kalt, wenn man mir näher kam? Ich war unberührbar, außerhalb von Leyton sogar bloß schön zum Ansehen, doch nie Pocahontas, die angeblich friedliche Vermittlerin. Ich war eine unbestimmte Kommastelle. Griechin auf Athenflügen und Argentinierin in Richtung Buenos Aires. Jeder meinte, sagen zu können, wer ich sei, weil ich es selbst nicht wusste.

Da. Bei diesem Gedanken überkam es mich wieder, dieses schwerelose Gefühl, ich als leblose Hülle. Mir blieb nichts anderes übrig, als die Fußballen tief in den Teppich zu bohren. So tief, dass ich mich fragte, ob die gelegentliche Taubheit darauf beruhte, dass mich als Teenager alles so berührt hatte.

Weil ich damals ein Herz in der Größe meiner gesamten Haut gehabt hatte.

Und weil mein Hautherz damals von allem so heillos zerrissen worden war.

Bevor ich das Mail-Icon anklickte, verbannte ich die Gedanken an Nick aus meinem Kopf. Ich stellte mir vor, ich würde sie in die Kiste legen, gut versteckt in dem Kinderzimmer bei Mum. In diesen wackeligen Karton zum Verschließen, mit den Bildern und Erinnerungsfetzen, die ich zurückgelassen hatte, als könnte ich das. Abgeschlossen, aus den Augen, raus aus den Gedanken, weg von mir. Nur weg, weg, weg von meinem nackten Hautherzen, weil *I can do it.*

Ich tippte eine Antwort an Ever, zehn Worte, eine Abkürzung.

Ever Gibson
Von: olivialgreen@gmail.uk
Betreff: *Wichtig?*

Liebe Ever,
entschuldige meine Direktheit, aber: Wer bist du?
Liebe Grüße
O

Anschließend googelte ich erneut nach meinem Vater. Robert Gibson, der American Boy, ein Märchen, ein Mythos. Plötzlich fand ich ihn auf Tausenden von Webseiten, in Form von wissenschaftlichen Papers und Bildern. Das Internet war unser heimliches Familienfotoalbum, von dem er nie erfahren würde.

Ich realisierte es erst, als ich auf den *Teaching*-Reiter der Stanfordseite klickte.

Professor Doktor Gibson hatte seit über einem Jahr keine Vorlesungen mehr gehalten.

Zum letzten Mal schweifte mein Blick zu den transparenten Vorhängen. Ich kam nicht dagegen an, mich zu fragen, wie es meinen zerbrochenen Hautherzstücken bei seinem Besitzer wohl so ging.

Kapitel 10

Nick

Nach 900 Tagen

»Du kommst mir bekannt vor.«

Kabinenchefin Riley musterte mich und nippte an ihrem Fruchtcocktail. Hinter ihr flimmerten Berlins Lichter in der nächtlichen Ferne. Multikulti, Gedrängel und bedingungslose Offenheit, die zwischen quietschenden Straßenbahnen pulsierte. In Berlin war es egal, in welchem Stadtteil ich mich befand, mein Herz lief stets auf Hochtouren. Als könnten hinter jeder Ecke weitere Straßenkünstler oder geöffnete Ateliers auf mich warten. Was ja irgendwie auch der Fall war. Es gab bloß einen Ort, den ich hier hasste. Die *Monkey Bar,* wo LondAir-Besatzungen am liebsten anstießen.

So wie gerade meine Crew.

»Ich würde sagen, dass wir schon mal miteinander geflogen sind, aber daran würde ich mich erinnern.«

Riley legte den Kopf schräg, während sie mich intensiver unter die Lupe nahm. Scott und Co. hätten mir mit

Sicherheit geraten, mir sie zu klären. Kabinenchefin gleich Jackpot. Oder so. Aber sie schrieben ja auch *happy pilot to be* in Tinderbeschreibungen. Ich hingegen wollte einfach in mein Bett, mich hinlegen, schlafen und nie wieder aufwachen, wenn das hieße, mein Kunst Berlin nie verlassen zu müssen.

»Vielleicht meinst du meinen Bruder«, sagte ich. »Charles. Charles Saint James.«

Ich sah aus wie Charlie, und Charlie sah aus wie Dad. Dad sah aus wie jeder seiner drei Brüder, und seine Brüder sahen aus wie mein Großvater. Wenn man Familienfotos von uns betrachtete, war es gruselig, wie ähnlich wir uns waren. Dasselbe Haar, die gleiche leicht schief stehende Nase und haargenau dieselbe Statur. »Diese starke und unverkennbare Saint-James-Präsenz«, meinte mein Vater immer stolz. Natürlich waren wir alle Piloten. Den Beruf gab es zum Namen Saint James wie ein Muttermal zur Geburt.

»Wieso bin ich da nicht selbst draufgekommen?« Riley starrte mich mit offenem Mund an. »Ihr seht euch ja so was von ähnlich. Ihr seid keine Zwillinge, oder?«

»Nop. Charlie ist vier Jahre älter als ich.«

»O shit, dann bist du also der kleine Bruder von Charlie!«

Wie sie *Charlie* aussprach verriet sie. Das *ie* am Ende zog sie in die Länge, und ihre Augen leuchteten auf. Sie erwähnte meinen Bruder so träumerisch und gleichzeitig wehmütig wie jede Frau, die er gevögelt hatte.

Während der nächsten zwanzig Minuten fragte mich

Riley über Charlie aus. Wie es ihm so gehe, was er jetzt so mache, ob er glücklich auf der Langstrecke sei. Irgendwann erhob ich mich und verkündete, schon mal ins Hotel zu gehen.

Niemand begleitete mich.

Mit den Händen in den Jackentaschen kehrte ich zum Hotel zurück. Es war so kalt, dass die Passanten die Gesichter hinter dicken Schals verbargen. An der letzten roten Ampel kam ich zum Stehen. Neben mir stand ein Pärchen, bestehend aus zwei Frauen, die blaue Ikeatüten über den Schultern trugen. Beide hörten so laut Musik, dass sich die jeweiligen Songs übertönten. Vibrierender Techno und schnelle Tanzchartmusik. Ihre Füße wippten zu den verschiedenen Rhythmen mit, während aus einer der Tüten eine Staffeleispitze hervorragte.

Ich wusste nicht, warum ich zuerst ans Zeichnen, ans Händezeichnen und schließlich an Olivia dachte.

Als wäre das etwas Neues.

Natürlich hätte ich sie auf Instagram oder sonst wo anschreiben können. Aber die Art, wie sie mich angesehen hatte, war so eindeutig gewesen. Olivia L. Green wollte nichts mit mir zu tun haben. An ihrer Stelle hätte ich auch jede Erinnerung an die Leyton High vermieden. Abgesehen davon, hätte ich überhaupt nicht gewusst, was ich ihr texten sollte. Ein *Hallo?* Ein *Ich hoffe, du hattest einen guten Rückflug?* Ein *Hey, wie geht's? Ich muss irgendwie ständig an dich denken und wollte dich fragen, ob wir uns mal treffen können. Wir müssen auch nicht reden. Wir müssen uns nicht mal in die Augen sehen. Ich könnte bloß deine Hände betrachten.*

Ja, genau.

Ich betrat gerade mein Zimmer, öffnete die Jacke und legte die Keycard beiseite, da vibrierte das Handy. Keine wichtige Nachricht. Scott hatte in einer Gruppe gefragt, ob jemand seinen Flug mit ihm tauschen könne, und ein Bild mit Crewliste angehängt. Bevor ich sein Anliegen überflog, checkte ich die anderen Benachrichtigungen. Eine von Charlie und eine von Theo. Mein bester Freund hatte mir ein Bild meiner Haustür gesendet. Grinsend tippte ich eine schnelle Antwort.

Wir waren quasi beste Freunde aus Sandkastentagen, weil unsere Eltern wiederum seit Ewigkeiten miteinander befreundet waren. Manchmal kannte ich Theo deshalb sogar besser als mich selbst. Zum Beispiel hatte er mit dreizehn beschlossen, Jura zu studieren. Grund dafür war das Telefonat der Haushaltshilfe, das er mitgehört hatte. Es ging um einen Rechtsstreit ihres minderjährigen Sohnes, sie hatte sich keinen Anwalt leisten können und sich die Augen ausgeweint. Theo hatte oft daran denken müssen. Menschen brauchten eine Stimme, wenn sie ungerecht behandelt würden und selbst keine hätten, hatte er gesagt. Und er wollte eben diese Stimme sein. Er wollte für Menschen kämpfen, Schlupflöcher suchen, sich erst zufriedengeben, wenn er alles versucht hatte, und dann noch ein bisschen mehr geben.

Theo war ein Typ, den man sich zum Vorbild nahm.

Seine Schwester Jules wohnte bloß zwei Straßen entfernt von mir, und wenn er sie besuchte, klopfte er manchmal bei mir an. Meistens hatte er ein Sixpack Guinness dabei, und wir verbrachten einen spontan entspannten Abend. Manchmal entschlossen wir uns auch zu einem Pubbesuch und fragten Q oder Willy, ob sie mitkommen wollten. Wenn ich nicht zu Hause war, schickte er mir ein Foto meiner Haustür und schrieb: *Ich war da.* So wie heute. Mein Handy vibrierte mit einer weiteren Nachricht, diesmal von Willy, die ich jedoch nur noch am Rand wahrnahm.

Louise.

Olivias zweiter Name, das Wort, für welches das L in der Mitte stand. Meine Finger fuhren die Buchstaben nach, während ich gegen Scotts Crewliste anblinzelte.

*

Ihr Name klopfte an die Wände meines Kopfes. Olivia, Louise, Olivia Louise Green. Ich dachte an sie. Ständig. Dann, wenn ich nicht wollte, und dann, wenn es nicht passte. Wenn der Kapitän sagte: »Wieso gehst du nicht vor die Tür und verabschiedest unsere Gäste, Nicholas?«, und ich fremden Leuten in das Gesicht lächelte. Ich sagte: »Auf Wiedersehen«, hundertmal, hundertfünfzigmal, zweihundertmal, und hatte dabei einen Ohrwurm von *Olivia Louise Green.* Nachdem wir endlich die letzte Landung hinter uns gebracht hatten, verabschiedete sich Riley im FOC mit einer festen Umarmung von mir.

»Grüß Charlie von mir«, sagte sie.

»Mach ich«, versprach ich.

Wieder lächelte sie dieses nostalgische Charlie-hat-mich-gevögelt-Lächeln, ein kurzes Winken, ich mit der linken und sie mit der rechten Hand, anschließend entfernten sich ihre Schuhe klackernd von mir. Während ich in Richtung Underground stapfte, schepperten die Trolleyrollen aufdringlich über den Flughafenboden. Doch da war immer noch ihr Name, glasklar und unverkennbar. In der Piccadilly Line saß ich am Fenster, auf einem Viererplatz nur für mich und mit dem Ohrwurm in meinem Kopf.

Eine knappe Stunde und ein Umstieg am King's Cross später stieg ich endlich in Hoxton aus. Vor meinem Wohnhauskomplex öffnete ich den Briefkasten. Post von meinem Mobilfunkanbieter, der sich weigerte, monatliche Abrechnungen per Mail zuzustellen. Als ich das gefaltete Blatt hinter dem Briefumschlag entdeckte, musste ich schlucken. Es war die fünfte wortlose Nachricht, die mich innerhalb der letzten drei Monate erreichte. Zögern brachte nichts, also faltete ich es unter dem schummrigen Fassadenlicht auf.

Picassos *Jacqueline mit Rosen*, Cézannes *Schädelpyramide*, Kandinskys *Kreise in einem Kreis* und Pollocks *Autumn Rhythm*. Das waren die bisherigen verpixelt ausgedruckten Gemälde, die mir jemand in den Briefkasten geworfen hatte. Und dieser Jemand war Drake. Mit absoluter Sicherheit. Die nicht mal gleichmäßig zusammengefalteten Blätter und abgeknickten Ecken waren ihre gleichgültige Handschrift. Bestimmt wollte sie mich damit an die Nachmittage in ihrem Atelier erinnern.

Du musst die Technik studieren. Talent reicht nicht, weil Talent nie reicht. Du musst die Künstler verstehen, weil du der Künstler sein willst. Siehst du, wie diese Bilder schwim-

men? Kunst ist ein Ozean und der Künstler unsinkbar, aber du bist immer noch der Weltmeister im Ertrinken. Du musst schwimmen lernen. Brustschwimmen, Schmetterlingsschwimmen, Tauchen und Freistil. Du musst alles lernen.

Keinen Schimmer, wie oft sie mir Sätze wie diese an den Kopf geschleudert hatte. Beim heutigen Bild fuhr ich mir über das Gesicht. Es war ein Gemälde der schlechteren Künstler, über die wir oft gesprochen hatten. Drake hatte gemeint, man müsse jeden Fehler nutzen, vor allem die Fehler der anderen, um besser schwimmen zu lernen. Und jep, sie war die Einzige unter ihren Freunden, die Malen seltsamerweise mit Schwimmen gleichsetzte.

Einen Moment lang starrte ich das heutige Bild an. Ein halbes Gesicht auf der rechten Seite, das links in einer sich auftürmenden Welle verlief. Ein abstraktes Bild voller Blautöne, der Titel O-*Heart*. Drake hatte auf die Abkürzung für das O auf O-*mein-Gott*-nein-*Herz* getippt. Ich hatte es gemocht, sie nicht. »Das Bild schwimmt nicht«, hatte sie gesagt. »Der Künstler ist untergegangen.«

Ich faltete das Papier zusammen und stieg die Treppen zum zweiten Stockwerk hinauf. Woher Drake meine Adresse hatte? Keine Ahnung. Ob es Zufall war, dass mich die Bilder seit der abgeschlossenen Pilotenausbildung erreichten? Nein. Sie hatte doch gesagt, die Kunst werde mich verfolgen.

In meinem Stockwerk angekommen, entdeckte ich den Typen vor meiner Tür. Breite Schultern, perfekt sitzender Trenchcoat. Diese starre Haltung, der leicht arrogante Blick. Bei den zerrissenen Jeans musste ich trotz des O-*Heart*-Ausdrucks zwischen meinen Fingern lächeln, weil sie nicht ins Bild passten. So war Charlie nun mal. Ein richtiger Saint James mit dem makellosen Aussehen, dazwischen aber die löchrige Hose, bei deren Anblick Mum schockiert die Augen aufgerissen hätte. Charles Saint James, der Saint James mit dem Twist.

»Da bist du ja endlich, Mann.« Er packte das Handy in die Hosentasche. »Du musst dich beeilen, wir sind echt spät dran. Heute ist das *ach so* wichtige Dinner zu Hause. Schon vergessen?«

»Was? Nein. Klar hatte ich das auf dem Schirm. Nur kurz duschen, dann bin ich fertig.«

Eine halbe Stunde später saßen wir in Charlies Wagen, einem schwarzen Audi A8. Er roch nach Neuwagen und Geschwindigkeit. Während der Fahrt erzählte Charlie von seinem letzten Langstreckenflug nach Miami. An einer roten Ampel zeigte er mir Fotos, unter anderem ein Selfie von sich und einer Frau in einem schwarz gepunkteten Bikini.

»Wie heißt sie?«

»Keine Ahnung«, sagte er.

Auf dem Bild trug die Flugbegleiterin eine Pilotenbrille, und Charlie lächelte in die Kamera. Hinter ihnen wehten Palmen im Wind.

Ich dachte an Ozeane im Allgemeinen.

»Übrigens.« Er räusperte sich. »Ich glaube, Yasmine kommt auch.«

Mein Körper verkrampfte.

Kapitel 11

Olivia

Noch 214 Tage

Ever antwortete mir nicht. Ich checkte das elektronische Postfach fast stündlich, den Synth-Ton auf Maximallautstärke gestellt. Mein Leben lang war ich eine Tochter ohne Vater gewesen und Robert Gibson ein Vater ohne Tochter. Wir konnten ohne wunderbar, aber nun war ich eine Wissenschaftlerin und er die Forschungsfrage. Midlife-Crisis, Krankheit, Burn-out, Krebs, vielleicht eine ganz seltene Form. Während der Nachtschichten malte ich mir das plötzliche Verschwinden des American Boy aus.

In den ersten Januarwochen ertönte der Synth-Ton in den willkürlichsten Momenten. Wenn ich zwei Creme-Cheese-Bagel an der Brick Lane kaufte, Janice auf ihrer heruntergekommenen Decke ausmachte und ihr einen der Bagel vor den Münzpappbecher legte. Wenn ich bei Tesco mit June einkaufen war und der Kassierer unsere Lebensmittel kommentierte, so wie er es immer tat. »Drei Tomaten, Basmatireis und fünf braune Bananen. Was wollt ihr denn damit kochen?« Der Ton erklang, wenn ich in der Piccadilly Line saß, von einer Nachhilfestunde nach Hause ging und Rose im Treppenhaus begegnete.

Doch es war immer bloß Werbung.

»Schlechte Nachrichten?«, fragte Rose, nachdem sie meinen leicht enttäuschten Gesichtsausdruck bemerkt hatte.

»Nein. Nur nicht die, die ich wollte.«

»Ist immer so.«

Sie lächelte traurig, bevor wir gemeinsam die Treppen hinaufstiegen. Rose wohnte über uns, arbeitete als Grafikdesignerin und war von Lilah auf Monochrom-Rose getauft worden. Alles an ihr war hell. Die Haut, die Kleidung, das Haar weißblond. Die pastellfarbenen Post-its an ihrem Briefkasten, mit denen sie ihrem neuesten Ex-Freund mitteilte, sie wolle *wirklich* nichts mehr von ihm wissen. Am liebsten setzte sie sich mit ihrem Laptop ins *The Ivy,* weil eine Freundin dort Adele und Dua Lipa begegnet sei. »Wenn ich Florence Welch treffe, organisiere ich dir ein Autogramm, keine Sorge«, hatte sie mir vor Monaten versprochen.

Letztendlich passierte es wieder in Heathrow. In der letzten Januarwoche. Der Synth-Ton meines Handys erklang. Und es war keine Werbung.

Endlich.

»Haben Sie auch vegane Nutella?«, fragte Lilah die Kellnerin mit dem Namensschild, auf dem *Jordan* stand.

Heute war der letzte Donnerstag des Monats und damit die einzig noch verbliebene Chance auf unseren Pancake

Thursday. Einmal im Monat fand dieser Tag nämlich statt, an dem Lilah den Teig mischte, June den Tisch deckte und ich Früchte in Stücke schnitt. Am Ende schossen wir ein Polaroidfoto und hefteten es an die Pinnwand über unserem Esstisch. Über zwei Jahre lang war der Pancake Thursday schon unser Ritual, das wir an unsere Arbeitspläne anpassten.

Mein Blick schweifte von Jordans ratlosem Gesicht zu der hoffnungsvollen Miene meiner Freundin.

»Ich frage gern für Sie nach. Falls wir keine haben, dann bloß mit roten Früchten?«

»Ja, dann nur mit den Früchten.« Lilah bemühte sich um ein Lächeln, doch legte den Kopf in die Hände, sobald Jordan verschwunden war. »Warum hängt die Welt heute so schief?«

»Die Welt hängt nicht schief.« June nippte an ihrem Ingwertee. »Du bist einfach müde. Da sieht man die Welt manchmal ein bisschen schief.«

»Ich sehe die Welt nicht schief.« Lilah presste die Lippen aufeinander. »Heute ist der letzte Donnerstag in diesem Monat und wir essen Pancakes am Flughafen. Um vierzehn Uhr einunddreißig. Und es gibt nicht mal vegane Nutella. Bei uns zu Hause stehen zwei Gläser in den Schränken. Bitte sag mir, was an dieser Situation gerade nicht schief ist?«

Sie hatte recht. Heute hing sehr vieles sehr schief. Für sie wahrscheinlich noch mehr als für mich, denn sie war vor einer guten Stunde aus Narita gelandet. Neun Stunden Zeitverschiebung, ein viel zu kurzer Aufenthalt, eine ganze Nacht, die man durcharbeitete. Lilah sah nicht aus wie Lilah. Lilah sah aus wie eine abgeschwächte Version ihrer selbst, todmüde Augen, wenig Mensch. Ein normaler Pancake Thursday hätte ihr bestimmt gutgetan. June und mir auch. Schließlich war June an einem freien Tag nach Heathrow gefahren, und ich würde in weniger als eineinhalb Stunden im FOC darauf hoffen, dass der heutige Kabinenchef kein penibler Helikopter-Daddy war.

»Wahrscheinlich ist dieses Pancake-Mittagessen nicht unbedingt meine beste Idee.«

»Nichtbeste Ideen können auch gut sein.«

»Seit wann siehst du die Dinge positiver als ich?«, fragte Lilah mich beinahe belustigt, doch June wechselte das Thema und erkundigte sich nach diesem Typen, von dem Lilah uns letzte Woche erzählt hatte. Ryder, der sie um ein Date gebeten hatte und ebenfalls Journalismus studierte. Er hätte sie nach einer Vorlesung abgefangen und nach ihrer Nummer gefragt. Sie wurde oft nach Dates gefragt, aber sie einfach so abzufangen hatte sie mutig von diesem Ryder gefunden. *Mal was anderes als dieses ganze Online-Gedöns.*

»Er schickt mir Spongebob-Memes. Wirklich süß. Ich habe ihm sogar von unserer Party erzählt. Er findet unser Motto sehr innovativ.«

»*The truth in zodiac signs.*« June spießte eine runde Bananenscheibe auf. »Wie kann man das Motto auch nicht gut finden?«

Lilah nickte ernst, und ich dachte an das Pinterest-Moodboard, auf dem sie Ideen für passende Cocktails speicherte. Alles war natürlich ihre Idee, das Motto und die gesamte Party. Der Anlass war das Fastsemesterende. Lilah wollte ein letztes Mal so richtig trinken, mit Nachtdurchmachen und Gastgeberinspielen, ehe sie sich den poetologischen Reflexionen widmen würde.

Fünf Minuten später servierte Jordan uns die Pancakes inklusive veganer Nutella. Um kurz nach drei schossen wir unser Polaroidselfie.

»Ich habe Nutella im Gesicht.« Lilah inspizierte das Polaroid.

»Hast du das nicht so gut wie auf jedem Bild an der Pinnwand?«

Lilah wollte mir gerade antworten, verstummte aber beim Klingeln meines Handys.

»Was ist denn das für ein Ton?«, fragte June.

»Der Synth-Klang. Den habe ich für eingehende Mails eingestellt.« Ich griff nach meinem Handy, um es zu entsperren. Zitternde Hände, rasende Gedanken. Es konnte Ever sein. »Ist bestimmt nur Werbung. Wahrscheinlich von diesem Laden, wo ich immer nach günstigen Smythons ...«

Ich konnte nicht atmen.

Ich konnte nicht weiterreden.

Ich blinzelte gegen den Absender der ungeöffneten Mail an.

Fast hätte mein Herz sogar das Weiterschlagen vergessen.

»Livy?« Lilah sah mich vom Platz gegenüber besorgt an. »Alles okay?«

Ich schüttelte den Kopf, June neben mir erkannte den Absender. Vor Überraschung sog sie die Luft scharf ein.

»Hallo?« Lilah wedelte mit der linken Hand. »Kann mir jemand sagen, wer –«

»Die Oxford-Administration«, flüsterte ich.

»Sie haben die Ab- oder Zusage spätestens Ende Januar in Ihrem Postfach«, hatte die Frau im hellen Hosenanzug gesagt. Damals im Dezember hatte ich antworten wollen, dass die Zusage innerhalb einer Woche auch schon zu spät gewesen wäre. Ich wartete doch schon so lange, sehnsuchtsvoll und manisch, mit meinem Kündigungskalender und dem Umzugskarton in meinem Schrank. Trotzdem fühlte sich die Mail jetzt, am vorletzten Tag dieses Januars, viel zu früh an.

Ich war nicht bereit.

Weder für eine Absage noch für eine Zusage.

Dabei hatte ich diesen Schwebezustand so verachtet. Dieses Hoffen, Nichtwissen und das ständige Fragen nach *Was-wäre-wenn*. Aber jetzt saß ich hier und hatte Todesangst, in Uniform und mit meinem Zahlenherzen darunter.

»Alles wird gut.« June drückte meine Schulter. »Das ist deine Zusage.«

Tief einatmend, öffnete ich die Mail und las den ersten Satz, anschließend legte ich das Handy weg, das June sich sogleich schnappte. Mein Körper stand unter Strom. Ich war ein einziges Vibrieren. In meinem rechten Ohr begann es zu piepen.

»Es tut uns leid, Ihnen mitzuteilen«, wiederholte ich.

»Nein.« Lilahs Haut wurde noch blasser als sonst, weiß und geisterhaft durchsichtig. »Nein und nein und nein!«

Mit jedem Wort wurde ihre Stimme leiser und der Tinnitus lauter. Keine Ahnung, wie viele Male June die Mail überflog, bevor sie das Handy an Lilah weiterreichte. Keine Ahnung, wie oft June mir über die Schulter strich und wann Lilah über den Tisch hinweg nach meiner Hand griff. Keine Ahnung, was meine besten Freundinnen zu mir sagten. Vielleicht sparten sie sich die aufmunternden Floskeln. Vielleicht sagten sie mir, dass ich in diesem Zustand unmöglich arbeiten könne. Keine Ahnung. Ich wusste nur, dass ich auf die Taubheit wartete, die mich überschwemmen würde. Insgeheim dachte ich dabei an die Tage, die ich für meine Interviews in Oxford verbracht hatte. Ich hatte ein Zimmer im Balliol College zugeschrieben bekommen, meinem Wunschcollege. Es war klein und schäbig gewesen, aber mit dem Blick auf die leicht vergilbten Wände hatte sich alles so richtig angefühlt. Ich dachte an Oxford, eigentlich Hogwarts-Oxford mit achtunddreißig statt vier Häusern und Fahrrädern statt Besen, und obwohl achtunddreißig keine Primzahl war, war die Stadt perfekt. Zumindest für mich, denn mit jedem Atemzug hatte ich Geschichte und Zukunft zugleich eingeatmet. Die drei gut gelaufenen Interviews Anfang Dezember, die versichernden Mienen der Prüfer bei der Verabschiedung.

Irgendwann bestellte Lilah alkoholfreien Sekt und drückte mir ein Glas in die Hand.

»Trink«, sagte sie.

»Alles wird trotzdem gut«, wiederholte June.

Ich jedoch schüttelte mechanisch den Kopf, weil es nie wieder gut werden würde und die Taubheit nicht kam, obwohl ich sie so gebraucht hätte. Ohne sie spürte ich, wie mein Traum starb. Auf meiner Haut und in jedem einzelnen meiner Gedanken.

Mein Traum starb überall.

*

Das Briefing würde in sieben Minuten beginnen, und ich stand in der Einzeltoilette der dritten Etage des FOC. Während ich mein Gesicht betrachtete, zählte ich in Primzahlen. Hunderteinunddreißig, hundertsiebenunddreißig, hundertneununddreißig. Besessen versuchte ich mein Spiegelbild zu beschwören, endlich zu weinen.

»Bitte«, flüsterte ich sogar.

Alles in mir stand in Flammen, unter Strom und unter Wasser. Obwohl es hinter meinen Lidern brannte, waren meine Augen kein bisschen feucht. Dabei wären die Tränen dringend nötig gewesen. Gleich würde ich für neun Stunden lächelnd Cola einschütten und dankend den Müll annehmen. Lilah und June hatten tatsächlich gemeint, dass ich so nicht arbeiten könne. Was aber hätte ich tun sollen? Mich vierzig Minuten vor Briefingzeit krankmelden?

Ein paar Tränen hätten mir schon gereicht, um diesen Schwebezustand zwischen Weinenwollen und Nichtweinenkönnen zu verlassen. Ein weiterer Schwebezustand, eine weitere Ungewissheit. Das war nicht fair, doch so war das eben. Ich weinte nicht, es passierte nichts, und ich fragte mich, ob das am Ende nicht immer so war.

Mit bemüht gestrafften Schultern und einem Traumtodkummer stöckelte ich also in Briefingraum 9, wo sich meine Besatzung versammelt hatte. Zwei fremde Kollegen und ein Kabinenchef saßen mit strahlenden Gesichtern an dem großen Besprechungstisch. Als könnten sie es kaum erwarten, die Flugzeugröhre zu betreten. Der Kapitän schob den Stuhl am Kopfende gerade nach hinten, wo der Co-Pilot mit dem Rücken zu mir Platz genommen hatte. Für eine Sekunde verharrte mein Blick auf dem dunklen Hinterkopf mit den tiefbraunen Locken, die sich im Nacken kräuselten.

Mein Herz begann zu pochen.

»Ah, da ist Olivia ja.« Der Kabinenchef klatschte in die Hände. »Schön, dann sind wir ja komplett und können mit dem Briefing beginnen.«

Die Besatzung lächelte mir zu. Abwartend, damit ich die Tür hinter mir schloss und mich ebenfalls hinsetzte. Doch ich stand wie angewurzelt da, weil der Co-Pilot sich zu mir umdrehte. Buntes Gesicht wegen der bunten Augen. Ich wusste, was mich erwartete. Nicholas Saint James. Wie zum Teufel konnte das sein? Er hatte nicht auf der Crewliste gestanden. Ich kniff die Lider zusammen, da wich die Anspannung.

Glasklare blaue Augen.

Der Co-Pilot war glasklar nicht Nick.

Zitternd und erleichtert zugleich atmete ich aus. Mit meinem besten Flugbegleiterinnenlächeln steuerte ich schließlich einen der freien Plätze an. Aber während der Kapitän erzählte, dass Sicherheit wie immer an erster Stelle stehe, fragte ich mich, wieso ich erleichtert war.

Mein Traum war immer noch tot.

Und ich wurde anscheinend verrückt.

*

Wir flogen zuerst nach Glasgow, von Glasgow zurück und dann nach Paris Charles-de-Gaulle. Die Flüge waren ausgebucht, gestresste Passagiere stiegen ein, und gestresste Passagiere stiegen aus. Mein Kollege Otis erzählte mir während Anflug und Landung von seinem Freund, der in Miami wohnte. Im Van zum Hotel zeigte er mir ein Foto. Sein Freund hieß Yason mit Y und war Model. Yason mit Y sah so aus, als würde er das Fitnessstudio nie verlassen, und Yason mit Y hatte schon unzählige Male für Proteinpulver gemodelt. Eigentlich war es ein Wunder, dass ich mich überhaupt an irgendetwas erinnerte. Aber es war auch Fluch zugleich. Wie ich mich in die hintere Flugzeugtoilette gequetscht hatte, um mich noch einmal zum Weinen zu zwingen. Das war jetzt auf ewig in meine Gedanken eingebrannt.

Um kurz vor zehn war der Pariser Himmel schon lange dunkel, und wir stiegen aus dem Van. Unser Hotel lag im Viertel Tremblay-en-France, wo von den romantischen Gassen und der malerischen Seine jede Spur fehlte. Während die Koffer ausgeladen wurden, lenkte eine Frau auf der anderen Straßenseite einen Kinderwagen über die Pflastersteine.

»Merde!«, schrie sie plötzlich in das Handy, das sie zwischen Schulter und Ohr geklemmt hatte.

»Bienvenue à Paris«, sagte der Vanfahrer.

Am liebsten wäre ich der Mutter hinterhergelaufen und hätte sie gefragt, ob sie gemeinsam mit mir das lauteste *Merde* der Welt rufen wolle.

In der Lobby verabschiedete ich mich mit einem Händedruck von der Crew, und endlich im Hotelzimmer, sprang ich schnell unter die Dusche, löste mein Haar aus dem strengen Knoten, zog mir Mütze und Schuhe über, schon war ich auch wieder aus dem Zimmer. Ich war müde, aber ich musste einfach raus. Ich hatte den halben Tag in einer Flugzeugröhre verbracht und brauchte frische Luft. Zwanzig Minuten laufen, kurz um den Block und falsche Pariser Nachtluft einatmen. Vielleicht irgendwo einen Snack auftreiben und dabei versuchen, nicht an Oxford zu denken. Spaziergänge nach Flügen waren mir wichtig. Auch an durchschnittlich normalen Tagen. Den Himmel wieder von unten betrachten, ein bisschen Atmosphäre, Abgase und Abende einatmen. An Menschen vorbeigehen, ohne sie anlächeln zu müssen. Ich wollte zumindest für die Länge eines Spaziergangs an den Orten ankommen, die ich so schnell wieder verließ.

Ich nahm die Treppen statt dem Aufzug und wünschte den Hotelangestellten einen schönen Abend. Die Franzosen hatten eine schöne Sprache. Selbst die einfachsten Füllwörter klangen so weich. *Le, la, alors, toujours.*

»Bonsoir, Mademoiselle«, sagte der Portier, bevor er mir die Tür aufhielt.

Mademoiselle, wiederholte ich lautlos, bloß für mich.

Paris vor dem Crewhotel roch ein bisschen schmutzig, nach Zigarettenstummeln und Müllsäcken, die sich vor

Wohnhaustüren stapelten, aber es machte mir nichts aus. Ich mochte Viertel mit Charakter und Straßen, die man nie auf Instagram sah. Ich suchte auf meinem Handy gerade nach noch geöffneten Lokalen, da bemerkte ich diese Person einen Block vor mir. Unter weißgelben Straßenlaternen hielt sie plötzlich inne. Die Gestalt war auf jeden Fall groß mit langen Körpergliedern, wahrscheinlich ein Mann. Ein Mann, der sich wieder fing und mit entschlossenen Schritten weiterging. Bis er in einiger Entfernung zu mir langsamer wurde, und ich ihn wiedererkannte. Bei meinem Anblick lächelte er und kam auf mich zu. Diesmal war er es wirklich, keine Frage, denn mein Herz pochte.

Und pochte.

Was zum Teufel?

»Saint James?«, sagte ich. »W... was machst du hier?«

»Äh, das ist unser Crewhotel.«

Er deutete auf die Vorderseite des Hyatt. Helle Lichter schienen durch die Schiebetüren, vor denen wartende Taxifahrer bei acht Grad Celsius in dünnen Sweatern neben Motorhauben rauchten.

»Ich weiß«, sagte ich.

»Dafür, dass du das weißt, klingst du ziemlich verwirrt.« Er hob die Brauen. »Man trifft sich doch gelegentlich vor dem Hotel, wenn man am nächsten Tag gemeinsam zurückfliegt.«

»Gemeinsam zurückfliegt?«

»Hast du dir die Crewliste nicht angesehen? Es gibt einen Cockpit-Change. Ich bin erst seit einer Woche auf dem Flug drauf. Ein Kurskollege hat gefragt, ob jemand mit ihm tauschen kann.« Er hielt kurz inne. »Was machst du eigentlich hier draußen? Bist du nicht gerade erst gelandet?«

Ich zupfte am Saum meiner Mütze und konnte nicht glauben, dass ich mich gerade ernsthaft mit Nicholas Saint Leyton James in Paris unterhielt.

»Ich brauche nach den Flügen immer frische Luft. Außerdem muss ich mir noch was zu essen besorgen. Das vom Flugzeug gehört nicht unbedingt zu meinen Favoriten.«

Und ich muss den Tod meines Traums verarbeiten und glaube, dass sich schmutzige französische Straßen bestens dafür eignen.

Als seine Augen aufblitzten, wollte ich den Kopf schütteln. Als seine Lippen sich teilten, wusste ich, was er sagen würde. Und als er dann sprach, klang seine Stimme ganz leise in meinen Ohren.

Wie in Watte eingepackt.

Ich wusste nicht, wieso.

»Ich kenne da ein ganz gutes Lokal. Na ja, es ist eher ein Falafelladen. Wenn du willst ...«

Wenn du willst, kann ich ihn dir zeigen.

»Wenn du willst, kann ich dir erklären, wie du hinkommst.« Er deutete mit einer Kopfbewegung nach links. »Eigentlich musst du nur geradeaus, ungefähr zehn Minuten. *Ali* heißt er. Sehr originell.«

Nick lachte. Der Laut war tief, kehlig und eine winzige Spur zu leise, sodass er mit Leichtigkeit zwischen den Straßengeräuschen unterging.

»Danke.« Meine Stimme klang abgehackt und verwirrt zugleich. »Für die Empfehlung.«

Er nickte, aber niemand rührte sich. Neben uns rauschten Autos mit fremden Kennzeichen vorbei. Rot blinkende Rücklichter, französischer und derber Rap aus offenen Fenstern.

»Wenn du willst, kann ich dir den Weg natürlich auch zeigen«, sagte er.

Sein Blick war so intensiv, dass er mir unter die Haut ging. Kribbelnd und stark, vielleicht brannte er sogar ein bisschen.

Blicke, die brannten, das ging nicht.

Nur meine Wolken, die sollten brennen.

»Was machst *du* eigentlich hier draußen?«, fragte ich.

»Ich war spazieren. Ich brauche nach den Flügen immer ein bisschen Bewegung und was anderes als die Flugzeugluft.«

Nick lächelte, weil er annahm, dass er mich damit hatte. Was auch tatsächlich so war, aber es lag gar nicht an ihm und an seinen Worten, sondern bloß an mir und meinem Traum, an den ich nicht mehr denken wollte.

Seufzend deutete ich nach links. »Und du möchtest mir den Falafelladen wirklich zeigen?«

»Je mehr frische Luft, desto besser.«

»Na dann.«

Ich folgte Nick zu seinem Lieblingslokal. Motoren heulten und ein paar Sterne leuchteten. An der ersten Ampel unterbrach er die Stille.

»Kennst du eigentlich das Lied *Famous Blue Raincoat*?

Ich höre es manchmal. Meistens muss ich dann an dich denken. Du in deinem Regenmantel früher.«

Bei seinen Worten wurde es grün, ohne dass wir das Umschalten bemerkten. Wir standen dicht an dicht, doch gleichzeitig so weit voneinander entfernt, ein zweites Paris hätte sich zwischen unsere Jackenärmel drücken können. Aus einem wartenden Auto lief das Klischeefrankreichlied *Je veux* auf voller Lautstärke.

Die Trompetenklänge tanzten in meinen Ohren.

Kapitel 12

Nick

Nach 923 Tagen

Der Falafelladen hatte geschlossen. *Fermé* stand handgeschrieben auf einer gelben Karteikarte, die an die Eingangstür geklebt war. Für einen Moment starrten wir auf das Wort, während unsere Gesichter sich in der Scheibe widerspiegelten. Ich: einen Kopf größer. Olivia: dick eingepackt.

Aus den Augenwinkeln nahm ich wahr, wie sie das heruntergekommene Lokal inspizierte. Sie verharrte auf den eierschalengelben Fliesen, den einfachen Tischen und dem zusammengestückelten Tresen.

»*Fermé*«, sagte sie schließlich mit einem schrecklichen Akzent.

»*Fermé*«, wiederholte ich mindestens genauso schrecklich und fuhr mir mit der Hand über das Gesicht. »Tut mir leid. Ich dachte wirklich, dass der Laden offen hat.«

»Vielleicht sollten wir einfach zum Hotel zurückkehren.«

Olivias Blicke schweiften über die Straße. Geschlossene Falafelbude an Falafelbude, darüber Wohnungen mit beleuchteten Fenstern. Typisch französisch mit den hellen Fassaden und den verspielten Balkonen, veraltet, verschnörkelt und wahrscheinlich sogar romantisch. Als sie die Person in der dritten Etage entdeckte, legte sie den Kopf schräg. Wir betrachteten nun beide das magere Mädchen, das sich in einem dünnen Top rauchend aus dem Fenster lehnte. Es rauchte wie Models auf Werbeplakaten. Trügerisch elegant, edgy und anziehend. Zeichnen, dachte ich. Einfach so. Ich wollte diese französische Frau in dem viel zu dünnen Top zeichnen und dann auf eine Leinwand bannen, um darunter *Fermé* in ein Imbissschaufenster zu pinseln. *Janvier à Paris* hätte ich mein Bild genannt, und die Betrachter hätten es verstanden. Ja, hätten sie gesagt. Ein einziges Wort, doch das hätte gereicht.

»Das habe ich noch nie bei jemandem gesehen«, sagte Olivia plötzlich.

»Was meinst du?«

»Dass ... na ja ...«

Sie brach ab, um tief Luft zu holen. Ihre Gedanken waren so laut, dass ich sie hörte. Ratternd und schnell von einem Ort zum anderen springend. Wie es wohl in ihrem Kopf aussah? Schubladenschränke voller alphabetisch angeordneter Gedanken? Ich hätte wetten können, dass ihre jetzigen Worte in einer Soll-ich-das-wirklich-laut-sagen-Schublade verstaut waren.

»Manchmal schaust du Dinge an, ohne sie wirklich anzuschauen. Als wärst du mit deinen Gedanken ganz weit weg, aber als würde es dich auch nicht interessieren, und alle könnten ruhig wissen, dass du gerade am Träumen bist. Das, äh, ist mir schon einige Male aufgefallen.«

»Und wie kann dir das jetzt gerade auffallen, wenn du mich gar nicht ansiehst?«

Ich glaube, wir spielten ein Spiel. Reden, ohne einander anzuschauen, wer dem anderen zuerst einen Blick zuwarf, verlor, denn wir hatten die Köpfe immer noch im Nacken.

»Saint James.« Sie lachte. »Ich bekomme ziemlich viel mit. Auch ohne direktes Hinsehen.«

»Was ist mit dir?« Ich vergrub die Hände in den Jackentaschen. »Willst du ernsthaft behaupten, dass du mit deinen Gedanken nie woanders bist?«

Schweigen.

»Hast du keine Orte, an denen du lieber wärst?«, fragte ich leise.

»Klar.« Pause. »Oxford.«

Der Moment, in dem sie verstummte, war gleichzeitig der, in dem ich verlor. Ich wandte mich zu Olivia um. Und wie sie so dastand, mit diesem undeutbaren Zug auf dem Gesicht und der Mütze, die ihre Stirn verhüllte. Das, na ja, war es mir irgendwie auch wert.

»Das macht was mit dir. Wenn du *Oxford* sagst, meine ich. Deine Stimme bekommt einen ganz anderen Tonfall.«

Bei meinem Verstummen verlor sie ebenfalls.

»Ich weiß«, murmelte sie und blinzelte mich an.

Da war etwas in ihrem Blick, ganz leicht und wie mit Bleistift skizziert. Aber ich konnte es nicht fassen.

»Ich glaube übrigens, dass es weiter unten ein McDonald's gibt.« Ich räusperte mich. »Du hast doch Hunger, oder?«

»Genauso, wie du geglaubt hast, dass der Laden hier offen hat?«

»Es ist ein McDonald's, Olivia«, sagte ich und bemerkte dabei die ersten Regentropfen, die auf unsere Köpfe fielen.

Der Schauer kam nicht unerwartet. Vorhin im Flieger hatte ich ihn sogar über die Lautsprecheranlage vorausgesagt. »Paris begrüßt uns mit bewölktem Himmel«, hatte ich gesagt, ehe der Kapitän meinte, ihm sei es egal, weil er sowieso im Hotel bleiben werde. Schön frühstücken, dann ein bisschen lesen. Er mochte gern Krimis, hatte er erzählt.

Der Regen wurde schnell stärker. Trommelnder und eindringlicher klopfte er nun auf die Dächer. Das Fenster des Mädchens war schon geschlossen.

Fermé.

»Dann …« Olivia brach ab und seufzte. Tief. Ihre Lippen teilten sich erneut, diesmal in Zeitlupe. »Dann gehen wir wohl zu McDonald's?«

Es klang wie eine Frage, unsicher, ob ich mitkommen würde, und unsicher, ob sie das überhaupt wollte. Aber wie sie *wir* gesagt hatte, war mir unter die Haut gegangen.

»Einmal ein französisches McDonald's besuchen«, sagte ich amüsiert. »Das stand schon immer auf meiner Bucketlist.«

Ihre Mundwinkel zuckten nicht mal. Stattdessen setzte sie sich in Bewegung, allerdings in die falsche Richtung. Nach vier Schritten drehte sie sich zu mir um.

»Willst du hier etwa übernachten, oder was?«, fragte sie.

»Wir müssen in die andere Richtung.«

»Oh.«

Die Wolken über unseren Köpfen wurden immer dichter. Wind peitschte uns entgegen. Mein Haar fühlte sich feucht an. Und als sie dann doch auf mich zuging, sagte sie nichts, und ich sagte nichts.

Paris roch nach Zigaretten, Regen und Fragezeichen.

*

Wir bestellten an diesen Selfservice-Kiosken, Olivia hatte Nummer 73 und ich 74. Das Essen erhielten wir beinahe zeitgleich und ließen uns damit an einem Tisch in Fensternähe nieder. Auf den Stühlen nebenan stopften sich die Gäste handyscrollend labberige Pommes in die Münder. Draußen regnete es noch immer, Regentropfen auf den Scheiben und Regentropfen auf den Jacken, die wir auszogen. Über Olivias Kopf hingen drei gerahmte Fotos. Der Eiffelturm bei Sonnenaufgang, bei Tag und Nacht.

»Was ist das für ein Getränk in deinem Becher?« Sie beäugte meine Bestellung.

»Sprite. Und bei dir?«

»Auch.«

Wir hatten also dasselbe bestellt. Eine mittlere Sprite, eine große Portion Curly Fries und dazu drei Soßen. Ketchup, Süßsauer und Hot-Devil-Soße.

»Ich mag die Auswahl an Soßen«, sagte ich.

»Ich auch.«

»Cool.«

»Was soll das hier eigentlich, Saint James?«, fragte sie und vergrub die Hände in den Pulloverärmeln. Schwarz und mit Rollkragen. Das einzig Auffällige waren die vier Perlen an den Ärmeln, die im Licht glänzten.

»Bevor ich dich frage, was genau du meinst, sollten wir vielleicht darüber reden, dass ich es ... suboptimal finde, wie du meinen Namen aussprichst. Na ja, genau genommen spuckst du ihn eher aus. Das fühlt sich nicht besonders gut an. Ich könnte verstehen, dass du ihn so aussprichst, wenn ich Gemma oder Ashley wäre, was ich aber offensichtlich nicht bin.«

Wie Olivia das Kinn senkte und sich ebenfalls eine Curly Frie schnappte. Wie ihre Schultern sanken, als würde ihre Rüstung aus nonchalanter Gleichgültigkeit leicht verrutschen.

Meine Worte saßen.

»Das ist mir bewusst, aber ...« Ihre Gesichtszüge wirkten nicht mehr ganz so eingefroren glatt. »Ein bisschen bist du trotzdem wie Gemma und Co. Von außen betrachtet, seid ihr euch ähnlich. Derselbe Hintergrund und dieses Getue von wegen aus gutem Hause. Die Kleidung und diese unterschwellig arrogante Ausstrahlung. Wie ihr alles betrachtet, sofort bewertet und offen zeigt, wenn euch etwas nicht gefällt, weil euch die anderen Meinungen scheißegal sind.«

Wieder bildeten sich rote Flecken an ihrem Hals, so wie Wochen zuvor in Dublin. Sie war also nervös. Trotzdem sah sie mich die ganze Zeit über an. Mit diesen starren und stechenden Augen. Hellwach und irgendwie doch furchtlos.

»Das kannst du so nicht behaupten, Olivia.«

»W... was?«

»Ich sagte, dass du das so nicht behaupten kannst.« Ich tunkte eine Curly Frie in die Süßsauersoße. »Damit verallgemeinerst du alle an der Leyton High und das kannst du nicht. Verallgemeinerungen sind immer falsch. Ich verstehe, warum du so denkst. Ich verstehe auch, dass du uns alle hasst –«

»Ich hasse euch nicht.«

»Olivia ...«

»Ich mag übrigens auch nicht, wie du meinen Namen aussprichst. Du verlängerst ihn irgendwie.« Sie richtete sich auf. »Natürlich, wenn mich jemand fragt, wie meine Schulzeit war, möchte ich mich am liebsten übergeben. Denn das Schlimme an euren Blicken war gar nicht das Abwertende, sondern dass sie immer durch mich hindurchgegangen sind. Als wäre ich unsichtbar gewesen. Man kann einen Menschen gar nicht tiefer kränken, aber um jemanden wirklich zu hassen, muss man ihn kennen. Und ich kannte euch ja nie. Ob ich das Gefühl gehasst habe, das ihr mir gegeben habt? Das auf jeden Fall.«

»Du warst nicht unsichtbar. Ich ... ich meine es ernst, O-li-via. Du. Warst. Nicht. Unsichtbar. Zumindest nicht für mich.«

Sie schüttelte den Kopf, von rechts nach links und dann wieder zurück. Sehr langsam, dreimal.

»Aber wieso? Ich verstehe das nicht.«

Hier war sie also gekommen, die Stunde der Wahrheit, springen ohne fliegen, keine Landung, bloß ein endlos langer freier Fall.

»Ganz ehrlich? Ich weiß es nicht. Ich weiß bloß, dass ich dich damals in Leyton sehr wohl gesehen habe, auch wenn du dich unsichtbar gefühlt hast. Das war schon so gewesen, bevor wir dieses Gespräch in Rom hatten.«

Olivia allein während Pausen mit Chemiebüchern. Olivia, die an der Ampel vor dem Schulgelände konzentriert in die Luft starrte. Olivia in der ersten Reihe, kurz bevor die Lehrerin das Klassenzimmer betrat.

»Das ...« Sie runzelte die Stirn. »Das ist für mich keine richtige Erklärung.«

Suprise, suprise.

»Seitdem wir uns an Silvester begegnet sind, habe ich irgendwie nachgedacht. Das ...« Ich raufte mir die Haare. »Du bist mir nicht mehr aus dem Kopf gegangen, okay? Ich will dich einfach kennenlernen. Ja, ich kenne dich nicht. Und vor drei Jahren kannte ich dich auch nicht. Aber das ändert nichts daran, dass ich das jetzt will. Dass man einen Menschen kennenlernen will, ist kein Verbrechen. Dass ich dich kennenlernen will, ist kein Verbrechen. Auch wenn du mich so vorwurfsvoll ansiehst, mit deinem strengen Mathematikerinnenblick.«

Ein Moment verging.

Das Echo meiner Worte brannte mir in den Ohren.

Zwei Momente vergingen.

Mir wurde heiß.

Drei Momente vergingen.

Ich wusste nicht, was ich als Reaktion erwartete.

Vielleicht hatte ich mit allem gerechnet.

Nur nicht damit, dass Olivia die Frie zwischen ihren Fingern fallen ließ, die Ärmel hochkrempelte und mir die rechte Hand entgegenstreckte. Ich starrte auf ihre naturgebräunten Arme und bemerkte das Tattoo an ihrem Handgelenk. Ein schwarzes Pi-Zeichen.

»Ich bin Olivia. Ich wohne mit meinen zwei besten Freundinnen in Shoreditch, arbeite als Flugbegleiterin und habe in meinem Zimmer einen Kalender hängen, in dem ich die Tage bis zu meiner ... Kündigung abstreiche.«

Der Geschmack von Süßsauersoße auf meiner Zunge.

Die Salzkörner, die an ihren Fingerkuppen hingen.

Das hier war ein atemberaubender Augenblick.

Bei meiner Verblüffung ließ sie die Hand wieder sinken. Nervöse Finger, das schwarze Tattoo und Arme, die zum zweiten Mal nicht in einer Jacke verschwanden. Das hatte mir gefallen.

»Neues ausprobieren, ein bisschen spontan sein, Menschen nicht immer gleich wegstoßen«, begann sie vorsichtig und leise. »Das steht in meinem Planer vom letzten Jahr als Vorsatz für dieses Jahr. Vielleicht könnte das hier ein guter Anfang sein? Jemanden kennenzulernen, den ich eigentlich schon kenne, das klingt für mich, wie etwas Neues ausprobieren.«

Nach ihren Worten zögerte ich keine Sekunde lang und hielt ihr die Hand hin.

»Ich bin Nick, wohne in Hoxton und habe vor drei Monaten meine Ausbildung als Pilot abgeschlossen.«

»Obwohl wir also fast Nachbarn sind, reicht das nicht.« Sie klemmte sich eine Strähne hinter das Ohr. »Komm schon, Saint James. Du musst mir etwas Persönliches über dich verraten. Am besten etwas Seltsames, um das mit meinem Kündigungskalender auszugleichen.«

Von weiter vorn wurde Bestellung Nummer 104 ausgerufen, während sich drei Tische weiter ein Gast YouTube-Videos ansah. Zwischen Olivia und mir lag der Geruch von wässriger Sprite.

Etwas Persönliches also, okay.

»Manchmal sehe ich etwas Bestimmtes und denke mir, dass ich das gern zeichnen würde.« Ich holte tief Luft. »Einfach so. Vorhin zum Beispiel, als wir das rauchende Mädchen gesehen haben. Da hätte ich gern skizziert.«

»Und warum hast du es nicht einfach getan?«

»Na ja …« Ich lachte trocken. »So einfach ist das auch nicht. Außerdem bin ich kein Künstler. Ich bin Pilot. Schon vergessen?«

»Ich bitte dich.« Sie rollte mit den Augen. »Wie könnte ich? So oft, wie du das sagst.«

»Was ist?« Ich deutete auf meine immer noch ausgestreckte Hand. »Willst du mich schon hängen lassen?«

Ich wackelte mit den Brauen, woraufhin Olivia mir die Hand reichte.

»Freut mich, dich kennenzulernen, Nick«, sagte sie.

»Die Freude ist ganz meinerseits, Olivia.«

Wir schüttelten uns die Hände. Es war die erste Berührung, die wir teilten. Handinnenfläche an Handinnenfläche, ihr Pi am Ärmel meines Hoodies. Warm, wärmer, so warm, verbrennend warm und tausendmal wärmer als der Anblick ihres Gesichts. Olivia fühlte sich überhaupt nicht so kalt an, wie ich erwartet hatte.

Sie war diejenige, die die Finger zuerst aus meinen zog.

»Gibt es eine Geschichte zu dem Tattoo?«, fragte ich.

»Es gibt Geschichten zu jedem Tattoo.«

»Und wie lautet deine?«

Die Curly Frie in die Soße tunkend, erzählte sie, dass sich eine Bekannte zur Tätowiererin ausbilden ließ. Das Pi war ihr erstes Motiv gewesen, deshalb war es klobig und schief geraten. Während sie berichtete, hing ich an ihren Lippen und dachte wieder ans Malen. Ich wollte Olivia mit den Salzkörnern an den Fingern und dem Eiffelturm darüber zeichnen. Vielleicht hätte ich das Bild *Olivia* oder *Nouvelles Choses* genannt. Vielleicht hätte es auch gar keinen Titel gehabt, weil das Bild bloß für mich gewesen wäre. Denn nur ich hätte es verstanden. Alles daran. Selbst die drei verschiedenen Soßen auf dem Tablett. Ja, hätte ich mir jedes Mal gedacht, wenn ich es angesehen hätte.

Ja und ja und ja.

Ja in diesem McDonald's mit Olivia zu allem.

*

Wir verbrachten eine gute Dreiviertelstunde in dem Schnellimbiss, bevor wir uns zurück zum Hotel begaben. Auf dem Weg schwiegen wir. Nur wenn sie die Auslagen in den Schaufenstern betrachtete, schweifte mein Blick zu ihr hinüber. Ja, dachte ich dann. Selbst wenn es eigentlich keine Frage gab. Trotzdem Ja.

»Welche Etage?«, fragte ich, nachdem wir in den Hotelaufzug gestiegen waren.

»Willst du wieder manisch an meine Tür klopfen?«

»Heute lieber nicht.« Ich winkte ab.

»Achte«, sagte sie mit einem leichten Augenrollen.

Ich betätigte gerade die Taste, da quetschten sich vier Frauen in den Aufzug. Sie hatten je einen Handgepäckkoffer in den Händen, kaum älter als Olivia und ich. Durch ihre geöffneten Jacken erkannte ich den Aufdruck ihrer Shirts. Die Kleinste trug ein weißes mit *Bride* und die anderen rosa Shirts mit *Bride's Babe*. Sie diskutierten über ihre richtige Etage, während Olivia und ich automatisch dichter zueinanderrückten.

Als eine der Fremden den Arm zwischen uns schob und die 12 betätigte, murmelte sie ein *Sorry*, was ich bloß nebenbei mitbekam. Denn Olivia musste sich weiter zurücklehnen, die Türen schlossen sich, und der Boden unter uns bewegte sich. Einen Moment verharrte sie genauso, mit ihrer Haut an meiner, bloß durch unendlich viele Stoffschichten hindurch getrennt.

Fuck.

Ich war ein Pochen auf zwei Beinen.

Ich war ein Typ mit enger werdenden Boxershorts.

Spürst du es?, wollte ich fragen. Spürst du meinen Atem an deinem Nacken? Spürst du meine Finger beinahe auf deinen Jeans? Spürst du mein Herz? Spürst du *dein* Herz schlagen? Schlägt es schnell, will es ausbrechen, springt es dir aus der Brust und dem Fahrstuhl nach?

Glaubst du, es könnte meinetwegen schneller schlagen?

Natürlich löste sie sich hastig wieder von mir, und ich sagte nichts von dem, was ich gedacht hatte. Stattdessen war ich weiterhin ein Pochen und die enger werdenden Boxershorts, mit Fingern, die mir rastlos über die eigenen Jeans strichen.

Der Fahrstuhl stoppte, dritte Etage, mein Halt.

»Bis morgen«, murmelte ich.

Mein Gesicht fühlte sich dabei heiß und rot an. Ihre Miene war so undeutbar wie immer. Bevor sich die Türen aber zuschoben, wanderte ihr Blick an mir hinunter und landete auf meinen Händen. Vielleicht hatte sie meinen Atem doch im Nacken gespürt.

Mit rasendem Herzen schlurfte ich in mein Zimmer, wo ich minutenlang aus dem Fenster starrte. Nächtliche Dunkelheit und grelle Lichter, ab und zu rote Blinker vorbeifahrender Autos.

Nein, dachte ich. Nein.

Ich wollte kein einfaches *Bis morgen, bis morgen in der Lobby, bis morgen, wenn der Bus uns abholt.*

Hektisch riss ich einen Zettel vom Notizblock auf dem Nachttisch. Ich betätigte nicht einmal den Lichtschalter, sondern beschrieb das Papier in beinahe völliger Dunkelheit. Dann griff ich zum Hotelzimmertelefon und konnte es nicht fassen, dass ich tatsächlich den Rezeptionisten um Olivias Zimmernummer bat. Ich brauchte nur zu sagen, ich sei LondAir-Pilot. Es gab keine Nachfragen. Schließlich waren wir in derselben Firma, was er an meiner Buchung erkannte. Ich legte auf, fuhr vier Etagen nach oben und schob den Zettel durch den Türschlitz des Zimmers Nummer 812.

Mein Herz pochte, aber es machte mir Angst. Als wäre Herzpochen für Olivia falsch.

Kapitel 13

Olivia

Noch 213 Tage

Nick hatte eine Ärztehandschrift. Ineinander verwobene Schreibstiftbuchstaben mit leichtem Linkseinschlag, die kaum zu entziffern waren. Beim vierten Durchlesen gelang es mir endlich.

Wir könnten morgen noch mal gemeinsam spontan sein, wie wär's um 10:00 Uhr in der Lobby? Falls du länger schläfst, hier meine Nummer: 004477229692.

Ich tappte mit dem Zettel zurück zum Bett. Es war 8:49 Uhr. Paris lag unter grauen Wolken, mit grauen Straßen und Menschen mit Mützen. Ich war vor zehn Minuten aufgewacht und trug noch meinen Pyjama. Ein mintgrünes Shirt in XXL-Größe inklusive aufgedrucktem Einhorn. Ein Geschenk von Lilah. Ich sei so antikitschig und Einhörner seien viel zu kitschig, deswegen hätte ich sie nötig. Ich wusste nicht, ob sie recht hatte. Ich wusste bloß, dass ich mit Pfefferminzgeschmack auf der Zunge diesen Zettel festhielt. Nick kennenlernen. Nick neu kennenlernen. Dazu hatte ich mich gestern entschieden, völlig spontan, weil gestern alles auf dem Kopf gestanden hatte und ich mich an Lilahs Sätze in Heathrow erinnerte. War dieser Entschluss richtig?

Keine Ahnung.

Mit einem tiefen Atemzug legte ich den Zettel beiseite, um Musik aufzudrehen. *How Big, How Blue, How Beautiful.* Ich wusste, dass ich in Schwierigkeiten steckte, aber meine Musik war so laut, dass ich nicht mal das *Livy, Livy, Livy* … hörte. Genauso musste es sein, damit das hier funktionierte und ich Oxford für ein paar Stunden vergessen konnte. Zurück in Shoreditch, würde ich mich an Sam klammern und dabei vor meinem Kündigungskalender stehen. Als hätte er immer noch eine Bedeutung.

*

Ich sah ihn, bevor er mich sah. Warmbraune Boots, Jeans und eine schwarze Jacke, die er offen trug. Das Haar stand ihm zerzaust vom Kopf ab, und er hielt zwei Pappbecher in den Händen, als er in der Lobby auf mich wartete. Dreiundzwanzig Schritte, ich war bei ihm.

»Hey«, sagte ich.

»Hey.« Er reichte mir einen Pappbecher. »Für dich. Ich wusste nicht, ob du Kaffee magst. Deshalb habe ich dir einen Kamillentee besorgt. Kamillentee mag ja irgendwie jeder, oder?«

»Klar.«

Kein zweites *Hey*, kein *Guten Morgen*, kein *Schön, dich zu sehen, du Mensch, den ich neu kennenlernen möchte.*

»Macht es dir was aus, wenn wir mit der Metro fahren?«, fragte er und lenkte uns nach draußen.

Ich schüttelte den Kopf.

In der Luft lag immer noch der Geruch von Abgasen und schmutzigem Paris. Auf dem Weg zur Metrostation sagten wir nur wenig. Am Gleis angekommen, schminkte sich ein Mädchen auf den Plateaus ihrer quietschgelben Doc Martens. Nick warf seinen Pappbecher als Erster weg, dann ich. Ich musterte ihn in der unscheinbaren Kleidung genauer. Bunte Augen, chaotisches Haar und die Andeutung eines Lächeln. Trotzdem dieses Gefühl in seinem Blick. Ein bisschen Kummer und Enge statt Tiefe, so als wäre da etwas Wildes, das mehr Platz bräuchte.

Seltsam, dachte ich.

Seltsam, dass ich *seltsam* denke, dachte ich auch.

Als die Metro einfuhr, quetschten wir uns durch die Tür, und Nick ergatterte zwei freie Sitze auf einem Viererplatz. Vor uns unterhielten sich zwei ältere Damen angeregt, auf dem Schoß der rechten ein Buch. *Monsieur Ibrahim et les fleurs du coran.*

»Ich hatte in der Oberstufe den Französischkurs bei Miss Fisher.« Er deutete unauffällig auf den Roman. »Ich glaube, das Buch mussten wir irgendwann lesen.«

»Und?« Ich wandte ihm das Gesicht zu. »Hast du es gelesen?«

»Nein.«

Er lachte, wobei grelles Metrolicht blendend und schonungslos auf uns herunterschien. Ich nahm Einzelheiten wahr, die ich eigentlich nicht wahrnehmen wollte. Die Bartstoppeln um seine Mundpartie. Die leichten Lachfalten um seine Lippen. Den kleinen Höcker auf seiner Nase.

Mein Herzpochen.

»Ich habe mir eine Zusammenfassung im Internet durchgelesen. In der Klausur hatte ich ein C minus. Glaube ich zumindest.« Er legte den Kopf schräg. »C minus«, wiederholte er. »Hattest du auch mal eins?«

»Nein.« Jetzt war ich diejenige, die lachte, allerdings ganz anders als er. Nicht ganz so aus der Tiefe und nicht ganz so ehrlich. »Ich hatte nie etwas Schlechteres als ein B minus in dieser Englischklausur. Im zweiten Klausurteil sollten wir einen Essay verfassen und ich habe geschrieben, dass Julia ohne Romeo besser dran gewesen wäre. Das fand Miss Looney nicht ganz so passend.«

Die zwei Damen vor uns sprachen wild gestikulierend weiter, während Nick mich beinahe goldgrün explosionsartig ansah.

Mehr Nähe.

Mehr Nickgeruch.

Duschgel, Deo, kein Parfüm.

Mehr Herzpochen. Mehr Herzpochen. Mehr Herzpochen.

Mehr, das ich nicht wahrnehmen wollte.

Schließlich zog er unvermittelt Kopfhörer hervor, steckte das Kabel in das iPhone und hielt mir den linken Stöpsel hin.

»Die sind zwei Tage alt. Ehrenwort.«

Ich beäugte den Ohrstöpsel misstrauisch. »Ich glaube, das verstehe ich nicht.«

»Manchmal muss man nicht verstehen, sondern einfach zuhören.«

Er tippte auf seinem Handy Spotify an und ließ *Famous Blue Raincoat* laufen. Seufzend nahm ich den Kopfhörer entgegen. Dass er meinte, ich müsse die Welt nicht immer verstehen, sondern manchmal bloß zuhören, war eine dämliche Aussage. Offensichtlich meinte er damit das Lied. Aber es spielte keine Rolle, wie hoch er die Lautstärke eingestellt hatte. Mit nur einem Kopfstecker in den Ohren bekamen wir das Metrotreiben ringsum trotzdem mit. Die beiden Damen lachten hysterisch, weiter hinten quengelte ein Baby, und der Typ mit der roten Beanie rechts von uns telefonierte lautstark. »Non. Non. Non. Tu peux l'oublier, mec. Je ne marche pas. Jamais«, sagte er in Dauerschleife.

Dreimal hörten wir das Lied. Tiefe, tiefe Stimme, trauriger, trauriger Text. Irgendeine Jean, *My Brother, My Killer.* Ich interpretierte eine Dreiecksgeschichte zwischen den Zeilen und verstand nicht, wieso Nick bei dem Lied an mich denken musste. Eigentlich verstand ich auch nicht, wieso wir dieses Lied überhaupt hörten. Auf dem Weg in das wirkliche Paris, dieser Song, der so gar nicht Paris war.

An der Station Chatelet – Les Halles stieg eine Frau Mitte vierzig in unser Abteil und ließ sich auf dem Platz neben dem telefonierenden Typen nieder. Als sie mit einem Apple-Pencil auf dem iPad zu zeichnen begann, linste Nick in ihre Richtung.

Er betrachtete sie so, als besäße sie etwas, das er auch gern gehabt hätte.

Ich dachte an *Pilot und kein Künstler* und fragte mich, ob er sich die Lüge selbst glaubte. Wenn Ja, hätte ich gern gewusst, wie er das geschafft hatte. Wenn Nein, ob das dann nicht wehtat. *Flugbegleiterin und keine Mathematikerin.* Allein bei dem Gedanken lief es mir kalt über den Rücken. Nicks ruckartiges Kopfschräglegen war da eine willkommene Ablenkung. Na ja, dachte ich zumindest, bis mein Blick zu lange auf seinen Lippen verharrte. Sie waren voll und mehr rot als rosa, inklusive dunklem Bartschatten um die Kinnpartie.

Oxford, London, sogar Paris. Alles schien bei seinem Mund in den Hintergrund zu rücken. Dabei war es nur ein Teil seines Körpers, bestehend aus kleinen Muskeln und extrem dünner Haut. Trotzdem. Trotzdem musste ich dem Drang widerstehen, die Oberschenkel nervös hin und her zu bewegen.

Bei der Zeile *Did you ever go clear?* wandte er sich zu mir um. Ganz plötzlich. Einfach so. Inmitten dieser französischen Bahn blieb mir das Herz stehen, weil sein Knie sich meinem näherte. Knie, ein medizinisches Zusammenspiel aus Knochen, Knorpel und Gelenken. Bis wir uns berührten, die rauen Jeans an meiner weichen Hose. Knie, glühend und brennend. Knie, vielleicht anmachend.

»Saint-Michel – Notre-Dame«, ertönte es durch die

Lautsprecher, und ich zuckte zusammen, doch Nick sah mich bloß weiter an.

»Hier steigen wir aus«, sagte er.

Kapitel 14

Nick

Nach 924 Tagen

Ich navigierte uns an der Seine entlang ins Quartier latin, das Ziel: *Shakespeare and Company.* Das Café, nicht die Buchhandlung. Als wir ankamen, reichte die Schlange bis nach draußen.

»Krass, wie viele Leute hier anstehen«, sagte ich.

»Du klingst wie meine Freundin.« Olivia wippte auf den Fußballen. »Sie glaubt auch, dass etwas gut ist, nur weil eine Bar zum Beispiel gute Bewertungen auf Google hat.«

»Ich würde deine Freundin bestimmt mögen.«

»Du kennst sie. Sie und ich waren zusammen an Neujahr in Dublin. Aber ich glaube nicht, dass sie dich daten würde. Piloten sind nicht so ihr Fall.«

Sie meinte es lustig, meine Antwort jedoch war ganz ernst.

»Ich will kein Date mit deiner Freundin, Olivia.«

Meine Stimme kratzte, schnell sah sie weg. Ihr Blick fiel auf das Geschehen vor dem Lokal. Einfache Stühle, befleckte Tische und Besucher, die dampfende Tassen zwischen den Händen hielten.

Wahrscheinlich beäugte ich Olivia während ihrer Betrachtung viel zu schamlos. Sie trug denselben blauen Mantel wie in Dublin, die Mütze und den Schal sowie eine Stoffhose. Gedeckte Farben und einfache Schnitte. Bemüht unscheinbar, dachte ich, bis sie sich aus dem Nichts zu mir umdrehte

Und alles an ihr schrie.

Diese anklagende Art, die linke Braue im entwaffnend beschuldigenden Winkel anzuheben. Wie alles in ihrem Gesicht so kantig war, die Form ihrer Gesichtszüge und die makellosen Brauen. Bloß diese leichte Linkskurve auf ihrem Mund und ihre unendlich vielen Sommersprossen waren weich.

»Wieso bringen wir die obligatorischen Fliegerfragen nicht einfach hinter uns?« Sie zupfte ihre Mütze zurecht.

»F…fliegerfragen?«

»Wie lange fliegst du schon?«, begann sie. »Wie bist du zum Fliegen gekommen? Gefällt es dir? Willst du lange bleiben? Was ist deine Lieblingsdestination? Fragen, über die man sich gut während Nachtschichten unterhalten kann. Sicheres Terrain und so.«

»Ich glaube, ich habe das Fliegerfragenschema noch nicht durchschaut.«

Sie setzte an, etwas zu erwidern, brach aber im letzten Moment ab.

»Du willst fragen, wie mir das Fliegen so gefällt, oder?« Als sie ertappt wegschaute, zuckten meine Mundwinkel.

»Okay«, seufzte sie theatralisch. »Du hast mich durchschaut. Also, wie gefällt dir das Fliegen so, Saint James?«

»Ist schon okay.«

»Ist schon okay? Das ist die langweiligste Antwort, die ich je gehört habe.«

Ich war mir sicher, sie hätte noch mehr dazu gesagt, aber da waren wir an der Reihe. Wir bestellten zwei Portionen Suppe des Tages und Getränke. Unser Frühstück war wohl eher ein Brunch. Nachdem wir mit den Tabletts nach draußen getreten waren, setzten wir uns an einen Tisch mit zwei Teenagermädchen am anderen Ende. Sie schlürften Kakao mit Sahne, in der Luft lag der Geruch von Zimt.

»Dieses *ganz okay*«, sagte sie schließlich. »Das solltest du erklären.«

»Ich weiß nicht, was ich da erklären soll. Ich finde das Fliegen halt okay. Wirklich, wirklich okay.«

»*Okay* ist nicht *gut*. Ich bezweifle, dass deine Kollegen und Kolleginnen auch beteuern, dass sie das Fliegen wirklich okay finden. Wieso bist du überhaupt Pilot geworden?«

»Das lag an meinem Vater«, begann ich murmelnd. »Und an seinem Vater. Und an seinen Brüdern. Und an meinem Bruder. Sie alle waren und sind Piloten bei Lond-Air. Mein Großvater war sogar der erste Flottenchef. Das mit dem Fliegen ist Tradition in unserer Familie. Wenn man ein Saint James ist, wird man Pilot.«

Olivia ließ den Löffel in die Schüssel fallen und richtete sich auf. Ihr Blick war dunkel, gar nicht drängend oder ungeduldig. Nur sehr, sehr ernst.

»Aber du bist kein Saint James, der gern Pilot wäre.«

Ihre Lippen verzogen sich beinahe zu einem Lächeln. Dieses typische halbe Olivia-Green-Lächeln, bloß nicht zu viel preisgeben und auf keinen Fall zu viel Herz zeigen.

»Ja, äh, das stimmt.« Ich nahm einen Löffel von meiner Suppe. »Ich bin kein Saint James, der gern Pilot geworden wäre.«

»Und wieso bist du es dann trotzdem geworden?«

»Ist irgendwie kompliziert, das zu erklären.«

»Kompliziert.« Sie verzog das Gesicht. »Ich hasse das Wort.«

»Geht wahrscheinlich jedem so.«

»Glaube ich nicht. Ich habe das Gefühl, dass die meisten Menschen es einfach so mögen ...«

Sie hielt inne, weil sie etwas hinter mir bemerkte. Da nahm ich ihn auch wahr. Meinen Lieblingskunsthändler.

»Deshalb komme ich gern hierher«, sagte ich.

Er war immer da, wenn ich da war, mit seinen Bildern, die er in Kisten auf der niedrigen Steinmauer abstellte. Fotos von Paris, ganz klassische Motive, aber auch Aufnahmen von unbekannten Objekten. An dem schwarzen Zaun, an dem er sich anlehnte, hängte er seine besten Bilder auf. Es waren immer dieselben fünf Fotografien, die willkürliche Ausschnitte der Stadt bei Dämmerung zeigten. Das war mutig, weil sie nicht dem Standardkitsch entsprachen. Sein Glaube an die Anti-Touristen, die keine Bilder vom Eiffelturm kaufen wollten. Den mochte ich so an ihm.

»Seine Fotografien wirken interessant«, sagte Olivia irgendwann.

Links von uns erhob sich Notre Dame, umgeben von diesen Baustellengerüsten. Ein trauriger Anblick. Erst kurz bevor wir gingen, nahm sie den ersten Schluck von ihrer Cola.

»Ich mag Cola nur ohne Kohlensäure«, erklärte sie auf meine fragende Miene. »Übrigens.« Sie deutete auf meine Tasse. »Dein Tee riecht echt … interessant.«

»Er heißt *Lebensfreude.*« Ich wackelte mit den Brauen. »Da sind Basilikum, Orange und Chili drin. Willst du probieren?«

Mein Arm streckte sich aus, um ihr die Tasse hinzuhalten. Zögernd legte sich ihre Hand um das Porzellan. Unsere Finger über der Wärme, bloß Millimeter voneinander entfernt.

Ich schluckte, weil sie nichts sagte.

Ich schluckte, weil wir einen Moment so verharrten.

Ich schluckte, weil Yogiteetrinken plötzlich erotisch war.

Verrückt, doch Tatsache. Denn Olivia nahm einen winzigen Schluck von dem Tee, und mir zog es in den Leisten. Mein Blick lag auf ihren Lippen, den geröteten Wangen und ihrem Haar. *Fuck,* ihr Haar.

Wie kann man nur so krass auf Haare stehen?

»Scharf«, sagte sie und reichte mir die Tasse zurück.

Heiß, dachte ich.

Darf ich dich küssen, dachte ich.

Pulsieren die interessanten Stellen in deinem Körper auch, dachte ich.

»Tu es infini«, murmelte sie und deutete erneut auf das Porzellan. »Du bist unendlich. Das steht auf dem Teebeutelschildchen.«

Sie trank die Cola aus, doch ich traute mich nicht mehr an das Heißgetränk. *Lebensfreude* war jetzt also gefährlich.

Du bist unendlich.

Die Worte echoten laut in mir nach.

Vielleicht würde ich sie mit nach London nehmen.

*

Nachdem wir das schmutzige Geschirr weggestellt hatten, blieb uns noch eine halbe Stunde, ehe wir wieder zurück ins Hotel mussten. Aufenthalte in dem Kurzstreckennetz waren immer stressig und hektisch. Als Airline-Angestellte mussten wir uns aussuchen, was genau wir uns ansehen wollten. Für alles war nie Zeit, also sahen wir Städte zumeist bloß in Ausschnitten und einzelnen Vierteln.

Zwanzig Minuten lang spazierten wir an der Seine entlang, vorbei an Büchern und Bildern, die zum Verkauf angeboten wurden. Paris in Aquarell und Kohle und Acryl, aber immer dieses kitschige Paris, das mir so falsch vorkam.

»Arbeiten deine Mitbewohnerinnen auch bei Lond-Air?«, fragte ich irgendwann, woraufhin sie nickte. »Also seid ihr eine echte Flieger-WG?«

»Wir sind keine Zweck-WG, wenn du das meinst. Wir sind Freundinnen, deshalb wohnen wir zusammen.« Tief durchatmend erzählte sie mir, wie die drei sich am Bewerbungstag kennengelernt hatten. Bevor sie für die Einzelgespräche aufgerufen worden waren, hatten sie draußen gestanden. »Lilah hat aus einer großen Flasche Energydrink getrunken, und ich habe ihr gesagt, dass Energydrinks sehr schlecht für das Herz sind. Sie hat sofort genickt und ein *Ich weiß, ich weiß* nach dem anderen gemurmelt. Als sie endlich eine Pause gemacht hat, hat June auf einmal einen Satz aus ihrem Buch vorgelesen. *Die Glasglocke* von Sylvia Plath. Sylvia Plath ist ihre große Schwäche, das sollte man vielleicht wissen. Jedenfalls hat sie irgendwas von einem tiefen Atemzug und dem Rhythmus eines Herzens vorgelesen und dreimal *Ich bin* wiederholt. Das schien Lilah dann irgendwie zu verinnerlichen.« Sie stieß einen Stein mit ihrer Schuhspitze nach vorn. »Damit hat wohl alles angefangen.«

Damit hat wohl alles angefangen.

Damit hat mein Traum wohl ein wenig aufgehört.

»Bereust du …« Ich setzte neu an. »Bereust du es eigentlich, bei LondAir angefangen zu haben?«

»Nein«, erwiderte sie. »Versteh mich nicht falsch, wenn ich das Wort *Nachtflug* höre, zieht sich alles in mir zusammen. Die vielen Leute, die sich ständig nach Anschlussflügen und Verspätungen erkundigen, über die ich ihnen keine Auskunft geben kann. Und die sich dann beschweren, weil ich auch nicht mehr weiß als sie. Diese ganzen Beschwerden.« Sie schloss die Augen. »Passagiere beschweren sich ständig. Über zu wenig Platz in den Gepäckablagen, über das ungenießbare Essen, das wir ihnen servieren, über die Turbulenzen, wenn sie sich mit Rotwein bekleckern. Ich meine, was denken sie sich überhaupt, wenn sie sich ein Flugticket von London nach Miami für dreihundert Pfund kaufen?«

»Das ... Wow, krass. Darüber habe ich noch nie nachgedacht.«

»Dein Job ist das Fliegen, mein Job sind die Passagiere.« Sie winkte ab. »Klar, Flugbegleiterin zu sein war nie mein Traum. Ich wollte Mathematikerin sein, in Oxford studieren, Bachelor und Master machen, am liebsten mit Bestnoten, um dann später in die Forschung zu gehen. Das ... das will ich immer noch. Ich schätze, ich nehme auf meinem Weg dahin einfach Abzweigungen.« Sie runzelte die Stirn. »Ich glaube, ich habe noch nie so lange am Stück geredet.«

»Nah.« Ich grinste. »Du hast sicher schon viel längere Referate gehalten. Du warst bestimmt immer so gut organisiert, dass du die Gliederung gleich mit vorgestellt hast.«

»Bitte, sag mir, dass deine Frage nicht ernst gemeint ist.«

»Natürlich nicht. Ich habe im Zimmer bei meinen Eltern bestimmt noch irgendwo eins deiner Handouts«, sagte ich und warf ihr einen Seitenblick zu. »Glaubst du eigentlich, du wirst dein Leben in Shoreditch vermissen, wenn du in Oxford studierst?«

»Ich ...« Abrupt blieb sie stehen. »Okay, ich glaube, ich muss hier was klarstellen. Ich werde nicht nach Oxford gehen. Zumindest vorerst nicht. Gestern, na ja, kam die Absage per Mail.«

Ich wollte etwas sagen. Hilfreiche Worte, aufmunternde Sätze. Doch ich fand nichts. Das Bild von Olivia schoss mir durch den Kopf. Sie vor Jahren auf den Schulfluren, der geöffnete quietschgelbe Regenmantel, der abgewetzte Rucksack um die Schultern, Bücher, die sie an die Brust gedrückt hatte. Oxford auf ihren Schuhspitzen, als stünde es eigentlich auf jedem Zentimeter ihrer Haut.

»Wer zum Teufel würde besser nach Oxford passen als du?«

»Die anderen dreitausendzweihundert Studenten, die jedes Jahr angenommen werden, anscheinend.« Sie schluckte. »Ich weiß, dass Absagen normal sind. Wirklich. Aber es fühlt sich einfach so an, als hätte ich mein ganzes Leben lang auf Oxford hingearbeitet. Ich habe immer die besten Noten geschrieben und nach den A-Levels angefangen zu arbeiten, um die Studiengebühren bezahlen zu können, falls ich kein Stipendium bekommen sollte. Nur deshalb bin ich Flugbegleiterin geworden. Ich habe die Ausschreibung gesehen, das relativ gute Gehalt und dachte mir: Ja, was soll's. Ich kann Leyton hinter mir lassen, ich sehe die Welt, und ich spare Geld, danach kann ich mit zweihundertprozentiger Sicherheit meinen Traum leben. Und jetzt ... tja. Dabei liefen die Interviews sogar gut. Und ich war dort. Drei volle Tage in Oxford. Ich habe in der Mensa gegessen und mir dabei vorgestellt, wie es wäre, das jeden Tag zu machen. Ich habe mir sogar ausgemalt, welches Fahrrad ich kaufen würde. Alles hat sich einfach so echt angefühlt, verstehst du? Als könnte das wirklich mein Leben sein. Mir ist bewusst, dass es irgendwann in Ordnung sein wird und im großen Ganzen nicht mal nennenswert ist. Aber … keine Ahnung. Ich glaube, ich musste das einfach nur loswerden. Es laut aussprechen und alles.«

»Es tut mir leid, Olivia«, flüsterte ich.

»Mir auch«, flüsterte sie zurück. »W… was ist eigentlich mit dir? Vermisst du sie?«

»Was meinst du?«

»Deine Kunst. Sie fehlt dir doch, oder?«

Ich legte den Kopf in den Nacken, die Augen weit geöffnet, ein Ozean von grauen Pariser Wolken. Der Geruch der *Shakespeare-and-Company*-Suppe haftete mir an der Jacke, und der Himmel wirkte so, als würde es jeden Moment wieder regnen.

Du bist unendlich.

»Es ist wirklich kompliziert.«

Kapitel 15

Olivia

»Ich mag es, mit der Metro zu fahren«, sagte Nick, während wir die Treppen unserer Endhaltestelle nach oben stiegen. Seitdem ich ihm von Oxford erzählt hatte, füllte er unsere Gesprächslücken. »Wenn ich zwischen den Einheimischen sitze, fühle ich mich nicht wie ein Pilot, der für sechzehn Stunden irgendwo Aufenthalt hat. Als, ja, als wäre ich bloß ein Metrobenutzer wie jeder oder jede andere auch.«

»Und wie fühlst du dich in London?«, fragte ich.

Ein paar Stufen noch, dann wären wir oben. Wir sahen sogar schon ein Stück vom Himmel. Und hörten das Rauschen. Regen, der auf die Straßen prasselte. Großartig.

»Vermutlich normal.« Dann: »Fuck.«

Wir verharrten auf der letzten Stufe und beobachteten, wie Regen vorbeihuschenden Passanten aggressiv auf die Köpfe fiel.

»Lass uns da unterstellen.«

Nick deutete auf den überdachten Supermarkt. *Carrefour* sagte das Schild darüber. Wir überquerten die Straße an einer roten Ampel und machten vor den Schiebetüren halt.

»Vielleicht ist es ja bloß ein kurzer Schauer.«

»Hoffentlich«, sagte ich skeptisch.

»Es gibt doch diesen Spruch: Paris ist noch schöner, wenn es regnet. Kennst du den?«

Ich schüttelte den Kopf. Paris, dieser Vorort von Paris, war gerade nicht schön, sondern bloß grau. Durch den Regen wirkte alles weniger echt und halb wie im Schlaf, wach, aber nicht ganz da.

»Wieso sollte Paris bei Regen schöner aussehen? Ich finde alles nur grau und beige.«

»Manchmal hat Regen etwas Friedliches.«

»Friedlich?« Wieder schweifte mein Blick durch die Gegend. »Ich finde es ganz und gar nicht friedlich. Das hier ist laut und grau.«

Ich wandte ihm das Gesicht zu. Deutlich stach sein Adamsapfel hervor. Seine Augen, wie er mich jetzt ansah, das war anders. Die Welt hinter ihm mit den Menschen, die schwere Einkaufstüten aus dem Supermarkt trugen. Alles grau in grau. Nur Nick, der blieb bunt. Er musterte mich nicht anzüglich, bloß so, als wolle er mich im Gesamten verstehen, was das schönste Kompliment war, das man jemandem machen konnte. Verstehen bedeutete, einen Menschen wirklich zu sehen, und die meisten Menschen waren in dieser Hinsicht blind. Hätte mir jemand gesagt, Nicholas Saint Leyton James sei einer der Menschen, die so gar nicht blind waren, hätte ich es nicht geglaubt. Aber hier standen wir, Nick und ich, eineinhalb Schritte voneinander entfernt, während ich mir zum ersten Mal Zeit nahm, ihn wirklich zu beäugen.

»Du magst Regen, oder?«, fragte ich.

Ein sichtbarer Tropfen hatte sich auf seine Stirn verirrt. Erst blieb mein Bick an dem Regen in seinem Gesicht hängen, dann an seinen Lippen.

»Irgendwie schon.«

»Dann wird Paris für dich also kaum schöner als das hier?« Ich lachte verhalten. »Vor einem Supermarkt und bei Regen?«

»Ich befürchte, dass Paris noch nie schöner war als gerade jetzt.«

Wie in Zeitlupe näherte sich seine linke Hand meinem Gesicht, wo seine Fingerkuppen mich streiften und mir so Wärme auf den Wangen verrieben. Alles in mir stand dabei unter Strom, auf alles gefasst und für alles bereit. Nur nicht darauf, dass er mir eine Haarsträhne hinters Ohr strich.

Zögernd und zart.

»Du hast hier ja auch Sommersprossen.«

Er wanderte mit dem Zeigefinger über mein Ohr. Anschließend glitt seine Hand weiter nach unten, wo sie schwer auf meinem Nacken verweilte. Seine fünf Finger auf meiner Haut. Seine Lippen, die minimal geöffnet waren. Sein Blick, der von meinem Ohrläppchen zu meinen Augen huschte. Mein Herz, das dabei unaufhaltsam rauschte.

Mit eineinhalb winzigen Schritten kam er noch näher. So nahe, dass ich ihn beinahe verschwommen sah. Aber immer noch bunt. Verschwommene Farben, Gold und Grün, verhedderte Gefühle, warm und kalt.

Mein Körper wusste nicht, was er empfinden sollte.

»W... was machen wir hier?«, flüsterte ich.

Statt zu antworten, fuhr Nick mir mit dem Finger über einen Wirbel, kurze Nägel auf meiner rauen Haut. Immer wieder, wie hypnotisiert, als wäre meine Haut das Bild und er der Blick.

Als müsse er sich meine Farben, Muster, Schatten- und Lichtpunkte genau einprägen.

»Olivia, ich ...« Er verrannte sich in seinen eigenen Worten.

Irgendwie mochte ich diese Unsicherheit, die er nie ganz kaschieren konnte.

Ich dachte, dass ich ihn vielleicht wirklich mögen könnte, als sein Handy vibrierte. Er ignorierte es, doch da war plötzlich ein Kloß in meinem Hals und ein Knoten in meinem Herzen. Kopfschüttelnd wich ich einen Schritt zurück und sah zu Boden, auf sicheres Terrain voller Kassenzettel und Kaugummiflecken.

Ich könnte Nicholas Leyton Saint James wirklich mögen?

Was zum Teufel?

Wahrscheinlich war sein wieder vibrierendes Handy eine willkommene Ablenkung, die ich ihm nicht mal übel nahm. Dennoch bemerkte ich die Namen auf dem Display.

Ashley, Quentin, Yasmine. Und anschließend wollte ich mich übergeben.

»Ashley und die anderen aus Leyton?« Ich tat nicht mal so, als hätte ich die Benachrichtigungen nicht gelesen. »Ihr seid noch befreundet?«

»Nicht wirklich. Wir haben bloß so eine WhatsApp-Gruppe.« Nick steckte das Handy zurück in die Hosentasche. »Wieso?«

Das Werbeplakat in meiner Straße, ihre Namen auf dem Display. Ich flog in Städte, kilometerweit von London entfernt, verkleidet in Uniform und mit einem Gepäck voller jahrelangem Abstand.

Aber es gab kein Entkommen.

»Nur so.«

»Das glaube ich dir nicht, dafür wirkst du viel zu verwirrt.«

Verheddert in Gedanken. Verloren in Erinnerungen. Vielleicht hätte das besser gepasst. Doch ich verbesserte Nick nicht, denn er holte tief Luft. Als würde er etwas Wichtiges sagen wollen.

»Ich ...«

Ich weiß davon.

Ich erinnere mich.

»Was immer du sagen willst, spar's dir einfach«, sagte ich schnell. »Ist schon okay. Alles in Leyton ist drei Jahre her. Lass uns einfach zum Hotel gehen. Ich glaube, der Regen hat sogar nachgelassen.«

Hatte er nicht. Trotzdem stimmte Nick zögernd und murmelnd zu. Als wir uns in Bewegung setzten, stieß ich fast mit einem Mann zusammen, der aus dem Supermarkt kam. Er trug vier Plastiktüten, zwei in jeder Hand, aus einer ragten drei Baguettespitzen heraus.

*

Die Uniform, bestehend aus Blazer und Hose, darüber das blau-rot gestreifte Halstuch. Das sah ich beim Betreten des Hotelzimmers als Erstes. Die Kleidungsstücke lagen über dem Sessel am Fenster, vor dem die Vorhänge zur Seite geschoben waren. Regentropfen sammelten sich auf der Scheibe und verbanden sich dabei zu großen Schlieren.

Als würden die Glasscheiben weinen.

Ich streifte mir die Schuhe von den Füßen und musterte die nassen Glitzersocken. Eigentlich waren sie rot, jetzt wirkten sie wie etwas zwischen Bordeauxrot und Auberginenlila. Ich streckte die Zehen und spürte dabei die nasse Kleidung, den Teppichboden unter den Füßen und das tote Oxford in mir drin.

Vielleicht sogar die scharf gestochenen Erinnerungen an Leyton.

Schnell checkte ich die Uhrzeit auf meinem Handy. Es war kurz nach zwölf, in knapp eineinhalb Stunden würde ich die Crew in der Hotellobby zum Abflug treffen. Ich stellte meine Lieblingsplaylist ein und griff gerade nach dem Kulturbeutel, da klopfte es an der Tür.

»Ich habe ein Déjà-vu-Erlebnis«, sagte ich gleich darauf, die Arme vor der Brust verschränkt.

Nick trug immer noch seine Jacke, und die dunklen Locken waren wegen der Nässe schwarz.

»Kann ich kurz reinkommen?«

Seufzend öffnete ich die Tür. Ins Zimmer eingetreten, steuerte er auf den Sessel gegenüber dem mit meiner Uniform zu, und ich setzte mich auf die Bettkante.

»Ich kann das nicht mehr«, begann er.

»Wenn du das zweite Mal vor meiner Tür stehst, musst du mir schon ein bisschen mehr als ein *Ich kann das nicht mehr* geben.«

»Alles. Ich kann das alles nicht mehr.« Er atmete durch. »Ich hätte gerade nicht schweigen sollen. Ich wollte nicht mal schweigen. Ich wusste nur nicht, was ich sagen sollte, und ich wollte das Richtige sagen. Ich habe den Weg zum Hotel und diesen Moment im Aufzug gebraucht, um zu verstehen, dass alles richtiger ist, als zu schweigen. Also, es tut mir leid, Olivia. Alles. Das mit Oxford. Und das mit Leyton. Obwohl ich nicht daran schuld bin, tut es trotzdem irgendwie weh zu sehen, wie dich das fertiggemacht hat. Und versuch erst gar nicht, es zu bestreiten. Denn man sieht es. Ich sehe es.«

»Das ... ist nett von dir. Aber was ich gesagt habe, meinte ich ernst. Leyton und alles, was dazugehört, ist über zwei Jahre her. Ich bin nicht mehr Stipendium-Pocahontas.«

»Nein, das bist du nicht.«

Schweigen. Regen und Florence Welchs Stimme vermischten sich zu einem einzigen Geräusch. Alles um uns herum schien weiter zu verschwimmen.

Bis Nick sich vorbeugte.

Da war er, scharf gestochen wie die Kanten eines Ausrufzeichens.

»Das ist einfach verrückt«, wisperte er. »Wenn ich dich ansehe, wird mir warm. Einfach so.«

Er rutschte kopfschüttelnd zur Sesselkante vor, sein Oberschenkel an meinem Bein. Ich wollte mich zurückziehen, flüchten, mich vom Bett erheben, in meinen Teppichfasern baden, mich in meiner Festung befinden, Sonne statt Regen einatmen, Lilah oder June anrufen. Ich wollte irgendetwas machen und einzig weg von hier, weil *I can* not *do it.* Nick wollte ich wiederum sagen, dass sein angebliches Wärmephänomen kein Wunder war. Wir waren uns einfach zu nah. Aber ich konnte mich weder von seinem Blick lösen noch zur Seite rücken. Er sah mich an und sah mich. Und mir wurde ebenfalls warm. So warm, am liebsten hätte ich mich ausgezogen, nicht den Pullover, nicht die Jeans. Mich selbst, meine Fassaden, meine Mauern und alle kalten Schichten, derentwegen mir bei dreißig Grad nicht heiß wurde. Weil seine Hand behutsam zu meinem Knie wanderte, dort verweilte und mir *noch* wärmer wurde.

»Ich will dich küssen, Olivia.«

Nick sagte das so schnell, ich hörte die Panik darin. Den Horror, das Küssen, die Art, wie er meinen Namen aussprach. Immer noch neugierig, dennoch mit Bestimmtheit. Als wolle er das wirklich, dieses *Küssen, Olivia,* auch wenn seine Stimme zitterte. Er senkte das Gesicht zu mir herab, was keine Überraschung war, bis er im letzten Moment innehielt.

Nicks Finger auf meiner Hose waren der erste Schritt, den er gewagt hatte.

Seine Lippen vor meinem Mund, der kalte Abstand, den ich überwinden musste.

Das war meiner.

»Aber du musst das auch wollen.«

Ich wollte es nicht. Dieses Küssen. Dieses *Küssen, Olivia* von Nick, weil es immer wehtat, Männer zu küssen, die ich dann irgendwann nicht mehr küsste. Ganz egal, ob man Stipendium-Pocahontas und der ultraheiße Saint James war. Egal, ob ich eine glückliche Fast-Studentin mit Oxfordangebot war oder gerade eine Absage kassiert hatte. Menschen hörten ständig auf, irgendetwas zu tun, und begannen stattdessen etwas Neues. Aber irgendwie wollte ich es doch, dieses *Küssen, Olivia,* denn alles in mir pochte aufgeregt und fesselnd.

Außerdem sang Florence vom Frieden, den sie in der Tiefe fand, und Nicks Hand berührte mich immer noch.

»Wenn du sie zählen müsstest, wie viele wären es?«

Ich sah ihn fragend an, während seine Finger sich auf die Stelle zwischen meinen Brauen legten.

»Die Gedanken, die du jetzt hast.« Er strich über die Furche, die sich dort gebildet hatte. Als könnte er sie glatt streicheln und die Gedanken damit wegwischen.

»Keine Ahnung«, flüsterte ich. »Sind zu viele.«

»Natürlich sind sie das.«

Seine Lippen verzogen sich zu einem Lächeln. Millimeter für Millimeter, bis ich es nicht mehr aushielt und fast auf die äußerste Kante der Matratze gerutscht wäre, hätte es vor meiner Tür nicht gepoltert. Bestimmt ein Putzwagen oder ein Türschlagen, dennoch schreckten wir auf.

Ich würde mich für immer fragen, ob wir uns in diesem Hotelzimmer geküsst hätten, wäre sein Blick nicht anschließend auf den Koffer gefallen. Pyjamashirt, Socken, Bikini und dunkel glitzernde Unterwäsche lagen in dem geöffneten Reißverschlussfach. Er blinzelte gegen den Inhalt an, bevor er den Abstand zwischen uns vergrößerte. Sein Mund blieb stumm, doch seine Augen sprachen bunte Bände.

Er erinnerte sich also.

Und er würde mich darauf ansprechen.

Zumindest war ich mir sicher, er hätte es getan, da klingelte das Zimmertelefon. Schrill und grell, wie eine heulende Sirene als zweite Warnung nach dem Poltern im Flur.

Zu viel Nähe und zu wenig Abstand.

Houston, wir haben immer noch ein Problem.

»Willst du … Willst du nicht rangehen?«

Seine Stimme klang anders als sonst. Tiefer und rauer, als hätte allein der Gedanke an das Küssen ihn heiser gemacht.

Reflexartig stieß ich mich von der Bettkante ab und presste mir das Telefon gegen das Ohr.

»Lieber Hotelgast, das ist Ihr Wake-up-Call –«

Ich legte auf, ehe die elektronische Stimme die Floskel zu Ende sprechen konnte. Mittlerweile hatte Nick sich erhoben. Seine Locken waren immer noch feucht, und die Wangen waren genauso rot wie seine Lippen. Ein von mir durchdachter statt geküsster Mund. Hastig sah ich weg.

»Das …« Ich strich mir eine Haarsträhne hinter das Ohr. »Das war der Crew-Call.«

Eine Stunde vor dem Pick-up wurden wir angerufen und daran erinnert, uns pünktlich in der Lobby einzufinden.

»Ich sollte gehen«, sagte er.

»Ja, das wäre besser.«

Er nickte stumm und ging zur Tür, vor der er sich allerdings umdrehte.

»Paris ist wegen dir so schön. Das wollte ich dir vorhin vor dem Supermarkt sagen.«

Dann war er weg.

Vom Gang her hörte ich, wie eine Tür zugeschlagen wurde.

Kapitel 16

Nick

Olivia war bereits in der Lobby, als ich den Aufzug verließ.

Ich bemerkte sofort, wie sie auf diesem cognacfarbenen Sessel saß und auf dem iPad scrollte. Sicherlich checkte sie gerade die neuesten Updates zu den Flügen, wie die aktuellen Passagierzahlen oder die Sitzplätze der Statusgäste. Selbst von Weitem waren ihre Lippen leuchtend rot und strahlend perfekt. An ihr sah nichts falsch aus. Bis sie den Blick hob und den Kollegen anlächelte, der auf sie einredete. Ihr Flugbegleiterinnenlächeln war noch schiefer als ihr eigenes. Als wäre sie eine mittelmäßig begabte Schauspielerin, die sich sichtlich unwohl in ihrer Rolle fühlte.

Trotzdem verbrachte ich eine ganze Weile vor den Aufzügen und sah sie an.

»Nicholas«, sagte plötzlich jemand, bevor mir eine Hand hingehalten wurde. Krimi-Wallace, der heutige Kapitän, stand vor mir. »Hattest du einen schönen Aufenthalt?«

Ohne meine Antwort abzuwarten, steuerte er die Sesselecke mit unserer Crew an. Der Kabinenchef Jackson begrüßte uns, ich schüttelte dem Flugbegleiter Otis die Hand und stellte mich Cara vor.

Dann standen Olivia und ich uns gegenüber.

»Hey.«

»Hey«, sagte sie.

Wir schüttelten uns die Hände. Dank der hohen Absätze war sie nun etwas größer, weshalb wir uns fast auf gleicher Höhe in die Augen blickten. Hotelgäste traten näher und entfernten sich wieder, Schuhe klackten über den Boden, und französische Worte wurden gemurmelt, im Hintergrund leise Musik.

Als mein Daumen begann, ihr über den Handrücken zu streichen, ließ sie meine Hand ruckartig los. Blinzelnd verharrte sie, bis sie mir schließlich zunickte.

Ein Nicken?

War das ein *Wir-sollten-uns-das-nächste-Mal-wirklich-küssen*-Nicken gewesen? Oder ein *Unser-Fastkuss-war-ein-Fehler*-Nicken? Wieso wusste Olivia immer alles, während ich in Bezug auf sie nie etwas wusste?

Das war nicht fair.

Als wir unsere Koffer nach draußen rollten, regnete es immer noch. Krimi-Wallace und ich halfen dem Fahrer, die Gepäckstücke zu verstauen, die Crew stieg schon in den Wagen, die Absätze der Flugbegleiterinnen donnerten mir laut in den Ohren.

In meiner Vorstellung waren die von Olivia am lautesten.

Im Innern des Vans hingegen waren alle Fensterplätze schon besetzt, während ich die Pilotenmütze vom Kopf nahm. Neben jedem Crewmitglied war ein Platz frei geblieben. Jackson hatte das Jackett ausgezogen und tippte in sein iPad. Otis hörte mit Bluetooth-Kopfhörern Musik, und Cara scrollte auf ihrem Handy. Die Fahrt zum Flughafen war die einzige Möglichkeit, noch einmal für sich zu sein, deshalb war es im Crewbus meistens still.

Olivia lenkte sich im Gegensatz zu allen anderen mit nichts ab. Sie starrte nur aus dem Fenster, wo Regentropfen ihr die Sicht nahmen. Ich zögerte nicht, mich auf dem Platz neben ihr niederzulassen, was sie im ersten Moment gar nicht bemerkte. Wie in Gedanken versunken betrachtete sie weiter den Pariser Vorort. Nur beim lauten Zuschlagen der Fahrertür wandte sie sich vom Regen ab.

»Du?« Sie rückte ein Stück von mir weg.

»War kein anderer Platz frei.«

Das Regentrommeln, Otis' Musik, der Fahrer, der zur Musik aus dem Radio mitsummte. Ich nahm alles wahr. Ich hörte sogar, wie Krimi-Wallace zwei Reihen hinter mir vor seinem Kindle seufzte. Bloß Olivias Gedanken hörte ich nicht.

»Du bist so ein Lügner, Saint James«, sagte sie. »Es gibt noch vier freie Plätze.«

»Aber es gab nur diesen freien neben dir.«

Ihr Mund öffnete sich wortlos. Dafür bildeten sich an ihrem Hals wieder rote Flecken.

»Ich kann nicht glauben, dass du das gesagt hast. Du klingst wie ein Idiot aus einem schlechten Liebesfilm.«

»Ich dachte, wir hätten das *Saint James* hinter uns gelassen. Du weißt schon, gerade als ...«

Erst jetzt bemerkte ich die dünne Armbanduhr, die ihr Tattoo verbarg. Es war ein einfaches Modell, schlicht und schwarz, mit silbernen Zeigern. Ich sah sie noch eine Weile an, erst die Uhr, dann die Flecken, dann Olivias Gesicht.

Ja, dachte ich.

»Ist schon okay«, flüsterte ich schließlich, um irgendetwas zu sagen, weil die Stille zwischen uns schwer wurde und sie doch gemeint hatte, wir würden uns die Welt selbst schwer machen. »Du kannst ruhig weiter *Saint James* sagen. Das stört mich nicht. Nur ... Mach bitte nicht zu. Wir hatten da gerade einen Moment und –«

»Lass uns einfach später darüber reden.« Sie schluckte. »Okay?«

Erneut senkte ich den Blick auf ihre Finger und fühlte mich versucht, sie mit meinen zu umschließen. In diesem Crewbus. Mit den Namensschildern an unseren Jacketts. Bloß für eine Sekunde, vielleicht auch zwei.

Aber da drehte sie sich zum Fenster um.

Vor der nächsten Ampel standen wir eine ganze Weile still. Auf der Straße drängten sich Wagen an Wagen dicht an dicht. Zwischen ihren Lücken schlängelten sich Motorradfahrer hindurch. Links blinkte ein Neonschild von fünf roten Buchstaben. *Amour.* Ganz sicher jedoch war ich mir nicht, wegen all dem Regen, der mir die Sicht verschwamm.

Kapitel 17

Olivia

Cara und Otis verkündeten im Briefing, dass sie in der Economy arbeiten wollten. Gemeinsam. Sie hatten sich am Abend zuvor in der Hotelbar unterhalten, wo Otis herausgefunden hatte, dass Cara ein Au-pair-Jahr in Miami absolviert hatte. Deshalb hätten sie jetzt ganz viel zu bereden, immerhin würde Otis ja wohl irgendwann zu Yason mit Y ziehen, und da konnte es nicht schaden, sich Tipps in den Pausen zwischen Serviceende und Anflug zu holen. Also bekam ich den Sitz neben dem von Jackson zugeteilt, der nicht weiter als zwei Meter von der Cockpittür entfernt war. Vier große Schritte würden mich für die nächsten zehn Stunden von Nick trennen. Nicht mal eine Zehn-Sekunden-Entfernung.

Jetzt begrüßte ich die einsteigenden Passagiere mit meinem besten Flugbegleiterinnenlächeln und flötete »Bienvenue à bord«, was die Gäste in perfektem Französisch kommentierten, das ich wiederum nicht verstand.

Aber ich lächelte einfach weiter, mit Mundwinkeln, die schmerzten, und mit einem Kopf, der stach, weil das grelle Kabinenlicht und die fremden Menschen mit ihrer fremden Sprache mich verrückt machten. Außerdem auch mit einem Herzen, das pochte. Wegen Nick. Nick mit den bunten Augen, Nick mit diesem *Küssen, Olivia.* Nick in Uniform, der mir unter die Haut ging. Nick in dem Jackett müsste mich doch eigentlich abschrecken, obwohl er mich so anzog. Mit der Pilotenmütze auf dem Kopf, die seine wilden Locken bändigte, und dem Namensschild links auf der Brust. *Nicholas Saint James* fett gedruckt, *First Officer* kursiv darunter. Die goldenen Streifen passten zu seiner goldbraunen Augenfarbe, und die grüne stach im Kontrast zum dunklen Stoff hervor. Immer wieder linste ich nach vorn und immer wieder atmete ich erleichtert aus, als ich ihn nicht vor der Cockpittür entdeckte.

Ich wusste nicht, warum ich Angst hatte, Nick zu sehen. Ich wusste bloß, dass ich sie hatte. Und dieses Nichtwissen fühlte sich mit einem Mal nur noch schrecklich an. *Terrible.*

»Excusez-moi?«

Ich zuckte zusammen, weil mir eine ältere Dame auf die Schulter klopfte. Dick eingepackt in eine dunkelgrüne Winterjacke, hielt sie mir ihre Bordkarte unter die Nase.

»Pouvez-vous me dire ou trouver mon numéro de siège?«

Ich verstand nicht alles, aber sie hatte *numéro* gesagt. Meine Mundwinkel verzogen sich zu einem noch breiteren Lächeln, als ich die Dame zu ihrem Platz auf 36A führte.

»Merci, Mademoiselle. Merci beaucoup.«

»De rien«, erwiderte ich.

Mein Job bestand zum größten Teil darin, mit Vermutungen Sprachen anhand kleiner Worte zu entziffern. Mit der Wasserflasche auf gut Glück durch die Kabine zu eilen, in der Hoffnung, den Passagier unter den vielen auszumachen, der darum gebeten hatte. Felsenfest daran zu glauben, dass die zwei Freitage nach dem New-York-Aufenthalt reichten, um sich vom Jetlag zu erholen. Was sie irgendwie nie taten, und dann lag man um vier Uhr morgens immer noch hellwach und sagte sich, dass man das mit dem Schlafen beim nächsten Mal besser koordinieren würde. Aber ich war gut im Koordinieren. Und ich bekam es kein einziges Mal hin.

»Damit ihr Bescheid wisst, wir stehen am Gate, das am nächsten zur Landebahn angebunden ist. Taxi-Time wird relativ schnell gehen«, sagte Nick, als ich die vordere Galley, die Bordküche, erreichte.

Er stand mit dem linken Fuß im Cockpit und mit dem rechten in der Kabine. Die Tür hielt er hinter dem Rücken fest, sodass sie einen Spaltbreit geöffnet war. Hinter ihm erklangen Funkstimmen, hinter mir lasen Passagiere digitale Magazine. Mittlerweile hatte Nick das Jackett ausgezogen und trug bloß das kurzärmelige Hemd mit der Krawatte. Seine nackten Arme waren nur nackte Arme, aber ich starrte wie gebannt darauf.

So viel Haut, die ich nicht kannte.

So viel Haut, bei der ich plötzlich schluckte.

»Alles in Ordnung mit dir, Olivia?«, fragte er.

Es war so lächerlich, weil es wirklich nur Arme waren, die ich wie besessen beäugte.

Arme, verdammt noch mal.

Aber so viel Haut.

»Klar«, sagte ich bloß.

»Okay?«, fragte er noch einmal. »Okay«, wiederholte er, weil ich schwieg.

Im selben Augenblick ertönte die Lautsprecheranlage mit der Stimme des Kapitäns. *Meine Damen und Herren …* Ich starrte auf Nicks Rücken, mit dem er wortlos im Cockpit verschwand.

»Könntest du dich vielleicht um die Business-Passagiere kümmern?« Jacksons Stimme drang zu mir hindurch. »Wasserflaschen verteilen und schon mal nach Essenswünschen fragen? Und vielleicht noch Spielzeug an die Kinder in der Economy verteilen.«

»Natürlich.«

Ich lächelte so breit, ich dachte, meine Mundwinkel würden reißen.

*

Die Flüge nach London und von London nach Oslo waren bis auf den letzten Sitz ausgebucht. Nur auf dem Weg von Oslo zurück nach Heathrow schob ich die Getränketrolleys nicht im Dauereinsatz vor mir her. Die Kabine war zur Hälfte gefüllt, es war nach acht, und die meisten Passagiere schienen müde zu sein. Mir waren diese Abendflüge am liebsten, weil alle ihre ungeheuer wichtigen Termine hinter sich hatten. Wir hingegen hatten den Service vor einer guten Viertelstunde beendet, und die Anzeige mit der Europakarte verriet, dass noch eine Stunde bis zur Landung fehlte. Wir würden sogar pünktlich ankommen. Eigentlich ist alles bestens, dachte ich, während ich in die Knie ging, um durch das Flugzeugtürfenster zu spähen. Unendliches Schwarzblau und der halbe Mond auf Augenhöhe. Immer, wenn ich versuchte, ihn zu fotografieren, war er bloß eine undeutbare Fläche auf meinem Handy.

»Du solltest ins Cockpit gehen.«

Ich drehte mich zu Jackson um, der auf dem Jumpseat der gegenüberliegenden Tür ein Businessessen auf dem Schoß hielt. Geschnetzeltes, Kartoffelbrei und grüne Bohnen. Jede Komponente war leicht verbrannt und schmeckte wahrscheinlich nach nichts.

»Du hast gerade nach den Sternschnuppen Ausschau gehalten, oder etwa nicht?« Er spießte eine grün-schwarze Bohne auf.

»Sternschnuppen?«

»Ja«, sagte er. »Nicholas hat doch vorhin erzählt, dass gegen acht ein Sternschnuppenschauer angesagt wurde.«

»Ähm, keine Ahnung. Ich war hinten bei Otis.«

»Kennt ihr euch eigentlich? Du warst irgendwie so oft hinten.«

»Flüchtig. Wir sind mal zusammen nach Miami geflogen.«

Das war gelogen, aber in der Fliegerbranche vergaß man oft, wo man wann mit wem gewesen war. Jeder beherbergte Selfies mit Personen in Clouds, deren Namen man schon wieder vergessen hatte. Defekte Koffer, Flüge und Kollegen. Alles wurde bei uns ständig ausgetauscht.

Jackson setzte gerade zu einer Erwiderung an, da wurde die Cockpittür aufgezogen.

»Alles klar bei euch?« Kapitän Wallace rückte seine Brille zurecht.

»Natürlich.« Jackson antwortete für uns beide. »Sag mal, Wallace, sieht man gerade Sternschnuppen?«

»Jep, schon seit einer ganzen Weile.« Der Kapitän schritt in Richtung Kaffeemaschine. »Wenn ihr sie sehen wollt, geht ruhig rein.«

»Na, worauf wartest du, Olivia?« Jackson grinste mich an. »Ach, und wenn du schon da bist, kannst du Nicholas ja gleich fragen, ob er auch einen Kaffee will.«

»Klar.«

Ich bemühte mich um ein Lächeln, das mir sicher nicht gelang. Mit einem tiefen Atemzug gab ich dennoch den Cockpittürcode in das Zahlenfeld ein.

Sternschnuppen. Ich würde wirklich gern Sternschnuppen sehen.

Beim Aufdrücken der Tür sah ich Lichter. Lichter an der Decke, vor den Sitzen und an den Seiten. Jeder Schalter und jede Taste waren orangegelb beleuchtet. Bei Abend- und Nachtflügen hatte dieser Ort etwas Magisches, auch wenn er voller Technik und Verantwortung war.

Nick drehte sich auf seinem Sitz zu mir um. Nur im Hemd und sogar ohne Krawatte, denn die hing mittlerweile neben dem Jackett am Haken. Sein Blick wanderte an meinem Körper hinauf und hinunter. Keine Ahnung, was er wirklich von mir sah, denn das Licht war so gedämpft, dass bloß Konturen zu erkennen waren.

»Ich bin wegen der Sternschnuppen hier.« Ich nickte durch die Scheibe und klappte den Beobachtersitz an der hinteren Wand auf.

»Und?«, fragte er leise. »Wünschst du dir was?«

Von der anderen Seite der Tür schallte das Lachen des Kapitäns zu uns herüber. Bestimmt verbrachte er seine Kaffeepause mit Jackson in der Galley, um sich die Beine zu vertreten. In seinem Fliegerleben hatte er schon mehr als zwei Dutzend Sternschnuppenschauer gesehen. Mindestens.

»Sollte ich wohl«, murmelte ich, was unsere kurze Unterhaltung beendete.

Vier Sternschnuppen sah ich aufgehen und wünschte mir bei jeder dasselbe. *Oxford, Oxford, Oxford.* Dass meine Absage ein Fehler, eine Verwechslung oder ein schlechter Scherz war.

Nach einer Weile bemerkte ich, dass sich Nick wieder nach vorn umdrehte. Er betätigte einige Knöpfe auf dem Minimonitor und begutachtete das aktuelle Flugradar. Dann holte er hörbar Luft. Nick und ich, eine ruckelnde Flugzeugkabine, zwei Lichtmeere, das Cockpit und das All. Abertausende Galaxien mit ihren Sonnen und Planeten.

Für einen Moment fühlte ich mich seltsam verloren.

»Geh mit mir aus, Olivia«, flüsterte er.

Selbst im Sitzen wirkte er groß, aber sein Rücken war leicht rund, als müsse er sich verstecken. Er, der Pilot in auf halbmast sitzender Uniform. Das war doch lächerlich.

Wovor hatte er Angst? Etwa vor der Sache, an die er sich beim Anblick meines Kofferinhalts erinnert hatte? Wohl kaum.

Am liebsten hätte ich erwidert, dass wir gerade bei der Arbeit waren. In einem Flugzeug, für das er die Verantwortung trug, auch wenn die Maschinen alle auf Autopilot flogen. Dass er mir solche Dinge nicht einfach so sagen konnte. Selbst wenn im Cockpit oft lange Unterhaltungen geführt wurden und man sich die Schnappschüsse des letzten Aufenthalts zeigte.

Aber ich sagte nichts, denn in meinem Kopf dachte ich wie in Laufbahnen. Zu große Gedanken und zu wenige Worte, dicht gefolgt von Wasserfallgefühlen. Florence Welch und Regen, Nick und ich dazwischen. Der Horror, die Hormone. Dieses Kribbeln unter jedem Zentimeter Haut, gepaart mit diesem Ziehen im Herzen.

Gar nicht eiskalt.

Gar nicht taub.

Dabei war ich mir so sicher, diese bescheuerte Taubheit und ich wären auf ewig miteinander verbunden. Aneinanderklebend durch die einsame Zweisamkeit, die Selbstgespräche unter vier Augen und meine Teppichfaserbäder, die niemand sonst verstand. Doch vor mir lag Unendlichkeit. Ich war Teil der Erde, unser Planet war Teil des Sonnensystems, und das Sonnensystem war Teil der Milchstraße.

Ich war der einmillionste Teil eines Teilchens von unendlich vielen Teilchen. *Tu es infini.*

»O-okay«, sagte ich also, weil ich mit dem Universum

über mir dachte, ich könnte endliche Erinnerungen für eine Weile einfach vergessen.

»Okay?«

»Okay.« Ich nickte.

»Okay.«

Ich glaubte, er lächelte.

Kapitel 18

Nick

Wir landeten um 21:33 Uhr, zwei Minuten vor der geplanten Ankunftszeit. Krimi-Wallace war so begeistert, dass er die Passagiere selbst verabschieden wollte. Im Bus, der uns über den Flughafen ins FOC brachte, saß Olivia links in der Ecke, ich auf der gegenüberliegenden Bank und damit gefühlte zwei Welten von ihr entfernt. *O-okay* hatte sie zu dem Date gesagt. Ein unsicheres Wort. *O-okay,* das war kein *Ja, gern* oder *Ja und ja und ja.*

Im FOC verabschiedete ich mich von allen mit festem Händedruck. Olivia und ich standen uns als Letzte gegenüber. Schon wieder. Cara war gerade dabei, in Richtung Ausgang zu stöckeln, da fischte ich das Handy aus der Hosentasche. Es fühlte sich glatt und glitschig zwischen meinen Fingern an. Olivia verzog beinahe das Gesicht.

Ich fragte mich, ob sie ihr *O-okay* bereute.

»Gibst du mir deine Nummer? Oder soll ich dir meine geben?«

Die Stimme hielt ich gesenkt, denn ich wusste, wie die Situation von außen betrachtet wirkte. Ein junger Pilot, eine junge Flugbegleiterin, leicht zerzauste Frisuren und müde Augen. Das Handy in meiner Hand und der Kaffeefleck auf ihrer Bluse, dicht neben dem ersten geschlossenen Knopf. Der darüber war geöffnet, sodass ich die dunkelblauen Träger ihres BHs erkannte. Ihre Lippen nur einen Blick weit entfernt.

Olivia machte mich wahnsinnig.

Vielleicht war es trotz allem ein bisschen so, wie es aussah. Sie machte mich jedoch nicht verrückt, weil sie eine Flugbegleiterin war. Sie machte mich verrückt, weil sie mich sah und ich sie sah. Selbst wenn sie Letzteres nicht sah. Aber das war schon okay, ohne das doppelte O am Anfang.

»Gib du mir deine.« Zögernd kramte Olivia das Handy aus ihrer Tasche hervor. Nachdem ich meine Nummer eingetippt hatte, gab ich es ihr zurück. »Ich schreibe dir«, sagte sie. »Wegen der Verabredung, du weißt schon.«

»Das wäre schön.«

»O-okay.«

Noch mal dieses unsichere Wort, das eigentlich gar nicht zu ihr passte. Ich wollte sie gerade fragen, ob wir zusammen zur U-Bahn-Haltestelle gehen sollten, doch ich erstarrte.

»Nick!«, rief sie. »Nicholas Saint James.«

Als Paige auf mich zukam, verspannte ich mich. Sie trug die Hose und das Jackett offen, wobei ihre Bobfrisur sich in leichten Wellen bewegte. Schon beim Klang meines

Namens hatte sich Olivia zu ihr umgedreht. Sie musste Paige nur kurz mustern, um zu verstehen und anschließend wieder ihre Mauern zu errichten.

Als würden Paiges Lächeln und meine angespannte Reaktion alles erklären.

Als würde mein voller Name ihr im Kopf nachschallen.

Als würde sie ganz plötzlich wieder *alles* verstehen.

Ich war Pilot.

Ich kam aus Leyton.

»Ich, äh, gehe dann mal«, sagte sie. »Ich muss die Bahn bekommen.«

Olivia entschied sich für die einfachste Version eines Abschieds. Ein Nicken, das sie mir zuwarf. Kurz und unverbindlich.

»Olivia«, rief ich. »Warte!«

Statt stehen zu bleiben, lächelte sie bloß breit und zu falsch. Dennoch blickte ich ihr nach. Wahrscheinlich bemerkte sie das. Schaffte sie ja irgendwie immer.

»Habe ich irgendwas Falsches gesagt?«, fragte Paige.

*

Ich zog mich nicht um. Keine Sekunde länger wollte ich im FOC verweilen, wo mich Kollegen ansprechen konnten. Flugbegleiterinnen begegnen, mit denen ich geschlafen hatte. Olivia wiedersehen, obwohl sie sich so schrecklich von mir verabschiedet hatte. Es hätte wehgetan, sie mit roten LondAir-Lippen und ihrer unscheinbaren Kleidung im Gehen zu sehen. Halb Flugbegleiterin, halb Olivia. Ich hätte daran gedacht, dass sie ihr *Ich schreibe dir* genauso halb ernst gemeint haben könnte wie ihr mehrmaliges *O-okay.*

Ich verließ das FOC in Rekordgeschwindigkeit, nachdem ich mich von Paige verabschiedet hatte. Wir hatten uns kurz unterhalten, woher ich kam, wohin sie ging.

»Tel-Aviv-Turnaround«, hatte sie geseufzt und ich ihr daraufhin mein Beileid ausgesprochen, weil sie die ganze Nacht arbeiten würde. Anschließend hatten wir uns umarmt. Ihr Duft nach etwas Blumigem war mir in die Nase gestiegen und hatte mich an die Momente erinnert, in denen wir gevögelt hatten. Unverbindlicher Sex während meiner Ausbildungszeit, wenn Yasmine und ich mal wieder Schluss gemacht hatten. Wir hatten uns im LondAir-Unterrichtsgebäude kennengelernt, wo sie ihre Ausbildung als Kabinenchefin angetreten hatte. Gemeinsame Mittagessen und Raucherpausen, bei denen nur sie geraucht hatte. Das erste Mal hatten wir uns im Erdgeschoss geküsst, dicht neben den Kabinen-Mock-Ups, in denen Emergency-Situationen nachgestellt wurden.

Während ich den Flughafen passierte, geisterten mir Millionen von Gedanken ziellos durch den Kopf. Olivia, der Beinahekuss, das mögliche Date und die unsicheren *O-okays.* Paige. Mit der freien Hand fuhr ich mir über das Gesicht. Und dann fiel mein Blick auf das Schaufenster gegenüber, und die Welt drehte sich ein bisschen mehr. Tablet-Pencils, die im Angebot waren. Angeblich reduziert, aber wahrscheinlich immer noch teurer als in herkömmlichen Elektrogeschäften. Ich hatte mich schon immer gefragt, welche Leute in Flughäfen einkauften.

Anscheinend war ich einer von ihnen.

Denn ich ging mit meinem Trolley geradewegs auf den Laden zu. *Janvier en Paris* und *Nouvelles Choses*. Mit Sicherheit würden mir noch Tausende Namen für Tausende Bilder einfallen, die ich nie malen würde. Ständig zu denken, dass ich etwas malen wollte, ohne es zu malen, machte mich müde. Dabei hatten uns die Fluglehrer doch vor der Müdigkeit gewarnt.

Passen Sie auf sich und Ihren Körper auf. Ruhen Sie sich aus. Überanstrengen Sie sich nicht während der Auslandsaufenthalte. Im Flieger tragen Sie die Verantwortung für Hunderte von Personen. Vergessen Sie das nie.

Als ich im Elektrogeschäft die Karte zückte, fragte ich mich, ob ich in erster Linie nicht die Verantwortung für mich selbst trug. Nicht als Pilot, sondern bloß für mich, ohne Namen, ohne Aussehen, für den, der ich wirklich war. Und dann wurde mir ganz anders, weil ich realisierte, dass ich das nicht tat. Viel lieber verbarg ich mich unter Uniformen und in Gemälden, die ich vor der Welt versteckte. Der wahrste Teil von mir war immer nur ein stiller Zuschauer in der letzten Reihe, auf Rang zweitausend und stets passiv.

Im dritten Terminal prangte dieselbe Werbekampagne wie an der Central Bus Station. Zum wievielten Mal ich deshalb Alma Alonsos Zeichnung passierte, wusste ich nicht. Aber ich wusste, dass es heute anders war. Sonst sog mich das Bild mit den präzisen Strichen an und ein. Diesmal geschah fast nichts. Ich ging einfach daran vorbei, bloß ganz kurz, da blitzte etwas in meinen Augenwinkeln auf, und für eine Sekunde wirkte es so, als würden mir die Bleistiftgebäude mit ihren aufgezeichneten Fenstern zuzwinkern.

Ich bin so, so, so, so müde, selbst wenn ich schlafe, dachte ich, während ich meinen Trolley in die U-Bahn hob.

Kapitel 19

Olivia

Noch 210 Tage

Seit ich die Mail geöffnet hatte, die auf unbestreitbare Weise mein Leben verändert hatte, waren vier Tage vergangen. Drei Tage seit ich Nick vor weinenden Fensterscheiben fast geküsst hatte. Zwei Tage seit Lilah mich am Küchentisch laut erklären ließ, dass ich von meinem toten Traum heilen würde. Ein Tag seit die schriftliche Absage in unserem Briefkasten gelegen hatte. Statt den Brief zu öffnen, hatte ich ihn auf meinen Schreibtisch gelegt, direkt unter meinen Kündigungskalender. Auf ihn war mein letzter Blick gefallen, bevor ich am Morgen die Zimmertür hinter mir zugezogen hatte. Knappe zwölf Stunden später bestaunten Passagiere die Golden Gate Bridge von oben, während ich vor dem Fenster der hintersten Flugzeugtür in die Hocke ging. In meinen Ohren rauschte es, die Kabine ruckelte leicht, ein Kleinkind in der letzten Reihe kreischte. In der Galley diskutierten meine Kolleginnen darüber, ob sie am nächsten Tag eine Fahrradtour nach Sausalito machen sollten.

»Was ist mit dir, Olivia? Hast du Lust?«

Bei meinem Namen drehte ich mich den drei Flugbegleiterinnen zu. Müde Gesichter, dampfende Pappbecher und lackierte Nägel. Erdbeerrot, Weinrot, zweimal Feuerwehrrot. Oras Rock hatte Falten, seitdem sie gähnend aus der Crewbank gestiegen war, wo wir in Schichtpausen schliefen.

»Ich habe schon etwas vor.« Ich schüttelte den Kopf. »Trotzdem danke.«

»Was machst du denn?«, fragte Jess.

»Ich habe einen Bekannten hier.«

Ich bemühte mich um ein Lächeln, bevor sie weiter über den möglichen Fahrradausflug diskutierten. Wieder drehte ich mich der Aussicht zu und musterte die Brücke über den Pazifik so lange, bis das Cockpit die Landung verkündete. San Francisco zog mich einfach an. Chillige Cali-Vibes, Strand, Kunst, hochberühmte Sehenswürdigkeiten. Es war einfach, sich gern dort unten aufzuhalten. Eine Tatsache, die jedes Besatzungsmitglied bestätigt hätte. Amerikanisch und kalifornisch, doch nicht so abgehoben und erdrückend heiß wie Los Angeles. Hier unten war es selten wärmer als zwanzig Grad, und wenn man im T-Shirt auf dem Aussichtspunkt der bekanntesten Brücke stand, wurde einem kalt. Wind kam dort nämlich von allen Seiten, vom tief blauen Pazifik und von den vorbeirasenden Autos. Aber das war der unverkennbare Charme. Laut, exzentrisch, schillernd bunt und gleichgültig künstlerisch. San Francisco war von allem ein bisschen und hatte deshalb wirklich alles zu bieten.

Vielleicht sogar meinen Vater.

In Momenten wie diesem musste ich immer aufpassen, die Frage nicht laut auszusprechen, die mir auf der Zunge brannte.

Bist du irgendwo dort unten, Robert Gibson?

Ja, dachte ich mittlerweile. Ja, wahrscheinlich bist du irgendwo dort unten, ein Vater ohne Tochter, weil du der wissenschaftliche Ohne-Kaiser bist.

*

Die Luft der Freiheit weht. Das deutsche Zitat prangte auf dem Stanford-Pullover des Typs, der sich mir gegenüber im Zugabteil niederließ.

Als wäre es ein Zeichen.

Ich hatte nämlich beschlossen, mich auf Recherchereise zu befinden. Ich war die Forscherin, die Herkunftsdatei mein Paper und Robert Gibson der zu untersuchende Gegenstand. Es war der Morgen nach der Landung. Als ich mich vor vierzig Minuten in den Bus an der Montgomery Street gesetzt hatte, hatte ich mich nicht wie eine Flugbegleiterin auf Durchreise gefühlt.

Eher wie eine Ohne-Vater-Tochter.

Während San Francisco an meinen Augen vorbeiflog, wurde ich schwach und gab Nicks Namen bei WhatsApp ein. Das Profilbild zeigte ihn mit seinem Bruder. Nicholas und Charles Saint James in glatt gebügelten Hemden. Sie sahen sich ähnlich wie Doppelgänger.

In London hatte Lilah mir noch geraten, ich solle Nick schreiben. Aber Lilah war auch eine Anpackerin. Und ich war das nicht. Ich war eine Vollzeitdenkerin, mit einem starken Linkshang zum Zweifeln.

Was war mit dem Versprechen mir selbst gegenüber? Was war mit der Kiste in Leyton? Mit dem, was wir in dem Hotelzimmer verschwiegen hatten? Was war das überhaupt mit uns?

Als ich in Millbrae umstieg, verbannte ich die Gedanken an ihn abermals aus meinem Kopf. Nach insgesamt einer Stunde und zwanzig Minuten erreichte ich Palo Alto. Mein Magen grummelte, ich hatte nicht gefrühstückt und die Crewregel missachtet, immer etwas Essbares im Koffer zu haben. Das Ziel war also der Starbucks in Campusnähe. Inmitten des Stanfordkosmos war ich ein Fremdkörper, den niemand bemerkte. Es machte mir dennoch nichts aus, denn ich war undercover.

Bis ich das Starbucks betrat.

Es herrschte reges Treiben, Studentinnen tippten auf Laptops, und Studenten markierten Textstellen mit Neonmarkern. Der mich bedienende Barista wirkte genervt und sah auf den ersten Blick durch mich hindurch. Nur als ich drei Dollar Trinkgeld gab, nahm er mich bewusst wahr.

»Was hast du noch mal bestellt?«, fragte er, obwohl mein Tee schon in Arbeit war.

»Chai.«

»Mit Hafermilch und einem Spritzer Agavendicksaft.« Der Barista schüttelte den Kopf. »Ich bin mir sicher, das hast du schon tausendmal gehört, aber ... du siehst aus wie Professor Gibson. Und du hast sogar dasselbe bestellt.«

Ich wollte etwas sagen und nachfragen, doch ich brachte kein Wort heraus.

»Professor Robert Gibson«, erklärte der Barista langsam. »Von der Physikfakultät? Der Mann von Dekanin Sanderson? Kennst du ihn nicht? Ich dachte, er wäre so was wie ein Promi hier. Nach ... na ja.«

»Nein.« Meine Stimme klang rau. »Keine Ahnung. Sorry.«

»Never mind.«

Er zuckte die Achseln, winkte mich weg und die nächste Kundin nach vorn. Er bemerkte nicht, wie ich zwei Stunden lang in der linken Ecke saß und jede Regung jedes Menschen in mich aufnahm. Der American Boy war hier gewesen. Der American Boy mochte Chai. Mit Hafermilch, mit Agavendicksaft. Mal nichts ohne. Ich trank den Tee in Zeitlupe, immer bloß ein Nippen, mein Gehirn dabei ein Motor auf Hochtouren. In den letzten Wochen hatte ich herausgefunden, dass Google mir die Biografie eines US-Wrestlers und eines US-Astronauten ausspuckte, wenn ich Robert Gibson ohne Stanford googelte. Dass Robert Gibson das größte Arschloch dieser Welt war, spuckte die Suchmaschine natürlich nie aus. Er hatte Mum verlassen, ohne Vorwarnung, ganz plötzlich und mit einem egoistischen *Ich kann nicht mehr, Elizabeth* am Esstisch, an dem ich manchmal saß. Mum und er hatten sich unromantisch in einem Londoner Club kennengelernt. Er hatte sie an der Bar angesprochen, auf einen Drink eingeladen und ihr schlicht gesagt, dass er sie unaufhörlich ansehen müsse, woraufhin sie ihn ebenfalls unaufhörlich ansehen musste.

»Hundertdreiundzwanzig. Heute Morgen waren es hundertdreiundzwanzig Sommersprossen in meinem Gesicht«, hatte er irgendwann gemeint und erklärt, dass er gern zählte. Das sei seine Lieblingsbeschäftigung, Zahlen zögen ihn irgendwie an, beruhigend und aufregend zugleich.

Mathematik machte einfach etwas mit ihm.

Mum hatte daraufhin gelächelt. Und das wäre es dann gewesen. An diesem Punkt hatte sie die Geschichte immer beendet und gesagt, dass es sich eben so entwickelt habe. Rob Gibson, ihr American Boy, der Cambridge-Student, das Zusammensein, die plötzliche Schwangerschaft. *Ich kann nicht mehr, Elizabeth.* Das Verlassen.

Das Internet ein weiteres Mal nach ihm zu durchforschen würde keine neue Erkenntnis bringen. Also googelte ich Dekanin Sanderson. Marylin Sanderson, ebenfalls eine Doktorprofessorin. Fachgebiet Literatur, sehr hübsch, mit blondem Haar und perfekt geschminkter Haut.

Wieder keine Spur von Ever.

Nachdem ich das Starbucks verlassen hatte, hätte ich vieles tun können. Sein Büro suchen, ihr Büro suchen. Mich mit gespitzten Ohren vor die Physikfakultät setzen und nach diesem *Nach … na ja* in vorbeiziehenden Unterhaltungen lauschen können. Stattdessen tat ich nichts davon. Ich spazierte über den Kilometer weiten Campus und atmete die Luft ein. Es war schön hier, voll und weit, so amerikanisch und kalifornisch wegen der tropisch wirkenden Palmen und Redwoodbäume.

Ich bin hier, dachte ich. Ich bin hier und weiß nicht mal, wieso. Ich bin hier, wo du immer warst, aber du bist nicht mehr da, weil *Nach ... na ja.*

Als ich das barfüßige Mädchen auf dem angrenzenden Rasen passierte, geschahen zwei Dinge. Ich musterte ihre Füße voller Grashalme und dachte, dass sie aufgrund der windigen neunzehn Grad fror. Dann dachte ich, dass ich nicht fror und trotz des fehlenden Barfuß-Teppich-Gefühls alles fühlte. Ich fühlte mich verwirrt, vaterlos, verloren, verbeult, verzweifelt und verwundbar. Oxford-Absage, Nick, mein beerdigtes Hautherz, Ever. Doch ich lief Wege, die der American Boy betreten hatte, und wollte mich nicht in Teppichfasern vergraben.

Für den winzigsten Moment fühlte ich mich unbesiegbar.

So zückte ich also mein Handy und schrieb Nicholas Saint Leyton James. Weil ein fremder Barista in einer fremden Stadt eines fremden Lands Robert Gibson in mir erkannt hatte. Weil *wirklich* alles möglich wirkte. Kein Leyton, kein emotionales Ohr und keine Paige, mit der er garantiert im Bett gewesen war. Nick und ich, eine Supernova aus glühenden Herzen, weil explosive Gefühle grenzenlos schienen.

Eine Weile lief ich noch weiter umher. Über die nummerierten Sterne am Hauptcampus, die Positionen der verbuddelten Zeitkapseln markierten, vorbei an Brunnen, in denen im Sommer mit billigen Plastiktieren gebadet wurde. Privatuni-Atmosphäre, herumeilende Menschen und Rucksäcke, schwer von Büchern. Schließlich ließ ich mich auf einer Bank nieder, um die Notizen-App auf dem Handy zu öffnen. Anfang Januar hatte ich mich an allen möglichen Universitäten beworben. *Falls das mit Oxford nicht klappt.* Ein Sicherheitsnetz, ohne das ich nun aufgeschmissen gewesen wäre. Ich wollte mir gerade den ersten finalen Satz für dieses dämliche Herkunft-Stipendiumschreiben aus den Fingern saugen, da kam mir die Idee.

Ich googelte den American Boy und Marylin Sanderson in Kombination mit *Ever.* Wieder nichts.

Ever, Ever, Ever.

Wer bist du bloß?

Kapitel 20

Nick

Nach 927 Tagen

Ein Dutzend Blau- und Grüntöne, ein wenig Weiß für die Gischt. Ich zeichnete Wellen. Seit Stunden. Ich würde nie mehr aufhören.

Das wusste ich.

In meinem Apartment war es still, bloß durch das geöffnete Fenster drangen gedämpfte Straßengeräusche herein. Aufheulende Motoren, unterdrückt aggressives Hupen. Aber eigentlich nahm ich alles einzig am Rand wahr. In meinem Kopf war nämlich ein Rauschen. Wie am Meer. Als wären die gemalten Wellen echt. Leise hörte ich Drakes Stimme im Hinterkopf. Im selben hypnotisierenden Tonfall, der mir ins Ohr gekrochen war, wenn wir nebeneinander an Bildern gearbeitet hatten. Sie immer auf einer Leinwand, ich auf dickem Zeichenpapier, das ich vorher mit drei Schichten Gesso grundiert hatte. Vier Jahre lang hatte ich jeden meiner Nachmittage bei ihr verbracht. Nur im letzten Jahr hatte sie mich auf Leinwände malen lassen.

Wenn du auf Leinwände malst, hast du Angst vor dem Untergang und riskierst nicht so viel. Dabei musst du riskieren, hörst du?

Keine Ahnung, ob ich wirklich etwas mit den Wellen riskierte, die ich auf der Procreate-App skizzierte. Digitales Zeichnen war Neuland. In den letzten Stunden hatte ich mich an den grellen Bildschirm gewöhnen müssen. Er fühlte sich so anders an als Zeichenpapier. Meine Finger hatten gern darauf gekratzt, über die Oberfläche gestrichen und sich in den einzelnen Rillen verirrt. Da war eine bestimmte Wärme, die sich zwischen den Fasern versteckte. Mein Tablet-Bildschirm war ungewohnt kalt. Trotzdem das Beste, was mir seit Langem passiert war. Natürlich hatte Drake damals recht gehabt. Kunst verbrannte mich Tag für Tag ein bisschen mehr, weil ich kein Künstler mehr war. Aber was konnte ich schon dagegen unternehmen? Ich war ein feiger Saint James und deshalb Pilot, und eigentlich hatte ich dem Malen den Rücken gekehrt, aber ich vermisste es mehr denn je. Vielleicht lag es an Drakes Nachrichten aus meinem persönlichen Kunstjenseits. Vielleicht lag es an der Begegnung mit Olivia, weil zu Leyton-High-Zeiten nichts existiert hatte, was ich so gern gemalt hätte wie sie.

Ich legte das Tablet bloß zur Seite, um bei *iAsia* ein vegetarisches Reisgericht zu bestellen. Den Rezensionen war zu entnehmen, die Nudeln seien eher semigut. *Drei Sterne, aber nur mit zugedrückten Augen.* Während der Wartezeit schaute ich durchs Fenster. Ich fokussierte

Rücklichter von Autos und unbesiegbare Läufer, die sich einen Weg auf den schmalen Straßen bahnten. Dabei stand mein Körper unter Strom. Atome tanzten durch ihre ganz eigenen Bahnen. Mir war sehr warm. Einmal nicht an einem stinknormalen Dienstag sterben.

So fühlte sich das also an.

Irgendwann brachte mir der Lieferkurier meine Bestellung. Gerade wollte ich mir die erste Gabel in den Mund schieben, da klingelte es erneut an der Tür. Verwirrt betätigte ich den Summer. Keine zwei Momente später sah ich Theo die Etage zu meinem Apartment heraufsteigen.

»Ich war gerade in der Nähe.« Er blieb mit einem Pizzakarton und zwei Flaschen Guinness vor mir stehen. »Es ist doch nicht unpassend gerade, oder?«

Ich verneinte grinsend.

Drinnen teilten wir uns die Nudeln und Pizza, Theo bewertete das asiatische Gericht mit drei Sternen und die Pizza mit vier. Ich gab beidem vier.

»Erinnerst du dich noch an unsere Stufenfahrt nach Rom?«, fragte ich.

»Wie kommst'n jetzt darauf?«

»Facebook hat mich letztens daran erinnert.« Ich zuckte mit den Achseln. »Hab seitdem irgendwie viel daran zurückgedacht. Auch an unser Abschlussjahr.«

»War schon krass damals.« Theo fuhr sich über das Kinn. »Weißt du noch, als Yasmine Willy, Q und mich mit zweihundert Pfund bestechen wollte, damit wir das Zimmer für euch räumen, und wir Nein gesagt haben? War das nicht auch zu der Zeit, in der Willy ständig an seinem

Handy gehangen hat und uns nicht sagen wollte, wem er undercovermäßig schreibt?«

Ich nickte lachend. Theo blieb noch lange nachdem sein Guinness leer war. Wir fragten Willy ebenfalls, ob er vorbeikommen wollte, der jedoch beschäftigt war. Vielleicht traf er sich ja ganz undercovermäßig mit einer anderen Frau. Mittlerweile war es nach zwölf und ich allein. Ich wollte zurück zu meinem Tablet, genau da vibrierte mein Handy. Charlie. Er schickte mir ein Bild, fünf Sonnen-Emojis darunter. Doch meine Blicke hafteten an der Nachricht, die schon vor Stunden eingegangen war. Olivia hatte mir ihre Adresse geschickt, wegen der Party, auf die sie mich vor Tagen eingeladen hatte. Bei ihrem Namen auf meinem Display rauschte es in der Wohnung. Einfach so und so verrückt.

Kapitel 21

Nick

Nach 931 Tagen

Am Freitag war Olivia nicht diejenige, die mir die Tür öffnete. Stattdessen blinzelte ich einer Fremden entgegen, die sehr blaue und sehr große Augen hatte. Um ihren Hals hing ein Schild, auf dem stand: *Zwilling – kreativ und zerstreut, #craziestonearth.*

»Gib mir drei Versuche, deinen Namen zu erraten«, sagte sie. Aus dem Innern der Wohnung waren laute Musik und Bruchstücke von Gesprächen zu hören. »Du bist Nick, stimmt's?« Ihre Lippen verzogen sich zu einem Lächeln. »Nick, der Skorpion. Komm rein.« Sie zog mich am linken Jackenärmel in das Apartment und fischte auf dem Sideboard nach einem Schild. »Hier, das ist für dich. Gehört zum Motto.«

»Ihr habt ein Motto?«

»Natürlich. *The truth in zodiac signs.* Ich habe auch passende Cocktails rausgesucht. Fuzzy Aquarius und Gemini Gin Tonic. Und das ist auch Gin?« Sie nickte auf die

Flasche in meiner Hand, die ich ihr daraufhin entgegenhielt.

»Ich wusste nicht, was ich mitbringen sollte, deshalb –«

»Gin ist perfekt! Ich bin übrigens Delilah«, sagte sie und führte mich in die Küche. »Du kannst überall reingehen. In meinem Zimmer werden Trinkspiele gespielt und in dem von Livy haben wir die Cocktailstation aufgebaut. Was in dem Zimmer von June abgeht, weiß ich nicht. Aber vielleicht schaust du ja mit Livy vorbei.«

Sie wackelte mit den Brauen, da verharrten wir vor der Küchentür. Lauter laute Leute unterhielten sich mit Drinks am runden Tisch und vor der breiten Fensterbank. Lauter laute Leute auch auf der riesigen Couch, wo ich Olivia entdeckte.

Keine Ahnung, was sie sagte.

Keine Ahnung, was sie dachte.

Keine Ahnung, was genau sie anhatte.

Aber sie war schön.

An einem Glas nippend, fiel ihr das Haar in glatten Strähnen über die Schultern. Gerade unterhielt sie sich mit einer blonden Frau. Sie sprach, Olivia nickte. Das ging eine ganze Weile so.

»Ich will ja nichts sagen.« Delilah räusperte sich. »Aber für einen Skorpion kannst du ziemlich schlecht deine Gefühle verstecken.«

Die Smiths. *There Is a Light That Never Goes Out.* Das Lied tönte aus den Lautsprechern, als Olivia mir das Gesicht zuwandte. Endlich. Ihr Mund öffnete sich, doch schloss sich wieder.

»Babe!« Ein groß gewachsener Typ ging auf Delilah zu und schlang die Arme um ihre Taille. »Da bist du ja!«

»Nick, das ist Ryder«, sagte Delilah. »Ryder, das ist Nick.«

»Hey, Mann.« Er streckte mir eine Hand hin.

Die beiden sahen glücklich aus. Wie er *Babe* gesagt und ihre Miene dabei aufgeleuchtet hatte. Der Song und die kitschigen Sterne, die an den Wänden klebten. Für beide war das bestimmt ein schöner Moment.

Und dann wurde auch mein Moment irgendwie schön.

»Nick?«

Olivia musste sich erhoben haben, denn jetzt stand sie vor mir. Jeans, ein brauner Gürtel und ein schlichtes Langarmshirt, das ihre Schultern freilegte. Nackte Haut über ihrem Dekolleté, nackte Hände und Arme. Ihr Pi-Tattoo war entblößt. Um ihren Hals baumelte kein lächerliches Schild, und sie ging auf funkelnden Socken. Ihre Füße leuchteten im Dunkeln.

»Ähm, hi«, sagte sie so, als hätte sie mich nicht eingeladen. »Willst du was trinken? In meinem Zimmer haben wir einen angeblichen Dream-Bar-Cocktailstand aufgebaut.«

»Klingt gut.«

»Livy!«, schrie die Frau, neben der Olivia gesessen hatte. »Er antwortet mir einfach nicht!«

»Du solltest Lilah fragen, Rose.« Olivia drehte sich zu ihr um. »Wir wissen alle, dass sie so was besser draufhat.«

»Ich?« Delilah löste sich aus Ryders Umarmung. »Ich habe immer die besten Ratschläge.«

»Datingprobleme«, flüsterte Olivia und lenkte mich in ihr Zimmer, sie mit dem Rücken zu mir.

Meine Blicke ruhten auf ihrem vollen Haar, auf ihrem Rücken, auf ihrem Rücken unter den Schultern, auf ihrem Rücken, wo die längsten Haarsträhnen endeten. Auf ihrem Hintern in diesen Jeans. Sehr lange. Sehr lange auf allem.

In ihrem Zimmer saßen die Gäste auf einem riesigen Teppich, der bestimmt ein Drittel des Raums einnahm. Weißer Hochflor mit schwarzem Karomuster. Hier hingen keine Sterne an den Wänden. Hier waren die Wände nackt. Bloß Lichterketten beschienen den Raum, und die Gespräche waren fast so laut wie die Musik, aber doch so leise, dass ich nicht verstand, worum es ging. Die Cocktailstation bestand aus einem Tisch, hinter dem eine Frau auf einem Sessel saß, daneben ein leerer Klappstuhl. Ich erkannte die Person nach dem zweiten Blinzeln wieder. June aus Dublin, Olivias Freundin und Mitbewohnerin. Ich winkte ihr leicht zu, bevor sie mich nach meinem Sternzeichenschild fragte.

»Sternzeichenschild?«

»Dann kann ich dir den entsprechenden Drink machen.« Sie nickte. »Damit Lilah die Rezepte nicht umsonst perfektioniert hat. Du weißt schon.«

Olivia lachte. June auch. Und ich erinnerte mich an das Schild zwischen meinen Händen.

»Skorpion«, las June vor, nachdem ich es ihr hingehalten hatte. Sie griff nach dem Gin, einem Minzblatt und zwei verschiedenen Säften. Anschließend reichte sie mir einen Becher. »Scorpio Mint Squeeze.«

»Soll ich dich rumführen?« Olivia musterte mich fragend. »Wir haben noch ein paar Kollegen und Kolleginnen eingeladen. Ich glaube, sie sitzen in Lilahs Zimmer.«

Kollegen und Kolleginnen. Ich wollte mich nicht mit Airline-Menschen über Fliegerthemen unterhalten. Ich wollte mit Olivia reden, schweigen und sie alles fragen, was ich fragen wollte. Vielleicht sogar, warum sie mich auf die Party eingeladen hatte, obwohl ich eigentlich von einem Date gesprochen hatte.

»Wieso nicht?«, murmelte ich trotzdem.

Als wir wieder im Flur standen, hielt sie inne.

»Sag mal, ist dir eigentlich kalt?«

»Nein, wieso?«

»Du hast noch deine Jacke an.«

Ich sah an mir hinunter.

»Cheers darauf.«

Sie stieß mit ihrem halb vollen Glas gegen meines.

Fünf Minuten später schüttelte ich im Zimmer nebenan sechs LondAir-Kollegen-Hände. Und Olivia verschwand.

»Ich sehe mal nach, ob jemand Hilfe braucht. Bin sofort wieder da«, sagte sie. Aber sie war nicht sofort wieder da, und mir blieb nichts anderes übrig, als mich mit Reid zu unterhalten. Ein Co-Pilot, der mit seinem Freund hier war. Ledger, ein Flugbegleiter, der sich gerade mit anderen Getränkenachschub besorgte. Auf zwei Klappstühlen saßen Reid und ich in Delilahs Zimmer. *Urban Jungle.* Noch nie hatte ein Wort ein Zimmer besser beschrieben. Zig Regalbretter voller Blumentöpfe und eine Pinnwand mit Fotos über zwei riesigen Rattansesseln.

Reid kam eigentlich aus Manchester, hatte die Ausbildungsphase seit einem Jahr hinter sich gelassen und konnte Übernachtungen in Moskau nicht ab, weil er in dem Hotel so schlecht schlief. Außerdem hatte June ihn eingeladen.

»Hast du was mit ihr zu tun?«, fragte er.

»Nein, Olivia hat mich eingeladen.«

»Olivia? Ihr seid befreundet?«

»So in etwa, ja. Du kennst sie?«

»Flüchtig.« Reid winkte ab. »Wir waren mal zusammen in Tel Aviv. Die ganze Crew ging in dieses Restaurant, wo wir immer essen. Wie heißt es noch mal? *Fish irgendwas*. Jedenfalls war Olivia so ruhig. Und ich meine nicht schüchtern-ruhig. Eher so unnahbar-ruhig. Wir saßen uns gegenüber, und ich habe die ganze Zeit versucht, ein Gespräch mit ihr anzufangen, aber es ging einfach nicht. Wie kommt's, dass ihr befreundet seid?«

Im Stuhlkreis neben uns wurden Kurze gekippt, und in einer Ecke kicherten zwei Freundinnen. Unter *Kids* von MGMT beäugte er mich neugierig.

»Wir waren an derselben Schule«, flüsterte ich.

Keine drei Minuten später stießen unsere Kollegen wieder zu uns.

»Trinkspiel?«, fragte Ledger.

»Trinkspiel!«, riefen alle zustimmend, bevor er eine App auf dem Handy öffnete.

»Ich gehe mal Olivia suchen«, sagte ich leise und erhob mich.

Ich wollte kein Trinkspiel spielen. Ich wollte nicht

betrunken sein. Nüchtern Olivia ansehen, nüchtern mit Olivia reden und Olivia nüchtern vielleicht sogar küssen. Das wollte ich.

»Viel Glück.« Reid klopfte mir beinahe mitfühlend auf die Schulter.

Im Flur hatte sich eine kleine Schlange vor dem Badezimmer gebildet, während eine Silhouette sich an der Wand abstützte.

»Olivia?«

Als ich ihren Namen sagte, hob sie das Gesicht. Hier im Flur vermischten sich die verschiedenen Lieder zu einem. Schneller Bass, Reibeisenstimme und Only-good-vibes-Indie.

»Flüchtest du etwa von deiner eigenen Party?«

»Bitte verrat es keinem.« Sie nickte ernst. »Ich halte diesen schrecklichen Musikmischmasch einfach nicht aus. Und dann die vielen Jacken, die hier herumliegen. Und diese Menschen, die überall auf dem Boden sitzen. Und nicht zu vergessen Rose mit ihren Beziehungsproblemen, die nicht mal Lilah durchschaut.«

Einen Moment lang konnte ich Wahrheit von Ironie nicht unterscheiden, da zuckten ihre Mundwinkel.

»Du bist zu gutgläubig, Saint James.« Sie zog sich den rechten Schuh an. »Wir haben keine Limetten mehr. East sollte welche mitbringen, weil es bei ihm so einen Bioladen gibt, den er unbedingt unterstützen will. Außerdem sind wir natürlich immer für Unterstützen. Aber er hat es irgendwie vergessen. Wirklich ein echter Held. Fünf Minuten, dann bin ich wieder da.«

»Ich könnte dich begleiten«, sagte ich.

»Willst du dich nicht weiter mit der LondAir-Truppe unterhalten?«

»Warum sollte ich das wollen? Ich bin doch nicht wegen denen hier.«

Kapitel 22

Olivia

Noch 206 Tage

Ich hatte einen Ohrwurm. *Take me out where there's music and there's people.* Dabei war das doch verrückt, weil ich mich mit Nick immer weiter von der Musik und den Menschen entfernte.

Wir schwiegen, während wir die Treppen hinunterstiegen, wir schwiegen, bevor er mir die Eingangstür aufhielt, wir schwiegen, als wir die Straße entlanggingen. Shoreditch bei Nacht war hässlich. Alles wirkte so abgetragen und stumpf. Wohnhausfassaden mit den Graffiti, die jetzt leblos aussahen, obwohl das Leben im Hipsterviertel eigentlich pulsierte. Die dunklen Schaufenster der geschlossenen Läden, die noch geöffneten Supermärkte und Kioske. Einsame Nachtmenschen und angetrunkene Cliquen, die eingehakt die Shoreditch Church Station ansteuerten, um zwanzig Minuten später in Soho auszusteigen. Nur beim Anblick des Tesco-Express-Schilds endete unser Schweigen.

»Gebt ihr eigentlich oft Partys?«

Nick und ich gingen mit gehörigem Abstand nebeneinanderher, sodass keine Gefahr von flüchtigen Berührungen bestand.

»Wenn jemand Geburtstag hat, im Sommer, letztes Jahr zu Halloween.« Ich zuckte mit den Achseln. »Wenn es was zu feiern gibt.«

»Und was gibt es heute zu feiern?«

»Dass Lilah die Vorlesungen vom dritten Semester überlebt hat.«

Und du die letzten Tage überlebt hast, hatte sie vorhin gemeint und mir einen Cocktail in die Hand gedrückt.

Im Supermarktinnern wurde ich vom grellen Licht geblendet und steuerte gleich die Obstabteilung an.

»Können wir kurz in der Alkoholabteilung vorbeischauen?«, fragte Nick. »Bestimmt hätte Reid auch nichts gegen Bier. Außerdem war der Scorpio Mint Squeeze nicht so mein Ding. Könnte daran liegen, dass ich angeblich kein wirklicher Skorpion bin. Delilah hat da was angedeutet.«

»Wahrscheinlich war sie bloß enttäuscht, dass du dein Schild nicht getragen hast.«

»Wo ist eigentlich dein Schild?«

»Ich brauche keins. Lilah nennt mich Livy-Libra. Weiß ungefähr jeder.«

Bei den Getränkeregalen angekommen, schnappte er sich ein Sixpack und drehte mir das Gesicht zu. Aus den Lautsprechern dröhnte ein Song, Zayne und Sia im Duett.

»Livy-Libra«, wiederholte er.

Es hörte sich so falsch und lustig an, dass wir beide lächelten. Plötzlich schien alles an Nick so gefährlich, obwohl er normale Boots, normale Jeans und eine normale Jacke trug. Theoretisch war alles an ihm so normal. Aber irgendwie auch nicht.

Dieses Irgendwie-auch-nicht war ein Problem.

»Und?« Er wackelte mit den Brauen. »Was sind deine Eigenschaften, Livy-Libra?«

»Unentschlossen, anmutig und vage«, sagte ich schluckend. »Lilah behauptet, es gibt kein Sternzeichen, das weniger zu mir passen würde. Deshalb findet sie meinen Spitznamen auch so witzig. Quasi ein Paradox.«

»Du, das Waage-Paradox, und ich, der Fake-Skorpion.« Sein Grinsen wurde schief. »Passt bestimmt gut zusammen.«

Er sprach in diesem Tonfall, nach dem meistens ein *War nur ein Witz* folgte. Aber es war kein Witz, also fügte Nick nichts hinzu. Als sein Lächeln verblasste, verfolgte ich jeden Zentimeter sinkender Mundwinkel.

»Gott, Olivia.« Er wurde ganz ernst. »Das kannst du nicht machen. So an meinen Lippen hängen zu bleiben. Das macht was mit mir.«

»Ich weiß«, murmelte ich.

»Wenigstens hast du nicht gesagt, dass ich Schwachsinn rede.«

Sein Mund formte eine gerade Linie, trotzdem wurde etwas in seinem Blick weicher.

Fünf Minuten später steuerten wir mit den Plastiktüten nach draußen, wo der Parkplatz mir so leer vorkam, bloß bestehend aus vereinzelten Autos und Unmengen an freien Flächen. Beinahe grenzenlos. Bis Nick auf einem Parkplatzviereck stehen blieb.

Da wurde es in mir ganz eng.

»Wir sollten öfter aussprechen, was wir denken«, sagte er.

»Ich sage immer, was ich denke.«

»Nein.« Er lachte halb, halb schnaubte er. »Und nein. Tust du nicht. Du verschweigst so viel von dem, was du denkst. Und das ... das funktioniert so nicht. Das hier zwischen uns, Olivia.« Er fuhr sich mit der freien Hand über das Gesicht. Es war so kalt, dass er kleine Rauchwolken ausstieß. Ich fragte mich, ob ich sie einatmete. »Ich wollte ein Date mit dir. Versteh mich nicht falsch, ich habe mich gefreut, dass du mir geschrieben hast. Aber warum kein Date? Möchtest du keins? Ist es wegen Paige? Bereust du das, was fast in Paris passiert wäre?«

Ist es wegen dem, das wir verschweigen?

»Paige.« Ich rollte den Namen auf der Zunge. »Du hattest was mit ihr, oder?«

»Ja. Aber nichts Festes. Du denkst doch nicht, das in Paris war eine Masche, oder? Falls du es dich gefragt hast: Nein, ich schleppe keine Flugbegleiterinnen ab, um ein After-Sex-Selfie in diese Pilotengruppe zu schicken.«

»Ich wusste, dass es diese Gruppe wirklich gibt.« Ich seufzte. »Ich ... nein, ich glaube nicht, dass das eine Masche war.«

»Gut.« Pause. »Und was ... was ist mit dem Moment in deinem Hotelzimmer?«

Seine Worte waren einzelne Stiche, die mich tief unter der Haut trafen.

»Was willst du von mir hören?«, murmelte ich. »Dass ich bei Florence + The Machine jetzt immer an dich denken muss? Dass mein Körper prickelt, weil irgendwie alles geprickelt hat, da in Paris? Weil wir uns fast geküsst haben und mir das nicht mehr aus dem Kopf geht? Dass es trotzdem nichts daran ändert, dass *wir* uns fast geküsst haben? Du und ich. Saint James und Stipendium-Pocahontas. Und ja, ich weiß, ich weiß. Wir drehen uns im Kreis. Nein, das stimmt gar nicht. *Ich* drehe mich im Kreis. Das weiß ich doch selbst. Aber es ist einfach schwierig, alles zu vergessen. Und es ist schwierig, diesen Moment zu vergessen, weil ... weil mich das irgendwie berührt hat, obwohl gerade nichts in meinem Leben so läuft, wie ich es gern hätte, okay?«

Ich errötete.

Und dieser Vollidiot grinste.

»Okay.« Sein Grinsen wurde noch breiter. »Wollen wir weitergehen?«

Nein, wollte ich sagen. Nein und nein und nein. Ich möchte stehen bleiben und das klären. Aber ich wusste gar nicht, was genau ich klären wollte.

»O-okay«, sagte ich nur, aber mein Wort war ganz anders gemeint.

Wir brauchten sieben Minuten zurück zur WG. Kurz bevor ich die Haustür aufschloss, räusperte er sich.

»Wovor hast du bloß so viel Angst, Olivia?«

Mit dem Schlüssel zwischen den Fingern drehte ich

mich ihm zu. Eigentlich wollte ich *vor nichts* sagen, aber ich verhedderte ich mich in seinem Blick.

»Vor allem«, flüsterte ich stattdessen.

»Ich auch«, sagte er, als wäre das keine große Sache.

Ich verharrte auf der ersten Stufe, er direkt darunter. Als er seinen Arm nach mir ausstreckte, wusste ich nicht, was in meinem Körper passierte. Als wären wir wieder in Dublin.

Als hätte ich keine Ahnung, wer er war.

Als hätte ich keine Ahnung, wer ich war.

Seine Hand streifte mein Gesicht. Der Daumen und die Finger. Alles an ihm war elektrisierend. Nick mit seiner mich unendlich wahnsinnig machenden Atmosphäre.

»In Paris.« Er strich mir über das Kinn. »Wolltest du mich also wirklich auch küssen?«

Nicks Daumen auf meiner Haut. Für einen Moment bestand mein persönlicher Atlas bloß daraus. Keine weißen und schwarzen Flächen, nur Länder mit seiner Haut und Berührung, alle golden und grün.

»Ja.«

»Ja«, wiederholte er und umrundete meine Lippenform. Mit jedem Mal wurde sein Kreisen fester.

»Frag mich …« Ich setzte neu an. »Frag mich, ob ich dich jetzt küssen will, Saint James.«

Weil du mich anziehst wie ein Planet einen anderen.

Weil wir eine Supernova aus Mündern sein könnten.

»Das ist eine ganz schlechte Idee, Olivia«, wisperte er. »Ich stehe mit einem Sixpack Bier in deiner Straße. Drei Stockwerke weiter oben ist deine Party voll im

Gang. Wenn ich dich jetzt küsse, kann ich nicht mehr aufhören.«

Dann machte er von mir ab.

Auf dem Weg nach oben schwiegen wir. Es war eine peinliche Stille, aufgeladen von unseren Beinaheküssen. Sie hörte erst auf, als er in der zweiten Etage mitten im Gehen innehielt und die Tüte abstellte.

»Was ist?«, fragte ich.

»Vergiss, was ich gerade gesagt habe.«

Er kam auf mich zu. Lautes Schrittecho im Treppenhaus und rasender Herzschlag in meinen Ohren.

»Ich will dich auch küssen, Olivia.« Er verweilte dicht vor mir. »Ich will dich immer küssen. Schon die ganze Zeit. Mir egal, ob ich hinterher nicht mehr aufhören kann.«

Näher, näher, näher, alles von ihm. Die ausstrahlende Wärme, sein Geruch in meiner Nase und seine Hand, die in mein Haar glitt. Mein Kopf, den er neigte, voll von Nick.

Dann sein Mund.

Gott, *sein Mund.*

Zuerst war es nur ein Streifen. Seine Lippen und meine Lippen in Kombination, benetzt mit der dünnsten Haut unserer Körper. Einmal streifen, zweimal, dreimal, viermal, fünfmal. Eine Primzahl. Als hätte er es gewusst. Dann küssten wir uns richtig. Zunge traf auf Zunge, so prickelnd und so vibrierend, dabei viel wärmer, als nächste Nähe eigentlich sein konnte.

»Du hast wirklich keine Ahnung, wie lange ich das schon machen wollte«, murmelte er.

»Ja«, sagte ich, obwohl das keinen Sinn ergab.

Am Nacken zog er mich zu sich heran und küsste mich hart mit weichen Lippen, doch unser Kuss blieb bloß ein Kuss. Kein An-die-Wand-Drängen, Körperpressen oder Fummeln. Als befänden wir uns in einem Vakuum und wären schwerelos wie im Weltraum. Nichts explodierte, wir waren gar keine Supernova und Zeit einzig ein Konstrukt. Vielleicht waren wir nur ein paar Atome im All. Gemeinsam trillionenmal kleiner als das kleinste Sandkorn dieser Welt, trotzdem unendlich. Vom Küssen und wegen unserer Küsse, weil unsere Küsse Nicht-von-dieser-Welt-Küsse waren.

»Fuck«, murmelte er und strich mir über den Hals, Schultern und Arme über der Jacke. »Ich kann wirklich nicht aufhören.«

Er biss mir auf die Unterlippe, ich spürte seine Zähne, ich spürte mein eigenes Herz. Plötzlich ertönte Gelächter von oben und meiner Party, die mir gerade so was von egal war. Nick musste es auch gehört haben, doch er küsste mich weiter, weiter und weiter.

Bis das Licht ausging.

Bis alles in mir glühte.

Ich zergehe, ich zergehe, ich zergehe, dachte ich.

Irgendwann sage ich ihm das, dachte ich auch.

Aber nicht in diesem Moment. Denn die Musik wurde lauter, weiteres Gelächter ertönte, und jemand kreischte euphorisch.

Nick riss alle seine Teilchen zusammen, um von mir abzumachen.

Während seine Brust sich deutlich hob und senkte,

haftete mein Blick an seinem Mund. Rot und geschwollen.

»Wir …« Ich war atemlos. »Wir sollten nach oben gehen.«

Er wollte mir antworten, hob jedoch nur die Brauen.

»Ihr habt sogar Sterne im Treppenhaus aufgeklebt?«

Rau lachend deutete er auf den leuchtenden Stern, der neben dem Lichtschalter an der Wand hing.

»Was soll ich sagen?« Ich zuckte halb grinsend mit den Achseln. »Wir sind ein bisschen seltsam.«

Er schüttelte amüsiert den Kopf und griff sich die Tüte. Dann kam er mir noch mal nahe, um mir einen Kuss in die Halsbeuge zu drücken.

Nick roch nach Universum und Unendlichkeit.

»Ich wollte wirklich nicht aufhören, dich zu küssen«, sagte er, und ich sagte nichts, weil meine Kehle sich wie ausgebrannt anfühlte.

Zurück in der WG, bat ich ihn darum, kurz zu warten. Schnell stapfte ich in die Küche und stellte die Zitronen ab. Ich wusste nicht, wie lange wir weg gewesen waren, aber hier war alles noch genauso wie zuvor. Betrunkene Leute wollten noch betrunkener werden und spielten Trinkspiele, bei denen sie sich Wahrheiten verrieten, die sie sonst für sich behielten. Im Hintergrund liefen die Jonas Brothers. *Lovebug*. Keine Ahnung, wer das angemacht hatte.

»Alles okay bei dir?«

Ich sah nach links und auf Lilah, die auf Ryders Schoß saß. Zwei Menschen in einer Umarmung. Ringsum hielten ihre Kommilitoninnen Cocktails in den Händen.

»Wieso läuft Jonas Brothers?«, fragte ich.

»Wieso nicht?«

Ich verdrehte die Augen. Vorgestern hatte ich Lilah gefragt, was das zwischen ihnen sei, schließlich traf sie Ryder schon seit Wochen. Und das war nicht ihre Art. Sie war Delilah Single Dellaria. Eigentlich wollte sie nichts Festes, aber da sei ein Hauch von Gefühlen. Ein bisschen ernster Spaß, hatte sie gemeint.

»Wo ist Nick?«, fragte sie.

»Er wartet im Eingang. Wir gehen noch kurz raus.«

Ich winkte ihr zum Abschied zu und stieß im Türrahmen mit East zusammen. Wenn Junes Stiefbruder den Raum betrat, bemerkte man ihn sofort mit der dunklen Schlafzimmerfrisur, den hellen Augen und der gebräunten Haut seiner spanischen Mutter. »East, der Frauen- und Männerschwarm schlechthin«, meinte June immer. »Maßlose Übertreibung«, sagte er daraufhin.

»Machst du mir zwei normale Gin Tonics oder Wodka mit irgendwas?«, fragte ich.

»Zwei?«

»Ja«, sagte ich. »Zwei.«

Mit den Drinks ging ich wieder auf Nick zu, der mittlerweile das Bier abgegeben hatte.

»Wir teilen uns einen Hinterhof mit den anderen Nachbarn«, sagte ich. »Es gibt ein paar Bänke und Stühle. Wir könnten rausgehen, wenn du willst.«

»Klingt gut.«

Also die Treppen wieder nach unten, wohin sich nur wenige Gäste verirrt hatten. Die meisten rauchten, und in der linken Ecke waren zwei Bänke mit der Tischplatte dazwischen frei. Wir steuerten darauf zu.

»Wodka oder Gin?« Ich deutete auf die Gläser.

»Egal«, sagte er.

»Wovor hast du Angst, wenn du vor allem Angst hast?«

Ich nahm den Wodka, und Nicks Finger umklammerten den Gin.

»Vor Wellen«, erwiderte er.

»Wenn ich darüber nachdenke, sollte das Meer eigentlich jedem Angst einjagen. Ich meine, wir wissen so wenig darüber.«

»Nein. Ich meinte die Wellen, die ich zeichne.«

Nick nahm einen Schluck von seinem Getränk und erklärte mir die Sache mit den Wellen. An die Hausfassade gelehnt, küssten sich zwei junge Männer grob und heftig, mit Händen, die unter die Jacke des jeweils anderen schlüpften.

Kapitel 23

Nick

Nach 932 Tagen

Ich erzählte Olivia von Dingen, vor denen ich mich fürchtete. Von Banalem, über das sie manchmal lächelte. Aber manchmal auch von Ängsten, bei denen sie ernst nickte.

Es war kühl, ich schloss meine Jacke, und manchmal atmete ich den Geruch ein, der an ihr haftete. Saure Limetten, hochprozentiger Alkohol und eine Spur von Tabak. Das klassische Partygastgeber-Aroma. Es war dunkel und bewölkt. Vage erkannte ich ihre Umrisse, als wäre sie nur eine Skizze.

Ich redete von den Wellen auf meinem iPad, dem Rauschen in meinem Kopf und davon, dass ich Angst hatte, dieses Rauschen zu verlieren.

»Du hast Wellen gezeichnet?« Olivia stützte sich auf einem Ellbogen ab. »Ich dachte, das mit der Kunst sei zu kompliziert.«

»Ist es auch. Aber als wir die Sternschnuppen letzte

Woche sahen, habe ich mich gefragt, was du dir wohl wünschst, und –«

»Oxford.« Ihre Stimme klang heiser.

»Das habe ich mir gedacht, und dann habe ich mich gefragt, wie es sich anfühlt, etwas so sehr zu wollen wie du Oxford. Da musste ich, na ja, an meine Einladung zum Interview an der UAL denken.«

»Moment mal.« Sie beugte sich über den Tisch hinweg nach vorn. »Damit ich das richtig verstehe. Du hattest ein Interview an der University of Arts London? Du musst wirklich gut gewesen sein. Lilahs Bruder hat letztes Jahr dort mit Fotografie angefangen. Er meinte, der Aufnahmeprozess sei *die Hölle* gewesen.«

»Ich hatte kein Interview. Ich war nur zu einem eingeladen und bin nicht hingegangen. Das war damals einfach zu stressig mit meinem Pilotenschein. Außerdem hätte ich den Studiengang sowieso nicht antreten können.«

»Wieso hast du dich dann überhaupt beworben?«

»Meine Mentorin hat mich angemeldet, ohne dass ich es wusste.« Ich zuckte mit den Achseln. »Sie hat sogar meine Unterschrift auf den Dokumenten gefälscht.«

»Deine Mentorin?«

»Drake. Sie hat auch dort studiert und nebenbei in einer Kunstschule für Kinder und Jugendliche gearbeitet.«

Ich erinnerte mich an Drake mit ihrem tiefschwarzen Haar, das sie stets zusammengebunden hatte. An den Geruch von Zimt, der immer an ihr gehaftet hatte, wenn sie in Pausen einen Apfel geschält, geviertelt und mit Zimt bestreut hatte.

In meiner Kehle wurde es eng.

»Als ich in der achten Klasse war, hat sie ein Praktikum bei mir an der Privatschule in Chelsea gemacht. Sie hat mich im Unterricht zeichnen sehen und mich in ihre Kunstschule eingeladen. So fing das irgendwie alles an.«

Bilder von Drake in ihrem Atelier, während sie mir *Riskier endlich dein Herz, verdammt noch mal, Nicholas!* entgegenschrie. Wie wir im Victoria and Albert Museum nebeneinander Skulpturen skizzierten, umgeben von touristischem Gedrängel. Atelierbesuche ihrer Freunde. Paul, der eine Schwäche für Kubismus hatte. Lauren, die mit surrealistischen Installationen arbeitete. Letzte Woche war ich schwach geworden und hatte Drakes Instagram-Account besucht. Neue Bilder und neue Freunde, dennoch dieselbe Art von Kunst. Im März war sie sogar Teil einer Vernissage in der Fallon Picture Gallery. Jackpot, hatte sie früher immer dazu gesagt.

In meiner Kehle wurde es noch enger.

»Drake war echt einzigartig«, sagte ich schließlich. »Wir haben nur nichts mehr miteinander zu tun, seitdem ich die Ausbildung angefangen habe.«

»Verstehe.« Pause. »Und jetzt möchtest du dich mit digitaler Kunst beschäftigen?«

»In letzter Zeit habe ich das Malen stärker vermisst als sonst. Ein paar Wellen in einer App zu skizzieren scheint mir ...«

Unverbindlicher.

Distanzierter.

Viel, viel sicherer.

»Nicht so kompliziert?«, fragte sie.

»Ja.«

»Du hast also Angst vor Wellen.« Sie legte den Kopf schräg. »Wovor noch?«

»Das mit den Ängsten ist wohl voll dein Thema, wie?«

»Eigentlich nicht. Aber ich glaube, es ist wichtig.«

So nahm ich einen Schluck Gin und machte weiter, weil Olivia mir bei jedem Wort an den Lippen hing. Ich erzählte ihr von der Angst, meinem Bruder zu sagen, dass sein neuestes Rezept so beschissen wie das davor schmeckte. Von der Angst, zu Krimi-Wallace zu mutieren, dem es egal war, ob es regnete oder ob die Sonne schien, weil er das Hotel sowieso nie verließ. Von der Angst, Nuggets bei McDonald's zu bestellen, weil ich seit sechs Jahren Vegetarier war, aber betrunken immer Lust auf McDonald's-Müll bekam. Von der Angst, dass ich das Gefühl verlor, das ich gerade empfand.

»Das Gefühl verlieren, das du gerade empfindest«, begann sie. »Ich glaube, das musst du erklären.«

»Dieses Gefühl eben.« Ich zuckte die Achseln. »Dass man jung ist und den Moment lebt und denkt, dass genau hier und jetzt alles möglich ist. Ein bisschen Freiheit und ein bisschen Hoffnung. Vielleicht auch ein bisschen Angst. Nicht vor Cheeseburgern, sondern die Angst vor allem. Vor nächster Woche, davor, Steuererklärungen nicht rechtzeitig abzugeben und sich zu fragen, ob man endlich erwachsen genug ist. Vielleicht auch Angst davor, dieses Keine-Ahnung-Haben zu verlieren, denn wenn man einmal eine Ahnung hat, gibt es kein Zurück mehr.«

Sie schwieg lange. Schließlich führte sie das Wodkaglas an den Mund und nahm einen großen Schluck.

»Ich fürchte mich davor, einschlafen zu wollen, es aber nicht zu können und dann wach zu liegen, bis ich die Vögel singen höre. Davor, dass Florence + The Machine ein neues Album herausbringen, weil ich jedes Lied lieben möchte, aber nicht alles lieben kann. Dass Lilah mich mit der Pflege unserer Pflanzen beauftragt und ich zur Pflanzenmörderin werde. Meinen Vater nie kennenzulernen und gleichzeitig davor, meinen Vater doch kennenzulernen. Meinen Nachhilfeschülern Rechenwege zu erklären, die sie nur scheinbar verstehen.« Ihr Blick schweifte zu den Fenstern hinter meinem Kopf. »Dass wir lügen, wenn wir behaupten, alles geschähe aus einem bestimmten Grund, und es eigentlich gar keinen Grund gibt, weil, keine Ahnung, alles irgendwie sinnlos wäre, wenn es bloß willkürlich ist. Außerdem ... außerdem habe ich Angst davor, keine Ahnung zu haben. Ich brauche das alles, weißt du? Die geraden Linien, die Pläne, die Regeln.«

»Ich verstehe dich in der Theorie. Aber in der Praxis?«

»Saint James, der Pilot, der auf keinen Fall ein Künstler ist, hm?«

Olivia bemühte sich um einen leichten Tonfall und scheiterte. Ich fand es nicht schlimm.

»Angst davor, deinen Vater nie kennenzulernen und ihn gleichzeitig doch kennenzulernen. Heißt das, dass, na ja ...«

»Ja.« Sie nickte knapp. »Meine Mum hat mich allein großgezogen.«

»War sicher nicht einfach, oder?«

Ich fühlte mich wie ein Idiot, wie ich das so sagte, aber ich wollte nicht mehr denselben Fehler begehen wie in Paris und schweigen, wenn ich eigentlich etwas sagen wollte.

»Für meine Mum sicher schwerer als für mich.«

»Verstehe«, sagte ich, obwohl das nicht stimmte.

»Vielleicht sollten wir hochgehen.« Sie deutete auf das Wohnhaus. Das Ängste-Thema war für sie offenbar beendet. »Ich sollte June an diesem Möchtegerncocktailtisch ablösen.«

Mein Schulterheben verstand sie als *okay,* aber eigentlich war es ein *okay, mir egal, okay, gehen wir, okay, wir sollten uns noch mal küssen.*

»Weißt du, wovor ich auch noch Angst habe?«, fragte sie im Treppenhaus. »Dass ich diesen Ohrwurm nicht loswerde. Ich habe ihn schon den ganzen Abend. *Take me out tonight. Because I want to see people and I want to see life.*«

In der WG angekommen, lagen im Flur weniger Jacken und Mäntel herum. Olivia steuerte instinktiv ihr Zimmer an, wo June einem Typ etwas auf dem Handy zeigte. Beide lachten, sonst war der Raum leer.

»Wo sind alle?«, fragte Olivia.

June und der Typ hoben die Köpfe. Letzterer kam mir bekannt vor. Dieses braune Haar und das Megawattgrinsen, mit dem er uns beäugte. Irgendwoher kannte ich das.

»Ein paar sind schon gegangen«, sagte June. »Die anderen hängen in der Küche rum. Wes ist vor einer halben Stunde mit einem Kasten Bier angekommen. Unsere Cocktails verlieren ihren Reiz.«

»Wie gekränkt ist Lilah deshalb?«

»Schon sehr.«

»Einleuchtend.« Olivia lachte. »Ihr könnt übrigens auch in die Küche gehen. Ich bleibe am Tisch. Ihr seid doch schon den ganzen Abend hier beschäftigt gewesen, oder?«

»Endlich.« Der Typ erhob sich, blieb kurz vor mir stehen und stellte sich mir mit *East* vor.

»Du und Livy?«, fragte er interessiert.

»Ja.«

»Die unbesiegbare Mathematikerin also.«

Er wackelte anzüglich mit den Brauen. Im Hintergrund fragte June Olivia, ob sie ihr Lilahs Cocktail-PDF-Guide schicken solle.

»PDF-Guide? Lilah ist verrückt.«

»Kann ich nur bestätigen«, rief East.

»Du dipst Pommes in Nutella.« June runzelte die Stirn. »Ich glaube, du bist der Verrückteste von allen.«

»East ist Junes Bruder«, erklärte Olivia, nachdem beide verschwunden waren und wir uns hinter den Tisch gesetzt hatten.

»Echt? Sie sehen sich gar nicht ähnlich.«

»Stiefgeschwister.« Sie zog das Handy aus der Hosentasche. »Musikwünsche?«

»Mir egal.«

»*Mir egal.* Das sagst du oft, oder?«

Sie scrollte auf dem Handy. Gleich darauf erklang ein

neuer Song und die Smiths innerhalb ihrer Zimmerwände. Olivias Ohrwurm zum Mithören.

»Ich glaube, dieser Welt ist ziemlich viel egal.«

»Saint James, Saint James.« Sie seufzte gespielt theatralisch. »Sei froh, dass ich nicht Lilah bin. Sie hätte dir befohlen, mit dem melodramatischen Gerede aufzuhören. *Das bringt dich nur zum Grübeln, und Grübeln macht immer nur traurig, selbst wenn du gar nicht traurig bist.* Ich habe ihre Stimme ganz genau in meinem Kopf.«

»Für mich klingt das so, als würdest du diese Sätze öfter hören.«

»Vielleicht.«

»*Vielleicht.* Ich mag es, wenn du das sagst.«

»Wieso?«

»Weil es so gar nicht zu dir passt.«

»Und du magst Aussagen, die nicht zu mir passen?«

»Olivia.« Ich schüttelte den Kopf. »Ich mag sehr vieles an dir. Angewohnheiten, die zu dir passen. Angewohnheiten, die nicht zu dir passen. Dein Lächeln zum Beispiel. Das sieht meistens so aus, als würdest du gar nicht lächeln. Ich mag sogar die nackten Wände in deinem Zimmer.«

»Sie sind so leer.« Sie seufzte. »Ich weiß.«

Wie sie sich auf dem Stuhl zurücklehnte und die Lichterketten sie von allen Seiten beschienen, das sah schön aus. Olivia wirkte so warm.

»Damit wir uns nicht falsch verstehen«, murmelte ich. »Mir ist gerade rein gar nichts egal.«

Ich meinte es genauso. Die Smiths und die halb vollen Pappbecher, die sich auf dem Boden angesammelt hatten.

Wie die Wimpern Schatten auf ihre Sommersprossen warfen. Die Art, wie sie mich ansah. Leicht verstrahlt und verletzlich neben den Lichterketten. Sogar die klebrige Tischplatte vor uns. Nichts war mir egal.

Ich näherte mich ihrem Gesicht.

Meine Haut prickelte.

Ich roch ihre Lichterkettenwärme.

Ihre Lider flatterten.

Gelächter, Schritte und Stimmen schallten vom Flur herein. Sie beugte sich mir entgegen. Und ich wollte sie küssen, um nie, wirklich nie wieder aufzuhören. So simpel, so sehr.

Doch sie hielt inne.

»Nick?«, wisperte sie.

»Ja?«

»Hiervor habe ich auch Angst.«

»Dann haben wir wohl zusammen Angst.«

Sie musterte mich drei Songzeilen lang. Schließlich traute sie sich und streifte meine Lippen. Keine Ahnung, zum wievielten Mal der Refrain angeschlagen wurde, aber ich wusste, dass ich es leid war, stets bloß ein bisschen zu geben. Ich flog Flugzeuge mit halbem Herzen, und dann malte ich Bilder auf Procreate mit müdem Herzen.

Ein einziges Mal wollte ich einfach alles geben.

Ich legte ihr eine Hand um den Nacken, um sie näher zu mir heranzuziehen. Ihr Atem schien unter Stuhlbeinknarzen zu stocken. Unsere Lippen legten sich aneinander, übereinander und untereinander. Die Haut in ihrem Nacken wurde wärmer, vielleicht spürte ich sogar ihr Herz darunter pochen. Wir lösten uns nur voneinander, um Luft zu holen. Wie von selbst fanden meine Finger den Saum ihres Pullovers. Ich wollte ihre Haut, selbst wenn sie sich so kalt und rau anfühlte, wie Olivia sich ständig gab. Aber richtig kalt war sie ja sowieso nicht. Eigentlich war sie warm. Irgendwo in ihr brannte es tagein und tagaus. Vielleicht konnte sie deshalb so schlecht schlafen.

»Was machst du bloß mit mir, Nick?«, fragte sie.

Am liebsten alles, dachte ich. Ich wollte sie küssen und anfassen und ausziehen. Ich wollte ihren nackten Körper unter mir und auf mir und vor mir. Aber ich wollte auch mit ihr in einem französischen McDonald's sitzen und ich wollte ihr weiter von meinen Ängsten erzählen und ich wollte sie lachen hören, weil der Laut, selbst wenn ihr Lächeln immer schief hing, sich trotzdem glücklich anhörte. Ich wollte Olivia ein bisschen glücklich machen, dann, wenn sie es selbst nicht konnte. Ja und ja und ja und ja.

Ich küsste sie wieder. Es war kein Kuss wie im Treppenhaus, nur Lippen, bloß nichts berühren. Wir waren uns so nah, Knie an Knie gepresst. Ihre Jeans an meinen, das war ein kleiner eigener Himmel. Als ich mich dieses Mal von ihr löste, blieben ihre Augen einen Moment lang geschlossen. Ich sah, wie ihre Brust sich deutlich hob und senkte, das Stück Haut zwischen Bauch und Jeans, nachdem ich ihren Pullover nach oben geschoben hatte.

»Ich habe keine Ahnung«, flüsterte sie. »Von absolut nichts.«

»Wie meinst du das?«

Statt mir zu antworten, kletterte sie auf meinen Schoß. Wenn Olivia brannte, war ich Eis. Starr eingefroren. Alles war angespannt, während sie sich auf mich herabsenkte. Natürlich waren da zu viele Schichten von Stoff, Jeans und Unterwäsche. Aber sie auf mir, mit gespreizten Beinen, geöffneten Lippen, Augen, rund und riesig, das war der Wahnsinn. Und als sie mich dann wieder küsste, verstand ich, was sie gesagt hatte, denn ich wusste auch nichts mehr. Absolut nichts. Keine Ahnung, wonach Olivia genau schmeckte. Vielleicht wie Orangensaft. Vielleicht wie Scorpio Mint Squeeze, den eigentlich ich getrunken hatte. Keine Ahnung, wie es sich so gut anfühlen konnte, als sich unsere Hüften leicht bewegten. Keine Ahnung, ob es richtig war, ihr den Pullover einfach auszuziehen. Aber ich musste. Und dann musste ich auch die Augen öffnen. Olivia, die sich mit beiden Armen auf der Stuhllehne abstützte. Ihr Haar, das wild zerzaust war. Ihr BH, schwarze Spitze mit irgendeinem glitzernden Anhänger in der Mitte. Ihre Hose inklusive des Knopfs, der irgendwie glänzte. Mit einem Arm umfasste ich ihre Taille, wobei die andere Hand über ihrem Reißverschluss verharrte. Sie nickte, und als ich ihn dann öffnete und sie heftig erschauerte, erschauerte ich genauso heftig. Ich rieb sie durch den Stoff und malte Kreise auf ihren Slip. Abgehackte und zittrige Formen, nur mit den Spitzen auf Spitze. Wir waren Teenager auf einer Party. Shit, wie konnte das so gut sein? Wir sollten die Tür schließen.

Ihre Hose sollte weg.

Meine Hose sollte weg.

Unsere Köpfe sollten weg.

Gedankenlose Menschen voller Gefühle. Das sollten wir sein. Ich küsste ihr Kinn, ihre Mundwinkel und erneut ihre Lippen. Sie schmeckte nach Alkohol und Party und Wärme. Meine Hand in ihrem Schoß wanderte nach oben und unter den Stoff, Haut an Haut, aber die Tür war immer noch offen. Ich riss mich zusammen und löste mich von ihr.

»Du weißt, dass ich dich will. Und das nicht bloß auf diese Art. Oder?«

»Ja.« Sie strich mir eine Locke aus der Stirn. »Ja, Nick. Ich weiß.«

Ja und ja und ja, weil ... wie konnte sie es auch nicht wissen? Es war da, wenn mein Blick ihren kreuzte, wenn ihr Blick meinen kreuzte. Grell wie Flughafenlichter bei Nacht.

»Gehst du noch mal mit mir aus? Für ein richtiges Date?«, fragte ich.

»Ich fliege am Montag nach Narita. Das Wochenende verbringe ich bei meiner Mum in Leyton.« Ihre Brüste im BH hoben und senkten sich stark. »Kannst du nächste Woche?«

»Ich bin das Wochenende auch in Leyton. Wegen des Lichterfests. Wir könnten zusammen hingehen.«

Olivia dachte nach. Drei Unendlichkeiten lang. Mindestens. Schließlich nickte sie.

»Gut«, flüsterte ich.

Ich war gerade dabei, mich wieder ihrem Gesicht zu nähern, da schnalzte jemand mit der Zunge.

»Zu den Smiths auf einer Party mit einem Typ aus deiner Schulzeit rummachen. Hätte ich das auf die Bucketlist für dieses Jahr schreiben sollen?« Sich ein Grinsen verkneifend, lehnte sich Delilah an den Türrahmen. »Wir starten gleich eine neue Runde Black Storys in der Küche. Wer falsch rät, muss trinken. Ihr könnt natürlich auch hierbleiben, aber dann vielleicht mit geschlossener Tür. Und mach dir keine Sorgen wegen der Cocktails. Die hat mir Wes mit seinem Bier sowieso versaut.« Sie verschwand lachend im Flur.

Olivia und ich küssten uns noch eine ganze Weile. Bei offener Tür, weil keiner von uns aufstehen wollte. Als auch wir in Richtung Küche gingen, liefen die Smiths in ihrem Zimmer einfach weiter. Dort angekommen, setzten wir uns an den runden Tisch. Meine Hand auf ihrem Knie, mir fremde Menschen erzählten durcheinander mir fremde Geschichten. Ein Raum voll von Handys, mit denen Selfies für Instagram-Stories geschossen wurden. Songwünsche und wildes Shotkippen, Trinkspiele und semiheimliche Tuchfühlungen. Aus den Augenwinkeln nahm ich einige Male den Glaswasserkocher dicht neben dem Herd wahr.

Du bist unendlich.

Ja, dachte ich.

»Wenn ich eine fünfminütige Pause mache, habe ich schon ein schlechtes Gewissen«, rief East. »Ich sag's euch, Jura ist der Overkill.«

Er wurde von einigen Besuchern zu seinem Studium ausgequetscht, da wusste ich, woher ich ihn kannte.

»Studiert er Jura an der LSE?«, fragte ich Olivia leise.

Olivia mit den süchtig machenden Lippen.

Olivia mit den Sommersprossen, weich in diesem Licht.

Olivia, die mir bei ihrer Antwort ein bisschen näher kam.

»LSE«, erwiderte sie. »Genau. Im letzten Semester. Wieso?«

»Ich glaube, wir waren letztes Jahr auf derselben Party.«

»Du schmuggelst dich also auf Studentenpartys?« Sie klang amüsiert.

»Manchmal.« Ich lachte. »Wenn Theo mich dazu zwingt. Er studiert auch Jura an der LSE.«

»T... Theo? T... Theo wie in Theodore Haveford?«

Es war einzig das Stottern, das sie verriet. So leise und so zögernd, doch im selben Tonfall wie ihre O-okays.

»Ja. Theo wie in Theo Haveford. Wir kannten uns schon vor der Leyton High, unsere Eltern sind seit Ewigkeiten befreundet. Und ... Olivia?« Ich runzelte die Stirn. »Ist alles okay?«

Sie fasste sich an den Hals, als wäre sie am Ersticken. Zuerst ihr Stottern, dann die roten Flecken. Was zum Teufel stimmte nicht?

»Livy?« Es war June, die ihren Namen sagte. Plötzlich ruhte jedes Augenpaar auf uns. »Ist alles okay?«

»Nein. Ich ... mir ist schlecht.« Ihr Blick landete auf mir. »Sorry.«

Unter quietschenden Stuhlbeinen erhob sie sich.

Kapitel 24

Olivia

»Er steht wirklich auf dich«, sagte June, während sie sich mir gegenüber auf die Fliesen setzte. »Ich musste ihm dreiundzwanzigmal versichern, dass es dir gut geht. Erst dann hat er sich zur Tür bringen lassen.«

»Natürlich steht er auf Livy«, erwiderte Lilah. »Die eigentliche Frage ist, wieso Livy so aussieht, als hätte ihr jemand Samantha Smythson geklaut und eine ausgerissene Seite als Drohung versandt.«

Wir hielten uns im Badezimmer auf. Es war spät, bestimmt fast drei, und die meisten Gäste waren schon gegangen, aber die Musik dröhnte immer noch laut. *Polarize* von Twenty One Pilots. Der Bass wummerte durch die Tür, und mein Herz passte sich ihm an. Dennoch piepte es in meinem Ohr viel lauter. Verfluchtes emotionales Ohr.

»Fang mit dem Schlimmsten an.« Lilah räusperte sich. »Dann kann es bloß bergauf gehen.«

»Du machst mir wirklich Angst, Livy«, flüsterte June.

»Sie macht uns beiden Angst«, sagte Lilah. »Du bist tapetenweißblass. Hat Nick irgendwas gesagt?«

»Oder etwas gemacht, das du nicht wolltest?«

»Nein. Er hat nichts gemacht. Eigentlich ist nichts passiert. Es ist nur …«

»Es ist nur *was?*« Lilah zog die Brauen zusammen.

»Es, äh, gibt ein Nacktbild von mir«, sagte ich so sachlich, als ginge es mich nichts an. »Genau genommen ist es bloß ein halbes. Ich trage einen Slip, aber keinen BH. Ich hatte sogar diese Alarmstimme im Kopf. *Das ist die schlechteste Idee deines Lebens, das ist die schlechteste Idee der Welt, das ist die schlechteste Idee des Universums.* Aber ich war verliebt, als ich es geschossen habe. Und verzweifelt. Er hat nicht mal richtig danach gefragt. Ich habe es ihm einfach geschickt, weil … weil …«

»Weil du verliebt und verzweifelt warst«, beendete June.

Weil ich fünfzehn war, weil er lächelte und die Welt stehen blieb.

Weil ich sechzehn war, weil er mich küsste und meine Zahlen zu fremden Sprachen verschwammen.

Weil ich siebzehn war, weil er mit mir schlief und das Herz mir auf die Haut sprang.

»Er hieß Theo«, sagte ich. »Und ich war unsterblich in ihn verliebt.«

Theos rabenschwarzes Haar. Theos nachdenkliches Gesicht. Theos schiefes Grinsen. Wie wir uns gegenübergesessen hatten, sein linker Fuß in diesen dunklen Nike Airs. Der erste Kuss vor seinem Schreibtisch, weil *Bitte sag stopp, wenn du es nicht möchtest, aber ich halte es einfach nicht mehr aus.* Weitere Küsse in Mums Kiosk, wandernde Hände in Mums Kiosk und Fingerspitzen auf meinem Slip in Mums Kiosk. Alles nur heimlich in meinem schlechten Viertel, im Schatten als Schatten. Niemals im Licht und niemals an der Leyton High. Dann die verrenkte Pose. Die schimmernde Bodylotion von *Dove* in Kombination mit einem rauschenden Puls, zitternden Händen und dem dunklen Slip. Tiefblau, mit Spitze und Glitzersteinchen. Ein Spiegelselfie, das Handy vor dem Gesicht, trotzdem so unverkennbar ich. Ich, so lächerlich darum bemüht, heiß, begehrenswert und gewollt zu sein. Einen Tag später dann die Wahrheit. Tamara und ich, eingequetscht in eine Toilettenkabine im Altbau. *Ich habe da etwas gesehen* von ihr, das ungläubige Kopfschütteln von mir. Mein nacktes Hautherz auf Dutzenden von Touchscreens und für jeden sichtbar von Blaulicht beleuchtet. Mein Hautherz, ausgeliefert und alles fühlend, bis es unter Blicken und hinterhergerufenen Worten taub getrampelt wurde.

Heiße Brüste, süße Bettwäsche, wann kann man vorbeikommen?

Intelligent und einfach zu haben, eine wirklich interessante Kombination.

Wenn du mir Nachhilfe gibst, wie machen wir es dann? Arbeit vor Vergnügen? Erst Rechnen, dann Blasen?

»Ich weiß, es war dumm, lächerlich und –«

»Hör auf, hör auf, hör auf!« Bei Junes entschlossener Stimme zuckten Lilah und ich gleichzeitig zusammen. »Du hattest was mit dem Typ. Du hast ihm ein Unterwäschebild geschickt. Privat. Im Vertrauen. Er hatte kein Recht, es rumzuzeigen. Die Aktion war nicht okay von ihm. Nicht von dir. Niemals von dir. Nicht deswegen.«

»Absolut nicht okay.« Lilah kniff die Augen zu Schlitzen. »Niemals okay. Nicht-zu-entschuldigen-okay.«

»Theo war nie mein richtiger Freund«, sagte ich nach einem Moment leise.

Von der anderen Seite der Tür hörten wir die verbliebenen Gäste lachen, Easts Stimme im Vordergrund. Er war der Entertainer, und wir waren die Gastgeberinnen auf dem Badezimmerfußboden.

»Okay.« Lilah strich sich eine Haarsträhne hinter das Ohr. »Du hast diesem Theo Nachhilfe gegeben, und ihr habt euch verliebt, aber es gab immer bloß heimliche Treffen, und ihr wart nie richtig zusammen, weil ...« Sie verzog das Gesicht. »Weil du Stipendium-Pocahontas warst und seine Eltern ihn wortwörtlich umgebracht hätten, wenn sie das mit euch herausgefunden hätten?«

»Exakt.«

»Hat Nick etwas über Theo gesagt?«, fragte June vorsichtig.

»Ja, er ... Er ist anscheinend Theos Best-Friend-Forever aus Sandkastentagen. Ich wusste, dass sie befreundet waren. Aber dass sie sich schon so lange kennen, hat Theo nie erwähnt.«

»Scheiße«, murmelte Lilah.

»Du musst mit Nick darüber reden«, sagte June.

Keine Ahnung, wollte ich antworten. Keine Ahnung, keine Ahnung, keine Ahnung.

Morgens würden wir aufräumen, eine Küche voller Pappbecher und ausgedruckter Sternzeichenschilder. Eins mit Nicks Horoskop würde mir zuerst auffallen. *Skorpion: tiefschürfend, undurchschaubar, intensiv, #bestinbed*

Hahahahahahaha, würde ich dann am liebsten rufen.

Aber erst mal saßen wir noch im Badezimmer. Schweigend, meine Freundinnen ratlos und ich fassungslos.

Derselbe Twenty-One-Pilots-Song ertönte noch mal.

*

Am Freitag holte Aunt Sadie mich vom Bahnhof in Leyton ab. Nick hatte mich am Sonntag per Chatnachricht gefragt, ob es mir besser gehe, und sich danach erkundigt, ob unser Date noch stehe. Ich hatte beides bejaht.

Danach hatte keiner von uns dem anderen geschrieben.

Die letzten Tage hatte ich also damit verbracht, mir das Gehirn mit Erinnerungen an Theo zu zerfetzen. Außerdem hatte ich mich gefragt, ob Nick das Spiegelselfie tatsächlich nicht kannte. In unserem vorletzten Abschlussjahr hatte ich es Theo geschickt. Nick war erst Monate später an die Leyton High gewechselt. Theoretisch war es möglich. Aber es war ein halbes Nacktbild. So was haftete doch an einem. Andererseits war ich ja auch ein Niemand gewesen.

Keine Ahnung, keine Ahnung, keine Ahnung.

Ich hasste die Dauerschleife in meinen Gedanken.

Als ich mit der Reisetasche den Parkplatz betrat, entdeckte ich den roten Fiat meiner Tante sofort. Laute Musik drang aus den geöffneten Fenstern, und Taylor Swift sang eins ihrer neuen Lieder. Aunt Sadie hörte immer nur Radio. Sie war der Meinung, dass Musikhören beim Autofahren so war wie das Leben. Man hatte ein Ziel, musste aber dauernd anhalten, hupen, sich beschweren und konnte nicht mal den Soundtrack dazu aussuchen. Genau genommen konnte man sich nichts aussuchen. Aber Aunt Sadie fand das nicht schlimm. Sie mochte das Leben. Auf ihrer Türmatte stand sogar *Be Happy, Be Bright, Be You.*

»Olivia!«, quietschte sie, nachdem ich die Beifahrertür geöffnet und meine Tasche auf die Rückbank geworfen hatte. Über die Mittelkonsole hinweg zog sie mich in die Arme. Zusammen mit dem Geschmack von klebrigem Kirschlipgloss atmete ich sie ein.

Aunt Sadie war zwölf Jahre älter als Mum und wohnte in derselben Straße. Sie benutzte nicht nur zu viel Parfüm, sondern auch zu viel Grundierung. Und Bronzer. Und Lippenstift. Und Wimperntusche. Weihnachten bereitete sie einen Flanpudding zu, der für mindestens zwölf Personen reichte, obwohl wir stets bloß zu dritt waren. Aunt Sadie war immer ein bisschen zu viel, und ich liebte sie sehr.

»Wie war die Fahrt?« Sie startete den Motor.

»So wie immer«, antwortete ich schulterzuckend.

»Und auf der Arbeit? Alles okay? Das letzte Foto, das du uns geschickt hast, war aus Singapur, nicht wahr?«

»Aus Tokio«, verbesserte ich und erzählte von meinem letzten Japanaufenthalt. Ich erwähnte die Sushibar und diesen Kollegen, der alles hatte fotografieren müssen. »Also, eigentlich alles so wie immer.«

»Olivia, Schätzchen, es ist garantiert nicht alles so wie immer. Das kann gar nicht sein.«

Mein Blick schweifte nach draußen und durch das Viertel, in dem ich aufgewachsen war. Ich sah die Fassaden der Häuser, die sich nie veränderten. Voller Wasserflecken, veraltet und heruntergekommen. Mit denselben Gardinen vor den Fenstern, die schon immer die Sicht auf das Innere verdeckt hatten. Dabei war das gar nicht nötig, denn ich wusste auch so, wer in diesen Wohnungen lebte. Ich kannte die meisten mit Vor- und Nachnamen, wusste, wie sie aussahen, wenn sie am Sonntagmorgen mit einem Gähnen den Eierkarton auf den Tresen legten und dabei einen zerknitterten Fünfer aus der Hosentasche kramten. Wenn sie rauchten, wusste ich, was sie rauchten. Wenn sie in meinem Alter waren, wusste ich, wer es früher heimlich betrunken auf den Toiletten des *Glorious* miteinander getrieben hatte. Die Stadt, zumindest mein Viertel, blieb gleich, obwohl sich Doreen, eine Etage über Mum wohnend, monatlich die Haare färbte, passend zu ihrem neuesten Freund.

»Vielleicht hast du ja recht«, antwortete ich meiner Tante schließlich, während wir an Doreens Sonnenstudio vorbeifuhren.

Rauchend saß sie auf der Holzbank neben der Eingangstür. Pall Mall Red. Das war ihre Sorte. Blondiertes Haar mit blauen Strähnen. Das war ihre aktuelle Frisur.

Drei Minuten später zog Aunt Sadie die Handbremse an und wir stiegen aus. Die Luft vor dem siebenstöckigen Betonklotz war stechend kalt und der Himmel bewölkt.

Die zweite Erkenntnis, die stets mit der ersten einherging, sickerte in mich ein.

Ich war so klein.

In London, über den Wolken, wie auch hier. Aber nur gute zehn Meter von Mums Briefkasten entfernt, fühlte ich mich kleiner als klein, winzig und wie eine Zwergenversion meiner selbst. Nichtssagend und so unsichtbar wie Stipendium-Pocahontas. So unbedeutend und unsicher wie damals, als ich die Koffer bei meinem Auszug in Mums Kofferraum schmiss.

»Alles okay mit dir, Schätzchen?« Die Autoschlüssel klirrten in Aunt Sadies Händen. »Du siehst so aus, als hättest du einen Geist gesehen.«

»Ich bin bloß müde«, murmelte ich.

Im vierten Stockwerk wartete Mum in ihrer Mittagspause auf mich. Sie sah jünger aus, als sie war, höchstens wie fünfunddreißig. Das machte ihre zierliche Figur, kombiniert mit dem weißblonden Haar, das sie meist zu einem eleganten Knoten geschlungen hatte. Selbst wenn sie im Kiosk nur Zeitungen abkassierte. Auf der Straße hätte niemand vermutet, dass wir Mutter und Tochter waren.

»Willkommen zu Hause, Fremde«, flüsterte sie mir während unserer Umarmung ins Ohr.

Mein Blick fiel dabei auf das gerahmte Fotos von uns an meinem Einschulungstag. Rot, Orange und Gelb, um unsere Füße häuften sich zerbrochene Laubblätter. Die Augen hatten wir zugekniffen, als hätte die Sonne zu hell geschienen.

*

Wir aßen gemeinsam zu Mittag. Linsenlasagne, bestehend aus fünf Schichten und zwei verschiedenen Soßen. Meinetwegen hatte Mum das Rezept perfektioniert. Anschließend verschwand sie nach unten, wo sie hinter dem Tresen Zigarettenschachteln, Magazine und Kaugummis abkassierte. Den Kiosk hatte sie von meinem verstorbenen Großvater geerbt, ein Familiengeschäft. *Wo gehst du hin, wenn du freitagabends dringend eine Flasche Wein brauchst? Eine Tüte Milch am Sonntag? Einen Coffee to go am Morgen, weit und breit kein Café zu entdecken?*

Mum war der Meinung, Kioske seien Rettungsinseln. Und sie rettete ihre Nachbarn und Nachbarinnen eben gern.

Eine halbe Stunde später war auch ich schon wieder draußen. Auf mich wartete eine Mission, die nichts mit der Rettung von Bekannten zu tun hatte. Ich würde nämlich Mums Lieblingskekse backen. Als Bestechung, um sie persönlich und unter Zuckerschock erneut nach Ever zu fragen. Ich steuerte den Tesco in Marktplatznähe an. Eine umgebaute Filiale, modern und nicht versifft. Ich ging zu Fuß, die Musik in meinen Kopfhörern auf Maximallautstärke. Florence und *Ceremonials,* das Cover von *Take Care.* Ihre Stimme war so laut, es tat weh. Mein emotionales Ohr konnte ich nur noch weniger gebrauchen. Ich fühlte mich doch wie ein Minimensch mit verkohltem Hautherzen, zurück in der Stadt, die mich verbrannt hatte. Wenn ich daran dachte, dass genau genommen zwei Missionen auf mich warteten, schrumpfte mein Körper weiter. Nick in meinem Zimmer, Nicks Nachricht auf meinem Handy, dann diese Funkstille. Als wüsste er, dass ich zu viel verätzten Herzsaft anstelle von Gemini Gin Tonic getrunken hatte, und wartete nun geduldig auf eine Erklärung. Die ich ihm geben würde. Wie ausgemacht.

Im Stadtzentrum war es noch ruhig. Geschlossene Büdchen, belgische Pommes und Zuckerwatte zum Sonderpreis. Das Lichterfest mit den Lichtinstallationen von Ian Clarkson, dem Künstlerstolz der Stadt, weil er in irgendeiner New Yorker Galerie ausgestellt war. Am Abend würden sogar Lichterspiele an die Rathausfassade projiziert werden.

Ich würde nicht hingehen.

Als ich den Supermarkt betrat, schnappte ich mir einen Einkaufskorb und zog mir die Stecker aus den Ohren. Er sah mich nicht kommen, zwischen Barilla-Pasta und Arrabbiatasoße in Gläsern. *Stipendium-wer-auch-immer übersieht man doch.* Dieser Satz steckte in meinen Gedanken fest, obwohl es lächerlich und kindisch war. Aber vielleicht traf er zu. Denn ich war unsichtbar. Unsichtbar in der Leyton High mit meinen Zahlen. Unsichtbar im Flugzeug, wenn Passagiere meine Fragen einfach überhörten. Unsichtbar für meinen Oxford-Traum.

Unsichtbar jetzt.

Bis ein Kleinkind im benachbarten Gang quengelte und Theo den Blick nach links wandte. Schnürschuhe statt Nikes, Kaschmirmantel statt Hoodie, immer noch so anziehend wie die Illusion eines fernen Sterns. Theodore Haveford mit seinem schiefen Grinsen. So tragisch, so blendend. Selbst nach Jahren.

»V...via?«

Er war ein Panikmensch inklusive Horrorstimme, mit den verrutschten Gesichtszügen und den krampfenden Fingern um die Spaghettipackung. Bei dem Spitznamen ballten sich meine Hände zu Fäusten. Via, die letzte Silbe meines Namens. Eine Abkürzung. Theos Lieblingskurve. Via, ein Mädchen, das nur während gestohlener Nachmittage und als Schatten im Schatten existierte. Ein Fabelwesen. Wie der American Boy.

»Was machst du hier?«, fragte er.

»Einkaufen«, antwortete ich bemüht ruhig.

Was machst du hier? Als wäre es seine Stadt und nicht meine. Seine Augen glühten dunkel und fuchsteufelswild. Als wäre er wütend, weil wir uns im selben Supermarkt befanden. Der Moment war unwirklich und wie aus einer Parallelwelt. Vielleicht starrten wir uns deshalb schweigend an. Unsere Stille war aufgeladen. Atome, Funken, aggressiv und herzblutrot.

Ich hasse dich, wollte ich schreien. Du hast mir das Herz gebrochen, und der erste Herzschmerz ist der schlimmste, auch wenn es pathetisch ist. Links in meiner Brust hast du etwas verdammt und verschneit. Mach, dass ich nicht mehr so verkorkst bin!

Doch ich biss mir auf die Zunge, denn ich nahm das im Gang widerhallende Absatzgewitter wahr, und schon stand Ashley Anderson neben ihm. Traumfrau mit Highschool-Filmnamen. Sie legte die Hand in seine Ellbogenbeuge. So offensichtlich besitzergreifend, dass ich mit den Augen rollte.

»Olivia?« Sie verzog das Gesicht. »Olivia Green? Was machst du denn hier?«

Dieselbe Frage, derselbe Ton. Ich war so müde, ich wollte meinen Teppich als Decke benutzen, schlafen und nie wieder aufwachen. Ich hätte bleiben, antworten, schreien und mir das Herz aus der Brust reden können.

Aber ich hätte auch einfach gehen können.

»Einkaufen«, sagte ich also erneut, bevor ich ihnen den Rücken zukehrte.

Ich verschwand aus dem Tesco, ohne etwas zu kaufen.

*

Ich landete im ranzigen Tesco am anderen Ende der Stadt. Ich kaufte Zartbitterschokolade, Edelbitterschokoladensplitter und Herrenschokoladenstreusel. Teure Marken und schweizerische Hersteller, genauso wie Mum es mochte. Zurück zu Hause, schmolz ich pflanzliche Margarine im Wasserbad und realisierte, dass ich in meinem Zustand nicht backen konnte. Als wäre alles gut. Auf meinem Handy spielte *Sweet Nothing*, mein früherer Liebeskummerhit Nummer eins, während ich die Küche verließ und mich der Kiste im Kinderzimmer stellte. Ein Schuhkarton, petrolblau, verbraucht und zerrissen. Ich kniete auf dem glatten Laminat. Kein Teppich, nichts zum Festhalten oder Erden. Ich befand mich in meiner allerersten Festung. Raufasertapete, an der immer noch die DIN-A3-Lernplakate hingen. Chemische Formeln und physikalische Gesetze. Den Heiße-Brüste-süße-Bettwäsche-Bezug hatte ich in die Altkleidersammlung gegeben, sonst war alles gleich geblieben. *Sweet Nothing* spielte immer noch. Drei verschiedene Strophen und ein sich immer wiederholender Refrain, insgesamt zweihunderteinundzwanzig Wörter. *You took my heart, and you held it in your mouth.* Meine Hymne.

Mit einem tiefen Atemzug öffnete ich den Karton. Ein Tagebuch und das Unterwäschebild. Ich, in roh und verletzlich. Ich hatte das Spiegelselfie ausgedruckt, um es aus dem Kopf zu bekommen. Mums Trick Nummer 17.

Wenn du etwas aus dem Kopf kriegen willst, muss es irgendwo anders hin.

So machte sie es mit den Erinnerungen an den American Boy, die sie in einer Schublade im Vorratskammerraum versteckte. Scheidungspapiere, weitere Bilder und die früheren Briefe. Alles aufbewahrt, doch versteckt und verdrängt wie ein unerträgliches Geheimnis.

Ich brauchte das Tagebuch nicht aufzuschlagen, um mich an die zuletzt beschriebene Seite zu erinnern.

Ich werde mich nie wieder in und an Leyton verletzen.

Nie wieder.

Ich schrieb Nick, dass wir reden müssten.

Kapitel 25

Nick

Nach 938 Tagen

Von unten hörte ich die Putzhilfe Renee staubsaugen, als ich auf meinem Bett in Leyton lag und das Handy vibrierte. Olivia schrieb mir, dass wir reden müssten. *Ja, wäre gut,* antwortete ich ihr.

In den letzten Tage hatte ich mich nicht bei ihr gemeldet. Die Chancen hatten fifty-fifty gestanden, ob ich es aushielt oder nicht, doch ihr plötzliches Flüchten war so seltsam gewesen. Bei der Erwähnung von Theo war etwas hinter ihrer Stirn passiert, das sie verschwieg. Auf dem Nachhauseweg hatte ich mir gewünscht, sie wäre ein Mensch aus durchschaubarem Fensterglas. Aber sie war kein Fenster, nicht mal eine Tür und nichts zum Öffnen. Bloß was zum Von-innen-Verschließen.

Jetzt verabredeten wir uns für sofort, und sie bat mich zu ihr. Das Lichterfest würden wir also nicht besuchen. Letzteres war in Leyton eine große Sache. Selbst meine Eltern würden dort auftauchen und ein paar Biere mit ihren Freunden trinken, sich dabei aber irgendwie anders fühlen. Ein bisschen aufgekratzter und jünger, weil sie sich an die guten alten Zeiten erinnerten, als sie in genau derselben Straße angestoßen hatten. Charlie sagte, das Lichterfest sei eigentlich das Nach-Hause-kommen-Fest.

»Bis nachher«, rief ich.

Meine Stimme hallte im Haus nach. Niemand antwortete mir. Kurz nahm ich dieses Bild über dem Sideboard wahr. Es zeigte eine gesichtslose Frau, die im Regen tanzte. Eine Balletttänzerin mit dunklem Haar, für immer in Acrylfarbe verewigt. Gedämpfte Farben und ein bisschen leblos, trotzdem verblüffend anziehend. Die Beschreibung dieses Bildes traf auf die Einrichtung des gesamten Hauses zu. Alles blitzte in gedeckten und gedämpften Tönen. Sehr schön, trotzdem sehr leer.

*

Als Olivia mir eine halbe Stunde später die Tür öffnete, riss sie alles mit sich. Mein Blinzeln, meinen Puls und unseren Moment. Sie trug Glitzersocken, Skinny Jeans und einen Hoodie mit zu großen Ärmeln. Der Anblick ihres Gesichts war wie der eines Trümmerhaufens. Farblose Haut, eingefallene Augen und zusammengesackte Gedanken.

»Was ist passiert?«, fragte ich sofort.

»Nichts.« Sie zog die Tür weiter auf. »Komm rein.«

Wir umarmten uns nicht, und wir berührten uns nicht. Als hätten wir letzte Woche nicht von einem Date gesprochen.

Im Innern roch es nach Vanillezucker, Schokolade und

Zuhause. Bevor sie mich in die Küche lotste, blieb ich an den Bilderrahmen im Eingangsbereich hängen. Olivia als Kind, mit Schultüte, Zahnlücke und Blümchenkleid. Lächelnd, glücklich, sorglos. Ein Fenster zum Durchschauen. Vielleicht trug sie jetzt nur Eisschichten, die man abkratzen musste.

In der Küche stellte sie den Wasserkocher ein, während sie mich zum Sitzen aufforderte.

Du bist unendlich.

Ich weiß nicht mehr, dachte ich.

Ich bemerkte das laufende Radio auf der Fensterbank, da ließ sie sich schon mir gegenüber nieder. Zwischen uns zwei Tassen, Teedampfnebel und alle ihre Mauern.

»Ich hoffe, es ist okay, dass wir hier sind«, sagte sie. »Ich hätte *Milly's Café* vorgeschlagen, aber ich wollte dieses Gespräch nicht in der Öffentlichkeit führen.«

»Dieses Gespräch.« Ich spielte mit dem Teebändchen. »Wieso machst du alles so mysteriös? Wieso sagst du mir nicht einfach, dass du was mit Theo hattest, damit wir darüber reden können?«

»Was?« Sie blinzelte. »D... du weißt davon?«

»Als ich Theo erwähnt habe, bist du quasi vor mir geflüchtet. Eins und eins kann ich gerade noch so zusammenzählen.«

Sie sah weg, auf ihren Schoß und ihre Hände, die in den Ärmeln ertranken.

»Zugegeben«, fuhr ich weiter fort. »Es ist nicht optimal. Er ist mein bester Freund. Wenn zwischen euch was gelaufen ist, könnte es komisch werden, wenn wir –«

»Es ist anders, als du denkst.«

»Wie meinst du das?«

»Du hast es echt nie gesehen, oder?«

»Was, Olivia? Was zum Teufel habe ich nicht gesehen?«

»Das Bild.« Sie richtete sich auf. »Ich, nur im Slip. Ein Spiegelselfie von mir. Ich hab's Theo geschickt. Drei Tage später hatte es jeder an der Leyton High.«

Mein Mund öffnete sich, doch ich konnte nichts sagen.

»Ich kann dir's zeigen, wenn du mir nicht glaubst. Ich bin nämlich so verkorkst, ich besitze einen Schuhkarton, in dem ich dieses Bild aufbewahre. Zusammen mit meinem jämmerlichen Teenagertagebuch. Ich wusste nämlich sonst nicht, wie ich es aus dem Kopf bekomme.« Sie schüttelte den Kopf. »Früher hatte ich sogar diesen Traum, in dem Theo und ich an einem Tisch sitzen. Er schiebt mir einen Teller mit Abzügen von dem Bild rüber und sagt *Ich hoffe, es schmeckt.* In manchen Nächten bin ich an meinem eigenen Spiegelselfie erstickt und dann schweißnass aufgewacht.«

»Olivia«, sagte ich leise. »Wieso sollte ich dir nicht glauben? Ich ... Shit, ich weiß, was ich gerade denke. Aber das ist nicht das, was ich sagen sollte.«

Ich kann nicht glauben, dass Theo das gemacht haben soll. Ich kann nicht, ich kann nicht, ich kann nicht. Aber ich glaube es, und ich glaube, ich will auf eine Wand einschlagen, bis meine Hände bluten, weil ich nicht glauben will, dass er dein Herz zum Bluten gebracht hat.

Aber das war nicht das, was ich denken sollte.

»Ähm«, stotterte ich stattdessen. »Ihr hattet also etwas? Oder hast du ihm nur das Bild geschickt?«

»Er hat also wirklich nie etwas von mir erzählt.«

Aussage, keine Frage.

»Nein.«

»Natürlich nicht. Wieso überrascht mich das überhaupt? Als wäre mein Foto, selbst wenn ich halb nackt darauf zu sehen bin, ein längeres Gesprächsthema als zwei Wochen.«

Olivia setzte sich erneut auf und erzählte. Die Geschichte von Theo und ihr war eine einstudierte Rede, ohne Lücken und Längen. Jeder Satz saß und stach. Die Nachhilfestunden bei ihm zu Hause, die schrecklichen Blicke seiner Mutter, das Verlieben, die heimliche Liebe, das heimliche Küssen, der heimliche Sex.

»Ich war sein schmutziges Geheimnis. Ich hätte es nicht mit mir machen lassen dürfen. Aber ich habe es zugelassen. Ich habe mich benutzen und verstecken lassen. Ich habe mich kleingemacht. Ich habe mich bis auf den Slip ausgezogen und ein Bild gemacht. Ich habe mich bis auf mein Herz ausgezogen und mich verliebt.« Sie schüttelte den Kopf. »Der letzte Typ, mit dem ich geschlafen habe, hat behauptet, ich sei ein *Geheimnis.* Zu verschlossen, zu mysteriös und viel zu unnahbar. Er wusste nie, was ich denke, und er hat gesagt, das sei zu anstrengend. Klar hat er recht. Ich bin jedes dieser Adjektive. Wahrscheinlich die höchste Steigerung. Aber er wollte doch nie ernsthaft hinter dieses *Geheimnis* sehen. Er wollte nicht wissen, dass mein erster Freund nie mein richtiger Freund war. Dass dieser *Freund* mir das Herz so lange malträtiert hat, bis alles in mir angeknackst war. Dass ich ihm ein Unterwäschebild gesendet habe, das die halbe Schule gesehen hat. Denn dann wäre ich zu komplex und umständlich. Vielleicht hätte er sich sogar mit sich selbst auseinandersetzen müssen, weil er schon Ähnliches gemacht hat. Aber vor allen Dingen wollte er gar nicht wissen, dass ich selbst nicht mal so sein will. All die Mauern und das Nichtfühlen, aber Dochfühlen. Ich bin so müde, Nick. Von mir selbst, die ständig als Geheimnis angesehen wird. Immer, immer nur ein Geheimnis.« Ihre Finger krampften sich um die Tasse. »Ich … Keine Ahnung, ob du das alles wissen musst. Aber Theo ist dein bester Freund, und wir haben uns geküsst. Ich glaube, es wäre falsch, es dir zu verschweigen.«

Wie die Wolken hinter Olivias Kopf vorbeizogen, würde ich nie vergessen. Ein Sonnenuntergang aus kreidegrauen Rissen. Sie, zusammengekauert mit verwaschenen Pulloverärmeln und einer wartenden Miene. Offen, zögernd und nichtssagend, dabei allessagend. Unsere Stille war elektrisch. Jeder meiner Buchstaben wäre von großer Bedeutung.

»Es tut mir so leid, Olivia.«

Der Satz stolperte aus meinem Mund. Falscher als falsch. Schließlich wollte sie kein Mitleid, sie wollte eine Antwort. Aber was sollte ich erwidern?

Mein bester Freund ist das größte Arschloch, und ich werde ihn umbringen? Wir können Blumensamen zwischen die Ritzen deiner Steinmauer säen? Du bist nicht zu komplex, verstört und umständlich? Du bist nur ein Mensch, der ver-

letzt wurde? Kein Vater, Theo, dann Oxford, und ich weiß, wir sind scheiße privilegiert, sehen die Welt und leben ein Jetset-Traumleben, aber trotzdem, wie atmest du bloß?

Wahrscheinlich hätte ich ihr das alles gesagt, wozu ich letztendlich aber nie kam, weil Geklimper aus dem Eingangsbereich ertönte.

»Es riecht nach meinen Lieblingskeksen!«, rief jemand. »Wieso willst du mich bestechen, Livy-Liebling? Hast du etwa …«

Beim Verstummen der Stimme drehte ich mich um. Im Türrahmen stand eine Frau, blond und höchstens Anfang dreißig. Jedoch war sie mit Sicherheit älter, denn sie musste Olivias Mum sein.

»Entschuldige. Ich wusste nicht, dass du …« Sie lächelte ihre Tochter und anschließend mich an. »… *Besuch* hast.«

Die darauffolgenden Minuten waren der Horror. Olivia stotterte vor sich hin, als sie meinen *Besuch* zu erklären versuchte. Ich stotterte vor mich hin, als ich mich Olivias Mum vorstellte. Wir stotterten beide vor uns hin, als Letztere mich aufforderte, zum Essen zu bleiben.

»Ich habe noch was zu tun«, sagte ich schnell. »Aber vielen Dank.«

»Sorry«, murmelte Olivia im Eingangsbereich, nachdem ihre Mum uns mit gerunzelter Stirn nachgesehen hatte. »Ich dachte, sie würde erst später hochkommen.«

»Macht nichts. Reden wir … reden wir das nächste Mal weiter?«

Eine Sekunde lang dachte ich, sie würde ein *Was sollen*

wir da noch bereden? erwidern, doch sie sagte nur das leiseste Ja der Welt.

*

Samstagabend. Die Party im Keller von Willys Eltern war voll im Gang. Die Leute ließen sich volllaufen. Songs wurden nur gespielt, wenn sie Bässe hatten, die einem unter die Haut gingen. Yasmines Blick schweifte immer wieder zu mir herüber. Egal, in welcher Ecke des Kellers sie sich gerade befand. Egal, in welcher Ecke des Kellers ich mich gerade befand. Aber es war ebenfalls egal, wie viele Freunde auf mich einredeten, Fragen zum Fliegen stellten, die mich langweilten und die ich mit gezwungenem Lächeln beantwortete. Ich hingegen starrte nur auf Theo. Nein, nein, nein, dachte ich. Er konnte Olivias Bild nicht jedem gezeigt haben. Olivia konnte ihn nicht wirklich geliebt haben. Ich hätte ihr die Frage wahrscheinlich persönlich gestellt, hätte ich nicht gewusst, dass sie eine Kioskschicht für ihre Mum übernahm.

»Jägermeister- oder Wodkashots?«

Ich zuckte zusammen, als Willy mir zwei verschiedene Flaschen vors Gesicht hielt.

»Ich bleibe beim Bier«, murmelte ich.

Gemeinsam mit Willy, Quentin und Theo saß ich an einem Tisch, ich direkt gegenüber Letzterem. Ob er meine fragenden Blicke bemerkte? Ich hatte keinen Schimmer. Ich wusste nur, dass das Handy neben seiner Bierflasche gerade aufgeleuchtet hatte. Mit einer Nachricht von Ash. Ashley Anderson hatte ihm ein Herz geschickt.

Ich fragte mich, ob Olivia ihm auch Herzen geschickt hatte.

Ich fragte mich, wie seine Stimme klang, wenn er jetzt über Olivia redete.

»Was ist eigentlich heute mit dir los, Mann?« Willy stieß mich mit dem Ellbogen an. »Du bist so schweigsam. Was liegt dir auf deinem Fliegerherzchen, *Nicholas?*«

»Willy hat recht.« Theo nicke zustimmend. »Ist alles okay bei dir? Ist es vielleicht wegen –«

»Yasmine, die dich die ganze Zeit vielsagend ansieht?« Q schob sich die Designerbrille auf der Nase zurecht. Er war ein Meister darin, seine Gesprächspartner zu unterbrechen. War schon immer so.

»Ich weiß auch nicht. Mir geht's irgendwie nicht so gut.«

»Also ist es wegen Yasmine?«, hakte Q nach.

»Ich dachte, ihr wärt Geschichte.« Theo legte den Kopf schräg. »Und wenn ich ehrlich bin, finde ich das gar nicht mal schlecht. Versteh mich nicht falsch, ich mag Yasmine. Aber dich mag ich noch viel mehr, und neben ihr hast du nie richtig glücklich ausgesehen.«

Statt zu antworten, fuhr ich mir übers Gesicht. Theo war der beste Freund, den man haben konnte. Schonungslos ehrlich und immer für mich da. Schade, dass Olivia sein am besten gehütetes Geheimnis gewesen war. Schade, dass er ihr Unterwäschebild rumgezeigt hatte.

Fuck.

Wie konnte ich schweigen, nachdem ich es wusste? Ich musste etwas sagen, ihn zur Rede stellen und auf etwas einschlagen. Aber ich saß bloß weiter nichts sagend da, die Hände heimlich zu Fäusten geballt, weil Olivia mich umgebracht hätte, wenn ich ihretwegen eine Schlägerei angezettelt hätte. Weil ich nicht mal wusste, was Olivia überhaupt wollte.

»Das ist das Wahrste, das ich diesen Abend gehört habe. Darauf müssen wir anstoßen!« Willy schüttete Absolut Wodka in die Shotgläser, die er schon vor einer Viertelstunde bereitgestellt hatte.

»Kein Wunder«, sagte Q. »Du hast ja auch den ganzen Abend nur mit Mila geredet. Was soll die denn schon Wahres erzählen? Etwa, dass sie Kellan betrogen hat?«

»Das ist zwei Jahre her. Mittlerweile sind Mila und dein Bruder sogar verlobt.«

»Erinnere mich nicht daran.« Q verzog das Gesicht.

Meine Freunde diskutierten über Themen, die an mir vorbeirauschten, während es in mir drin immer weiterraste. Jobs, Studium, Q wollte nach Clerkenwell ziehen und suchte eine Wohnung. Da fiel ihr Name.

»An wen hast du gedacht?«, fragte Q.

»Olivia.« Willy umklammerte den Wodka-O. »Olivia Green. Ich bin an dem Kiosk ihrer Mum vorbeigefahren. Studiert sie eigentlich mittlerweile in Oxford? Das wollte sie doch immer, oder?«

»Stipendium-Pocahontas?« Q winkte ab. »Ganz sicher wollte sie das.«

»Stipendium-Pocahontas.« Ich verzog das Gesicht. »Was ist das eigentlich für ein alberner Name? Sind wir total bescheuert, oder was? Sie heißt Olivia.«

Ich musterte Theo mit mahlendem Kiefer. Fast hätte ich ihn auf alles angesprochen. Ich als Olivias Verteidiger, wir beide im Duell, richtiger Anwalt gegen falschen Anwalt. Da bemerkte ich den rot gefleckten Hals. Seine Haut rötete sich nämlich wie die von Olivia. Sein Auslöser hingegen war weder Nervosität noch Aufgebrachtheit, sondern Verletztheit. Und Trauer. Als könne er nur innerlich bluten und niemand dürfe es sehen.

Er hatte also Schuldgefühle.

Als würde das irgendetwas besser machen.

»Nick hat recht«, sagte Willy. »Sie heißt Olivia und nicht Stipendium-wer-auch-immer.«

Theo sagte nichts.

Q sagte nichts.

Ich sagte nichts.

Und ich hasste alles daran.

Eine Viertelstunde später hielt ich es nicht mehr aus und verkündete meinen Abgang. Ich fühlte mich wie mit siebzehn, als ich dachte, ich sterbe jedes Mal ein bisschen mehr, wenn ich mich in ein Leben warf, das ich gar nicht führen wollte. Als wäre ich ein Riese, der sich in ein viel zu kleines Haus quetschte und dann mit einem Lächeln auf den Lippen sagte: *Ich passe rein*. Was gelogen war, weil ich nie reinpasste.

»Aber es ist nicht mal zwölf«, bemerkte Q.

Ich hätte erwidert, dass ich nicht aufhören konnte, gedanklich Theos Mord zu planen, hätte ich die Kraft dazu besessen. Stattdessen erklärte ich, ich sei einfach zu kaputt. Wie Yasmine mir vom anderen Ende des Raums beim Treppensteigen nachsah, spürte ich ganz genau. Als sprächen ihre bohrenden Blicke Bände.

Traumschwiegertochter, Traumleben, eine in Stein gemeißelte Zukunft, vielversprechend und voller Glück. Familie, Haus mit Garten, ich mit deinem Nachnamen. Du musst nur etwas sagen. Trau dich!

Als hätte ich es mit unserer Trennung letzten November doch nicht ernst gemeint.

Ich konnte nicht mehr. Ich wollte nicht mehr.

Ich hatte keine Gewissensbisse, als meine Schritte mich wie auf Autopilot in Olivias Viertel lenkten.

Das grün blinkende Kioskschild erhellte die Straße, der Späteinkauf nannte sich *Green*. Und tatsächlich saß Olivia dort hinter dem Tresen. Sie bemerkte mich in dem Moment, in dem ich über die Türschwelle trat.

»Was machst du denn hier?«, fragte sie verwirrt.

»Ich war in der Gegend und dachte, ich schaue mal vorbei. Wie lange habt ihr eigentlich auf? Ich möchte dir was zeigen.«

»In der Gegend also? So, so.« Sie checkte die Uhrzeit auf dem Handy, das neben ihr lag. »Noch genau siebzehn Minuten. Wir schließen um halb eins.«

»Okay.« Ich deutete auf die Süßigkeiten neben ihr. »Dann nehme ich eine gemischte Tüte für zwei Pfund und warte auf dich?«

Mit schräg gelegtem Kopf richtete sich Olivia auf. Ihr Gesicht war wieder diese Rüstung aus Gleichgültigkeit. Kein Schmerz, keine Verletztheit. Nicht mal der beste Gedankenleser der Welt hätte sie durchschaut.

»O-okay«, wiederholte sie schließlich. »Eine gemischte Tüte für zwei Pfund, während du auf mich wartest.«

Sie zog sich einen Plastikhandschuh über und befüllte eine weiße Papiertüte. Ich zahlte in Münzen, griff dann in die Tüte und zog das erste Gummiteil heraus. Ein rotes Schaumstoffherz.

»Hier.« Ich hielt es ihr hin. »Für dich.«

Sie nahm es nur zögernd an.

*

»Wir können nicht zu dir nach Hause gehen. Das ... nein, das geht nicht.«

Sie blieb wie angewurzelt stehen, als wir in meine Straße abbogen.

»Was ich dir zeigen möchte, befindet sich aber in meinem Zimmer.«

»Du klingst gerade Joe-Goldberg-mäßig. Vielleicht hast du ja auch einen Glaskäfig, in den du mich einsperren möchtest.«

»Willst du mir erzählen, dass du Angst vor mir hast?«, fragte ich belustigt. »Wenn jemand Angst haben müsste, dann ich vor dir.«

»Warum solltest du vor mir Angst haben?«

»Du kannst einfach echt Furcht einflößend sein.«

»Langsam bekomme ich den Verdacht, dass du zu viel getrunken hast.«

»Eine Flasche Bier. Mehr nicht.« Ich hob die Hände. »Ehrenwort.«

»Genau so ein Ehrenwort wie das in Paris, wo du mir

Famous Blue Raincoat angedreht hast?« Sie schüttelte den Kopf. »Ich glaube, es ist wirklich nicht gut, wenn wir zu dir gehen.«

»Ich bin dir was schuldig. Alles, was du mir gestern erzählt hast ... Ich möchte dir was von mir zeigen.«

»Geht das nicht wann anders?«, fragte sie. »Vielleicht nicht um kurz vor eins und im Haus deiner Eltern?«

»Garantiert. Aber jetzt ist ein guter Moment.«

»Und was willst du deinen Eltern sagen? *Hi, Mum, hallo, Dad. Das ist Olivia, und ich muss ihr was zeigen?*«

»Genau das.«

Den Kopf in den Nacken legend, spähte sie in den bewölkten Nachthimmel hinauf.

»Ich fasse es nicht«, flüsterte sie. »Ich lasse mich tatsächlich von Nicholas Saint James in sein Zimmer locken.«

»Du kannst auch ruhig *vom ultraheißen Saint James* sagen.« Ich wackelte mit den Augenbrauen.

In meinem Elternhaus angekommen, war es leise und dunkel. Mrs und Mr Saint Perfect James waren sicher noch auf dem Fest. Wir streiften uns die Schuhe ab, wobei wir das Licht ausließen. Auf Zehenspitzen bestiegen wir die Treppen, darum bemüht, ja keine Geräusche zu machen. Wie Einbrecher. Nachdem ich die Tür zu meinem Zimmer geöffnet und die Deckenleuchte angeknipst hatte, nahm Olivia den Raum unter die Lupe. Sie beäugte das dunkle Laminat, die Akzentwand in Anthrazit und die massiven Möbel.

»Dein Zimmer wirkt wie aus einem Designermöbelmagazin.« Bei der Pflanze neben meinem Bett hob sie die

Brauen. »Und du hast sogar eine Pflanze. Ich sollte ein Foto machen und es Lilah schicken. Vielleicht werdet ihr Pflanzenfreunde.«

»Ich habe nicht mal die Bilder in den Rahmen ausgesucht. Das war alles meine Mutter.«

»Muss sich schrecklich angefühlt haben.« Sie begutachtete die Aufnahmen der dunklen Berglandschaft über dem Schreibtisch. »In einem Zimmer zu wohnen, in dem man nichts ausgesucht hat.«

»War schon irgendwie zu ertragen.«

Ich näherte mich meinem Kleiderzimmer, um dort den Lichtschalter zu betätigen. Die Lampe flimmerte. Mein Körper stand unter Strom. Zwischen uns roch es nach Bleistiftgrenzen und verkohlten Raketen. Olivia erzählte mir von ihrem Schuhkarton, und ich zeigte ihr meine Lieblingsquadratmeter. Wir waren seltsam auf eine ganz eigene Weise.

Kapitel 26

Olivia

Noch 199 Tage

»Das musst du mir erklären«, sagte ich.

Statt mir zu antworten, betrat Nick seine Kammer, bestehend aus sechs Regalbrettern voller Kleidung, die ich nur nebenbei wahrnahm. Um so deutlicher fielen mir die Zeichnungen an den Wänden auf. Ich erkannte Bleistiftskizzen mit allen möglichen Motiven. Mit Flugzeugen, Menschen, unterschiedlichen Körperteilen und Minilandschaften, sogar die LondAir-Uniform war festgehalten worden. Skelette auf angedeuteten Wolken, Beine, Arme, Gesichtsformen ohne Gesichter, einzelne Augen, Frisuren. Eine ganze Weile stand ich mit geöffnetem Mund in Nicks Kleiderzimmer.

»Ein Pilot und kein Künstler.« Ich wandte mich ihm zu. »Das hier ... das ist der Wahnsinn, Saint James.«

Achselzuckend ließ er sich auf dem Boden nieder, bevor er auf den Platz neben sich klopfte und wir Knie an Knie saßen.

»Sehr schade, dass ich keine Kunstkritikerin bin«, sagte ich amüsiert. »Sonst könnte ich intelligente Kommentare abgeben. So was wie: *Nicholas Saint James, der Kleiderschrankkünstler. Skelette, die auf Wolken mit Champagnerflöten anstoßen, das ist bloß eine seiner verrückten Eingebungen.*«

»Kleiderschrankkünstler.« Er lachte fast. »Gutes Wortspiel.«

»Im Ernst«, sagte ich. »Was ist das hier?«

»Ich …« Er fuhr sich mit der Hand über das Gesicht. »Ich habe mit Ölfarben gemalt. Das war mein Medium. Klar habe ich alles ausprobiert. Mit Kohle zeichnen, Aquarell und Acryl. Doch, keine Ahnung, ich wollte am Ende immer nur mit Ölfarben malen. Ich mochte alles daran. Dass es Ewigkeiten dauert, bis das Bild trocknet, und ich tagelang daran arbeiten konnte. Die Flecken auf meiner Kleidung, die nie rausgingen. Dass die Farben quasi nie verblassen. Laut Drake ist Ölmalerei die Königsklasse. Und vielleicht stimmt das sogar, aber das hat mich nie interessiert. Allein die Farben mit dem Spachtel mischen, sie platt drücken, dann wieder mischen und sehen, wie sich die verschiedenen Töne miteinander verbinden. Ich hätte das Stunden machen können.« Er räusperte sich. »Alle fertigen Bilder bestehen zu fünfzig Prozent aus Vorbereitung. Skizzen anfertigen, die endgültige Vorzeichnung, ein Farbspektrum auswählen und anmischen. Das ist extrem viel Arbeit, die ich früher in Drakes Atelier erledigt habe. Als mein Vater pensioniert wurde und wir nach Leyton zogen, weil meine Mutter zurück in ihre Heimat wollte, ging das nicht mehr. Ich habe dreimal so lange gebraucht, um ans East End zu fahren. Also habe ich meine Skizzen zu Hause angefertigt. Diese ganze Designerperfektion ringsum hat mich dabei einfach fertiggemacht. Deshalb habe ich angefangen, in meinem Kleiderzimmer zu zeichnen.«

»Du vermisst sie, oder?«, fragte ich leise. »Drake, meine ich.«

»Ich habe sie enttäuscht, obwohl niemand so an mich geglaubt hat wie sie. Ich ... ja. Ja, ich vermisse sie.« Er deutete auf ein Blatt ganz links, als wollte er das Thema Drake schnell hinter sich lassen. »Hast du dich selbst schon gefunden?«

Ein Mensch, der bloß aus Haar und einem Regenmantel bestand. Es war eine der wenigen Zeichnungen, die er tatsächlich vollendet hatte.

»Du hast mich als Motiv genommen?«

»Nur skizziert. Nach unserer Begegnung in Rom wollte ich dich unbedingt malen.«

»Hast du?«

»Nein.«

Mehr sagte er nicht, doch dann hob er seinen Blick. Und das sagte am meisten. Er war derjenige, der sein Gesicht zu meinem beugte. Unaushaltbar langsam. Als wären die fünf Quadratmeter eine eigene Welt, die sich halb so schnell wie die echte Erde drehte. Seine Lippen fanden meinen Mund und berührten ihn kurz.

Das flüchtigste Tangieren dieser Welt.

»Viele Gedanken?«

Sein Atem streifte mich.

»Nicht so viele wie sonst.«

»Gut.«

Stille.

»Du siehst so aus, als würdest du nach irgendetwas suchen«, wisperte ich.

»Ich zähle deine Sommersprossen.« Sein Daumen wanderte zu meinen Wangen. »Aber es ist ziemlich schwierig. Ich verliere dauernd die Übersicht.«

»Vielleicht brauchst du ein System.«

Er malte Minikreise auf meine Sommersprossen.

Zwei, drei, fünf, sieben, elf.

Er sah mir in die Augen.

Bunt und lange.

»Oder ein Bild.«

»Was?«

»D… darf ich dich zeichnen? Nur dein Gesicht. Und deine Haare. Eine schnelle Skizze, fünf Minuten, dann bin ich fertig.«

»Nick, wir sind hier nicht auf der *Titanic*. Und ich bin nicht nackt.« Ich lachte, doch er musterte mich weiter. »Ich, äh, dachte, du wolltest dich mit digitalem Zeichnen und Wellen beschäftigen?«

»Das mit meinem iPad ist eine Notlösung.« Sein Adamsapfel stach deutlich hervor. »Ein bisschen wie Zurückschauen, obwohl man schon weggelaufen ist. Ich weiß das, okay? Aber … gerade will ich nicht weiter weglaufen.«

»Und stattdessen willst du mich zeichnen?«

»Ja.«

Ein Wort, zwei Buchstaben, die kürzeste Antwort, die existierte. Natürlich wollte ich Nein sagen. Nick mich zeichnen lassen. Ihn einfach ansehen, nicht wegschauen können und ihn dabei jedes Gefühl von meinem Gesicht ablesen lassen. Allein bei dieser Vorstellung zog sich alles in mir zusammen. Aber er betrachtete mich nach wie vor abwartend, die Lippen halb geöffnet. Warm und irgendwie prickelnd, jeder Bestandteil dieses Moments: seine Blicke, seine Berührung und das Wissen um all seine Kunst um uns herum.

»O-okay«, sagte ich schließlich.

Bei meiner Antwort wanderte sein Daumen weiter nach unten und von meiner Wange in Richtung meines Mundes. Als er meine Lippen gegen den Uhrzeigersinn umrandete, ging mein Atem flacher.

»Okay«, wiederholte Nick schließlich und kam mir noch näher.

Wieder berührten sich unsere Lippen, ganz leicht, das zweite flüchtigste Tangieren der Welt. Anschließend machte er abrupt von mir ab und tappte zum Schreibtisch. Mit Block und Bleistift ließ er sich mir gegenüber wieder nieder.

»Kannst du ein Stück weiter nach links rutschen? Da beleuchtet dich die Lampe besser«, sagte er. »Du musst nichts machen, außer mich anzusehen.«

Er schlug den Block auf und legte den Kopf schräg, nach links und nach rechts, wobei sich Locken in seine Stirn verirrten. Dann setzte er den Stift an und skizzierte die Form meines Gesichts. Da war so viel Kunst in der Luft. Und so viel Nick, den ich mit jedem Atemzug in mich einsog. Als wäre mein Körper voll mit seiner DNA.

Keine Ahnung, wie ich ihn jemals wieder rausbekommen würde.

»Hast du das schon mal gemacht?«

»Was meinst du?« Er sah auf. »Jemanden zu zeichnen?«

Ich nickte.

»Manchmal, wenn Drake mich zu Aktzeichnungen oder so mitgenommen hat.« Pause. »Vorhin«, begann er plötzlich. »Als ich gesagt habe, ich sei in der Gegend. Das hat nicht gestimmt. Ich war auf einer Party. Theo war auch da. Und ... Scheiße, Olivia, aber ich habe es einfach nicht ausgehalten. Ich wollte ihn zur Rede stellen. Ich wollte ... Wie ... wie hältst du das nur aus?«

»Das ist fast vier Jahre her«, murmelte ich.

»Das macht die Sache nicht besser. So überhaupt nicht. Ich habe gedacht, Theo ist mein bester Freund. Aber ich kann keinen besten Freund haben, der so etwas macht. Das ist so respektlos.«

Und verletzend und erniedrigend und herzlos.

Ich zuckte bloß mit den Achseln, dabei hätte ich kreischen können vor Wut. So hysterisch, ich hätte mindestens jeden Bewohner dieser Straße geweckt. Schweigend schüttelte Nick den Kopf und zeichnete weiter. Insgeheim wünschte ich mir, wir könnten Erinnerungen auslöschen und hätten uns so ohne Leytonvergangenheit kennengelernt.

Doch da skizzierte er meinen Mund.

Und zwischen uns veränderte sich etwas.

Der Bleistift kratzte über das Papier. Einmal leise, zweimal lauter und kürzer. Zusammen mit dem Block legte er ihn dann beiseite.

Ohne Vorwarnung stellten sich die feinen Härchen an meinen Armen auf.

Diese Atmosphäre, mit der Nick mich anzog. Vielleicht hätte es sie ohne Leyton nie gegeben. Nick war Planet X, der nur für mich existierte. Dunkel, mit bunten Iriden und weit entfernt von meinem eigentlichen Leben. Dennoch so intensiv, dass er alles beeinflusste. Ich hingegen war wie ein Mond. Wenn man mich fotografierte, war ich eine unbestimmte Fläche. Ich war verschwommen und verschlossen. Das Spiegelselfie, dunkel, ich mit verstecktem Gesicht. Die Polaroids in der WG, ich immer seitlich im Schatten und halb lächelnd.

Ich war nie greifbar.

Aber der Blick, mit dem Nick mich betrachtete, fuhr mir ins Herz.

Als wäre ich so echt.

Trotz allem.

»Bist du fertig?«, fragte ich.

»Nein.«

Ich runzelte die Stirn, als er auf mich zukam und vor mir niederkniete.

»Lass uns Gedanken austauschen«, sagte er.

»Was?«

»Olivia, du unterschätzt meine Fähigkeiten. Du warst

gerade in deinem Kopf verreist. Erzähl mir von deiner Reise, und ich erzähle dir von meiner.«

»Ich dachte, du hast gezeichnet.«

»Ich war trotzdem woanders.«

»Du zeichnest mich und warst woanders? Aua, Saint James, das tut weh.«

Ich wackelte belustigt mit den Brauen, doch er ging nicht darauf ein. Er wollte wirklich wissen, was ich gedacht hatte. Und in jeder anderen Situation mit jedem anderen Menschen hätte ich mich erhoben und entschlossen das Weite gesucht. Aber Nick war ein Planet mit Anziehung.

Und ich blieb.

»Was ich gedacht habe, also ... okay.« Zitternd richtete ich mich auf. »Ich habe mir vorgestellt, wie es wäre, Erinnerungen auszulöschen. Leyton auszulöschen. Damit wir uns ohne Vergangenheit kennenlernen könnten. Was natürlich Mist wäre, weil nichts ohne Vorgeschichte ist. Aber das war mein Gedanke. Und ... was war deiner?«

»Ich habe gedacht, dass ich deine Lippen nicht zeichnen kann, ohne dich küssen zu wollen. Nicht, wenn du keine zwei Meter von mir entfernt sitzt. Und ... dass ich nicht mit dir über Theo reden kann, als wäre das mit dem Bild keine große Sache. Denn, Olivia, es ist nicht mal einfach bloß eine große Sache.«

»Ich weiß. Es ist trotzdem lange her. Die meiste Zeit berührt es mich nicht mehr.«

Aber mich, sagte sein Blick. Trotzdem musste ich das Thema wechseln. Als wäre die Leytonauslöschung mein vollkommener Ernst. Ich sagte das Erste, was mir einfiel.

»Ich wäre fast mal Model in einem Kurs für Aktzeichnen gewesen.«

»D… du was?«

»Ein Bekannter von Lilah hat mich vor zwei Jahren auf einer Party gefragt. Mein betrunkenes Ich dachte, es wäre eine gute Idee. Keine Ahnung, wieso. Als würden die Stimmen in meinem Kopf aufhören, mir *heiße Brüste, süße Bettwäsche* zuzuflüstern, wenn fremde Kunststudenten und Kunststudentinnen mich nackt zeichnen. Am nächsten Morgen habe ich natürlich abgesagt. Ich meine, wieso habe ich überhaupt Ja gesagt? Mich nackt ausziehen, stillhalten, gefühlte tausend Augen auf mir und Bleistiftkratzen im Hintergrund? Vielleicht faselt die kursleitende Person noch irgendwas von Anatomie und Körperhaltung im Hintergrund? Eine Horrorvorstellung.«

Nachdem ich verstummt war, zögerte Nick mit seiner nächsten Frage.

»Denkst du … denkst du oft daran, was die Leute dir wegen des Bildes gesagt haben?«

»Es ist wirklich lange her. Es war ein Spiegelselfie. Es waren Brüste. Es gibt Millionen Bilder von Brüsten.«

»Natürlich hast du recht. Aber willst du trotzdem darüber reden?«

»Nein.«

Mein Wort war endgültig und das Gegenteil unseres Schweigens. Es schien grenzenlos.

Als konnte jeder Buchstabe etwas verändern.

Als konnten wir alles verändern.

Doch wo fingen wir an? Was war richtig, was war falsch? Auf veralteten Handys, verstaut in fremden Schubladen, konnte man an die Poren meines Hautherzens ranzoomen. *Billig, schmutzig, lächerlich. Schlampe, Nutte, du hast es nötig.* Vergessene Stimmen echoten mir in den Gedanken nach, als Nick unvermittelt dichter an mich heranrückte.

»Wo bist du gerade in deinem Kopf?«, flüsterte er.

Ich klemmte mir eine Strähne hinter das Ohr. »Eigentlich nirgendwo.«

»Und wenn du es dir aussuchen könntest?«

»In meinem Treppenhaus, damit wir uns noch mal küssen können.«

Ich rutschte so an ihn heran, dass unsere Knie sich berührten. Schattenspiele erschienen aufgrund des Lichtkegels auf seinem Gesicht. Die linke Hälfte war dunkler als die rechte, und mein Herz fühlte sich gegensätzlich ähnlich.

»Du …« Er blinzelte verwirrt. »Du würdest mich gerade gern küssen?«

»Du mich etwa nicht?« Ich hob die Hände. »Nein, warte. Lass mich deine Gedanken lesen. Natürlich möchtest du mich gerade nicht küssen. Wir haben über Theo geredet. Dem halben Nacktbild. Wie verletzt ich mich gefühlt habe. Wie verletzt ich deshalb wahrscheinlich für immer sein werde. Du willst kein Arschloch sein und alles richtig machen, aber du weißt nicht, was richtig ist. Willst du einen Funfact hören? Das weiß ich nicht mal selbst.

Aber ich will nicht dieses Spiegelselfie sein. Ich will mich nicht wie früher fühlen, Nick. Ich will ich sein. Ich jetzt. Ohne die schlechten Erinnerungen.« Ich blickte auf die Jeans. »Ich will nicht, dass du mich ansiehst und nur Theo siehst. Ich will nicht, dass du Angst hast, mich zu küssen.«

Ich will keine Vergangenheit.

Eine Weile lang erwiderte er nichts. Anschließend setzte er sich mit pulsierender Halsader auf.

»Frag mich, wo ich gerade gern in meinem Kopf wäre, Olivia.«

Nicks Augen waren wild.

Nicks Stimme war dunkel.

Nicks Gedanken mussten gefährlich sein.

»O-okay?« Ich runzelte die Stirn. »Wo bist du gerade in deinem Kopf?«

»In einem Kunstraum.« Pause. »Mit dir.« Pause. »Nackt.« Pause. »Zum Zeichnen.« Letzte Pause. »Aber soll ich *dir* einen Funfact verraten? Ich könnte dich so gar nicht zeichnen. Ich würde nämlich alles vergessen. Wie man einen Stift hält, Anatomie, Proportionen, Grundlagen, Zeitansagen des Lehrers oder der Lehrerin. Alles. Ich würde nur dich sehen. Immer nur dich. So lange, bis du es nicht mehr aushältst. Und noch ein bisschen länger. Dann würde ich dich fragen, ob du mich küssen willst. Und wenn du Ja sagen würdest, würde ich nie wieder aufhören. *Nie* wieder. Ich würde dir sagen, dass ich alles an dir so unfassbar heiß finde und mich deine verfickte Bettwäsche nicht mal in drei Millionen Jahren interessieren könnte. Ich würde dich küssen und berühren. Überall, wo es dir gefällt. Wirklich überall, Olivia. Bis du kommst.« Zwei weitere weite Atemzüge. »Und dann würde ich dich fragen, ob du mit mir vögeln willst. Und wenn du Ja sagst, würde ich uns so lange besinnungslos vögeln, bis du ein zweites Mal kommst. Und dann noch einmal.«

Überall, Olivia. Überall, wo es dir gefällt.

Schrill echoten seine Worte in mir nach. Völlig angezogen und ohne eine einzige Berührung, es war der heißeste Moment meines Lebens. Ich öffnete den Mund und blieb sprachlos, da weiteten sich seine Augen. Shit, shit, shit, sagten sie, als würde er jedes Wort zurücknehmen wollen. Ich hörte die auf seiner Zunge liegende Entschuldigung, bevor er sie aussprach.

Doch ich war schneller.

»Ich würde Ja sagen, Nick. Zu allem.«

»Olivia«, flüsterte er fassungslos zurück, aber es hörte sich an wie *Olivia! Olivia! Olivia! Olivia!*

Olivia, du kannst so etwas nicht sagen.

Olivia, wir bewegen uns nicht mal auf Eis.

Olivia, wir tänzeln schwebend über Wolken.

Olivia, ich habe Angst vorm Fallen.

Trotzdem strich er mir mit dem Daumen plötzlich so behutsam um die Lippen, als könne nichts auf dieser Welt zerspringen.

Nicht mal Wolken.

Nicht mal mein Hautherz.

Zögernd glitt ich mit der Hand durch seine Locken. Ein Gefühl zum Festhalten, wenn wir uns dabei so nahe waren, dass ich meinen Puls bis in die Ohren hörte. Zwei emotionale Ohren und ein wummerndes Herz. Ich fragte mich, was die Diagnose der Ärztin gewesen wäre. *Sie sind vollgepumpt mit Dopamin, Noradrenalin und Phenylethylamin. Scheint so, als verlieben Sie sich gerade, Miss Green. Dagegen kann ich Ihnen nichts verschreiben.*

»Du solltest mich fragen, wieso ich Ja sagen würde«, murmelte ich.

»Wieso ...« Seine Lider flatterten. »Wieso würdest du Ja sagen?«

»Weil du Kopfkinoleinwände in meinen Gedanken ausmalst.« Ich schabte mit meinen Lippen sanft an seinem Kiefer entlang. »In meinem Kopf war es noch nie so schön.« Pause. »Hör nicht auf.«

»Olivia, ich ... Fuck.«

Er presste seinen Mund auf meinen. Und küsste mich. Hart. Ruckartig und heftig, völlig abgeschottet von der Welt, einzig umgeben von halb fertigen Gestalten. Er strich mir über den Rücken, die Rippen und den Ansatz meiner Brüste über dem Shirt. Stöhnend mit gepressten Geräuschen und erregt mit der Härte in seinem Schritt. So heiß, dass ich verging, als ich mich mit der Hand unter sein Shirt stahl. Ich meine, es war ein Bauch, bestehend aus Haut. Heiße Haut. Vibrierende Haut, aber immer noch ein Bauch. Und ich verging trotzdem.

Nick war vorsichtig. Nick wollte kein Arschloch sein. Nick passte auf, dass es nicht zu viel wurde. Er malte Grenzen wie mit Bleistift auf meine Kleidung. Am Bügel meines BHs entlang und parallel zu meinem Hosenbund. Dabei hörte er nicht auf, mich zu küssen.

Als könne er das gar nicht.

Nicht mal in drei Millionen Jahren.

Ein Kuss für jede Erinnerung, die ich vergessen wollte, bis alles in mir ganz weiß und bloß war.

Während er mit seinem Mund zu der Mulde hinter meinem Ohr wanderte, schlug ich die Augen auf. Die Beule in seiner Hose und mein halber Arm unter seinem Shirt. Hätten wir aufeinandergelegen, wäre das der beste Druck auf der Welt gewesen. Hier in dieser schummrigen Kammer, mit gesichtslosen Menschen an den Wänden und verknoteten Beinen.

Es wäre ein Nicht-von-dieser-Welt-Druck.

Das wusste ich.

Das *wusste* ich einfach.

Seine Finger befanden sich oberhalb meiner Brüste und malten weiter ihre Bleistiftumrandungen, die ich so hasste, weil ich bloß dachte, mal mich aus, mal mich aus, mal mich aus. Also drückte ich ihn mit der Hand leicht nach unten. Nick verstand sofort und ließ sich auf den Boden sinken, dann ich auf ihm. Seine Hüften an meinen Hüften, Druck, Kribbeln, Ziehen, Stöhnen, er, ich. Wir waren ein Rausch in seinem Kunstrausch, berauscht von uns selbst.

Als ich mich ganz langsam auf ihm bewegte, war es eine Tortur. So viele Schichten von Kleidung, sein Gesicht dicht vor mir. Mit diesen geschwollenen Lippen, leicht geöffnet und warm, wenn sie meine berührten. Er zeichnete weiter Linien über meinem Hosenbund, wobei seine Hüften gegen meine stießen. Es war Reibung durch Jeans und Unterwäsche, doch ich spürte seine Härte und meine Feuchte.

Mach das zehnmal, und ich komme, dachte ich. Mach das fünfzehnmal, und ich komme noch mal.

Gerade ließ ich meine Hand zu seiner Gürtelschnalle gleiten, da unterbrach er den Kuss.

»Lass uns ... aufhören.«

»A...aufhören? Ist es nicht gut für dich?«

»Ob es nicht gut für mich ist?« Er lachte. »Ich könnte das immer so machen. Ich sterbe, wenn ich dich nicht ausziehe. Aber ich sterbe dreimal, wenn ich es tue. Ich will es richtig machen. Wirklich richtig machen. Und das hier kann nach unserem Gespräch nur falsch sein, selbst wenn ich dich so sehr will, dass ich nicht weiß, wohin mit mir.«

Ich hätte ihm sagen können, was ich fühlte. Dass alles in mir bebte und lebte. Dass Theo mich Via nannte, was sich so dermaßen davon unterschied, wie er meinen Namen aussprach. Langsam und jede Silbe betonend, als wolle er keinen Buchstaben jemals verschlucken. Dass ich die Leytonauslöschung ernst meinte.

Doch ich sagte nichts davon.

Stattdessen zog ich mir mit überkreuzten Armen den Pullover aus. Als ich dann noch den Hosenknopf öffnete, weiteten sich seine Augen. Rund, groß, gold, grün. Nick war mein immer noch fassungsloser Lieblingsplanet.

»Stirbst du auch, wenn ich mich selbst ausziehe? Nicht ganz. Nur ... ein bisschen?«

Er schluckte heftig, während er mich taxierte. Meine Brüste in dem langweilig hautfarbenen BH, den ich normalerweise unter dem Uniformhemd trug. Meine Rippen, meinen Bauch und den Bund meines Slips. Mit lächerlichem Blümchenmuster bedruckt, weil ich auf keinen Fast-Sex in seiner Kunstkleiderkammer vorbereitet war.

Als wäre ich jemals auf Nick vorbereitet gewesen.

»Nur ein bisschen«, wiederholte er.

Seine Hand streckte sich aus.

Mein Unterleib zog sich zusammen.

Und dann zog er sie beim plötzlich polternden Geräusch wieder zurück.

»Ich fühle mich wie ein Teenager, der sich mit dir in ein Kinderzimmer schleicht, Charlie!«

Eine Tür, die aufgezogen wurde und zufiel. Ohrenbetäubendes Bettquietschen. Und anschließend Stöhnen, das mühelos durch die Wand zu uns herüberdrang. Die zweite Unterbrechung innerhalb achtundvierzig Stunden. Als hätte das etwas zu bedeuten. Großartig.

»Ich bringe meinen Bruder um.«

Nick setzte sich mit zusammengepressten Lippen auf und ich sah an mir hinab.

»O Gott, o Gott, o Gott«, murmelte ich.

»Was ist?«, fragte er alarmiert.

»Ich habe dir so gut wie gesagt, dass du mich besinnungslos vögeln sollst. Und ich wollte mich sogar ausziehen.« Ich rieb mir die Schläfen. »Das ist gerade irgendwie peinlich.«

»Ich hab's zuerst gesagt.« Er klemmte mir eine Haarsträhne hinter das Ohr. »Außerdem fand ich alles, was du gemacht hast, *sehr* schön.«

Er grinste, weil *schön* garantiert nicht das richtige Wort war, doch seine Finger fühlten sich auf meinem Gesicht so gut an, dass ich das vergaß. Und als er mich dann sanft küsste, hätte ich mich am liebsten in diesem Moment aufgelöst. Ich wäre eine Primzahl ohne Ränder gewesen, ausgefranst und liquidiert, tropfend von meinen brennenden Wolken und ohne eine einzige Erinnerung.

»Ich sollte gehen«, sagte ich, weil das Stöhnen von nebenan lauter wurde.

»Ich will, dass du bleibst. Wir könnten –«

»GOTT, CHARLIE, HÖR NICHT AUF! HÖR NICHT AUF! HÖR. VERDAMMT. NOCH. MAL. NICHT AUF!«

»Vergiss, was ich gesagt habe. Nicht mal ich kann mir das Gestöhne von meinem Bruder und wem auch immer anhören. Das wird Stunden so gehen.« Er unterdrückte einen Seufzer. »Lass mich dich begleiten.«

*

Es war zwei Uhr nachts und vor uns lag ein Weg von zwanzig Minuten. Zwischen uns herrschte Stille, unsere Hände waren ineinander verschränkt, und Nicks Finger hatten ihre eigene Sprache. Sein Daumen streichelte mir immerzu über den Handrücken und malte Formen.

Ich wünschte, er hätte mir endlose Geschichten erzählt.

Nur an der letzten roten Ampel passierte etwas Komisches. Beinahe manisch schweifte sein Blick durch die Gegend. Dabei verspannte er sich kaum merklich, als wäre ihm plötzlich etwas Wichtiges eingefallen. Eine noch aufgedrehte Herdplatte, eine offen gelassene Tür oder ein nicht etikettierter Koffer.

»Was ist?«, fragte ich.

»Nichts«, sagte er und lächelte sein Werbeplakatgrinsen.

Vor Mums Wohnhaus verabschiedeten wir uns mit einem Kuss. Ich, gegen die Fassade gepresst. Nick, sich an mich drängend. Unsere Lippen aufeinander, Nicht-von-dieser-Welt-Küsse.

»Sorry noch mal wegen Charlie«, raunte er. »Ich wollte, dass du bleibst.«

Während ich die Treppen nach oben stieg, fühlte mein Kopf sich wolkenweich an.

Als würde ich fliegen.

Doch ich landete wieder in der realen Welt, als ich das Licht in der Küche bemerkte. Mit gerunzelter Stirn tappte ich in Richtung des Lichtstrahls.

»Mum?«

Bei meiner Stimme drehte sie sich auf dem Stuhl um. »Livy-Liebling.« Sie lächelte mich mit ihrem müden Kummergesicht an, ich ließ mich ihr gegenüber nieder.

»Wieso bist du noch wach?«

»Konnte nicht schlafen.« Sie nahm sich einen Keks vom Teller, der vor ihr stand. »Außerdem sind deine Kekse so verführerisch. Weich, schokoladig und zuckerschocksüß. Genau so, wie ich sie mag.«

Sie sah aus wie immer. Glatte Porzellanhaut, runde Augen, Shampoowerbungshaar. Aber es war nach drei Uhr morgens und sie aß Schokoladenkekse. Irgendetwas war falsch.

»Und was ist mit dir?«, fragte sie. »Wieso kommst du erst jetzt nach Hause? Sag nichts.« Sie leckte sich die Schokolade von den Fingern. »Du warst mit diesem Nick aus.«

»Ich ... ja.«

»Er mag dich.«

Ich zuckte nur die Achseln, obwohl die Gedanken in meinem Kopf sich überschlugen.

Er könnte mich wirklich mögen. Er könnte anders sein. Anders als Theo. Anders als die meisten an der Leyton High.

Anders im Allgemeinen.

»Was willst du mich eigentlich fragen?«

Ich blinzelte.

»Schätzchen, du bäckst mir diese Kekse nie einfach so. Also, was möchtest du?«

Ihre Frage war so direkt. Wo waren die Schichten, die Decken und die Mauern? War es die Uhrzeit?

»Die Nachricht von dieser Ever«, begann ich. »Sie geht mir einfach nicht aus dem Kopf. Du bist dir wirklich sicher, dass du diesen Namen noch nie gehört hast?«

»Nein«, sagte sie. »Leider wirklich nicht. Aber ... Wenn du möchtest, kann ich mich bei Roberts früheren Bekannten umhören.«

Roberts früheren Bekannten. Das war die absolute Notlösung. Diese Ever musste sie also auch beschäftigen.

»Klingt gut«, flüsterte ich.

Bloß war der Blick, mit dem Mum mich beäugte, so bohrend.

Als hätte sie mir eine viel wichtigere Frage gestellt.

Kapitel 27

Nick

Nach 946 Tagen

Ein knappe Woche verging, bis Olivia und ich uns wiedersahen. Wir waren Flugbegleiterin und Pilot. Ein anstrengendes Klischee mit verschiedenen Arbeitsplänen und Auslandsaufenthalten. Unser Chatverlauf bestand aus Bildern berühmter Skylines und aus Nachrichten mit angehängten Smileys. Lächelnd, zwinkernd, gehirnzerspringend. Zwischen Punkten und Fragezeichen suchte ich nach Spuren der Kopfleinwände, die ich angeblich ausmalte.

Wie sahen sie aus, waren sie groß? Was zeigten sie überhaupt? Schwarz-weiß und retrostilmäßig romantisch? Ein Stummfilm? Nahaufnahmen von ihren Lippen und meinen im Wechsel, bis sie sich trafen? Das Echo von *Ich will dich besinnungslos vögeln?*

Als hätte ich dasselbe Echo nicht selbst. In der Dusche, in Pausen, auf dem Weg nach Hause, in der Einkaufsschlange bei Tesco, in der Bahn, auf der Couch, in Hotelbetten, in meinem Bett. Immer im Bett, am liebsten im Bett, ständig im Bett.

Wir verabredeten uns gegen Mittag an der Southwark Station, wo Olivia mir zur Begrüßung zulächelte. Alles in mir glühte bei vierzehn Grad Celsius, und ich verstand nicht, wieso.

»Also«, sagte ich. »Verrätst du mir, wohin wir gehen?«

»Ist immer noch eine Überraschung.«

Sie wackelte mit den Brauen. Sie, in diesem engen Rollkragenpullover und den hell verwaschenen Jeans. Meine persönliche Kopfkinoleinwand auf zwei Beinen. Mir war bewusst, dass wir unter grauem Himmel über den Bürgersteig schlurften, vorbei an Banken, Tankstellen und Touristen. Trotzdem bestand London nur aus ihr und dem Abstand, der uns trennte. Zehn Minuten später dann endlich die Erlösung. Die Tate rückte in unser Sichtfeld, und ich konnte mich auf etwas anderes fokussieren.

»Wir haben ein Museumsdate?«, fragte ich.

»Es gibt eine Ausstellung, die spannend klingt.« Sie nickte. »Lilah und ich machen uns immer über die Typen lustig, die sie um ein Date bitten und zehnmal versichern, ihnen sei egal, was sie vorhätten. Genau genommen sind sie zu beschränkt, faul oder beides, um sich etwas auszudenken. Und ich wollte eben anders sein. Du weißt schon, nachdem ich unser erstes Date in den Sand gesetzt habe.«

»Und wieso die Tate Modern?«

»Weil ich es mag, wenn du über Kunst redest.«

In Jackentaschen vergrabene Hände, todernste Augen. Sie blieb unvermittelt stehen, um tief Luft zu holen.

»Und weil du es magst, über Kunst zu reden.«

Ich musste dreimal heftig schlucken, bevor ich vage nickte.

Wir würden in die Ausstellung zu Andy Warhol gehen, und Olivia hatte die Tickets bereits online gekauft. Mehrere Räume zum exzentrischen König der Pop-Art. Andy Warhol mit seiner grellen Einfachheit, der Suppendosen zu Kunst machte und ein vierminütiges Video drehte, in dem er einen Whopper von Burger King verspeiste. »Ich bin Andy Warhol, und ich habe soeben einen Burger gegessen«, sagte er nonchalant am Ende.

Die Ausstellung erstreckte sich über mehrere Räume und begann mit einem Selbstporträt. Grün und winzig prangte es an der Wand, während wenige Besucher sich ringsum tummelten. Besucherinnen trugen Kopfhörer mit Guidestimmen, und fremde Gespräche erreichten meine Ohren als weißes Rauschen. Olivia und ich musterten die bizarren Gemälde, lasen die Beschreibungen und schlurften im Kreis über den hellen Parkettboden. Andy Warhol arbeitete mit alltäglichen Motiven oder Berühmtheiten. Meistens bunt und seriell aufgemacht. Lebensmittel, Chucks, Marilyn Monroe, Elvis Presley. »Er ist emotional von seiner Kunst abgetrennt«, hatte Drake einmal gesagt, aber er sei frei. Frei von der maskulinen Selbstsicherheit der Expressionisten und frei von der Idee des Minimalismus. Er machte, was er machte. Laut und ohne Reue. Und das könne Drake respektieren.

Fast war es absurd. Olivia und ich in dieser Ausstellung, wortlos und aufgeladen. Denn ihre Nähe war mir immerzu bewusst und pochte mir heftiger unter der Haut als mein Herz. Mein Körper war mehr Olivia als ich.

Ich war so verloren.

Als wir den nächsten Raum erreichten, wurde es schlimmer. Ein Meer aus silberschimmernden Wolken, die eigentlich vor sich hinschwebende Luftballonquadrate waren. Beim Durchlesen des Zitats schnürte sich mir die Kehle zu.

Die Malerei war nur eine Phase, die ich jetzt hinter mir habe. Nun mache ich schwebende Skulpturen: silberne Rechtecke, die ich aufblase und die schweben.

In einer der wichtigsten Kunstgalerien, inmitten von *Silver Clouds,* stand ich da und dachte an meine eigene Art von Kunst, obwohl sie sich galaxienweit von der des Pop-Art-Künstlers unterschied. Aber so war das. Weil Andy Warhol sich auf Zeit von seiner Malerei mit Wolken verabschiedet hatte. Und weil ich meine Kunst für echte Wolken verlassen hatte.

»Du musst wieder malen, Nick.« Olivias Stimme drang gedämpft an mein Ohr. »Du ... du warst high von deiner Kunst in deinem Kunstkleiderzimmer. Als wärst du auf Entzug gewesen, und als du vom Malen geredet hast, hätte ich dir für immer zuhören können. Alles an dir war leicht und weich. Wie zum Reinlegen.«

Du kannst dich gern in mich reinlegen, Olivia.

»W... was?«

»W... was?«, wiederholte ich.

»Ich soll mich in dich reinlegen?«

Fuck.

»Habe ich das gerade laut ausgesprochen?«

»Ja.«

Ihre Wangen verfärbten sich rötlich. Wir standen nebeneinander, rechter Arm an linkem Arm, vor uns die silbernen Wolken. Je länger wir uns ansahen, desto intensiver wurde die Farbe auf ihren Wangen.

»Meine Haut brennt.« Sie fasste sich ins Gesicht. »Ich bin rot, oder? Scheiße, ich werde nie rot, Saint James. Nie.«

Olivia betonte das letzte Wort so stark, als hätte es etwas zu bedeuten. Dennoch konnte ich bloß schweigen. Hastig nickte sie deshalb nach links und ging voraus.

Dann konnten wir wieder atmen.

Wir spazierten zum Ausstellungsraum über die *Factory,* mit den metallischen Wänden und Beschreibungen der Kunstfabrik. Wir versuchten uns an Small Talk, deuteten auf Bilder und die projizierte Videoaufnahme, doch es wirkte gezwungen. In mir pochte alles heiß und so viel röter als ihre Wangen gerade eben. Ich dachte an ihre Kopfkinoleinwände, das Echo ihrer, das Echo meiner Worte. *Ich will dich überall berühren.* Und das wollte ich wirklich. Am liebsten hier. Am liebsten jetzt, während wir den Raum zu The Velvet Underground betraten, die Andy Warhol unterstützt hatte. Die Tate war auf diesen knapp vierzig Quadratmetern ein Club mit Blitzlicht und lauter Musik. Ein Ort voller Rock und Reizüberflutung zugleich. Das hier war kein Part zum Verweilen und fast psychedelisch, auf Kopfschmerzlevel hoch tausend. Schnell machten wir, dass wir wegkamen.

Im Durchgangsraum blieb Olivia stehen.

»Was hast du eigentlich damit gemeint?«, fragte sie. »Mich in dich reinlegen?«

Nachdem ich mich umgedreht hatte, landete mein Blick auf ihrem Gürtel. Schwarz mit schimmernder Schnalle. Ich hatte noch nie einen Gürtel angestarrt und ich wusste nicht, wieso ich ihren Gürtel anstarrte. Andererseits dachte ich auch nicht weiter darüber nach, ging die zwei Schritte auf sie zu und kam ihr so nahe, dass ihr Hintern sich gegen die Wand drückte.

Weil ich wollte. Weil meine Antwort ein Flüstern sein musste.

Olivia, eingezwängt zwischen Wand und meinem Körper, ein Sehnsuchtsort nach ihrer Nähe in ihrer Nähe. Wir waren ein Verbrechen in einem Museum, da mein Oberschenkel sich wie von selbst zwischen ihre Beine schob. Vielleicht lag es an der anziehenden Hitze, die sie ausstrahlte.

Vielleicht hatte sie ihren Körper in die Lichterkettenwärme getränkt.

»Ich meinte damit, dass du dich in mich reinlegen sollst. Ganz. Ich will dich überall berühren und ich will nicht aufhören. Ich will deine Kopfleinwände verstehen. Ich will wissen, was ich male, Olivia.« Pause. »Ist das normal? Nein, oder? Fuck, das ist bestimmt Angst einflößend. Vergiss, was ich gesagt habe.«

Doch sie legte die Hand in meinen Nacken, als wolle sie, dass ich ihr noch näher kam. So drückte ich Olivia also völlig horny in der Tate einen Kuss auf den Hals. Sanft, weich und verletzlich. Jep, sie hatte in den Lichterketten gebadet. Ganz sicher. Anschließend riss ich mich zusammen und machte von ihr ab.

»Sorry.« In meinen Blutbahnen kribbelte es. »Ich weiß auch nicht, was mit mir los ist. Ich –«

»Ähm, Nick?« Sie unterbrach mich. »Ich glaube, ich sollte dir etwas sagen.«

»Okay?«

»Ich …« Sie holte tief Luft. »Ich ziehe im Herbst weg.«

Blinzelnd starrte ich sie an, die ultralaute Musik im Hintergrund. *There she goes again.* Ich war froh über die Dreiergruppe, die an uns vorbeiging und mir eine kurze Pause verschaffte.

»Nach Durham«, fuhr sie fort. »Wenn alles gut läuft zumindest. Das sind dreihundertsechsundsiebzig Kilometer von London.«

»Dreihundertsechsundsiebzig Kilometer.« Ich bemühte mich um einen gelassenen Tonfall. »Was sind das schon? Schau dich mal in unserer Firma um. Gefühlt jeder und jede Fünfte hat eine Freundin oder einen Freund in Miami, Rio oder Barcelona.«

Ihre Gesichtszüge verrutschten. Die Augen, die sonst immer nach Kommastellen suchten, wurden ganz groß und glasig.

»Was ist?«, fragte ich und umschloss ihre Hand mit meiner. »Du wirkst so überrascht. Ist doch wahr, was ich gesagt habe.«

»Ja«, sagte sie nach kurzem Zögern.

Hand in Hand gingen wir weiter durch die restlichen

Räume, vorbei am verblassenden Elvis, Skizzen von Männern und einer Frau, die sich aus einem Hochhaus stürzte. Tod, Liebe, Promis. Der letzte Raum war dunkel und präsentierte ein einziges Bild. Da Vincis Abendmahl in Schwarz-Weiß und seriell aufgemacht. Ich fragte mich, wie Drake es interpretiert hätte. Religiös oder ACT-UP-bezogen, beides war möglich.

»Was du vorhin gesagt hast«, sagte ich fast nervös auf dem Weg zum Ausgang. »Dass wir nicht ins Museum hätten gehen sollen. Wir können immer noch etwas anderes machen.«

Vielleicht meinte ich meine Wohnung und mein Bett, ich meinte jedoch auch meine Couch und Lieferdienst und Küssen und Zusammensein.

»Ich würde gern.« Sie wirkte zerknirscht. »Aber ich habe noch eine Nachhilfestunde. Sorry.«

Angekommen an der U-Bahn-Station, wussten wir nicht, wie wir uns verabschieden sollten. Schließlich entschied Olivia sich wieder für ein Nicken.

Sie war Flugbegleiterin.

Sie war gut im Verabschieden.

Das konnte sie professionell, tagein, tagaus, kontinuierlich und für jeden Passagier authentisch freundlich. Doch ich umfasste sanft ihr Handgelenk, damit sie sich noch mal nach mir umdrehte.

»Was –«

Ihr nächstes Wort wurde von meinem Kuss verschluckt, den ich ihr so gab, als wären wir allein. Sie fest an mich gedrückt, mit meinen Händen in ihren Jeanstaschen.

Es war ein kurzer, trotzdem heftiger Kuss und nicht bestimmt für die Southwark Station mit dem Geruch nach Pisse und voller Gaffer. Hätte uns jemand gefilmt, hätte ich mich am Ende der Kamera zugewandt und gesagt: *Ich bin Nicholas Saint James, und ich habe gerade Olivia Green geküsst.* Als wäre es Kunst wie Warhols Burgeressen. Als wäre es Kunst wie Picassos Bilder.

Als wäre es alles.

Nachdem ich von ihr abgemacht hatte, flatterten ihre Lider, und ich deutete diesmal ein Winken an. Ich glaube, sie stand eine ganze Weile so da und sah mir nach. In der nächsten halben Stunde stand mein Körper hingegen so unter Strom, dass ich nicht geradewegs nach Hause gehen konnte. Olivias Satz nämlich hatte sich in meinem Kopf eingebrannt.

Du musst wieder malen, Nick.

Nick. Nicht Saint James. Die Sache war ernst.

Ich stellte mir vor, wie ich auf dem iPad Procreate öffnete, was nicht reichen würde, weil es nie wirklich reichte. Stattdessen erinnerte ich mich nun daran, wie ich Olivia in Leyton gezeichnet hatte. Das Kratzen des Bleistifts. Meine Blicke, die Licht und Schatten auf ihren Gesichtszügen differenziert hatten. Die mühelos gekonnten Bewegungen meiner Finger, als wären nicht Jahre seit meinem letzten Bild vergangen. Drake hatte recht, die Kunst verfolgte mich. Sollte sie mich doch endlich einholen. Ich wollte ein bisschen Kunst machen, nebenbei und bedeutungslos. Ein paar Farbflecken an meinen Fingern betrachten, nur ein bisschen fühlen, mehr wollte ich nicht.

So passierte also das, was alles veränderte. Ich fuhr nicht nach Hause, sondern steuerte das Kunstmaterialfachgeschäft in der Colebrooke Row an. *Cass Art.* Sogar einen Einkaufskorb nahm ich zur Hand. Pinsel, Papier, Mischpalette, Farbtuben, teure Marken. Ich achtete nicht aufs Geld und ging schnurstracks zur Kasse. Zurück in meinem Apartment, riss ich die Plastikverpackungen auf dem Fußboden auf. Ich hatte Aquarellfarben gekauft. Das Medium, das am wenigsten kontrollierbar war. Die Kunst der Antreiber und ich der Handlanger.

Ich breitete Zeitungspapier aus, befüllte Gläser und schnitt das Papier mit einem Küchenmesser vom Block ab. Anschließend pinselte ich Farbverläufe auf schweres Papier. Von Gelb zu Orange und Rot und dann zu Pink, von Lila zu Blau zu Grün und dann wieder zu Gelb. Ich malte Sonnenuntergänge und Galaxien ohne Vorskizzen. Ich füllte neue Gläser mit Wasser und sprenkelte mit Deckweiß Sterne auf getrocknete Farbe.

Bis es draußen dunkel wurde.

Bis auch das nicht mehr reichte.

Ich hatte seit Jahren nicht mehr gemalt. Und jetzt malte ich. Sogar Wellen zum Schwimmen. Doch ich fühlte es nicht.

Riskier Herz, Nicholas. Herz, Herz, Herz. Mal mit Herz, schwimm mit Herz, Pinsel und Farben. Ein einziges Mal. Ein. Verdammtes. Einziges. Mal.

Drakes Stimme in meinem Kopf. Keine Ahnung, wann sie mich jemals verlassen würde.

Okay, dachte ich. Herz mit Wasserfarben riskieren,

was kann schon passieren. Im schlimmsten Fall lege ich das fertige Bild auf die Fensterbank, sodass es am Abend verblasst ist. Wasser kann nicht wehtun. Aquarellfarben riechen nicht giftig, sie verwischen und verschwinden so schwerelos.

Keine Gefahr.

Also riskierte ich Herz.

Ich brach aus meinem Nachnamen und mir selbst aus. Ich verbannte den Himmel, die Turbinen, die Koffer und die Krawatten. Ich verbannte die Welt für jedes Gesicht in den Saint-James-Familienalben, die sich in die Uniform gezwungen hatten. Für die vier Söhne meines Großvaters, die vielleicht nie Pilot sein wollten. Vielleicht wären sie lieber Ornithologe, Maskenbildner oder Taxifahrer geworden. Wer wusste das schon? Darüber sprach keiner. Ich brach für das Malen aus. Für jetzt. Für eine Nacht.

Ich skizzierte mit Bleistift eine Vorskizze. Kopf aus, Kunst an. Am Anfang wusste ich selbst nicht, was es werden würde, aber einige Minuten später war es klar.

Olivia.

Olivia in Aquarell. Olivia, wie ich sie sah. Olivia, weil ich sie immer gesehen hatte. Farben und Herz vermischt, ich vergaß die Zeit und wurde manisch. Ich aß nicht. Ich dachte nicht. Ich malte bloß. Ich föhnte die verschiedenen Schichten trocken und mischte immer wieder nach. Titangelb, Chinacridongold, Permanentrot, Perylenviolett. Einzig das Wasser wechselte ich nicht, sodass die verschiedenen Nuancen denselben Grundton beibehielten.

Ich war nicht mehr ich.

Ich war verloren zwischen Farben.

Und genau das war das Problem, dachte ich Stunden, eine Ewigkeit, zwei Ewigkeiten später, als ich auf meinem Handy die Uhrzeit checkte. 4:41 Uhr. Am Morgen. Wenn ich malte, vergaß ich die Welt. Wenn ich Herz riskierte, legte ich es offen. Und wenn Herzen offen lagen, wurde es hässlich.

Im schummrigen Licht betrachtete ich das fertige Bild. Links von meiner Brust strömte es. Ich war die Welle eines Menschen. Ein Künstler ohne Reue. Bis ich das Bild wie ein Betrachter unter die Lupe nahm.

Ich fühlte mich wie das größte Arschloch der Welt.

Ich verstaute das Bild in einer Schublade.

Ich schloss mich selbst wieder ein.

*

Bei unserem zweiten richtigen Date malten Olivia und ich Wellen.

Es war Ende Februar. Langsam wurde London heller und leichter. Die letzten Tage hatte ich damit verbracht, das gepinselte Aquarell zu vergessen, was die meiste Zeit funktionierte. Schließlich war ich doch fantastisch im Kunstverdrängen und Mich-selbst-Vergessen. Wenn ich dennoch daran dachte, fragte ich mich, wieso ich es überhaupt gemalt hatte. Vielleicht, weil Olivia beim Erzählen vom Spiegelselfie so herzverkohlend traurig klang? Um ihr zu zeigen, wie ich sie sah? Weil ich es einfach gewollt hatte?

Wahrscheinlich war es eine Mischung aus allem.

Jedenfalls hatte ich vorgestern in Prag-Praha verbracht und Dienstag ein Selfie von Charlie mit seiner neuesten Jamie-Oliver-Pfanne erhalten. Gerade knieten wir auf dem Fußboden im Wohnzimmer, während sie das vor ihr liegende Blatt skeptisch beäugte. Heute war der erste Tag, an dem wir gleichzeitig frei hatten.

»Erklär mir noch mal, wieso wir hier sitzen«, sagte Olivia.

»Ich wollte mit dir malen. Wellen.«

Sie runzelte die Stirn.

Sie trug dieselben Jeans wie im Museum, nur das Oberteil hatte sie ausgetauscht. Ein Shirt mit langen Ärmeln, in denen ihre Finger ertranken. Mit einem runden Ausschnitt. Hals und Dekolleté lagen frei, gebräunt schimmernde Haut in Kombination mit massenweise roten Flecken.

Nach unserem Museumsdate waren wir in das vorherige Muster gefallen. Flugbegleiterin, Pilot, Selfies, Sprachnachrichten. Gefühle, die wir hinter Smileys versteckten. Während ihres Aufenthalts in Shanghai hatte sie mir geschrieben, sie denke oft an unseren letzten Kuss.

Auch wenn du im Bett liegst?, hatte ich getippt.

Meistens, wenn ich im Bett liege, hatte sie geantwortet.

Wie wahnsinnig mich ihre Nachricht gemacht hatte, als ich eine Stunde später in der Piccadilly Line saß. Wie sie mir verriet, dass Zahlen was mit ihr machten, und ich nur Bahnhof verstand, aber es mir nichts ausmachte, weil gleich darauf ein Selfie von ihr mit einem Smoothie folgte. *Das ist der beste Smoothie auf der Welt*, schrieb sie, und vielleicht hatte sie recht, denn sie hatte Dutzende von Smoothies in Dutzenden von Ländern probiert. Aber ich dachte bloß: Du bist der beste Mensch der Welt, mit deinem Karoschal und deinem Halblächeln, weil du elektrisierend bist.

»Und wieso Wellen?«, fragte sie.

»Weil es Spaß macht, sie zu malen.«

So machte ich es ihr vor, und Olivia machte es nach. Sie malte rote Wellen, ich malte grüne Wellen. Ihre Farben verliefen, weil sie zu viel Wasser auf das Papier gebracht hatte. Sie mischte weitere Rottöne und pinselte sie über die noch nasse Farbe. Meine Finger hingegen umklammerten den Pinsel, ohne dass ich weitermalte. Wie von selbst schweiften meine Blicke zu der Kommode hinüber, in der ich nicht nur das Aquarell, sondern auch Drakes Bilderpost aufhob. In den letzten Wochen waren zwei dazugekommen. Nochmals etwas von Pollock und ein weiteres von irgendeinem Impressionisten, den sie so gemocht hatte.

»Das sieht aus, als hätte es ein Dreijähriger gemalt«, sagte Olivia schließlich.

Ich begutachtete ihr Werk. Es sah beschissen aus.

»Ich mag es.«

»Du lügst.«

»Nein, ich mag es wirklich«, sagte ich, weil es stimmte, weil es von ihr war.

Schweigend betrachtete sie die Farbflecken an ihren Händen. Ohne nachzudenken, verschränkte ich unsere Finger miteinander. Ihr Puls war so stark, dass ich ihn durch die Haut spürte. Vielleicht war es auch meiner.

Keine Ahnung. Nach einer langen Pause schaute Olivia wieder auf und meine Lippen so an, als bestünde ich bloß aus meinem Mund. Aus Möglichkeiten von Küssen, Lecken, Kratzen und Schaben. Und ich dachte, ja und ja und ja. Dabei wollte ich ihr eigentlich sagen, dass Charlie mir sechs *ultrabesondere* Rezeptideen geschickt hatte. Ich wollte ihr von dem Aquarell erzählen. Ich wollte ihr das mit Drakes Post verraten. Ich wollte sie fragen, ob sie lieber Reis, Pasta, scharf oder mild aß, ob sie Gurken entkernte und Pinienkerne mochte, aber ich konnte nicht.

»Ich ...«

Sie schluckte.

Sie war *so* schön.

»Ich denke wirklich oft an unseren letzten Kuss, Saint James.«

»Ich denke oft an ihn und an alles andere«, murmelte ich.

»Ich denke außerdem oft an das, was du gesagt hast.«

Ein tiefes Luftholen. Die Farben ringsum. Mein Daumen, der ihr über die Haut strich.

Ich denke, dass ich dich überall berühren will.

Jetzt.

Mein Mund öffnete sich, doch Olivia nahm plötzlich die Uhranzeige am Receiver wahr. Es war kurz vor neun.

»Was ist?«, fragte ich mit rauer Stimme. »Musst du weg?«

»Nein. Nicht wirklich. Lilah und die anderen wollten heute ausgehen. Und sie wollten, dass wir mitkommen, aber ich schreibe ihr einfach, dass wir nicht können.«

»Was gibt es zu feiern?«, fragte ich amüsiert. »Etwa den Erfolg von eurem Libra-Babe-Drink?«

»Haha.« Sie verdrehte die Augen. »Na ja, eigentlich habe ich was zu feiern. Ich, ähm, ich habe heute von den anderen Universitäten im Bewerbungsportal Bescheid bekommen. Und ich wurde von allen angenommen.«

»Olivia! Das ist großartig.«

»Ja?«

»Ja«, sagte ich entschlossen.

Sie würde also nach Durham gehen, das über vier Stunden Autofahrt entfernt war. Dennoch lächelte ich so, als würde alles irgendwie gut werden, weil sie lächelte.

»Ich hoffe, Ausflüge nach Durham stehen auf derselben Bucketlist wie *ein französisches McDonald's besuchen.*«

Wie sie das sagte. Einfach so. Die Welt wurde warm, obwohl sie kalt war, als wir nach draußen schritten. Ich hatte ihr zehnmal hintereinander versichert, dass sie die Zusagen feiern müsste. Also trafen wir uns mit ihren Freunden in der *Beat Box* im Boxpark. Delilah, June mit ihrem Bruder und Rose ohne ihren derzeitigen Freund Nolan, was sie uns keine zehn Minuten vergessen ließ. Delilah bestellte drei Runden Tequilashots und rief jedes Mal: »Auf die zukünftige Nobelpreisträgerin!« Olivia verdrehte daraufhin die Augen, und ich drückte ihr Knie trotzdem. Irgendwann hielt Rose ihr Handy in die Runde und stieß dabei fast Junes Weinglas um.

»Was seht ihr?«, fragte sie.

»Ist das …« Delilah näherte sich dem Bildschirm.

»Ein halbes Gesicht, das links zu einer Regenwolke verschwimmt?«

»Cool, oder?« Rose nickte. »Hab es in dieser Galerie in der Nähe von unserem Haus gesehen. *Studio One Point One.* Ich glaube, das wäre ein gutes Geschenk für unser Einmonatiges. Nolan mag den Regen so.«

Es stammte von dem Künstler, der *O-Heart* erschaffen hatte. Das erkannte man sofort. Drake und ich hatten damals auch über dieses Gemälde geredet. »Immer noch nicht gut, doch besser. Er ist natürlich trotzdem untergegangen«, hatte sie zu dem Wolkenbild gesagt. Für den Bruchteil eines Moments fragte ich mich, was mittlerweile mit mir passiert wäre. Ob ich *richtig schwimmen* würde, wenn ich nicht fliegen gegangen wäre. Dann erinnerte ich mich an das Bild in dieser Schublade.

Fuck.

»Hier.« Ich zuckte zusammen, als Delilah mir einen weiteren Shot vor die Nase hielt. »Für dich.«

Kapitel 28

Olivia

Noch 192 Tage

Als der Remix von Calvin Harris ertönte, wurden June und ich von Lilah auf die Beine gezogen.

»Ich liebe diesen Song«, sagte sie.

You took my heart, and you held it in your mouth. Die erste Zeile überschwemmte den Club mit einem hämmernden Bass.

»Echt?«, fragte ich überrascht, während wir die anderen am Tisch zurückließen.

»Natürlich. Er ist tanzbar und traurig zugleich. Das ist eine seltene Kombination. Die müssen wir wertschätzen.«

Auf der Tanzfläche drängten wir uns dicht an dicht mit fremden Leuten. Der DJ bombardierte uns mit noch tieferen Basswellen, die mir unter die Haut krochen. Und hier tanzte ich also zum zweiten Mal in diesem Jahr in einem Club. Meine Liebeskummerhymne dröhnend von allen Seiten, beschienen von bunten Lichtern und mit Leyton-Nick am anderen Ende des Raums. Keine Oxford-zusage, dafür würde ich nach Durham gehen. Das hatte ich heute erfahren. Den Stipendiumaufsatz hatte ich vorgestern weggeschickt, nachdem Lilah mich eine halbe Ewigkeit bearbeitet hatte. *Es ist egal, woher ich komme oder wohin ich gehe, solange ich einen Fuß vor den anderen setze.* Das waren meine ersten Worte, inspiriert vom Motto der Stanford.

Hier weht die Luft der Freiheit.

Freiheit in der Interpretation der Aufgabenstellung, die explizit *Herkunft* besagte. Meine Freundinnen waren der Meinung, alles würde schon irgendwie gut werden. Nicht so, wie ich wollte. Doch gut, denn ich hatte einen Studienplatz und genug Geld angespart, um die ersten Semester auch ohne Stipendium klarzukommen. Also ließ ich mich von Florence treiben. Ihre Stimme war ein Meer, und ich ging unter, atmete aber weiter. Ein letztes Mal in meinen Herzscherben ertrinken, dachte ich. Mit geschlossenen Augen unter Dutzenden von anderen zergehen, dann würde ich loslassen. Wenn ich Mum das nächste Mal besuchte, würde ich den Schuhkarton verbrennen. Ich würde das letzte Überbleibsel von Via anzünden, und sie würde qualmend aufsteigen. Das Hautherz, die Verletztheit, alles würde zu Luft verpuffen. In meinem Traum sagte Theo: »Ich hoffe, es schmeckt.« Würde ich die Partikel des angezündeten Fotos einatmen, dann würde ich sagen: »Ich atme alle Teile von mir selbst ein, und jeder von ihnen ist okay, ganz egal, wie demoliert er ist. Hashtag Pathosalarm.«

Wir blieben nur für dieses Lied und kehrten nach dem

letzten Beat zurück. Vorbei an Clubbesuchern, schmuggelte ich ein neues Gefühl an den Platz neben Nick, und seine Hand fand sofort den Weg auf mein Knie.

Er und seine Künstlerfingersprache.

»Ich könnte dir für immer beim Tanzen zusehen«, raunte er. »Das ist so irisierend schön.«

»Irisierend schön?«, fragte ich amüsiert.

»Ja«, sagte er bloß.

Seine Berührung über den Jeans, sein Atem auf meinem Nacken. Jeder Mensch besteht zum größten Teil aus Sauerstoff und Wasser, aber Nick war die fesselndste Kombination von uns allen. Der Moment zwischen uns war so heiß, dass er innig wurde. Elektrisiert von Schweigen und metertiefen Blicken in einem überfüllten Club. Ich bemerkte nicht, wie das Handy in meiner Tasche vibrierte. Ich war zu beschäftigt mit Nick und unserem eigenen Universum. In meinem Kopf ein Film in der Größe einer Fantasiewelt: das Kratzen seiner Bartstoppeln an meinen Oberschenkeln, seine Finger, seine Finger überall, sein Mund auf meinem Mund, meinen Brüsten und meinem Bauch, immer weiter nach unten.

Ich will dich überall berühren, Olivia.

»Lass uns gehen«, sagte ich einfach so.

Er malte Formen auf meine Jeans. Unsichtbar, doch brennend, Geschichte für Geschichte, Kopfkinofilm über Kopfkinofilm.

»Okay«, erwiderte er.

Fünf Minuten später verabschiedeten wir uns. Unsere Getränke tranken wir nicht mal aus, Rose philosophierte wieder über dieses Regengesicht-Gemälde, und Lilah wünschte uns *noch viel Spaß*. Als wüsste sie genau, warum wir gingen.

Als hätten wir vielleicht einfach bei Nick und seinen Wellen bleiben sollen.

Wir gingen zu Fuß zu seinem Apartment, in der Luft roch es nach Abgasen und dem Schawarmaladen um die Ecke. Es war nicht besonders romantisch. Es war ein normaler Londoner Abend, aber alles in mir kribbelte, weil alles zwischen uns knisterte. Wir hielten uns nicht an den Händen, als würden wir verdursten, verhungern oder so einen Liebesfilmquatsch. Wir umklammerten uns nur so, wie wir es schon in Leyton getan hatten. Wir, zwei Menschen, ein bisschen kaputt, niedergetrampelt von derselben Stadt, wenn auch auf verschiedene Weise.

An seinem Wohnhaus angekommen, küsste er mich vor den Klingelschildern, dann im Erdgeschoss des Treppenhauses. Meine Jacke an der rauen Wand, seine Hand unter meinem Shirt.

»Was ist das bloß mit uns und Treppenhäusern?«, fragte ich atemlos. »Warum gehen wir nicht hoch?«

»Ich weiß nicht.« Er drängte sich an mich. Hart auf weich, Hüftknochen an Hüftknochen. Hätte das Treppenhaus aus Glas bestanden, wären die Scheiben beschlagen gewesen. »Vielleicht weil ich im vierten Stockwerk wohne und mir die Treppenstufen gerade endlos vorkommen?«

Wir küssten uns so lange wahnsinnig, bis ich von ihm abmachte. Im Licht des Treppenhauses wirkte alles weicher und diffuser. Wenn ich unsere ineinander verschränkten Finger betrachtete, verschmolz unsere Haut fast miteinander. Er und ich, ein Wir, das in seine Wohnung und schließlich in das Schlafzimmer stolperte. Es war simpel mit dunkler Bettwäsche eingerichtet, als müsse er seine bunten Träume ausgleichen. Wir erreichten sein Bett, ohne zu fallen, und das war eine Meisterleistung.

»Sag mir, wenn es dir zu schnell geht«, sagte er. »Ich will nichts falsch machen. Ich will, dass es nicht einfach nur gut für dich ist. Ich will, dass es anders ist. Verstehst du?«

Seine linke Hand wanderte über meinen Hals, um mir über die Arme zu fahren. Nägel, Fingerkuppen und Formen. Seine Finger waren rastlos. Nick, mein Künstler mit seiner atmosphärischen Existenz. Ich wollte in ihr ertrinken, mit ihm verbrennen, der Sonne entgegen und nie wieder zurückschauen.

Ich war so verstrahlt.

Ich war fast verliebt.

»Zwischen uns ist alles anders«, sagte ich. »Anders gut.«

»Anders gut«, wiederholte er im Flüsterton. »Ja, das ist wahr.«

Er näherte sich mir, ich näherte mich ihm. Wir waren ein Dauerschleifenrausch, synchron und perfekt. Seine Hand fand den Weg unter mein Shirt, das er mir auszog. Er strich mir den BH-Träger zur Seite und küsste den Ansatz meiner Brüste. Volle Lippen auf meiner Haut, während er die Körbchen weiter nach unten schob und der BH schließlich auf dem Boden lag. Sein Mund wanderte zu meinen

Brustwarzen, er streifte meine Schlüsselbeine und meinen Hals. Dann öffnete er meinen Hosenknopf und zog mir die Jeans herunter. Bebende Haut, bebendes Herz, der schwarze Slip war alles, was ich trug. Zuerst berührte er mich über dem Stoff, wo er wieder seine quälenden Linien zeichnete, als würde er sagen: *Da berühre ich dich gleich, und wenn ich dich endlich berühre, höre ich nie wieder auf.*

Als meine Finger nach seinem Shirt griffen, landete es ebenfalls auf dem Boden, und ich fuhr seine Oberarme und Schultern entlang. Heiß, so heiß, er im Gesamten und alles heiß-feucht in mir. Dann drängte er sich plötzlich auf mich, bekleidet, als wolle er immer noch Grenzen setzen. Aber es war lächerlich, denn er lag auf mir, mit Druck und seinem Körper, mit der Spitze seiner Erektion, die sich in meinen Slip bohrte.

»Du solltest deine Jeans ausziehen«, flüsterte ich zwischen Küssen.

»Nein.« Er setzte sich auf. »Ich sollte dich berühren. Richtig. Und überall.«

Er schlich wie auf Zehenspitzen mit Fingerspitzen über meine Rippen und meinen Bauch, als wäre diese Art von Berührung etwas, das bloß er so konnte. Und dann seine Handfläche in meinem Slip, der an mir klebte, endlich, so warm und groß. Wie seine Finger zwischen meinen Beinen hindurchglitten und er dieses *Mmmh* machte.

Mmmh, Nick.

Mmmh, berühr mich endlich richtig und überall.

Mmmh, mmmh, mmmh, ich weiß nicht mehr, was ich denken soll.

»Ist es gut so?«, fragte er, während er den Druck verstärkte und mit dem Daumen nach oben wanderte. Dabei sah er mich so an, als wolle er nie wieder wegsehen. Nur sein Daumen und seine Augen.

Das war so gut.

Weil ich kein Wort hervorbringen konnte, nickte ich. Nick berührte mich einige Minuten lang. Und in meinem Unterleib begann es zu brennen. Ich konnte nicht mehr richtig küssen und atmen, und denken schon lange nicht mehr. Es war genau so, wie ich gesagt hatte, anders, nicht gut, sondern besser.

Weil ich mich in ihn reinlegen wollte.

Weil er sich in mich reinlegen wollte.

Bevor ich kam, küssten wir uns wild und hart. Mit aneinanderstoßenden Zähnen und grenzenloser Erregtheit, weil er an meinem Mund stöhnte, ohne dass ich ihn berührte.

»W... was war das?«, fragte ich irgendwann, weil es sich noch nie *so* angefühlt hatte.

Meine Haut war nass, und zwischen meinen Beinen war es klebrig. Er hätte *Ein Orgasmus, Liebling* antworten können, doch er sagte lächelnd einfach nichts, selbst wenn seine Augen alles sagten.

Und dann noch mal.

Ich setzte mich auf, um an seinem Jeansknopf zu nesteln, da schweifte sein Blick nach links.

»Du wirst angerufen.« Mit heiserer Stimme deutete er auf das Handy, das sich aus meiner Jackentasche geschoben hatte.

»Egal.«

Ich öffnete den Reißverschluss und strich über den dunkelblauen Stoff darunter, mit der drängenden Erektion und einem feuchten Fleck. Meine Finger schlüpften unter den Bund. Glühend. Hart. Stark pulsierend. Nick sagte: »Verdammt, Olivia.« Als wäre es das beste Kompliment in jeder Galaxie. Ich streichelte ihn auf und ab, wobei ihm der Kopf nach hinten fiel. Stöhnend stieß er in meine Faust. Sachtes Bettquietschen und sein warmer Atem. Meine abstehenden Knöchel in den Boxershorts und seine sich bewegenden Hüften. Nicks Miene wirkte heiß und so hilflos zugleich.

Da vibrierte mein Handy wieder.

»Auf dem Bildschirm steht *Mum*«, sagte er mir rau, der Person mit der Hand um seine zuckende Erektion.

»Meine Mutter?«

Wie ferngesteuert zog ich die Hand aus den Shorts. Es war nach Mitternacht. Wieso, zum Teufel, sollte Mum mich anrufen?

»Sorry«, sagte ich und kletterte vom Bett, doch Nick war schneller und reichte mir das Handy.

Nebeneinander saßen wir auf der Matratze, immer noch in Socken. Schwarz und Schwarz mit glitzernden Monsterablättern, daneben sein Shirt und meine Hose. Das rote Levis-Schildchen an der hinteren Tasche und der auf links gezogene Stoff. Der Anblick unserer Kleidung und Füße brannte sich in mein Hirn ein.

Als ich die eingegangenen Nachrichten überflog, sah Nick weg, als wolle er meine Privatsphäre nicht stören.

Zwei verpasste Anrufe, vier Nachrichten auf WhatsApp. Die letzte ein Link, den ich anklickte. Eine kalifornische Zeitung und eine herzzerreißende Überschrift in Kombination mit meinem Gesicht. Auf einem fremden Körper.

Die Santa Lisa High trauert um Schülerin Evie Gibson.

Ich las den Artikel einmal, zweimal, dreimal, viermal, fünfmal. Evie Gibson, Tochter eines Professorenpaars, Mitte Januar verstorben, ein Glioblastom, dieses Jahr wäre sie sechzehn geworden. Ausnahmeschülerin und Leichtathletikstar der Stadt. *Wir werden für immer um Evie trauern.*

»Ist alles okay?«

Beim Klang von Nicks Stimme zuckte ich zusammen und holte tief Luft, bevor ich ihm das Display unter die Nase hielt.

»Was suchst du in einer amerikanischen Zeitung?«, fragte er verwirrt.

»Das bin nicht ich.« Pause. »Das ist meine Schwester, die ich nie kennenlernen werde.«

Nick kochte Tee mit geöffnetem Reißverschluss. Mein Ohr piepte. Nick zwang mich auf die Couch. Mein Ohr piepte. Nick las den Artikel durch. Mein Ohr piepte. Nick wusste nicht, was er sagen sollte. Mein Ohr piepte.

»Scheiße«, sagte er schließlich, und ich mochte es, weil *Scheiße* viel passender als ein *Tut mir leid* war.

Ich musterte die bedruckte Tasse zwischen meinen Händen.

*

Janice und ich spielten unser Spiel. Es war der nächste Tag, und ich kaufte zwei Creme-Cheese-Bagel, von denen ich ihr einen überließ.

Nick hatte gewollt, dass ich den gesamten Tag bei ihm blieb. Er meinte, sein Bruder hätte ihm mal die Rezepte zu einer Dir-geht-es-sofort-besser-Suppe und Wenn-nichts-hilft-helfen-Brownies geschickt. Aber er musste nachmittags nach Nizza, von Nizza zurück und dann nach Sankt Petersburg, wo er übernachten würde. Also war ich gegen Mittag gegangen, während er mir mit besorgter Miene nachgesehen hatte. »Was kann ich machen?«, hatte er die ganze Nacht über gefragt und mir über die Arme gestrichen. Ich hatte ihn bloß über die Ellbogen zurückgestreichelt, weil ich keine Antwort wusste.

Nun saß Janice auf der üblichen Decke. Rot, grün und so stark befleckt, sie wäre auch nach zehn Waschgängen noch schmutzig. Der McDonald's-to-go-Pappbecher war bis auf vier Münzen leer. Ihr bester Trick. Auf dem Rückweg hörte ich im Treppenhaus, wie Rose in ihrer Wohnung schrie. »WIE KONNTEST DU NUR? WIE KONNTEST DU NUR? WIE KONNTEST DU NUR?« Irgendwann würden wir das Regengesicht in ihrem Flur hängen sehen. Anschließend begutachtete ich gemeinsam mit meiner Nachhilfeschülerin Andy die letzte Klausur, in der sie sieben von zweiunddreißig Punkten erhalten hatte. E-Funktionen. »Nicht mein Thema«, gab sie zu, während mir ihr Notizbuch auffiel. *We're all broken that's how the light gets in.* »Das Zitat ist von Hemingway. Stand in einem Roman, den ich letztens gelesen habe. Echt krass. Es ging um einen Schriftsteller und eine Schriftstellerin in New York, die ...« Sie redete weiter, doch ich hörte nicht mehr zu, im Hintergrund lief ein Song ihrer liebsten Band. Sodalite Blue. Der Sänger klang todtraurig. Bei Tod dachte ich an Ever. *Liebste Olivia.* Als hätte sie gewusst, dass es die einzige Nachricht wäre, die sie mir jemals schreiben würde. Ich fand ihren Instagram-Account, auf dem sie noch existierte. Ever_Evie_12. Fotos mit Freundinnen, Selfies mit stark geschminkten Augen, ein paar Aufnahmen in Sportkleidung und viele selbst geletterte Postkarten mit besonderen Wörtern. *Metanoia, ukiyo, heliophilia.* Sie war eine Läuferin gewesen. Eine Akademikertochter mit verschwitztem Gesicht und schimmernden Medaillen. Bei jedem Foto wurde mein Herz durchstochen. Dreiundvierzig Beiträge, dreiundvierzig Löcher.

»Was fühlst du?«, fragte Lilah.

Es war kurz nach fünf, wir standen in der Küche und topften Pflanzen um. »Eigentlich ist es fürs Umtopfen noch zu kalt. Aber du brauchst Heilung«, hatte sie gemeint, weil sie von der Heilkraft ihrer grünen Städte überzeugt war.

»Ich weiß nicht, was ich fühle. Ich war eine Schwester, ohne eine Schwester zu sein. Sie ... verdammt, Lilah. Sie sieht wie eine weitere Miniversion von Robert aus.«

»Also sieht sie aus wie du.«

»Sie sah aus wie ich. Sie ist tot. Ich habe sie nicht gekannt. Ich werde sie nie kennenlernen.« Ich sah hinunter und auf meine Hände voll feuchter Erde. »Sie war nicht mal sechzehn.«

Lilah schwieg so lange, dass ich dachte, sie würde nichts mehr erwidern. Da stand sie plötzlich auf.

»Lass mich dir etwas zeigen.«

Ich runzelte die Stirn, woraufhin sie mir die Hand hinstreckte. Unter verwirrtem Kopfschütteln erhob ich mich. Sie lotste uns nach draußen, mietete per App einen schwarzen Honda und setzte sich hinter das Steuer. Es war bereits dunkel, blinkende Rücklichter rauschten an uns vorbei und wir erkannten den halben Mond über den Dächern unserer Straße. Als Lilah den Motor startete, zuckte ich zusammen.

»Wohin fahren wir?«, fragte ich.

»Ist noch geheim«, sagte sie.

Meine Freundin bretterte über den Asphalt, das Fenster einen Fingerbreit geöffnet. Schweigen und schneidende Luft zwischen uns, aber immer mehr Gas, Gas, Gas. Ihr *Lass mich dir etwas zeigen* war ein spontaner Roadtrip von über zwei Stunden. Auf der M23 nahm sie die Ausfahrt in Richtung Brighton, Crawley und Gatwick Airport. Da war die Sache für mich klar.

»Wir fahren an den Strand.«

»The beach is always a good idea.« Sie nickte. »Auch bei Nacht, acht Grad Celsius und spontan an einem Dienstagabend.«

Angekommen in Brighton, gingen wir also die wenigen Meter über den Parkplatz in Richtung Meer und ließen uns mit Jeansbeinen auf dem kalten Sand nieder. Es war nach sieben, das Weiß der Gischt blitzte auf, ich atmete Ozean ein und Ratlosigkeit aus.

»Und das …« Mein Blick schweifte umher. Eine geschlossene Strandbar, weit entfernt die verschwommene Silhouette eines Passanten. »… wolltest du mir also zeigen?«

»Ja. Na ja, nicht unbedingt Brighton Beach. Einfach nur Strand. Darum geht es.«

»Lass mich raten, Wellen können mich auf dieselbe Weise wie Pflanzen heilen?«

»Nein, können sie nicht. Aber Strände zersetzen so gut wie alles wegen der Gischt und dem Salzgehalt in der Luft. Wenn du zum Beispiel ein Metallgerüst hier liegen lässt, ist es ganz schnell verschwunden. Einfach weg. Als hätte es nie existiert.«

»Und was hast du schon alles am Meer zum Zersetzen liegen lassen?«, fragte ich vorsichtig.

Mit Wind im Haar lächelte Lilah mich wie eine Flugbegleiterin kurz vorm Einschlafen auf einem Nachtflug an. Müde, gedankenverloren und glücklich wie einstudiert.

»Keine Ahnung«, sagte sie.

Wir wussten beide, es war eine Lüge. Ihre entschlossene Miene jedoch machte deutlich, dass sie nicht darüber reden wollte.

»Ich kann nichts zum Zersetzen hier liegen lassen«, flüsterte ich nach einer Weile. »Ich habe keine einzige Erinnerung an Evie. Das Einzige, was ich ihr jemals gesagt habe, war *entschuldige meine Direktheit: aber wer bist du?* Und das per Mail.«

»Du bist verwirrt, ratlos, traurig, irritiert und in dieser Situation machtlos.« Lilah zuckte mit den Achseln. »Das sind Gefühle. Und die kannst du hierlassen.«

Ich hätte erklärt, dass ich das ganz sicher nicht könne, da redete sie weiter.

»Ein Freund von mir ist mit siebzehn verstorben.« Ihre Hand vergrub sich im Sand. »Er war übrigens derjenige, der mir das mit dem Zersetzen erklärt hat.«

»W... was?« Ich blinzelte. »Lilah, ich –«

»Dir tut es leid? Mir auch. Aber du musst dazu nichts sagen. Wenn ich über ihn rede, weiß ich nie, was ich sagen soll. Es ist nicht fair. Es ist Scheiße. Es ist *so* unendlich traurig. Es wird mein ganzes Leben lang wehtun. Das habe ich akzeptiert.« Sie sah mich an. »Und vielleicht musst du das auch. Du hattest eine Schwester, die du nie kennenlernen wirst. Aber du hattest eine Schwester, die dir den Link zu dem Profil deines Vaters geschickt hat. Sie wusste von dir. Sie wollte damit irgendetwas bezwecken. Robert war nie Teil deines Lebens. Aber, na ja ... du hast trotzdem nur einen Vater.«

Lilah war mit mir zum Strand gefahren, damit das Meerambiente mir die Gefühle zersetzte. Aber als wir wieder in den Wagen stiegen, war mein Körper vollgepumpt mit Fragezeichen, die an mir hafteten wie Blutegel.

Dunkel, blutig und saugend.

Dabei stehen Blutegel genau genommen für Heilung.

*

Der nächste Morgen war genauso seltsam wie die letzten vierundzwanzig Stunden. Gegen neun tappte ich verschlafen in die Küche, nur um unvermittelt im Türrahmen zu verharren. Mit einer Tüte gesalzener Chips und ihrem iPad saß Lilah am Tisch. Gletscher, zugefrorene Eisplatten, ein Polarfuchs. Lautlos huschten die Szenen einer Winterlandschaft vorbei, während im Hintergrund *This Modern Love* aus ihrem Handy dröhnte.

»Was schaust du dir da an?«

Beim Klang meiner Stimme zuckte sie zusammen, drehte sich um und murmelte: »Eine Arktisdokumentation.« Ich schnappte mir eine Banane aus der Obstschale und ließ mich ihr gegenüber nieder. Chipskrümel und abgesplitterter Nagellack lagen um ihre Hände verteilt, und die Augen meiner Freundin machten mir Angst. Sie waren blaugrau und nebelig wie ein Novemberhimmel.

»Ist alles in Ordnung?«, fragte ich.

»Natürlich.«

Mit einem Lächeln setzte sie sich auf. Als könnte sie mich damit wie die gestresst einsteigenden Passagiere auf der Kurzstrecke überzeugen. Ich wollte etwas erwidern, doch verstummte. Ihr Handy vibrierte. Und ihre Haut bekam dieselbe Farbe wie der Nordpolschnee auf dem Screen.

Vance: *Hey Lilah, wir haben uns so lange nicht gesehen. Ich …*

Mehr konnte ich nicht lesen. Räuspernd nickte ich auf den Bildschirm.

»Wer ist Vance?«

Sie klemmte sich eine Haarsträhne hinter das Ohr, um Zeit zu schinden. Ich musterte meine Freundin, ertrinkend in dem übergroßen Schlafshirt und mit Salzkörnern unter den Fingernägeln. Lilah, die Uni-Essays am liebsten vor laufender Waschmaschine schrieb, weil das Schleudergeräusch sie beruhigte. Sie, die Nächte durchtanzte und WhatsApp-Nachrichten prinzipiell übersah.

»Vance ... ähm ... Vance kannte Penn. Meinen verstorbenen Freund. Penn. So hieß er.«

Ich nickte, ich wartete, ich war da. Doch Lilah senkte nur den Blick. Offenbar schien Weiterreden wie eine unvorstellbare Option.

»Du redest wirklich nicht gern über ihn, oder?«

»Nein«, erwiderte sie sofort. »Tue ich nicht.«

Sie amtete tief durch, klappte die iPad-Hülle zu und stand plötzlich auf.

»Was hilft, wenn nicht mal Pflanzenumtopfen hilft? Du hast drei Versuche.«

»Äh.« Ich kratzte mich am Kopf. »Keine Ahnung?«

»Mensch, Livy.« Als sie jetzt lachte, war es fast echt. »Pflanzenshoppen natürlich!«

Eine Dusche später war *This Modern Love* verklungen und das übergroße Shirt gegen ihren Lieblings-Kurt-Cobain-Hoodie eingetauscht. Außerdem war der graue Schleier um ihre Augen verschwunden, als hätte sie ihn mit Bioorangenduschgel einfach weggespült.

»Es wird wirklich Zeit«, begann Lilah und manövrierte uns zu *That Flower Shop* in der High Street.

»Für was genau?«

»Na, für die erste Pflanze in deinem Zimmer.«

Im *That Flower Shop* waren die Verkäuferin und meine Freundin miteinander vertraut, gemeinsam fanden sie eine Palme, für fünfundzwanzig Pfund war sie meine. Um kurz nach elf schritten wir mit ihr nach draußen, und zu Hause taufte ich sie auf Palo Alto. Palo Alto und Las Vegas. Bloß kalifornische Städte.

Es tut mir leid, dass deine Tochter gestorben ist, American Boy, dachte ich, während ich das Grün neben meinem Fenster begutachtete. Es tut mir leid, dass du jetzt wirklich ein Ohne-Tochter-Vater bist. Es tut mir leid, dass ich sie nie gekannt habe. Womöglich tut es mir leid, dass wir uns nicht kennen.

Ich setzte mich vor meine Palme und wollte dem American Boy eine Mail schreiben.

Lieber Robert, hier ist Olivia, deine andere Tochter.

Lieber Robert, meine Mum hat mir den Artikel zu Evie geschickt. Es tut mir sehr leid.

Lieber Robert, macht Mathematik noch immer etwas mit dir?

Schließlich entschied ich mich für: *Lieber American Boy, einer deiner Bekannten meinte, der Erdboden hätte dich verschluckt. Wie ist es dort so?*

Ich schickte die Mail einfach ab. Weil ich dachte, dass ich das müsste. Aus welchem Grund auch immer. Aber dann lachte ich. Eigentlich ebenfalls grundlos, weil: *Diese E-Mail-Adresse ist momentan nicht in Benutzung.*

Kapitel 29

Nick

Nach 955 Tagen

Es wurde März, ich bestellte russische Aquarellfarben und spezialisierte mich auf Winterlandschaften. Mit kahlen Ästen, rauchenden Kaminen und allem Drum und Dran. Olivia und ich wurden währenddessen zu Buddys im LondAir-Portal, was hieß, dass wir Zugriff auf die Arbeitspläne des jeweils anderen hatten. In unserer Airline lebte man nämlich von Plan zu Plan und Aufenthalt zu Aufenthalt. »Die Zeit vergeht so schnell, wenn man fliegt«, sagten die steinalten First-Class-Stewards immer, wenn es nichts anderes zu erzählen gab.

Was wir im wirklichen Leben waren, konnte ich nicht sagen. Sie besuchte mich, ich besuchte sie. Anstatt ihr in meiner Wohnung Hallo zu sagen, drückte ich sie mit dem Rücken gegen die Tür und küsste sie. Viel zu lange, bis alles brannte. In unseren Betten sah ich zu, wie ihr Hals rot und ganz fleckig wurde. Ich schlich mich unter den Gummibund ihrer Slips und ich verhakte unsere Finger vor roten Ampeln miteinander. Wenn sie in meiner Nähe war, hörte ich mein Herz laut pochen. Doch wir waren nicht nur Körper und Anziehung, denn ich ahnte, was sich in ihren geheimen Gedankenschubladen verbarg, die sie so gern vor mir verschloss. Ihre verstorbene Doppelgängerin Evie-Ever, gemeinsam mit dem unerreichbaren Robert Gibson. »Ich hatte noch nie etwas mit dem Tod zu tun«, hatte Olivia gesagt. »Und jetzt ist meine Schwester gestorben. Ich kannte sie nicht. Eigentlich sollte es mir egal sein. Aber es hat sich etwas verschoben.«

Heute war Mittwoch, und in zwei Stunden würde Charlie vorbeikommen. Er wollte mal wieder ein Rezept nachkochen, das er versemmeln würde. Ganz egal, wie viele Kurse er sich auf Master Class reinzog.

Gerade arbeitete ich an meinem aktuellen Bild. Düstere Tannen, wenig Licht, Grün und Gelb. Ein Bild zum Verirren. Ich hatte schon bei der Vorzeichnung gewusst, dass es gut werden würde. Einfach so. In genau diesem Moment klingelte es an der Tür. Ich erhob mich und rechnete mit der Post, fuhr mir jedoch gleich darauf durchs Haar.

»T... Theo?«

»Hey, Mann. Ich hab gerade Jules besucht. Ist echt ein Scheißwetter dort draußen. Für März könnte man sich ein bisschen mehr erhoffen.« Er verharrte blinzelnd vor der Türmatte. »Ist das ... etwa Farbe an deinen Fingern?«

»F... Farbe?« Ich streckte die linke Hand aus. Ocker, Permanentgrün und Deckweiß. »Ähm, ja.«

»Wieso hast du Farbe an den Händen?«

»Lange Geschichte.«

Kiefermahlend bat ich ihn rein, weil mir nichts anderes übrig blieb. Erinnerungen und Leyton einfach auslöschen. Funktionierte ja fantastisch.

In der nächsten halbe Stunde löcherte er mich mit Fragen, denen ich semielegant auswich. Wo ich die letzten Wochen gesteckt habe, wollte er wissen. Wieso ich so sporadisch in der Gruppe antwortete. Wieso ich ihm überhaupt nicht mehr schrieb. Was mit mir los sei. Und dann diese Farbflecken an meinen Fingern. Die letzte Sache konnte ich ihm ohne Haareraufen erklären.

»Warte mal.« Theo sah dem Tannenbild entgegen. »Du willst mir also erzählen, dass du so gut wie immer schon ... gemalt hast?«

»Ja.«

»Wieso hast du's mir nie erzählt?«

»War einfach schwierig alles damals.«

»Schwierig ist keine Ausrede, Nick.« Er stieß mich mit dem Ellbogen an. »Wir sind beste Freunde, schon vergessen?«

Ich schluckte. Keine Ahnung, wann genau Theo zu meinem besten Freund geworden war. Vielleicht dann, als wir mit unseren Eltern nach Griechenland geflogen waren, wo wir uns auf die Inselschaumparty geschlichen hatten. Vielleicht, als ich ihn das erste Mal weinen sah. Seine Hündin war gestorben, und er heulte drei Tage lang durch. Ich hatte ihn übers Wochenende besucht und keinen Schimmer gehabt, wie ich ihn trösten sollte. Dafür hatte ich damals schon gewusst, dass er Leitungswasser lieber als Mineralwasser mochte und das rechte Auge leicht zusammenkniff, wenn er log. Wenn ich in meinem Elternhaus durch die Fotoalben blätterte, fand ich auf jeder Seite Bilder von uns. Lächelnd und designermäßig fein von unseren Müttern bekleidet. Nie nur halb angezogen wie Olivia auf diesem Bild, das sie ihm geschickt hatte.

Ich war so wütend auf Theo, am liebsten hätte ich ihn zur Rede gestellt, angeschrien und dann rausgeschmissen. Aber ... aber *was?* Aber ein klitzekleiner Teil von mir wollte regungslos sitzen bleiben, weil Google kein Ergebnis ausspuckte, wenn ich suchte: Ich liebe eine Frau, die als Teenager unsterblich in meinen besten Freund verliebt war. Sie hat ihm ein Unterwäschebild geschickt, das jeder zu Gesicht bekam, und jetzt verabscheue ich ihn. Was ist das Richtige? Ihm die Freundschaft kündigen? Wortlos? Ihm die Sache erklären und ihm dann die Freundschaft kündigen? Aber musste ich nicht in jedem Fall zuerst mit Olivia darüber reden?

Ja.

Genau genommen hätten wir die Sache längst bereden sollen. Auf harten Matratzen mit weichen Gedanken jedoch schien alles so weit weg. Als könnte uns niemals etwas bekleidet in dunklen Trenchcoats einholen.

Also hielt ich noch eine Viertelstunde durch, bis Theo sich verabschiedete. Beim Türschließen ekelte ich mich vor mir selbst, weil er der beste Freund war, den ich jemals gehabt hatte. Dann schlüpfte ich, ohne nachzudenken, in Sportsachen und Laufschuhe, schon war auch ich draußen. Ich musste rennen mit Herzrauschen, um die Gedankenspirale zu übertönen.

Zeig mir deine Freunde, und ich sage dir, wer du bist.

Wer war ich demnach?

Ich joggte die Hauptstraße entlang und vorbei an der St Leonard's Church mit den halb kahlen Ästen ringsum. Wie ferngesteuert bog ich fünfzehn Minuten später in die Swanfield Street ein. Als hätte es je eine andere Möglichkeit gegeben. Während ich zu ihrem Fenster hinauf blinzelte, war mein Körper voller Adrenalin. Transparente Vorhänge, Olivia sah in die Welt, doch niemand erhaschte einen Blick in ihre. Sie hatte mir vorhin geschrieben, sie sei heute nur zu Hause. Konnte ich einfach klingeln? Oder sollte ich lieber anrufen? Anrufen erschien mir plötzlich eine gute Idee. Ein Handyzücken, ein schnelles Wählen und ein atemloses Warten. Dann ging sie ran.

»Nick?«, fragte sie.

»Hey.« Ich räusperte mich. »Was machst du?«

»Ich liege im Bett.« Pause. »Und du?«

Bett war ein gefährliches Wort. Vor allen Dingen in Kombination mit diesem Rascheln, als wechselte sie gerade die Seite.

»Wir müssen reden.«

»Okay«, sagte sie, ohne das doppelte O am Anfang. »Worüber? Und wo bist du überhaupt? Draußen? Ich höre Straßengeräusche.«

»Ich stehe vor deiner Tür. Kannst du aufmachen?«

»Äh ... klar.«

Der Summer ertönte, ohne dass ich klingelte. Die Stufen bis in ihre Etage hinauf waren mein Marathon, und als ich vor ihr verharrte, raste mein Herz so heftig, als hätte ich mich selbst auf dem Weg verloren.

Sie war barfuß, in Leggins und schlichtem Shirt. In der Luft roch es irgendwie merkwürdig. Warm, feucht und tropisch wie nasse Blumenerde.

»Du bist so ein Löwe, Dawson!«, hörte ich Delilah aus dem Innern rufen.

»Lilah hält gerade eine Pflanzensprechstunde mit ihrem Bruder«, erklärte Olivia. »Sie topft Pflanzen um, und ihre Brüder schütten ihr dabei das Herz aus. Das nennt sie Pflanzensprechstunde.« Sie öffnete die Tür ein Stück weiter. »Willst du reinkommen?«

»Nein. Ich habe nicht so viel Zeit. Ich bin gleich mit Charlie verabredet.«

»Und wieso bist du dann offensichtlich hergejoggt?«

»Weil ...« Meine Stimme schallte im Treppenhaus wider. »Weil Theo vorbeigekommen ist und ich nicht mehr so tun kann, als wäre alles okay. Olivia, ich muss mit ihm darüber reden. Ihn zur Rede stellen. Irgendetwas machen. Ich weiß nicht, wie du die Sache mit uns siehst. Aber ich mag dich. Ich mag dich so wirklich. Und ich kann Theo nicht mehr in die Augen sehen, ohne mich übergeben zu wollen.«

Ich hätte vieles erwartet. Ein Brauenverziehen. Ein An-die-Nasenwurzel-Fassen. Lautes Gedankenrattern. Das Einwerfen der Erinnerungsauslöschung. Doch sie holte tief Luft.

»O-okay«, sagte sie. »Du musst mit ihm darüber reden. Du hast recht.«

»Ja?«

»Ja.«

Ich musterte ihr Gesicht, müde und erschöpft von all den Inhalten ihrer Gedankenschubladen. Selbst wenn sie es verstecken wollte.

»Fliegst du mit mir weg?«

»Was?« Sie starrte mich entgeistert an.

»Bloß für zwei Tage. Du musst erst Sonntag wieder arbeiten, oder? Wir könnten irgendwohin, wo die Sonne scheint. Italien oder so.«

»Bist du high, Nick?«, fragte sie ganz ernst.

»Livy ist mit einem Junkie zusammen?«, schallte es aus der Wohnung heraus, woraufhin ich Delilahs Stimme gedämpft etwas antworten hörte.

»Wir bekommen die Flüge vergünstigt, und du kannst zwei Tage Sonne tanken«, sagte ich. »Eine kurze Auszeit, bevor du alles für deinen Umzug organisieren musst.«

»Mein ganzer Job besteht aus Fliegen. Wenn ich zu Hause bin, verlasse ich mein Bett am liebsten gar nicht mehr.«

»Aber hier scheint keine Sonne. Außerdem wäre es schön, du und ich, zwei Tage am Strand.«

Sie musterte mich lange, von meiner wilden Frisur bis hin zu meinen Laufschuhen. Ganz wahnsinnig war mein Vorschlag nicht. Wir waren angestellt bei LondAir, einem Kosmos voller Weltenbummlerinnen und Globetrotter, die vor ihrem Pekingaufenthalt bereits für den privaten Portugalkurztrip gepackt hatten.

Ich muss die Stafftravel-Tickets ausnutzen, wenn LondAir

mich schon mit diesen lächerlichen Arbeitsbedingungen ausnutzt. Ich meine, wie stellen sie sich das mit dem Jetlag nach einem LAX-Flug vor, wenn man nur zwei Freitage hat? Mein Schlafrhythmus kommt da ganz sicher nicht in Ordnung.

Beim Anblick meines Lächelns schüttelte Olivia schließlich den Kopf.

»Du stehst also ernsthaft in meinem Treppenhaus und fragst mich, ob ich mit dir irgendwohin fliegen will. Einfach so. Und ich …« Sie schloss die Augen. »Und ich sage tatsächlich Ja. Was hast du bloß mit mir gemacht?«

Mein Grinsen wurde breiter, während ich ihr näher kam und ihr einen Kuss in die Halsbeuge drückte.

Kapitel 30

Olivia

Noch 173 Tage

Nick und ich stiegen als Letzte in den Flieger nach Palermo und reichten der Kabinenchefin Laura die Hände. Wenn man mit einem vergünstigten Mitarbeiterticket flog, stellte man sich beim Einsteigen der Crew vor. Das stand nirgendwo geschrieben, war aber doch wie ein Gesetz. Kabinenverantwortliche wurden nämlich sauer, wenn sie deinen Namen auf der Passagierliste erkannten und du dich nicht vorgestellt hattest.

»Nick«, sagte Nick. »Kollege aus dem Cockpit.«

»Olivia«, sagte ich. »Kollegin in der Kabine.«

Während sie uns begrüßte, lächelte Laura seltsam. Als wisse sie etwas, das wir nicht wussten. Was Schwachsinn war, denn Nick war Pilot, ich Flugbegleiterin, und ja, wir flogen gemeinsam als Passagiere nach Palermo. Weil Nick gestern bei mir aufgekreuzt war und mich danach gefragt hatte. Völlig grundlos.

Auf unseren Plätzen 23A und 23B zog ich meine Jacke

aus, um sie wie eine Decke über die Knie zu breiten. Er hingegen holte sein iPad hervor und legte es auf den Schoß. Ringsum roch es nach Flugzeug. Nach Frühstücksquiches und Müdigkeit und der Handcreme mit Kokosnuss, die jemand in der vorderen Reihe herausgekramt hatte. Da holte er plötzlich Kopfhörer hervor und hielt mir einen der Stecker unter die Nase.

»Bloß *ein* Lied«, flüsterte er.

Keine Sekunde später stellte sich die Kabinenchefin vor und verkündete die Flugzeit durch die Lautsprecher. Was sie danach sagte, bekam ich nur nebenbei mit. *There Is a Light That Never Goes Out.* Nick hatte die Smiths eingestellt. Ich wusste, dass wir wie ein frisch verliebtes Pärchen wirken mussten, wie wir hier so saßen, als zwei Menschen mit einem Kopfhörerpaar. In den Augen der Besatzung wahrscheinlich wie das perfekte Klischee, so unfassbar offensichtlich und grenzenlos dumm. Und vielleicht stimmte alles auf eigene Weise und jedes Argument ein bisschen für sich. Als Nick aber den Kopf an meine Schulter lehnte und einschlief, noch ehe wir die Reiseflughöhe erreicht hatten, und die Smiths wieder einfach weiterliefen, war mir das auch egal.

Der Flug war ruhig, und die zwei Stunden vergingen schnell. Bloß in den letzten dreißig Minuten wackelte es etwas. Ab und an schweifte mein Blick zum Fenster, und ich dachte an die einfache Welt mit den einfachen Formen, ohne die komplizierten Menschen. Ich dachte an

Oxford und meinen gescheiterten Traum, an Durham und den bevorstehenden Umzug im Herbst. An Evie Gibson, *Liebste Olivia* und ihr Instagram-Profil, das ich manchmal aufrief. Ihre letzte geletterte Postkarte besagte *Serendipity*. Etwas Gutes zu finden, ohne danach zu suchen. Außerdem war ich auf ein Foto von ihr in Barcelona gestoßen. Stieleis schleckend am Meer, mit einer Retrobrille auf der Nase, bekleidet mit einem rot-gelb gepunkteten Bikini. Wenn ich ihr Gesicht musterte, fragte ich mich, ob sie andere europäische Länder besucht hatte. Wieso sie von mir gewusst hatte, ich aber nie von ihr. Bei dem Gedanken an Evie-Ever überfiel mich die seltsamste Empfindung überhaupt. Als würde ich zu viel fühlen und in einem Meer aus Teppichfasern schwimmen, das ich bloß träumte.

Beim Landeanflug sah ich das Meer, Nick schreckte während des Aufpralls auf, und Laura verkündete ein *Benvenuto in Palermo* mit britischem Akzent. Da unser Airbnb erst ab zwei Uhr beziehbar war, fuhren wir gleich zum Strand. Wir mieteten zwei Liegen und zogen die Pullover aus. Nick oberkörperfrei am Strand, ich im Top und die Zweiundzwanzig-Grad-Sonne über uns.

»Und?«, fragte er mit geschlossenen Augen. »Fühlt sich das nicht nach Frühling an?«

»Nein. Es riecht eher nach Sommer.«

Ich blinzelte gegen die Sonne an, wobei mir Meeresgeruch in die Nase und unter die Haut kroch. Genau in diesem Moment vibrierte mein Handy. Eine Nachricht von Tamara, die mittlerweile in Yale studierte. Europa sei ihr zu eng gewesen, kein Gefühl von grenzenloser Freiheit, deshalb hatte sie gleich nach ihrem Abschluss die Koffer gepackt. Sie fragte, wie es mir so gehe, inklusive zwei lächelnder Smileys, wie man das so machte, wenn man sich als Vergangenheit in die Gegenwart quetschte. Ans Ende setzte sie stets dieses *Pass auf dich auf!*. Schließlich wusste sie, wie es meinem Hautherzen damals ergangen war.

Die Aussicht vor mir bestand aus Meeresweite, dennoch pochte in meinem Herzen pure Enge. Sommer, ja klar, dachte ich, doch da deutete Nick aufs Meer, um einen Surfer mit quietschgelbem Brett zu kommentieren.

»Krass, wie er die Welle reitet.«

Nick mit seinem perfekten Körper. Muskulös und schlank, glatt und so anziehend mit all der nackten Haut. Leyton-Nick in Palermo, gemeinsam mit mir. Nick, der Pilot-und-kein-Künstler, der, als er meinen Blick bemerkte, schluckte. Sein Adamsapfel stach dabei so hervor, wie wenn er dieses *Mmmh*-Geräusch machen würde.

»Wo bist du in deinem Kopf?«, fragte er plötzlich.

Bei Tamaras Pass auf dich auf!, *das zu einem* Bist du verrückt? *werden würde, wenn sie von dir und mir wüsste. In Leyton, in der Vergangenheit, in einem Paralleluniversum bei Evie-Ever und in Oxford. Bei meiner Kündigung, im Herbst und in Durham, bei meinem nächsten Flug und Andys Klausur, die sie morgen schrieb. Überall, Nick, ich bin immer überall.*

Bis er mich am Oberschenkel berührte.

»Bei dir«, sagte ich dann, weil es stimmte.

Seine Handfläche wanderte auf dem Stoff nach oben,

über Nähte und Verwaschungen, immer weiter nach innen und zielsicher in Richtung Reißverschluss. In meinem Körper echote sein letztes *Mmmh* nach, bevor er die Hand unvermittelt wegzog.

Als wäre ihm plötzlich bewusst geworden, was er da tat.

»Ist dir auch so heiß?«, fragte er rau.

Statt zu antworten, setzte ich mich auf. Ich glitt mit den Händen durch sein Haar, während sich jeder seiner Muskeln anspannte. Ich dachte an all die Male in seinem Bett, ein Rausch an Fingern und Mündern.

»Ich bin überall bei dir.« Mein Atem streifte seinen Nacken. »Überall, Nick.«

Die nächsten Stunden waren der Horror. Wir gingen zu Fuß vom Strand zum Airbnb, wo er hastig unter die Dusche sprang. Die Unterkunft war lichtdurchflutet und modern eingerichtet. Im Wohnzimmer lief die Klimaanlage und auf dem Esstisch prangte eine Karte vor dem Willkommenskörbchen. *Enjoy your stay in Palermo!*

Fünfzehn Minuten später erschien Nick mit feuchtem Haar im Wohnzimmer.

»Du hast Gänsehaut an den Armen«, sagte ich, nachdem ich ihn im Shirt und den Bluejeans gemustert hatte.

»Ich musste kalt duschen.«

»Du könntest noch mal mit mir duschen.« Ich lachte, doch er bewahrte einen Sicherheitsabstand von einer Armlänge, als ich an ihm vorbei durch die Tür verschwand.

Gegen drei waren wir wieder draußen und steuerten das Altstadtzentrum an, wo wir mit anderen Touristen die Straßen entlangschlenderten.

Es hieß, Palermo sei multikulti, die Perle des Mittelmeers, frühere Mafiahochburg, jetzt Sonneninsel, die für ihr Street Food bekannt war. Hier wurde nämlich schon immer auf der Straße gegessen, lange bevor es den Ausdruck *Street Food* gegeben hatte. Stimmen von Guides erklangen, und die Sonne schien uns warm ins Gesicht. Mit Cannoli ließen wir uns vor den Brunnen nieder, wo Nick ein paar Fotos machte. Auch eins von mir, auf dem ich ihn verwirrt anstarrte.

»Ich wusste, dass du ein Touristenknipser bist.«

»Touristenknipser«, wiederholte er lachend. »Wer hat sich denn den Begriff ausgedacht?«

»June und ich auf unserem ersten Flug nach Rio.«

Wir liefen ziellos durch die Straßen, vorbei an Menschen in Urlaubsstimmung und Kindern mit bunten Eiswaffeln. Mein Ellbogen streifte seinen, sein Finger verirrte sich heimlich in meine Gürtelschlaufen, und mein Körper presste sich an roten Ampeln zu dicht an seinen.

Es war schrecklich, ihm nah zu sein, ohne ihm wirklich nah zu sein.

Es war schrecklich, als wir dieses Strandcafé mit Livemusik betraten und an der Theke anstanden.

Es war schrecklich, weil er hinter mir verharrte, einen Arm um meinen Oberkörper geschlungen, und mir dabei das Haar zur Seite strich.

Inmitten der Menge drückte er mir einen Kuss hinters Ohr. Sein Atem auf meiner Haut, seine Brust an meinem Rücken und meine Hand plötzlich auf seiner, um ihn noch dichter heranzuziehen. Er musste meine beschleunigte

Atmung wahrnehmen. Die Hitze, das Brennen und meinen explosionsartigen Herzschlag. Ringsum tänzelten fremde Menschen rhythmisch aneinander vorbei, während seine Gürtelschnalle sich mir gegen den Shirtstoff drückte.

Vielleicht war er derjenige, der sich noch näher drängte.

Vielleicht war ich diejenige, die sich gegen seine Schulter sinken ließ.

»Du hättest mit mir duschen gehen sollen«, sagte ich gerade so laut, dass er mich verstehen konnte.

Sein Arm lag dicht unter dem BH-Bügel, und er drückte mich noch fester an sich.

»Ja«, sagte er heiser. »Hätte ich.«

»Wieso hast du nicht?«

Ich bemerkte, wie er sich im Raum umsah, einem Lokal voller bunter Bewegung. Nur wir waren ein Stillstand von rasenden Herzen.

»Ich weiß auch nicht mehr«, sagte er schließlich. »Verschwinden wir.«

Ich drehte mich zu ihm um, da griff er schon nach meiner Hand.

»E…einfach so?«

»Ja.« Er klang ganz sicher. »Einfach so.«

Er zog mich durch die Menge, wobei der Puls ihm stark zwischen den Fingern schlug. Nick war groß, die Leute machten ihm Platz, und meine Blicke wurden magnetisch von seinem Rücken angezogen. Wie der Stoff sich um die Schultern, Arme und Muskeln legte, wie Nick ging, wie Nick mich dann auf der Straße anlächelte.

Mmmh, Nick.

Mmmh, dein Rücken, dein Lächeln, deine Finger.

Mmmh, alles an dir, Nick.

»Wir haben nicht mal was bestellt«, sagte ich irgendwann lachend.

»Egal.«

So gingen wir und zergingen bei italienischen zweiundzwanzig Grad auf dem Weg zur Unterkunft, weil wir uns berührten, was nicht reichte, weil nichts reichte, wenn man einundzwanzig und verliebt war.

»Ich wollte nicht zum ersten Mal schnellen Sex mit dir unter der Dusche haben«, antwortete er mir schließlich doch. »Deshalb bin ich nicht mit dir duschen gegangen. Außerdem wollte ich nicht der Typ sein, der dich zu einem Italientrip überredet und dann über dich herfällt, bevor wir überhaupt wirklich draußen waren. Aber ich halte das nicht mehr aus. Du bist mein Lieblingsgefühl, Olivia. Ich will dich endlich überall fühlen.«

Unvermittelt blieb ich auf der Straße stehen.

»Du musstest mich nicht wirklich überreden.«

»Ich möchte einfach alles richtig machen.«

Ich betrachtete Nick, wie er auf dem italienischen Kopfsteinpflaster vor mir aufragte, mein fliegender Künstler mit den wilden Locken und dem Fastsonnenbrand auf der Nase.

Du musst wirklich nichts richtig machen. Du kannst nichts richtig machen. Ich habe richtig *verbannt. Schlag dir* richtig *aus dem Kopf, weil du in meinem Kopf bist und wir dort bereits überall waren. Bei Küssen am Morgen vorm Zähneputzen, bei Oralsex in deiner Dusche und beim Einfacheinschlafen in meinem Bett. Überall, Nick. Überall.*

»Dir ist bewusst, dass das zwischen uns keine Klausur ist, oder?«, sagte ich belustigt statt meinem Gedankenkarussell.

»Olivia, ich ...«

Er verrannte sich wieder in seinen Worten. Von einem Fuß auf den anderen tretend, als müsse er etwas Wichtiges sagen. Aber es war alles gesagt, ohne dass wir etwas sagten. Also lächelte ich.

»Ja«, sagte ich einfach.

Nicht *O-okay.*

Ja.

Nicks Lieblingswort, bei dem seine Augen zu riesigen Planeten wurden.

»Ja«, wiederholte er.

Und dann brauchten wir keine Worte mehr.

Endlich im Innern angekommen, passierte alles ganz schnell. Stolpernde Schritte, drängende Münder, packende Hände, suchende Blicke nach der Schlafzimmertür und ein darauf folgender Schubs aufs Bett. Nick schmeckte nach Freibad und einer Portion Sonnenstrahlenunendlichkeit.

»Ich ziehe dich aus.« Er kniete vor mir auf der Matratze. »Ganz.« Pause. »Okay?«

Sein Okay war eine wirkliche Frage, obwohl es sich gleichzeitig wie ein *Bitte sag ja, ja, ja, ja* anhörte.

Ich nickte.

Also zog er mich aus. Schicht für Schicht, Jeans, Oberteil und BH. Einzig den Slip ließ er mir noch, dann folgte seine Kleidung. Während er sich die Jeans von den Beinen strampelte, dachte ich an unser Gepäck im Eingangsbereich mit den LondAir-Etiketten. Wir waren angestellt bei einer Airline, doch Touristen in Palermo. Und genau genommen bloß Münder, Drängen und Berührungen. Wie auf Autopilot, Herz ein und alles andere aus.

»Übrigens«, raunte er, nachdem auch die Hose auf den Boden gesegelt war, »ich will schon seit drei Ewigkeiten mit dir schlafen. Seit Rom, dann seit Paris, seit Leyton. Schon so lange, Olivia. Du hast keine Ahnung.«

Mit den Fingern schlüpfte er unter meinen Slip, wo sie zwischen meinen Beinen entlangglitten. Fest und so schnell, dass ich mich Nick entgegenbäumte. Jemand stöhnte, er oder ich, ich weiß nicht mehr. Ich berührte den Saum seiner Boxershorts, und er zog sie ebenfalls aus. Anschließend folgte mein Slip. Er wollte mich gerade wieder küssen, hielt aber inne. Ich folgte seinem Blick.

»Glätteisen«, flüsterte ich, während er über die minimal dunklere Stelle seitlich an meiner Brust strich.

»W... was?«

»Das war mal eine Narbe. Ich habe mir im Sommer und im BH mal die Haare geglättet. Definitiv nicht zu empfehlen.« Ich lachte. »Seltsam, dass du die Stelle überhaupt bemerkt hast.«

Ich fragte mich, ob er noch etwas gesagt hätte, wäre ich nicht gleich darauf seine Erektion mit den Fingern nachgefahren. Über die ganze Länge bis zur Spitze. Denn da konnte Nick bloß mit geschlossenen Augen vor mir verharren, die Lippen leicht geöffnet. Er zerrann unter meiner Berührung, goldgrün und ekstatisch. Bloß um ein

Kondom aus seinem Portemonnaie zu fischen, ließ er von mir ab.

»Viele Gedanken?«, fragte er, nachdem er es sich übergerollt hatte und nun mit den Lippen über meine Schlüsselbeine schabte. Weiter nach unten, über die Brüste, die verblasste Narbe und wieder nach oben.

»Ganz ehrlich?«

»Immer ehrlich, Olivia.«

»Ich glaube, du hast mir die Gedanken mit ausgezogen.«

Er lächelte, bevor seine Hände erneut überall verweilten und ich mit flatternden Lidern beobachtete, wie er sich zwischen meine Beine drängte.

Noch nie hatte ich jemanden so fühlen wollen wie Nick.

Wir machten es nur so, er über mir, ganz klassisch. Ein bisschen so wie Teenager, die das erste Mal miteinander schliefen. Seine ersten drei Stöße waren langsam, aber fest, sodass das Bettgestell unter uns quietschte.

»Gott, Olivia«, sagte er gepresst und wurde schneller.

Erregung in seiner Stimme und zwischen uns. Er packte meine Hüften, und ich drängte mich ihm entgegen. Wir bewegten uns miteinander, heftiger, wilder und mit jedem Stoß hemmungsloser. Die Wärme seines Körpers, sein heißer Atem an meinem Hals, die geflüsterten Worte und das halb unterdrückte Stöhnen. Das Pochen meines und das Schlagen seines Herzens. Ich spürte alles.

Während ich Sex mit Nick hatte, war ich eine Weltmeisterin im Fühlen.

Er spreizte meine Beine weiter auseinander, vor und zurück, sein Rhythmus wurde schneller und unkontrollierter. Wie von selbst krallten sich meine Hände in seinen Rücken. Noch näher. Noch intimer. Schwitzende Haut an schwitzender Haut, er so tief in mir und mein Keuchen in seinem Mund. Die Finger seiner freien Hand bohrten sich in meine Hüften. Abdrücke von Nägeln, eingebrannte Erinnerungen, der Klang seiner Stimme, wenn die Lust ihn fast umbrachte, roh und kratzig. Unser Sex würde Spuren hinterlassen.

»Kannst du so kommen?«, fragte er.

Ich bemerkte seinen angespannten Kiefer und das zerzauste Haar. Selbst im gedämpften Licht waren seine Augen bunt, und ich dachte irgendwie an seine Zeichnungen und hatte keine Ahnung, was Nick dachte, doch plötzlich lächelte er und küsste mich. Ohne Beißen und wilder Zunge, bloß Lippen, meine liebste Art von Küssen.

»Und?«, fragte er. »Ist es so gut für dich? Oder sollen wir …«

»So ist gut.«

Ich drängte mich noch näher an ihn, woraufhin er mein linkes Bein anhob und sich mit einer Hand an der Bettkante abstützte. Seine Stöße wurden noch tiefer und härter, und ich spürte, wie sich alles in mir zusammenzog. So viel Kribbeln und so viel Orgasmus, der sich ankündigte, obwohl wir zum ersten Mal Sex hatten. Am liebsten hätte ich ihn hinausgezögert, doch ich konnte nicht, denn er schlängelte seine Hand zwischen unsere Körper und umkreiste den Punkt, an dem es in mir explodierte.

Einige weitere Male stieß er in mich hinein, anschließend verkrampfte auch er sich.

Schwer atmend lagen wir wenig später nebeneinander, die Blicke auf die fremde Decke gerichtet. Nackt, bis auf die Herzen entblößt, mit der italienischen Sonne, die Schattenspiele auf das Laminat projizierte. Ich wollte in diesem Moment leben.

Irgendwann drehte er mir das Gesicht zu.

Und noch mal.

Und noch mal.

Und noch mal.

*

Wir gingen nicht mehr raus. Wir bestellten Pizza im Internet. Wir sahen uns die Bilder über dem Bett an. Zeichnungen im Line-Art-Stil auf Aquarellkreisen. Mein Körper war wolkig wie in Leyton. Wir hörten italienische Gesprächsfetzen von unten. Kinder quengelten drei Stockwerke unter uns laut. Palmenblätter wehten vor dem Fenster. Wir trugen nur Unterwäsche. Wir waren ein eigener Urlaub in einem Urlaub. Zu der Pizza gab es Wein, den Nick öffnete.

»Du hast mein Herz entkorkt«, sagte ich.

Palermo, Italien

Nick

Nietzsche schrieb, kein Künstler toleriere die Realität.

Vielleicht machten Künstler Kunst, weil nichts je wirklich echt war.

Weil nur Farbe echt war.

Farbe zum Berühren, Bepinseln und Beschmieren.

Farben zum Vergehen, Verlieren und Verlieben.

Alles in Italien war so echt.

Vielleicht war ich nie Künstler.

Vielleicht tat das weh.

Morgens gingen wir raus und schlurften verschlafen über Kopfsteinpflaster. Autos, Touris und Imbissstände. Inmitten von historischen Märkten und wichtig-imposanten Kathedralen waren wir ein Teil des Geschehens. Stadtbesucher standen Schlange vor Sehenswürdigkeiten, unsere Füße aber waren in Bewegung. Bloß weiterlaufen und niemals anhalten, weil wir sonst zu einem Stillstand wurden. Ein Stillstand, bestehend aus Händen und Mündern, aufgelöst und aneinandergedrängt in dunklen Gassen. Hinterher würde sie mich noch näher zu sich heranziehen, wie damals, umgeben von *Silver Clouds*, und ich würde nicht loslassen. Niemals. Also weiterwandern und weiteratmen. Sonne und Olivia. Wärme und Sommersprossen. Wir drehten Runden durch Museen und das Viertel La Kalsa, bis uns schwindelig wurde. Vielleicht vom Nichtküssen und Nichtberühren. Ich weiß es nicht mehr. Jedenfalls endlich die Treppen hinauf, mal keine Kreise mehr, geradeaus nach oben, als hätten wir atemlose Ziele. Ich sagte Bett, Olivia sagte zuerst Dusche. Also ausziehen in einem Raum voll von kalten Fliesenquadraten, die ihr im Rücken wehtun mussten, als ich sie in die Dusche drängte.

Vielleicht war Olivia zu echt.

Olivia sagte, hör nicht auf. Olivia krallte die Nägel in meine Schulter. Olivia sagte ebenfalls, wenn das Herz dir entkorkt wird, tut das auch ein bisschen weh.

Aber ist schon okay.

Olivia mit nassem Haar.

Olivia vor mir auf Knien.

Olivia trotzdem unbesiegbar.

Weil die Wassertropfen auf ihrer Haut dieselbe Form wie ihre Sommersprossen hatten.

Du willst so kantig, eckig, gefährlich und stechend sein wie ein Stacheldrahtzaun, aber du bestehst aus so vielen Kreisen.

Kreise sind unendlich.

Du bist unendlich.

Unendlich einfach so, mit erneutem Take-away in diesem geliehenen Wohnzimmer, wo sie barfuß vor dem ausgeschalteten Fernseher saß. Ihr Haar, immer noch nass, wie es ihr Wasserflecken auf das Shirt blutete und sie dann an der Cola nippte.

Warum ist Sex mit dir so gut?

Olivia ganz wissenschaftlich und sachlich mit ihrem Forscherinnenblick. Als gäbe es zwischen uns etwas zu untersuchen und zu sezieren. Olivia, hätte ich am liebsten gesagt. Gerade sind wir einfach zu echt. Doch Beweise waren besser als Erklärungen, also küsste ich sie so lange, bis sie sich in die weichen Sofakissen sinken ließ. Wir atmeten an Haut und atmeten zwischen Körpern. Stöhnen bei Sonnenlicht, zu laut, zu ja und mir zu egal. Wie die Strahlen sich auf dem Boden zerbrachen, so klar und dunkel zugleich. Plötzlich Leinwandfetzen von Olivia in Dublin. Das Hotelflurlicht auf ihrem Kopf. Fast Orange.

Kannst du meine Kopfkinoleinwände orange ausmalen?

Später trauten wir uns nochmals raus und auf den Monte Pellegrino. Auf über sechshundert Metern verweilend, war die Luft scharf und klar und warm. Vielleicht atmete ich nur noch Olivia ein.

Auf Google schreibt jemand, die Aussicht hier sei grenzenlos.

Olivia sah auf Wolken.

Olivia sah auf meine Hände.

Du bist Künstler, aber du hast nur die echten Wolken, Nick.

Olivia ließ mich ihre Finger mit meinen verschränken, damit ich nicht antworten musste. Und ich hielt sie fest. Im Uber, in diesem Café und am Strand. Blauwarmes

Meer und ein einsamer Surfer. Gerade hatte er die Wellen bloß für sich. Unter Sonnenuntergangswolken im Himmel malten wir Fußspuren in den weißweichen Sand. Und als Olivia dann unvermittelt verharrte und sich umsah, war ich mir sicher, sie speicherte diesen Moment ab. Gischt unter der golden hour und wir dazwischen. Ein Stillstand aus Herzbeben, der sich bewegte.

Ihr salzigster Beweis.

»Irgendwann verstehst du, wieso Stürme nach Menschen benannt werden.« Das ist so ein kitschiger Spruch, den meine Mutter nicht mag. Sie findet, dass der Himmel so wie jetzt am schönsten ist. Brennende Wolken, sagt sie immer. Dabei fragt sie manchmal, wieso Sonnenuntergänge eigentlich keine Namen haben. Olivia lächelte während ihrer Worte und deutete in den Himmel.

Vielleicht hatte Olivia auch gar keinen Beweis gespeichert.

Vielleicht war Olivia bloß in ihrem Kopf verreist gewesen.

Kapitel 31

Nick

Nach 959 Tagen

Nach unserem Aufenthalt in Palermo klebten wir aneinander wie Farbe an Pinselstielen, nass und feucht, bloß um miteinander zu vertrocknen. Außer wir waren mit LondAir unterwegs, dann spielten wir unser ätzendes Flugbegleiterin-Piloten-Spiel. Wir schickten Selfies aus verschiedenen Städten und versandten Nachrichten aus unterschiedlichen Zeitzonen, die stundenlang nur einen Haken anzeigten. Gestern landeten wir fast zeitgleich, und angekommen in meiner Wohnung, stolperten wir zu meiner Couch, wo alles so schnell ging. Olivia küssen, Olivia ausziehen, Olivia die Reste der Uniform vom Körper reißen.

Als wäre sie ohne Kleidung viel schöner und echter.

Aufgrund der Nachrichten in der WhatsApp-Gruppe wusste ich, dass Theo momentan an einer Hausarbeit schrieb. In einer Woche sei Abgabe. *Dann bin ich endlich frei!* Und dann würden wir nicht mehr um ein Gespräch herumkommen. Ich würde ihm die Meinung sagen. Auf ruhige, erwachsene und sachliche Weise stellte ich mir in Hotelzimmern vor. Ich würde sagen: »Du bist das größte Arschloch der Welt. Du hast Olivia verletzt, erniedrigt und ausgebrannt. Ich verabscheue dich. Wie kannst du mein bester Freund sein? Am liebsten würde ich dich schlagen, aber ich schlage dich nicht. Ich gehe einfach. Ciao.«

Knapp eineinhalb Wochen nach Palermo kehrte ich aus München zurück und zog mich im FOC um. Heute war es keine Kunst, die mich vor einer Wand verweilen ließ. Es war dieser Flyer, befestigt an einer Korkpinnwand. Eine amerikanische Fluggesellschaft suchte Cockpitpersonal für einen Zweijahresaustausch. LAX oder SFO based. Während ich den Koffer durch den Flughafen rollte, stellte ich mir vor, wie es wäre, einfach wegzugehen. Alles hinter mir zu lassen und neu anzufangen. Mit meinem Nachnamen, aber ohne Bedeutung. So ganz allgemein. Später an diesem Tag holte Charlie mich in Hoxton ab. Er hatte ein neues Restaurant in Covent Garden entdeckt, das er abchecken wollte. Haute Cuisine für jedermann. »Ich will mich inspirieren lassen«, hatte er gemeint.

Wir saßen in seinem Neuwagen-Audi, und aus den Lautsprechern dröhnte eine Playlist, die mein Bruder übertönte. Er redete wie ein Wasserfall über alles Mögliche, als wäre Stille ein Fremdwort. Arbeitspläne, Geburtstagsgeschenkideen für Dad, einen Sale in irgendeinem Onlineshop.

»Alles okay bei dir?«, fragte ich, nachdem er den Audi in der Shelton Street geparkt hatte. Geschmeidig rückwärts und ohne Kurbeln, weil Charlie doch diese Art von Typ war.

»Wieso sollte bei mir etwas nicht in Ordnung sein?«

»Keine Ahnung. Du wirkst irgendwie so aufgekratzt und nervös.«

Statt zu antworten, winkte er ab. Schweigend gingen wir im Touristenviertel nebeneinanderher. London Downtown war wie immer ein einziges Gewusel. Die Motoren der monströsen Doppeldeckerbusse heulten auf, Menschen posierten vor Telefonzellen, und der Geruch von indischem Take-away kroch mir in die Nase. In der Bow Street passierten wir eine Straßenkünstlerin, von Kopf bis Fuß bronzefarben angemalt. Bestimmt war sie auf dem Weg zum Garden Piazza.

»Wie heißt dieses Restaurant noch mal?«, fragte ich, als wir am Filmmuseum vorbeiliefen.

»Habe ich vergessen. Schau nicht so verwirrt.« Charlie ging lachend weiter. »Zwei Minuten noch, dann wirst du mir auf ewig dankbar sein.«

Erst sein Wasserfallgerede. Und dann das.

Was zum Teufel?

Ich hätte die Frage laut gestellt, wäre mir die Menschenmenge weiter vorn nicht aufgefallen. Hohe Absätze, geschminkte Gesichter, glatt gebügelte Hemden, glänzende Schuhspitzen. Ein aufgetakelter Mensch neben dem anderen, als gäbe es etwas auf gehobene Weise zu »zelebrieren«. Genau da erkannte ich das Stehschild.

Die Fallon Picture Gallery.

Vernissage.

Drake Livingston & Paul Eckart.

Wie angewurzelt blieb ich stehen.

»Okay, okay.« Charlie hob abwehrend die Hände, weil er meinen entgeisterten Blick bemerkte. »Meine Überraschung ist wohl dahin. Ich wollte wirklich dieses Restaurant besuchen, aber vor zwei Tagen habe ich von der Vernissage gelesen. Ich musste an dich und dein Wohnzimmer voller Farbtuben denken. Also habe ich uns Karten geholt. Du stehst doch auf so was, oder? Surreale Bilder betrachten und dir dabei Worte aus den Fingern saugen, die du sonst nie benutzen würdest. Tun wir heute mal so, als hätten wir beide eine Ahnung von so was.«

Er boxte mir spielerisch gegen die Schulter. Drakes Ausstellung war also ein verdammter Zufall? *Shit.* Als ich mich nicht regte, wirkte Charlies Miene besorgt.

»Nick?«, fragte er ernst. »Was ist los?«

»Nichts. Ist einfach nur eine Überraschung. Das ... das ist echt cool von dir, Mann. Wirklich.« Ich schluckte. »Danke.«

So steuerten wir also die Ausstellung meiner früheren Mentorin an. Obwohl meine Beine sich wackelig anfühlten. Obwohl alles in meinem Körper randalierte. Obwohl ich Drake nach all den Monaten wiedersehen konnte. Aber ich konnte auch ihre Kunst betrachten, in mich einsaugen und mir dabei vorstellen, es hätte meine Kunst sein können. In Sneakers und Jeans, völlig fehl am Platz. Mit meinem Bruder, der sich meinetwegen anhörte, wie ein Typ am Eingang meinte: »Ich habe es einfach gespürt, wisst ihr? Jeden dieser Striche. Diese Frau. Das ist einfach so krass. Ich werde jede Nacht von diesem Bild träumen.«

Die Galerielocation war lichtdurchflutet und hell. Alles war schlicht und minimalistisch gehalten, als spräche jeder Rahmen für sich selbst. Was auch so war. Ein Raum, geschätzte hundert Quadratmeter groß, auf der linken Seite Drakes Kunst. Voll von düsteren Herzen, weil das lebenswichtige Organ ihre größte Inspirationsquelle war. Meistens stellte sie es surreal dar, als mehrstöckiges Haus, Badewanne oder eigenen Planeten. Ihre Herzen, bewohnt von skizzierten und nackten Menschen, die sich zwischen Blutgefäßen rekelten und krümmten. Die feinen Linien wirkten so luftig leicht, als könne man sie atmen. Aber bei genauerer Betrachtung waren sie präzise und messerscharf. Drakes Bilder bestanden aus Herzen, Enge und eingefangenen Menschen zwischen gedeckten Farben, immer entblößt. Ihre Kunst tat weh, weil sie Herzen mit Herz malte. Das war ihr Geheimnis. Deshalb hatte sie gewonnen. Tausende von Preisen, Ruhm, Erfolg und sich selbst. Wie automatisch scannte ich den Raum ab. Keine Spur von Drake. Ich atmete erleichtert aus.

»Lass uns da anfangen.« Charlie nickte entschlossen auf diesen Rahmen, vor dem sich eine große Gruppe versammelt hatte.

Zuerst dachte ich, es sei ein Bild dieses Pauls, aber dann gingen wir darauf zu, und ich wollte stehen bleiben, den Kopf schütteln und Charlie fragen. Jeden fragen. Doch mein Bruder zog mich einfach mit sich, als wäre ich ein Papierflieger. Leicht, lenkbar und so leicht zerknüllbar.

»Allein die Haut! Mit so einer manischen Genauigkeit. Durchsichtig, weich und trotzdem so hart. Ich *spüre* förmlich die Knochen darunter.«

»Bei wie viel liegt es gerade?«

»Von Weitem ist es so realistisch. Als säße jeder Strich. Und das tut er auch. Aber geh mal ganz dicht ran, dann wird es weniger plastisch. Das hat der Künstler gewollt. Die Illusion einer Illusion. Wir sehen die Frau als Frau, aber wir sehen die Striche als Striche. Ich denke, ich kann sie anfassen, aber ich kann sie auch nicht anfassen. Und das gleichzeitig! Das ... wow.«

»Wie heißt der Künstler noch mal? Ein Unbekannter, sagten Sie?«

»Bei wie viel liegt es denn jetzt, verdammt noch mal?«

»Das ist so ein Bild, in dem man wohnt, weißt du, was ich meine? Du hängst es an die Wand, aber das Bild ist die eigentliche Wohnung.«

»Und dann diese nonchalanten Farbtropfen am Rand. Als wäre ihm dieser Fehler absichtlich unterlaufen, doch es wäre ihm egal, weil es nur um das Motiv geht. Selbst diese nonchalante Gleichgültigkeit ist anziehend. Wirklich, wirklich wow!«

Ich hörte die Kommentare, bevor ich es im Ganzen sah. Die Stimmen klangen dringend und drängend, klassische Kunstkenner mit der obersten Priorität, Pinselstriche möchtegernfachmännisch zu beurteilen. Eigentlich kotzte es mich an. Kunst war Kunst. Dieses kategorische Bewerten und In-subjektive-Schemata-Pressen machte alles kaputt.

Wir kamen vor dem Bild zum Stehen, und ich beäugte es, als würde ich es zum ersten Mal sehen. Aquarellpinselstriche, ein Bild, mein gesamtes Herz. Ich dachte nicht: Scheiße, was macht es hier?

Ja, ja, ja, ja, ja, ja, ja, ja, ja, ja, ja, ja, ja, ja, ja, ja, ja, ja, ja, ja, ja, ja, ja, ja, ja, ja, ja, ja, ja, ja.

Die Ja-Dauerschleife war mein erster Gedanke, und er war falsch, aber es war mein Bild.

Ich, ausgestellt.

Ich, überschüttet mit Lobeshymnen.

Ich, einmal nicht versteckt.

»Überraschung zwei Punkt null.« Charlie stieß mich mit dem Ellbogen an. »Ich wollte nie in dieses Restaurant. Das hier war geplant. Zusammen mit dieser Drake. By the way ... sie ist echt gewöhnungsbedürftig, Mann.«

»D... Drake?« Ich konnte den Blick endlich von meinem Bild abreißen. »D... du kennst sie?«

Genau genommen wollte ich alles wissen. Wieso er Drake kannte. Wo sie überhaupt steckte. Wieso mein Bild hier hing. Doch Charlie bekam keine Chance, mir zu antworten.

»Da ist unser Künstler-Boy ja endlich!«, rief Willy und steuerte auf uns zu, dicht gefolgt von Q.

Und Theo.

»Ich habe sie eingeladen«, erklärte Charlie stolz, als hätte er etwas richtig gemacht.

Eigentlich wäre es perfekt gewesen. Meine Kunst, mein Bruder, meine Freunde.

Aber Theo.

Und Olivia.

Fuck.

Was hatte ich bloß getan?

»Ich muss weg«, sagte ich. »Ich muss mit ihr reden.«

»Wohin?« Charlie verzog die Brauen. »Und mit wem?«

»Olivia«, sagte ich, ohne nachzudenken.

»Mit deiner So-gut-wie-Freundin? Wieso?«

Im genau selben Moment richtete sich Theo neben mir auf. In Zeitlupe konnte ich beobachten, wie er sie erkannte. Zuerst verschluckte er sich an unausgesprochenen Worten. Seine Brust hob und senkte sich sichtbar, und die Augen wurden größer. Schließlich spannte sich alles an ihm an. Er starrte auf die gemalte Frau, bekleidet mit einem dunkelblauen Slip, sonst nur Haut in Kombination mit ihrem unverkennbaren Haar und der Brandnarbe seitlich ihrer linken Brust.

Olivia, verewigt in dem Bild, das ich nie hätte malen dürfen.

»Olivia?« Theos Stimme zitterte. »Deine So-gut-wie-Freundin? Scheiße, Nick. *Olivia Green?*«

Meine Hände ballten sich zu Fäusten, und ich schwöre, ich wollte ihn schlagen. In dieser hochgestochenen Galerie mit meinem Bild an der Wand. Richtig hässlich, mit Blut, Gestöhne und schockiertem Geschrei. Ich ging auf ihn zu, Charlie murmelte verwirrt meinen Namen, und Menschen wichen aus. Niemand verstand irgendetwas.

Dennoch sprach Theo weiter.

»Wie zum Teufel kann sie es wagen, was mit dir anzufangen?«

»Wie zum Teufel sie es wagen kann?«

Mein Kiefer mahlte, doch er schnaubte bloß.

»Lass mich raten«, sagte er. »Sie hat dir nicht erzählt, dass sie mir das Herz gebrochen hat.«

Kapitel 32

Olivia

Noch 160 Tage

Ich befüllte mein Gepäck für den anstehenden Flug nach New York und fragte mich, ob ich das Ich-packe-meinen-Koffer-Spiel als Studentin verlernen würde. Eine kurze Dusche und ein angemaltes Gesicht später machte ich mich nach Heathrow auf. Der Flug war ausgebucht, ich arbeitete in der Business Class und unterhielt mich mit der Passagierin auf 16A über die ständig neu geöffneten Pop-up-Stores in Peckham. Wir landeten gegen Nachmittag, bevor die Crew sich in der Hotellobby zerstreute. In New York war jedermann für sich, hatte ein Lieblingscafé in Upper Manhattan und ein Lieblingsgeschäft, das nur drei Subwaystationen entfernt war. Flüge Richtung Asien und Südamerika waren anders, dort reservierte das Cockpit Tische in Restaurants, und wir teilten uns Ubers in Richtung von Clubs, die Yelp empfahl. In meinem Zimmer sprang ich wieder unter die Dusche und ging nach draußen. Das Hotel lag direkt gegenüber des One World

Trade Center, sodass der Hudson keine fünf Minuten entfernt war. Ich atmete die ultimativste der ultimativen Großstadtdschungelhektiken ein und schlenderte den Fluss entlang, als mein Handy mit einer Instagram-Nachricht von Tamara vibrierte. Zuerst war ich verwirrt. Wieso schrieb sie mir nicht auf WhatsApp? Doch da wischte ich auf dem Display nach links und erkannte, dass sie einen Story-Beitrag weitergeleitet hatte. Von William_Ross_97. Ihre darauffolgende Nachricht kam erst später.

Diesen Augenblick mit all seinen Bestandteilen würde ich nie vergessen. Genauso wie den vor wenigen Monaten in Heathrow. Die New Yorker Sonne, die mir ins Gesicht schien. Mein Herz, das sich seit Wochen schwerelos anfühlte, wegen Nick und unseren Nicht-von-dieser-Welt-Küssen. Die angestrengten Atemzüge der vorbeieilenden Läufer, die sich mit der dröhnenden Musik aus ihren Bluetooth-Kopfhörern vermischten. Dieses Mutter-Tochter-Paar auf der benachbarten Bank. Die Mutter im Businesslook und Spanisch sprechend, die Tochter in einem Sonnenblumenkleid daneben, das Gesicht dem Himmel zugewandt. »Audrey, mihija, hörst du mir zu?«, fragte die Mutter irgendwann, als wäre ihre Audrey in der Sonne ertrunken.

Tief Luft holend, begutachtete ich Williams Beitrag. Ein gerahmtes Bild, mit dem Satz *Wenn dein Freund so krass ist, dass er in der Fallon Picture Gallery ausgestellt wird …*

Ich verbrannte, ohne zu brennen.

Es war wie damals. Als würde mir beim Anblick meines nackten Ichs das Herz auf die Haut springen. Das Bild zeigte die Zeichnung einer Frau, die sich mit gekrümmtem Rücken selbst umarmte. Sie verdeckte ihre Brüste und das halbe Gesicht, wobei ihre Haltung alles von sich wegstieß. Sie wollte knochenhart wirken, mit den hervorstehenden Rippen und der Wirbelsäule, aber die Art, wie sie dargestellt war, wirkte unendlich weich.

Sie war verletzlich bis in jedes Farbpartikel.

Sie war entblößt auf emotionale Weise.

Sie war so unverkennbar ich.

Und genau genommen war alles wie damals. Ich, mein Hautherz und Tamara, die Überbringerin. Leyton gegen mich.

Schon wieder.

Immer wieder.

You took my heart 2.0.

Mein emotionales Ohr piepte im Rhythmus mit.

Tamara: *Bist du das? Und wenn ja, wieso zum Teufel malt Nicholas Saint James dich nackt?*

Zwanzig Minuten später …

Nick: *Olivia?*

Nick: *Bist du im Hotel? Ich muss mit dir reden.*

Nein, ich bin nicht im Hotel, hätte ich antworten können. *Ich sitze wie ein manischer Mensch auf dieser beschissenen Bank in New York, einen Ozean von London entfernt, und versuche mir einzureden, dass das gerade nicht wirklich passiert ist.*

Dennoch schrieb ich nichts zurück. Kein Wort, keine zahllosen Frage- und Ausrufezeichen, als wäre ich hysterisch und würde maßlos übertreiben. Ich bin ganz ruhig, sagte ich mir. Ganz, ganz ruhig. Und sehr, sehr entblößt. Wie eine Primzahl, diesmal offengelegt bis auf ihre Kommastellen, roh, verletzlich und pochend.

Kapitel 33

Nick

Nach 969 Tagen

Ich hatte frei, befand mich aber im FOC. Kofferlos und kopflos, mit dem Mitarbeiterausweis zwischen den Fingern, als müsse ich mich an etwas festhalten. Die Wanduhr gegenüber: 10:23 Uhr. Auf meinem Handy: drei von ihr unbeantwortete Nachrichten. Die letzte: *Kann ich dich in Heathrow abholen?* Meine Verfassung: maßlos verwirrt.

Flugbegleiterinnen stöckelten ringsum vorbei, und eine Cockpitkollegin grüßte mich. Aus den Lautsprechern wurde die Besatzung des LA-89-Flugs in die zweite Etage zur Planungsabteilung gebeten, was nie etwas Gutes verhieß. Mein Timing jedoch war perfekt. Ich musste nur fünf Minuten warten, schon schritt die JFK-Besatzung durch die Schiebetüren der Passkontrolle. Die Crew war müde und in Feierabendlaune, jedes Mitglied wollte bloß weg vom Fliegergeschehen. Bis Olivia mich wahrnahm und wie angewurzelt in ihrer Bewegung verharrte. Als hätte sie meine Nachrichten gestern nicht gelesen.

Mit einem Kloß im Hals ging ich auf sie zu.

»Was machst du hier?«, fragte sie gepresst.

»Ich habe dir geschrieben, dass ich dich abhole. Aber du hast mir nicht geantwortet, also dachte ich –«

»Also dachtest du, du holst mich trotzdem ab und erzählst mir im FOC von diesem Bild, das ausgestellt wurde?« Sie kniff die Augen zusammen. »Was haben Theo, Willy und Co. eigentlich dazu gesagt? *Heiße Brüste, süße Narbe,* oder was?«

»D... du weißt es?«

»Das ist also das Wichtige? Dass ich es weiß?«

»Nein.« Ich raufte mir die Haare. »Nein, natürlich nicht. Aber ich wollte derjenige sein, der es dir erzählt.«

»Vielleicht hättest du das tun sollen, bevor es ausgestellt wurde.«

»Könnten wir woanders hingehen?«

Ihr Blick schweifte umher und vorbei an geparkten Koffern, verstauten Trolleys, roten Crewlabels und Werbeplakaten der Gewerkschaft. Vorbei an umherhuschenden Kolleginnen und hektisch wirkenden Kollegen. Reingezwängt in die Uniform, die alles anonym und distanziert machte. Erst dann sah sie mich wieder an. Sie und ich, eine chemische Mischung aus wütenden Atomen. Olivia laut und ich leise, doch in uns beiden brodelte es. Sie hatte die Uniformmauer. Ich hatte ein offengelegtes Herz.

Sie würde immer gewinnen.

»Dass wir uns hier treffen sollten, war deine Idee, Saint James. Nicht meine.«

»Ich habe gesagt, ich will dich abholen. Das ist ein Unterschied.«

»Diskutieren wir gerade ernsthaft darüber, was du mit deiner Nachricht gemeint hast?« Sie fasste sich an die Nasenwurzel. »Ehrlich gesagt, will ich gerade nirgends mit dir hingehen. Scheiße. Du ... Du hast mich angelogen!«

»Angelogen?«, fragte ich verwirrt. »Ich habe dir das Bild verschwiegen. Weil ich es vergessen habe. Weil es nur für mich war. Und das tut mir leid. Unendlich leid. Ich ... ich habe dich nicht mal bewusst gemalt. Ich habe den Kopf ausgeschaltet. Und plötzlich warst du auf der Leinwand. Obwohl das natürlich keine Ausrede ist. Denkst du wirklich, ich hätte es irgendjemandem gezeigt, ohne vorher mit dir geredet zu haben? Nach allem? Charlie hat es gefunden, als er bei mir und wir in Palermo waren. Er hat seine Kopfhörer gesucht, die er vergessen hatte. Und dann hat er es Drake gegeben. Er hat mich mit der Ausstellung überrascht. Ich hatte keinen Schimmer davon!«

»Davon rede ich nicht«, sagte sie. »Die Narbe, die du gezeichnet hast. Die hatte ich nur damals so und in dieser zackigen Form. Du kanntest das Bild für Theo also. Wieso hast du es mir verschwiegen? Hast du genauso idiotisch reagiert wie alle anderen? Wieso hast du dieses Bild überhaupt gemalt? Stipendium-Pocahontas aka Muse-Pocahontas, damit du wieder zur Kunst findest, oder was?«

Ihre Stimme überschlug sich und wir wurden neugierig von allen Seiten gemustert. Als wären wir die Hauptattraktion im Erdgeschoss des FOC. Olivia, die Flugbegleiterin mit dem tausendnachtmüden Gesicht. Ich für die meisten sicherlich der Pilot, einfach weil ich ein Mann war. Ich hörte die fremden Stimmen, ohne dass jemand ein Wort ergriff. Das FOC war wie eine Kleinstadt, in der sich Gerüchte schneller als Geheimnisse verbreiteten. *Er hat eine Freundin, und sie war seine Affäre, aber sie hat sich verliebt und macht ihm jetzt eine Szene.* Wieso musste alles immer Sex sein? Nacktheit, Brüste und Gefühle. Alles bloß offenbar erotisch und fickbar.

»Könnten wir bitte, bitte woanders hingehen?«, fragte ich leise.

»Nicholas.«

Sie hatte noch nie meinen richtigen Namen benutzt.

Sie machte mir Angst.

»Hast du mir nicht zugehört? Ich gehe nirgends mit dir hin. Ich brauche Abstand. Und Schlaf.«

Sie wollte gehen, hielt jedoch beim Klang meiner Stimme inne.

»Ich wusste nichts von diesem verfluchten Bild an Theo. Ich ... Scheiße, ich habe dich damals nackt beim Schwimmunterricht duschen sehen.« Pause. »Das war kurz vor unserem Abschluss. Die Kurse von Miss Donald und Mister Caleb waren gleichzeitig. Eigentlich wollte ich mich zu Yasmine in die Kabine schmuggeln. Ich habe dich höchstens fünf, sechs Sekunden lang angesehen, deshalb hast du mich gar nicht bemerkt. Aber für diese paar Sekunden konnte ich nicht aufhören, dich anzustarren. Und danach habe ich es meiner Freundin besorgt, als wäre nichts gewesen. Ich schäme mich, okay?«

Sprachlos blinzelte sie mir entgegen.

»Das ist nicht gerade romantisch von mir, aber ich habe dich nie angelogen, Olivia. Nie.«

»Was willst du damit sagen?«

Ich schwieg, doch sie schwieg lauter.

»Theo hat das Bild nicht abgeschickt«, murmelte ich. »Es war Ashley. Er hat gesagt, ihr habt euch nach dem Bild trotzdem weiter getroffen.«

Bei meinen Worten entgleisten ihr die Gesichtszüge. Und dann lachte sie auf. Kurz, laut und verzweifelt, als könne sie nicht glauben, was ich da gesagt hatte.

»Ashley hat das Bild von seinem Handy aus verschickt. Und er hat es zugelassen. Für mich läuft es auf dasselbe hinaus. Du hast also mit ihm über mich geredet? Großartig. Einfach nur großartig. Wie ist eure Unterhaltung abgelaufen? Hat dein bester Freund dir unter Tränen erzählt, dass ich das mit uns genau dann beendet habe, als er unsere Beziehung angeblich offiziell machen wollte? Hatte er einen Kloß im Hals, als er dir verraten hat, er wünscht sich, er hätte dieses Bild nie bekommen? Weil er mich sonst bestimmt noch heute heimlich vögeln würde? Hat er dir erzählt, dass sich jeder über mein dämliches Verhalten lustig gemacht hat, er bloß zusah und deshalb ewige Schuldgefühle hat? Hat er dir leidgetan, Nick?«

»Du weißt, dass ich Theo am liebsten sofort zur Rede gestellt hätte.« Fassungslos wich ich einen Schritt zurück. »Deine Anschuldigungen sind nicht fair. Das kann nicht dein Ernst sein!« Ich legte den Kopf in den Nacken. »Ich ... ich wäre gestern fast auf ihn losgegangen.«

»Oh, wie nobel von dir!« Sie lächelte gespielt süß. »Du

malst ein halbes Nacktbild von mir, das ausgestellt wird, ohne dass ich etwas davon weiß. Und dann machst du mich wegen Theo an. Ich hätte dir alles über ihn in Leyton erzählt, wäre meine Mum nicht reingeplatzt. Und ich hätte es dir erzählt, hättest du noch mal danach gefragt. Vielleicht kannst du dir ausmalen, dass ich nicht gerade darauf gebrannt habe, mein Verhalten weiter auszuführen. Was willst du hören? An welchen Orten er mir heimlich seinen Schwanz in den Mund gerammt hat? Dass ich jedes Mal gestorben bin, wenn er mich an der Leyton High einfach ignoriert hat?« Sie fasste sich hinter das linke Ohr, als müsse sie sich dort etwas wegstreichen. »Wieso konnte er überhaupt nie richtig mit mir zusammen sein? Weil ich ein Stipendium hatte? Weil wir im achtzehnten Jahrhundert leben, Ashley schon seit Ewigkeiten auf ihn stand und er ihr eigentlich bestimmt war, oder was?« Dann, so leise, als spräche sie mit sich selbst: »Ich ... Scheiße, ich wollte das alles nicht.«

»Was wolltest du nicht?«

»Ich wollte mich nie wieder in und an Leyton verletzen.« Pause. »Nie wieder.«

»Es geht also darum?«, sagte ich betreten. »U... um Leyton?«

Sie zuckte bloß mit den Achseln.

Sie konnte mir nicht mal in die Augen sehen.

»Nein«, sagte ich. »Das kann nicht der eigentliche Grund sein. Ich wünschte, ich hätte dieses Bild nie gemalt.«

»Genauso wie Theo wünschte, er hätte das Bild nie von mir bekommen?«, fragte sie leise.

Ihre Worte waren unser K.o.-Schlag.

Mein Mund öffnete sich. Sekundenlang, gefühlte Minuten und dann Ewigkeiten lang. Doch ich brachte keinen Laut hervor. Genau genommen war es egal, was ich gesagt hätte. Dass ich sie liebte. So sehr, mein Körper war voller von ihr als von mir. Dass ich sie niemals verletzen wollte. Es hätte alles nichts gebracht, denn ich *hatte* sie verletzt.

»Auf dem Bild von damals kann man Pixel für Pixel an meine Brustwarzen ranzoomen«, flüsterte sie. »Aber auf deinem bin ich noch viel nackter. Dabei geht es nicht mal um dieses Bild. Natürlich, du hättest mich fragen müssen. Aber ich hätte immer Ja gesagt, weil ich dir vertraut habe und du einfach großartig bist. Es ist die Art, wie du Theo eben angesprochen hast. Felsenfest von ihm überzeugt und mich beschuldigend, als hätte ich sowieso nie eine wirkliche Chance gegen euch alle.« Sie hob die Hände. »Ich weiß, du hast es mit Sicherheit nicht so gemeint. Aber niemand meint es angeblich je so, und ich ertrage diese Ausrede nicht mehr. Du hast mich so ausgezogen, wie ich nie ausgezogen werden wollte. Du hast mich besinnungslos berührt und geküsst und geliebt. Du hast alles in mir auf so sanfte Weise aufgekratzt. Aber jetzt? Jetzt fühlt es sich so an, als hättest du jede verätzte Stelle in meinem Herzen noch mal verätzt. Ich bin so zerrissen und zerfetzt, vom immer gleichen Problem.«

Olivia zitterte wie die Erdbeben, vor denen LondAir bezüglich Japanflügen warnte. Über die Lautsprecher wurde eine weitere Crew nach oben gebeten. LA-098, Charles de Gaulle. Wann immer ich an Paris denken würde, würde ich mich an Olivias rot geränderte Augen erinnern. Wie sie tränten, wie sie dann weinte und wie ihr Finger sich die erste Träne von der Wange wischte.

Wie es mir hinter den eigenen Augen brannte.

»Ich weiß, dass du das nicht mit Absicht gemacht hast.« Ihr saß ein Kloß im Hals. »Aber ich hänge trotzdem in dieser Galerie. Halb nackt. Und hier streiten wir trotzdem. Wegen Leyton. Wegen Theo.«

Sie strich sich eine weitere Träne von der Wange. Langsam, als könne sie nicht glauben, dass sie weinte.

Meinetwegen.

»Meine Schulzeit war der Horror. Die Zeit bei LondAir war nicht das, was ich wollte, aber ich wollte Geld ansparen. Für meinen Traum, der mit der Oxfordabsage gestorben ist. Alles ist ständig ein Horror. Dann du. Ich wollte mich niemals wieder in und an Leyton verletzen. Aber du malst Kopfkinoleinwände aus, du liebst mich, du vögelst mich. Und ich vergesse, wie man denkt. Das hat sich noch nie *so* schön angefühlt, Nick. Das *wird* sich nie wieder so schön anfühlen. Aber ...«

Sie sah mich an. Olivia in der Uniformrüstung, völlig nackt, ohne eine einzige Mauer. Bloß verletzt.

»Es tut einfach so weh, Nick.«

Sie verharrte. Sie wollte eine Antwort. Sie wollte irgendetwas. Doch ich stand sprachlos da, weil sie immer noch recht hatte. Ich konnte nichts sagen. Ich konnte sie nur verlieren. Also griff sie todtraurig und kopfschüttelnd nach dem Kofferhenkel, richtete den Handtaschengurt und sich selbst.

Alles in ihr war in Bewegung, und ich war wie erfroren.

»Übrigens«, sagte sie, als wäre es keine große Sache. »*Ich bin Pilot und kein Künstler.* Das solltest du wirklich noch mal überdenken.«

Sie nickte auf meine Hände. Finger, Farbflecken und der LondAir-Badge dazwischen. Dann ging sie. Fremde Kollegen spazierten weiter an mir vorbei, und andere Lautsprecherdurchsagen waren zu hören. Irgendwann beobachtete ich Olivia sogar, wie sie in Richtung Ausgang schritt, nachdem sie sich in der Umkleide umgezogen hatte. Helle Boots. Die Uniform war verschwunden. Sie drehte sich nicht nach mir um.

Ich blieb so lange regungslos dort stehen, bis ich an dieses Gefühl von früher dachte. Ich, in einem Klassenzimmer, wie ich mich zusammenriss, statt aufzustehen und einfach davonzulaufen. Ohne Ziel. Einfach so. Immer weiterzulaufen, nicht zurückzuschauen, nur zu laufen, laufen, laufen, bis ich nicht mehr gewusst hätte, wo und wer ich überhaupt bin. Weil es beschissen wehtat, ständig jemand sein zu müssen, der ich gar nicht war, mit meiner Kunstkleiderkammer und allem Drum und Dran.

Gerade war es ähnlich.

Nur stehen bleiben, dachte ich. Nur regungslos stehen bleiben, bleiben und bleiben, bis ich nicht mehr wüsste, wer ich war und was ich getan hatte.

Kapitel 34

Olivia

Noch 159 Tage

Es war kurz nach zehn, und ich stand vor Mums Wohnhaus. Ich zählte in Primzahlen bis siebenundneunzig, dann klingelte ich. Ein zweites Hautherz tragen, Nick verlassen, im FOC weinen, in Shoreditch hoffnungslos am Einschlafen scheitern, als Zombie Matheaufgaben lösen, schließlich zerrüttet in den Zug steigen, planlos in Leyton landen und mit ramponiertem Herzen bei Mum auf der Matte stehen.

Ich fühlte mich so verloren, als sie mich in die Arme schloss.

»Was machst du denn hier?«, murmelte sie.

»Ich wollte einfach nach Hause.«

Sie drückte mich noch fester an sich, und anschließend kochte sie mir einen Tee. Eine Weile saßen wir nebeneinander vor dem laufenden Fernseher. Irgendeine romantische Komödie und Kamille.

»Wenn du darüber reden willst …«

Mum ließ den Satz während einer Werbepause in der Luft hängen, aber ich schüttelte den Kopf. Weil Mum Mum war, wusste sie, wann sie mich drängen sollte und wann nicht. Also redeten wir nicht, und ich verschwieg ihr, dass ich Stunden später, als sie längst eingeschlafen war, heimlich aufstand. Aunt Sadies Snoopy-Pyjama, kombiniert mit meinen abgetragenen Boots. Das Klirren des Schlüssels hallte laut in der stillen Wohnung wider. Mit dem Handy und dem Schlüssel zwischen den Fingern stieg ich nach unten. Vierundachtzig Stufen bis ins Erdgeschoss, Zahlen änderten sich dem Himmel sei Dank nie.

Meghan Markles abgedrucktes Gesicht, weiße Schaumstoffmäuse, die schwarzen Lungen auf den Tabakverpackungen. Während ich den Kiosk aufschloss, schien mich selbst der billigste Schokoriegel anzustarren. Ich muss verrückt geworden sein, dachte ich und setzte mich hinter den Tresen. Das Licht ließ ich aus, weil das grell blinkende Kioskschild in der nächtlichen Stille reichte. Ich betätigte die Taste an der Seite meines Handys. 3:42 Uhr. Dann stellte ich Musik ein, meine Spotify-Playlist auf Shuffle. *St Jude,* weil Hymnen sich manchmal änderten. Erst als ich die Hand hob, bemerkte ich mein Zittern.

Schau ganz genau hin, Nick, wollte ich schreien. Wie ich hier sitze und zittere. Ohne Sicherheitsnetz. Volles Risiko. Jeder nächstbeste Passant könnte mir dabei zusehen und erkennen, wie verrückt ich bin. Vielleicht willst du das ja auch zeichnen und dann wieder einfach nichts sagen. Ich, entblößt, in einer noch ultimativeren Version.

Aber niemand kam, und ich schrie nicht, weil Nick gar nicht da war. Bei der vierten Wiederholung des Lieds öffnete ich den Chat mit ihm. Es wurde ständig von Nachrichten geredet, die man haben wollte, doch nie bekam. Nachrichten beantworten zu wollen und nicht zu können war genauso schlimm.

Aber es zu war zu spät.

Aber es war 3:46 Uhr.

Eine tote Zeit.

Keine Ahnung, wie lange ich sitzen blieb.

Keine Ahnung, wieso ich mich überhaupt runtergeschlichen hatte.

Irgendwann erhob ich mich mit meinem piependen Ohr. Auf dem Weg nach oben ließ ich das Zählen sogar sein und erinnerte mich an den beschlossenen Plan vom Via-Verbrennen.

Ich könnte es wagen, dachte ich.

Ich war überfordert von mir selbst und traurig auf eine endgültige Weise. Das machte mir Angst. Ich musste einfach irgendetwas tun. Es war wie auf Nachtflügen, wenn ich zombiemüde war und mich auf dem iPad durch Notfallmanuals blätterte. Als angebliche Aufgabe, um nicht im Sitzen einzuschlafen.

Genau genommen gab es jedoch nur eine Sache, die mein emotionales Ohr übertönen konnte.

Ich schloss die Tür auf, streifte mir die Schuhe ab und schlich in die Küche. Kamillenteebeutel lagen noch auf der Spüle. Nass und gelb, wie schwere Leichen, die wir nicht aus dem Weg geräumt hatten. Mit der Handytaschenlampe als Lichtquelle betrat ich die Vorratskammer. Mum besaß einen Minisupermarkt auf vier Quadratmetern, doch die geschlossenen Verpackungen und Gläser waren mir egal. Mein Blick ruhte voller Entschlossenheit auf dem monströsen Schrank in der linken Ecke. Ich marschierte darauf zu und öffnete die unterste Schublade. Eine Kiste, dreimal so groß wie mein Schuhkarton, verschlossen mit einem Deckel, der Tonnen zwischen meinen Fingern wog, als ich ihn löste. Blinzelnd starrte ich auf den Inhalt voller Erinnerungen. Briefumschläge mit Luftpolster, Fotos in Seidenpapier und wieder kleinere Kisten mit einem mir verschlossenen Inhalt. Ich musterte alles, was vom American Boy übrig geblieben war. Robert Gibson. Ein schwarzes Loch und eine weiße Fläche zugleich in meinem persönlichen Atlas. Evie-Ever eine weitere. Diese Fragezeichen, weißen Flächen und Gedankenspiralen. Das musste aufhören. Der American Boy war weiß, konnte aber grau werden, wäre er nicht vom Erdboden verschluckt worden. Meine Finger streckten sich ziellos aus, da erklang ein Räuspern. Mum. Mum ohne Make-up, in einem leichten Pyjama und ohne Morgenmantel mit einem Mal im Türrahmen. Sogar barfuß ließ sie sich mir gegenüber nieder.

»Es ist also wegen Robert?«, fragte sie leise.

»W... was meinst du?«

»Dein Auftauchen.« Sie lächelte traurig. »Dass du um halb fünf morgens hier sitzt und diese Kiste so auf deinem Schoß umklammerst, als wäre sie das Wichtigste auf der Welt.«

Nein, wollte ich sagen. Eigentlich ist es wegen Nick. Wieso sie überhaupt wach war, wollte ich sie auch fragen. Wie es sein konnte, dass wir uns zum zweiten Mal innerhalb weniger Wochen nachts über den American Boy unterhielten. Warum es plötzlich so wehtat.

Doch ich sagte nichts davon.

Ich flüsterte das überraschend Wahrste, das mir einfiel.

»Ich muss ihn kennenlernen. Ich verstehe selbst nicht, wieso ich das so will. Ich meine, was soll mir das schon bringen? Er erzählt mir von seinem Leben, ich erzähle von meinem, und dann verabschieden wir uns? Verabreden wir uns zweimal jährlich zu einem Kaffee? Ich ... ich hatte keinen Vater. Punkt. Aber ich hatte ein Zuhause voller Liebe. Warum tut es plötzlich so weh?«

Weil ich immer passiv in diesem beschissenen Konflikt bin? Wenn ich etwas in die Hand nehme, bloß eine automatische Abwesenheitsnotiz vom Server erhalte? Wegen der Mail eines Menschen, den ich nicht kannte? Wegen Evie-Ever? Weil sie so aussah wie ich? Weil sie nicht mal sechzehn war? Weil sie mir eine Mail mit Liebste Olivia *geschrieben hat und ich bloß* Liebe *geschrieben habe? Weil ...*

Ich wollte den nächsten Gedanken nicht denken, doch er wollte raus.

Nur ein Gedanke.

Nur eine einzige Hässlichkeit.

Die Mum mir plötzlich so abnahm, als könnte sie Gedanken lesen.

»Es tut weh, weil du herausgefunden hast, dass er für

eine andere Tochter ein Vater war. Und für dich nicht.« Sie strich mir eine Haarsträhne hinter das Ohr. »Livy-Liebling, ich … ich glaube, ich sollte dir noch etwas erzählen.«

Kapitel 35

Nick

Nach 970 Tagen

Am nächsten Morgen stand Charlie unangekündigt mit einer Schüssel auf meiner Matte, obwohl er in weniger als drei Stunden nach Montreal fliegen würde.

»Selbst gemachte Pannacotta mit frischem Erdbeerkompott und weißen Schokoraspeln.« Er hielt sie mir hin. »Das hat Gustavo Bianchi immer seiner Frau serviert, wenn er Scheiße gebaut hatte.«

Nachdem er eingetreten war, entschuldigte er sich auf meinem Sofa in einer Tour. Einhundertmal, zweihundert- und dreihundertmal.

»Ich habe keine Ahnung, was passiert ist, aber es tut mir leid. Ich hätte Drake dieses Bild nicht geben dürfen. Fuck. Ich wollte dich damit glücklich machen.«

Meine Antwort war ein zögerndes Nicken.

Nachdem Theo die Olivia-hat-mir-das-Herz-gebrochen-Karte ausgespielt hatte, hatte ich die Vernissage verlassen. »Bullshit!«, hatte ich gerufen und war rausgestürmt, um nichts zu tun, was mir hinterher leidgetan hätte. Doch Theo war mir gefolgt, um mir zwischen draußen stehenden Besuchern seine Version der Geschichte zu erzählen. Es war genauso, wie Olivia es beschrieben hatte. Rote Augen, raue Stimme, traurig den Blick senken und in tiefer Reue wegsehen. Theo, der gebrochene Held mit dem gebrochenen Herzen. Schweigend hatte ich ihm zugehört. Bis er mir sagte, er habe Olivia *so* geliebt, und ich immer lauter wurde, während ich schrie, dass man kein verdammtes halbes Nacktbild von seinem Handy versenden lässt, wenn man die abgebildete Person liebt. Ich hatte eine Szene gemacht. Ganz künstlerallürenlike mit prollig geballten Fäusten. Als Theo den Mund wieder geöffnet hatte, hielt ich es jedoch nicht mehr aus. Und war wortlos gegangen. Ich hatte meine Freunde und meinen Bruder stehen lassen. Ich hatte nicht mal Drake gesehen. Ich war einfach gegangen, gegangen und gegangen.

Als wäre Weglaufen richtig gewesen.

»Drake«, fragte ich schließlich. »Woher kennst du sie überhaupt?«

»Ist die Frage ernst gemeint? Als du zur Schule gegangen bist, haben wir dich so gut wie nie gesehen.«

»Hast du mir hinterherspioniert, oder was?«

»Einmal vielleicht.« Er zuckte mit den Achseln. »Ich bin dein großer Bruder und habe mir Sorgen gemacht. Das ist kein Verbrechen. Außerdem hast du manchmal deinen Block liegen lassen. Du weißt schon, der mit den Notizen zu diesen ganzen Kunstwerken, die ich dir in den Briefkasten geschmissen hatte.«

»Monet, Cézanne, Pollock.« Ich blinzelte. »Die Bilder waren von *dir?*«

»Ja.« Er atmete sichtbar durch. »Ich wusste nicht, was ich machen sollte, verstehst du? Dir hat deine Kunst so gefehlt, und ich wollte sie dir wiedergeben. Ich war letztes Jahr im Atelier von dieser Drake und habe nach dir gefragt. Sie hat auf eine Kiste in der Ecke gedeutet und erklärt, das sei alles, was von dir noch übrig geblieben war. Wenn ich ehrlich bin, fand ich das Ganze ziemlich melodramatisch. Ich meine, *was noch von dir übrig geblieben ist.* Als wärst du gestorben oder so, und da lässt sie die Kiste mit deinen Sachen monatelang dort stehen? Sie ist wirklich seltsam. Sie hat mich gefragt, ob du schon immer einen Zwillingsbruder gehabt hast, und mir die Kiste mit verschiedenen Skizzen und Notizen mitgegeben.« Er starrte die Decke an. »Dieses Bild von Olivia. Hätte ich gewusst, dass sie es ist, hätte ich es Drake niemals gezeigt. Aber als ich es in deiner Schublade entdeckte, *wusste* ich einfach, dass es richtig krass ist. Obwohl ich nicht mal die geringste Ahnung von Kunst habe, Nick. Also habe ich es mitgenommen und Drake gezeigt. Ich wollte nur, dass sie erkennt, wie gut du malen kannst, und deshalb mit dir redet. Aber für die erste halbe Stunde konnte sie gar nichts sagen. Kein Witz. Ich habe dreißig Minuten auf eine Antwort gewartet. Und als sie etwas sagte, war es erst bloß dasselbe. *Das ist ein Aquarell, das ist nicht mal sein Medium, das ist nicht mal sein Medium.* Jedenfalls hatte sie diese Idee mit der Ausstellung, und ich habe zugestimmt. Es tut mir so leid. Wirklich.«

Ich musterte Charlie, der alles so gut konnte. Dad ertragen, Mum belächeln, Flugzeuge fliegen und als Saint James existieren.

Trotz allem der beste Bruder von allen sein.

»Es …« Ich schüttelte den Kopf. »Ist okay, Charlie. Du wolltest mir einen Gefallen tun. Shit.« Ich lachte. »Wäre es nicht das Bild von Olivia gewesen, wäre ich dir vielleicht wirklich auf ewig dankbar. Es hängt in der Fallon Picture Gallery. Das ist der Traum von jedem Künstler und jeder Künstlerin in London.«

Eine Weile sagte er nichts. Dann:

»Wegen der Sache mit Theo und Olivia. Du kannst mit mir darüber reden. Ich hoffe, das weißt du.«

»Danke.«

Charlie linste durch das Fenster und sah sich im Zimmer um. Draußen blickte man bloß auf Dächer und andere Fenster. In der Dachrinne gegenüber lag seit Ewigkeiten ein Spielzeugauto. Hier drinnen war der Tisch voller Pinsel und braun verfärbter Wassergläser. Ein Boden voller Bilder. Ich hingegen beäugte Charlies Hände. Große Fliegerhände, mit der massiven Uhr am Handgelenk. Eine Pilotenuhr von *Breitling*, mehr als fünftausend Pfund wert.

Dads Geschenk zur Langstrecke.

*

Charlie war vor zwölf Uhr mittags wieder weg. Er musste ja Koffer packen und Passagiere in Richtung Kanada lenken. Seine Pannacotta stand im Kühlschrank, und ich würde sie nicht anrühren. Ich saß auf dem Fußboden und starrte Olivias Profilbild auf WhatsApp an. Schon wieder. Ich wollte ihr schreiben, mich entschuldigen und erklären. Aber was gab es da zu erklären? Das Bild, Theo.

Sie hatte recht mit allem.

Als der Bildschirm von selbst erlosch, hörte ich auf, mich zu drücken, und erhob mich. Draußen wehte ein kühler Wind, ich fror ohne Jacke. Zwanzig Minuten später kam ich an. Drakes fiktiver Nachname prangte nach wie vor auf dem Klingelschild ihres damaligen Ateliers. Ein zweiundzwanzig Quadratmeter großer Raum im Dachgeschoss einer einstigen Druckerei mit hellem Tageslicht. Das war wichtig, das Licht malte sich schließlich immer selbst. Dreimal hatte sie diese Aussage wiederholt, als wir über Georg Friedrich Kerstings Gemälde *Caspar David Friedrich in seinem Atelier* redeten. Jetzt schweifte mein Blick vom Klingelschild mit dem Namen *Arthur* zum obersten Stockwerk. *Arthur*, weil *Art* darin steckte.

Bei Drake war alles Kunst.

Ich klingelte, und der Summer ertönte. Während ich die Treppen hinaufstieg, fragte ich mich, ob es überhaupt noch ihr Atelier war. Doch oben angekommen, stand sie in ausgeleierten Jeans und fleckigem Shirt da.

»Genug geflogen?«, fragte sie.

Einfach so.

Als hätte sie keine Geheimmission mit Charlie geplant. Als hätte es unsere letzte Unterhaltung vor Jahren nicht gegeben. Als hätte ich die Welt rasch dreimal umrundet und stünde jetzt wieder vor ihr. So wie wir es vereinbart hatten.

Ich verharrte auf der Türmatte, es roch nach Kunst und ich wollte nie wieder gehen. Ich war hier wegen Olivia und dem Bild, das aus der Ausstellung musste. Nur deshalb. Aber ich vergaß alles, was ich sagen wollte. Vielleicht lag es an der Tatsache, dass ich vor den zweiundzwanzig Quadratmetern stand, in denen mir vor Jahren alles möglich vorgekommen war.

Ein Saint James, der Künstler ist.

Keine Ahnung.

Jedenfalls sagte Drake nichts, das musste sie gar nicht, denn sie hatte sich selbst ja gewonnen. Sie wusste, dass sie damals die Wahrheit gesagt hatte. Dass die Kunst mich verfolgte, mich verbrannte und dass ich mich tot fühlte. Dass ihre Stimme immerzu in meinen Gedanken widerhallte und ich es einfach nicht mehr aushielt. Und jetzt war ich sogar in der Galerie der Galerien ausgestellt. Ihretwegen. Der Traum der Träume und der Himmel auf Erden in der verdammten Londoner Kunstblase, zu der ich nie gehören würde.

Für die winzigste Sekunde meines Lebens vergaß ich alles, was echt war.

»Wo sind sie?«, fragte ich.

Sie runzelte die Stirn.

»Meine Bilder, Drake.« Ich dachte an meine halben Gesichter. Auf der rechten Seite Braue, Auge, die Hälfte einer Nase und ein Mundwinkel. Links immer das, wonach mir gewesen war. Wolken, Wellen, Wälder. Angedeutete Landschaften und Naturmotive, die in Gesichtszüge verliefen. »Wo sind meine verdammten Bilder?«

Kapitel 36

Olivia

Noch 158 Tage

Als ich am nächsten Morgen zurück in die WG kam, begegnete ich Lilah im Eingangsbereich. Aus weiter Entfernung musterte sie den Rahmen an der gegenüberliegenden Wand.

»Es passt einfach nichts«, sagte sie, während ich aus den Schuhen schlüpfte.

Wir starrten auf den schweren Bilderrahmen, den der Vormieter in der Vorratskammer hinterlassen hatte. Er hätte so viel Charakter, deshalb hatte Lilah ihn behalten wollen. Aber kein Bild, das wir rahmten, harmonierte mit seinen verschiedenen Metalltönen. Heute hatte Lilah es mit einer Line-Art-Illustration versucht. Vergeblich. Es wirkte so, als hätte man eine Erstklässlerin in einen Mathemastergang gequetscht. Völlig unpassend, kindlich und lächerlich.

Seufzend wandte sie mir schließlich das Gesicht zu, und ich wünschte mir, sie hätte noch ein bisschen länger den Rahmen angestarrt.

»Was ist passiert?« Sie beäugte den Schuhkarton zwischen meinen Händen. »Und was ist das?«

»Erinnerungen.« Meine Finger krampften sich um die Pappe. »Und ... keine Ahnung.«

»Wie meinst du das?«

Sie folgte mir ohne Aufforderung, während ich mein Zimmer ansteuerte, wo ich Tasche und Karton auf das Bett warf. Anschließend drehte ich mich zu ihr.

»Erinnerst du dich noch, wie ich dir von Robert erzählt habe? Zum allerersten Mal?«

»Natürlich.« Kopfreibend ließ sie sich auf dem Sessel nieder. »Wir waren betrunken, ich habe dich nach deinem größten Geheimnis gefragt, und du hast mit *American Boy* geantwortet. Zuerst habe ich *American Dream* verstanden, aber da hast du von weißen Flächen auf deinem persönlichen Atlas angefangen.«

»Richtig. Ich habe dir gesagt, er ist abgehauen, bevor ich zwei war, und dann einfach verschwunden. Ich ... ich befürchte, das stimmt so gar nicht. Zumindest nicht ganz.«

Ich setzte mich auf den Teppich und begann zu erzählen. Hinter mir spürte ich Palo Alto. Riesig und tropisch grün, als hätte die Palme eine Aura. Ich sagte dasselbe wie Mum vor einigen Stunden, ihre Stimme im Ohr.

»Nachdem Rob seinen Abschluss hatte, war es eine Zeit lang gut. Wir waren verliebt, wir hatten dich, wir waren glücklich. Bis wir es nicht mehr waren. England war immer nur ein Haltestopp für ihn. Er hat Kalifornien vermisst. Heimatsweh *hat er das genannt. Als er gegangen ist, war es eine*

Überraschung, natürlich, aber eigentlich war es keine. Das alles weißt du ja. Es ist bloß ... er ist nicht sofort aus deinem Leben verschwunden. Er hat manchmal angerufen. Ich habe ihm manchmal Kinderfotos von dir geschickt. Du warst so jung, gerade eingeschult und sechs Jahre alt. Die Anrufe kamen sporadisch. Meistens lagen sogar Monate dazwischen. Wenn ihr aufgelegt hattet, hast du geschrien, geweint und wolltest deinen Dad sehen. Es war egal, was ich erzählt habe, ich konnte dich nicht beruhigen. Einmal musste ich sogar den Notarzt rufen. Du hast am ganzen Körper gezittert und nicht aufgehört zu weinen, das hat mir das Herz gebrochen. Und eine Mordsangst eingejagt. Wenn ich dich Tage später auf die Telefonate angesprochen habe, wusstest du nichts mehr davon. Du hast sie einfach vergessen. Anfangs habe ich versucht, dir von ihnen zu erzählen. Aber du warst so verwirrt und verletzt. Es tut mir leid. Ich hätte darauf bestehen sollen, dass du dich erinnerst.«

»Und dann?«, fragte Lilah.

»Nichts.« Ich lachte auf. »Ich dachte, meine Mum würde weitererzählen. Mit einer Hollywoodfilmenthüllung daherkommen. Mir einen Brief zeigen. Nachrichten. Keine Ahnung, irgendetwas. Aber einfach ... nichts. Ich dachte, ich habe einen Vater, der einfach aus meinem Leben verschwunden ist. Stellt sich heraus, ich habe einen Vater, der London verließ, mich ein paarmal anrief und erst dann aus meinem Leben verschwand. Nur dass ich diese Anrufe vergessen habe. Vielleicht hat mein Gehirn die Erinnerung einfach gelöscht. Aus Selbstschutz. Keine Ahnung. Dabei verändern sie sowieso nichts. Im Endeffekt war Robert kein richtiger Vater für mich.«

»Hat deine Mum erzählt, wieso die Anrufe aufgehört haben?«

»Hat sich verlaufen, nachdem sie ihm erzählt hat, dass ich diese Kid-Life-Crisis hatte. Wäre wohl das Beste für mich, wenn er sich nicht mehr meldet, hat er gemeint. Aber es war bestimmt zu der Zeit, als er Evie-Ever bekommen hat.«

»Du weißt, dass du ihn trotzdem kennenlernen musst, oder?«, flüsterte Lilah nach einer Weile. »Selbst wenn du ihn bloß einmal triffst. Sonst hört das in deinem Kopf niemals auf.«

Eigentlich wollte ich, dass mein Kopf aufhörte, mein Kopf zu sein.

*

Gegen Abend saßen wir zu dritt am Küchentisch. Lilah in Hoodie und June in einem T-Shirt mit Lana-del-Rey-Aufdruck. *Sometimes I got a war in my mind.* Vor uns dampften Tassen, Bananenbrotkrümel auf der Tischplatte. Ich war die Patientin meiner Freundinnen. Lilah heilte mich mit Pflanzen, und June heilte mich mit ihrem Bananenbrot. Wir hatten die letzten Stunden mit der Suche nach Robert verbracht, Theorien aufgestellt und Lösungen erdacht. Noch eine Mail schreiben. Einen Privatdetektiv engagieren. Schließlich waren wir auf der Dozentinnenseite seiner Frau gelandet.

»Ich schicke eine Mail«, sagte Lilah, weil sie die Macherin war.

»Und was willst du schreiben?«, murmelte ich. »*Hi,*

hier ist Delilah Dellaria, ich bin die Freundin von Olivia Green, der britischen Tochter Ihres Mannes. Sie würde ihn gern kennenlernen, weil Ihre verstorbene Teenagertochter eine Mail mit seinem Dozentenprofil an sie verschickt hat. Oh, und natürlich mein Beileid.«

»Haben wir eine bessere Lösung?«, fragte June.

Lilah sah mich an. Würde ich etwas sagen, würde sie es sein lassen. Doch ich seufzte ergeben, also tippte sie die Zweisatznachricht. *Ich habe ein dringendes Anliegen. Ich würde mich wirklich über eine Antwort freuen.* Der Moment, in dem sie die Mail abschickte, war der entscheidende. Mit zusammengekniffenen Augen warteten wir ab, ob wir eine Abwesenheitsnotiz erhielten.

Die wir bekamen.

Lilah legte das Handy weg, und mein Ohr piepte.

Kapitel 37

Nick

»Drake.« Ich presste die Lippen aufeinander. »Wie oft noch? Die Frage nach den Bildern ist mir rausgerutscht. Ich bin nicht wegen ihnen hier. Können wir endlich über mein Aquarell in der Galerie reden? Ich brauche es wieder.«

»Nope. Das kannst du dir abschminken. Wir reden zuerst über deine anderen Bilder. Deshalb bist du nämlich eigentlich hier.«

Drake und ich saßen auf dem Boden des Ateliers. Sie hielt ein Schneidemesser zwischen den Fingern und schälte einen gelbgrünen Apfel. Die Wände ringsum waren immer noch leer. Leere Wände, bunter Kopf, das funktioniere bei ihr nur auf diese Weise.

»Ich bin hier, weil Charlie und du dieses Bild ohne meine Zustimmung ausgestellt habt. Verdammt noch mal!«

»Sag mir, dass du es dir nie verzeihst, die Einladung

der UAL einfach weggeschmissen und mit der Kunst aufgehört zu haben. Dann können wir über das Bild in der Galerie reden.«

Mein Kiefer mahlte, doch ich sagte nichts.

»Hast du mittlerweile eigentlich gecheckt, dass du dich zwischen deiner Kunst versteckt hast? Dass deine Bilder Landschaften mit versteckten Gesichtern waren und du gewollt hast, dass jemand dazwischen dein Gesicht sieht? Dabei waren es nicht mal deine eigenen Züge. Als wärst du selbst zu feige gewesen, dich richtig zu verstecken.«

»Sag mal, wovon zum Teufel redest du da?«

Meine Stimme klang aggressiv, das hörte ich selbst, aber Drake lächelte. Sie war der merkwürdigste Mensch, den ich kannte. Und der einzige, der immer an mich geglaubt hatte.

»Ich versuche dir beizubringen, dass du es einfach konntest. Genau deshalb ist es ein Verbrechen, dass du einfach mit dem Malen aufgehört hast. Als ich dich in diesem Kunstkurs zeichnen sehen habe, dachte ich, dass du schon seit Jahren Unterricht hättest. In Wahrheit hattest du keinen blassen Schimmer, was du da machtest. Du hast einfach drauflosgemalt, und alles war so perfekt. Hast du eine Ahnung, wie viele Künstler jahrelang arbeiten müssen, um nur halb so gut zu sein wie du? Ich glaube daran, dass bloß Übung den Meister macht. Aber du, Nicholas, du konntest es einfach.« Sie lachte auf. »Ich meine, guck dir das Bild von dieser Frau an. Mit Aquarellfarben. Das ist nicht mal dein Medium, Nicholas! Nicht. Mal. Dein. Verfluchtes. Medium! Ich wette, du hast es einfach so hingeschmiert. Keine richtige Vorzeichnung, kein Warmmalen, kein Nichts. Und trotzdem würde es zig Preise gewinnen. Die Leute schlagen sich darum. Weil du es gemalt hast. Weil du es einfach kannst.«

»Als wir früher hier saßen, hast du mir stundenlang aufgezählt, was an meinen Bildern nicht stimmte. Du hättest das Ewigkeiten lang machen können.« Ich presste die Lippen aufeinander. »Das ist Bullshit, was du mir gerade erzählst.«

»Weil ich wollte, dass du dich verbesserst! Weil ich wollte, dass du der Beste wirst. Weil ich wusste, dass du es geschafft hättest.« Sie schüttelte den Kopf. »Ich war immer allein mit meiner Kunst. *Immer.* Ich ... keine Ahnung, ich wollte einfach die Person für dich sein, die ich für mich gebraucht hätte.«

Ich wusste nicht, was ich sagen sollte, also schwieg ich wieder.

»Ich habe deine Bilder übrigens gar nicht mehr. Für den Fall, dass es dich doch interessiert. Nachdem deiner Meinung nach alles keinen Sinn mehr hatte, habe ich sie nach und nach verschenkt. Das hätte ich nicht tun sollen. Aber ich war sauer und ... ja. Alles, was ich noch von dir besaß, hat Charlie bekommen. Vielleicht findest du noch ein paar Vorzeichnungen oder ...«

Sie wollte weitersprechen, hielt aber inne. Ihr Blick schweifte plötzlich zu der Kommode neben dem Fenster, auf die sie dann zutappte. Ich beobachtete verwirrt, wie sie die letzte Schublade öffnete und darin herumkramte.

»Deine Bilder habe ich zwar nicht mehr.« Sie hockte

sich wieder vor mich hin. »Aber die Pinsel habe ich behalten. Du weißt schon, Pinsel sind wie Kiemen für Künstler, die schwimmen.«

Ich rollte den Stoff auf meinem Schoß auseinander. Sieben Pinsel. Sie waren alle noch da. Schmutzig und verbraucht und mit so viel getrockneter Farbe beschmiert, ich erkannte die Bezeichnungen nicht mehr.

»Und?« Ihr Nasenpiercing glänzte in der Nachmittagssonne. »Bist du genug geflogen?«

»Das ist wirklich nett von dir. Alles, was du für mich getan hast. Aber ich kann gerade nicht malen.« Ich rollte das Pinselmäppchen zusammen und hielt es ihr hin. »Ich möchte nur über das Aquarellbild reden. Ich *brauche* es wieder. Meine ... Die Frau auf dem Bild, Olivia, sie wusste nicht, dass ich sie so gemalt habe. Wenn ich mir vorstelle, es könnte bei Fremden hängen, werde ich wahnsinnig. Wirklich. Wahnsinnig.«

Einen Moment lang schwebte meine Hand weiter in der Luft.

»Ich kläre das mit der Galeristin«, sagte sie schließlich und nahm die Pinsel wieder entgegen. »Aber damit du es weißt, du machst dich gerade lächerlich. Du bist Künstler, aber du willst nicht malen. Was zum Teufel stimmt mit dir nicht, Nicholas? Anscheinend hast du doch wieder gemalt! Wovor hast du Angst?«

Vor allem. Illusionen zu malen, um dann in einer noch größeren Illusion zu leben. Nicht mehr aufhören zu können. Mich selbst zu vergessen. Mit jedem Pinselstrich an Olivia zu denken und mich zu hassen.

»Ich habe gerade einfach keinen Kopf dafür.«

»Dein Kopf ist Kunst, Nicholas.«

Ihre Worte echoten nach, da war ich schon im Gehen.

Den Weg nach Hause lief ich. Eineinhalb Kilometer, zwanzig Minuten. Über mir ging die Sonne unter, roter Himmel, brennende Wolken.

Kapitel 38

Olivia

Noch 145 Tage

Ich war eine traurige Flugbegleiterin mit einem glücklichen Gesicht. Ich trug hautfarbene Strumpfhosen zu Röcken. Ich zog den alarmroten Lippenstift jede halbe Stunde nach. Ich band mir das Tuch zu aufwendigen Schleifen, die mich beinahe erstickten. Während des Frühstücks in Mumbai fragte mich eine frisch eingestellte Kollegin nach Streckennetztipps und reichte mir dabei ihr iPhone. Ich tippte: *Pão de queijo in Rio, Strandspaziergänge Richtung Jaffa und lila Sonnenuntergänge in* LAX. Am Tag zuvor hatte eine Kabinenchefin sich gewünscht, dass alle so gut arbeiten würden wie ich. Im FOC stöckelte ich mit erhobenem Kopf zum Ausgang. Ich fürchtete mich nicht, Nick zu begegnen. Ich wollte mich nicht verstecken. Ich war Olivia Louise Green, gleichzeitig unsichtbar und unbesiegbar. Niemand der achthundert Passagiere, die ich an einem Tag voller Europaflüge bediente, sah durch meine Uniformrüstung hindurch. Niemand bemerkte die

Leere in meinem Kopf und das taube Prickeln in meinen Gliedern. Alles in mir war zerkratzt, roh und blutig, aber ich spürte nichts. Das hatte ich so beschlossen, das konnte ich doch so gut. Nach meinem gestrigen Flug hatte mich June dazu überredet, mit ihr zu laufen. »Da bekommst du dein Herz frei«, hatte sie gesagt. Als wir aber unser Viertel umrundeten, brannten mir die Lungen, und ich spürte nichts.

Am Abend vor der ersten Wohnungsbesichtigung in Durham traute ich mich in die Galerie. Die Erinnerung an die Instagram-Story ließ mir keine Ruhe, ich in Slip und mit Narbe. Ich war taub, dachte jedoch zurück. Immer zurück und zu allem zurück. Das musste aufhören.

»Ich muss es einmal persönlich sehen, damit ich es aus den Gedanken bekomme, versteht ihr? Von mir aus stehe ich zwei Stunden davor und nehme jeden Strich unter die Lupe. Aber dann gehe ich. Und dann denke ich nicht mehr daran.«

Lilah und June hörten mir zu, verstanden sehr wenig, begleiteten mich trotzdem. Covent Garden erinnerte mich an Heathrow, weil alles so voll und touristisch war. Die Karten für die Ausstellung hatten wir auf der Webseite gekauft, zehn Pfund pro Person, die Dame am Empfang scannte uns lustlos ab. Der Ausstellungsraum war außer uns besucherlos und roch nach einem leer stehenden Möbelhaus mit frisch gestrichenen Wänden.

Ich fand mich sofort.

»Ich hasse Nick«, sagte Lilah, weil sie der Meinung war, dass Theo mein Herz vergewaltigt und Nick an seiner Stelle weitergemacht hatte. »Aber er ist ein so krasser Künstler.«

»Ja«, erwiderte ich, weil es stimmte.

Vor dem Bild hielten wir inne. Ich in Wasserfarben, zart und weich, zerbrechlich und dennoch hart.

Ich starrte mich so lange an, bis ich nicht mehr wusste, wer ich war.

Ich starrte mich so lange an, bis ich mich durchsichtig fühlte.

Ich starrte mich so lange an, bis meine Freundinnen leise meinten, sie wollten jetzt auf die Toilette gehen.

Als bräuchte ich einen Moment allein mit mir selbst.

Den ich bekam.

Der nichts änderte.

Den ich gleich darauf nicht mehr ertrug.

Ich wartete draußen auf meine Freundinnen.

*

Vier Stunden später war ich eine traurige Mitbewohnerin mit einem traurigen Gesicht, während wir auf meinem Teppich hockten. June, Lilah und ich waren barfuß, und die erste Flasche Wein war schon geleert.

»Pancake Thursday. Wein im Shoreditch-Park trinken. Oder in irgendeinem Park in deiner Nähe. Pflanzen für dein neues WG-Zimmer shoppen. Eure komische Adam-Sandler-Komödie. In Durham ausgehen. Deine neuen Mathefreunde kennenlernen.«

An die Decke starrend, zählte Lilah auf, was wir unternehmen würden, auch wenn wir keine Mitbewohnerinnen mehr wären. Im Hintergrund lief ihre Good-vibes-Playlist, die ich schrecklich fand. Ich hatte sie wechseln wollen, aber das hatte mir Lilah verboten. Sie meinte, sie könne jetzt nichts anderes hören. Sonst müsste sie weinen, und das wollte sie nicht, weil June dann auch weinen würde. Und sie zum Schluss beide in Tränen aufgelöst wären, obwohl der Semesterbeginn noch Monate entfernt war.

Es läge angeblich der Geschmack von Abschied in der Luft.

Ich roch ihn nicht.

Jedenfalls würde ich mir am nächsten Tag ein WG-Zimmer in Durham ansehen, um 10:32 Uhr in den Bus Richtung Paddington und am King's Cross in den Zug steigen. London und Durham waren über drei Stunden voneinander entfernt. Lilah konnte also so viele Pläne schmieden, wie sie wollte, insgeheim wussten wir, dass keiner von ihnen realistisch war.

»Versprich mir was.« June setzte sich auf. »Wenn wir uns im September verabschieden, dann verabschieden wir uns nur, ohne uns wirklich zu verabschieden, okay?«

»Versprochen«, sagte ich, obwohl ich keine Ahnung hatte, was June meinte. Aber vielleicht würde sie mich umarmen und dabei ringsum Marmeladengläser aufstellen. Und während ich mich auf den Weg nach Durham machte, würde sie jedes von ihnen luftdicht verschließen und ordentlich mit *Kein-Abschied-Abschied* beschriften. Und später, wenn ich mich schon lange in meiner Universitätsstadt eingelebt hätte, würde ich die leeren Gläser betrachten und denken: Ja, so sieht ein Abschied ohne Abschied aus.

Wir tranken eine weitere Flasche Wein, Lilah nahm die Gesprächsführung wieder in die Hand und navigierte uns auf ein anderes Gebiet. Sie erwähnte ihre Kommilitonin Catherine Galloway mit ihrem Blog *Love, Catherine,* über deren Einträge June und sie sonst stundenlang diskutierten. Wilde Datinggeschichten, traurige Sexgeschichten und schonungslose Interviews zum Thema *Generation Beziehungsunfähig.* Lilah war sogar so verzweifelt, dass sie es mit Namensvorschlägen für Mister Gegenüber versuchte. Beau, Holden, Avett, Benjamin.

Doch es fühlte sich falsch an.

Irgendwann schwiegen wir bloß noch. Hinter mir flimmerten ein paar Nachtlichter, Lilahs Augen waren ein bedeckter Winternachmittag, und June spielte gedankenverloren an ihrer Kette. Ich zog die Knie eng an die Brust und grub die Füße in den Teppich.

»Vielleicht ist es der Wein, aber ich habe das Gefühl, ich muss dir das sagen.« Lilah räusperte sich. »Was Nick gemacht hat, ist nicht in Ordnung, aber dieses Bild. Da ist einfach so viel ...«

»Liebe«, sagte ich nüchtern.

*

Am nächsten Morgen saß ich nicht am Fenster. Mein Zugabteil war rappelvoll. Nur mit Mühe hatte ich den freien Sitz neben dem Mädchen ergattert, das lesend auf sauren Apfelringen kaute. Mir steckten Kopfhörer in den Ohren,

Florence + The Machine lief in Dauerschleife. Manchmal sah ich mein Gesicht in der Scheibe aufblitzen. Dickes, endlos dichtes Haar, verblasste Sommersprossen und todmüde Augen. Nichts hatte sich geändert. Ich war eine traurige Frau Anfang zwanzig, die als unscheinbares Mädchen wahrgenommen wurde.

Ein Angestellter balancierte ein Tablett mit Kaffeebechern durch das Abteil, während meine Gedanken schon viel zu lange von einem Ort zum anderen huschten. Ganz egal, wie ohrenbetäubend ich Florence Welchs Stimme einstellte. Meine Gedanken sprangen von Oxford nach Paris. Von Nicks Kunstkleiderzimmer zu der Joggingrunde mit June. Von meinem letzten San-Francisco-Aufenthalt zur Polaroid-Pinnwand. Blitzschnell in Lichtgeschwindigkeit, als hielten sie es nirgendwo länger aus. Wenn ich befürchtete, mein Kopf werde explodieren, öffnete ich die Nachricht, in der Stacy Peterson mir mitteilte, dass sie sich auf unser Kennenlernen freute. So wie jetzt. Mein Blick verharrte auf dem grinsenden Smiley, bevor ich den Kopf gegen die Sitzlehne fallen ließ.

Ich weiß, ich bin ziemlich früh dran mit dem Inserat. Aber ich bin einfach lieber früh als zu spät, ganz nach dem Motto: Life is too complicated not to be orderly. So hatte Stacy das bereits online gestellte WG-Zimmer erklärt, und nach diesem Absatz war ich mir sicher gewesen, es könnte zwischen uns passen. Für einen Moment stellte ich mir mein Leben als Studentin vor. Würde es in Durham auch mehr Fahrradständer als Menschen geben, so wie in Oxford? Würde ich wirklich jeden meiner Umzugskartons auspacken, wenn mein eigentliches Ziel immer noch Oxford war? Würde es in Stacy Petersons Küche eine Polaroid-Pinnwand geben? Wenn nicht, würde ich sie vermissen. Wenn ja, würde ich trotzdem diese eine vermissen, auf der Junes, Lilahs und mein Gesicht zu erkennen waren. Müsste ich eine Liste mit allem machen, was mir fehlen würde, würde mein Kalender dafür kaum reichen.

Der Zug ruckelte über die Gleise, draußen flogen Landschaften vorbei, und ich war ein tauber Mensch. Am liebsten hätte ich mich selbst angeschrien und gefragt, warum ich so war, wie ich war. Das war doch nicht normal. Dabei hatte ich mir nie etwas anderes gewünscht, als normal zu sein.

Vielleicht könnte ich in Durham zum zweiten Mal neu anfangen. Vielleicht würde es dort klappen. Vielleicht würde alles gut werden.

Über die Lautsprecher wurde der nächste Halt angesagt. Doncaster. Das war ungefähr die Hälfte der Strecke. Halb kahle und gräuliche Äste rauschten an mir vorbei, da wurde Florence Welch vom Synth-Klang meines Handys unterbrochen. Ich wusste nicht, mit welcher Nachricht ich gerechnet hatte. Wahrscheinlich mit jeder. Spam, Werbung, lästig, löschbar. Schon wieder.

Und schon wieder nicht.

Eternitymail.org
An: olivialgreen@gmail.uk
Betreff: *Liebste Olivia 2.0*

Liebste Olivia,
Hallo aus der Vergangenheit! Vorweg: Das hier ist zu 99,9 Prozent die unheimlichste Mail, die du je bekommen wirst. Und das tut mir leid. Von Herzen (wirklich, aber es geht nicht anders). Heute ist der 01.01. und du bist der erste Punkt auf meiner allerletzten Liste mit Neujahrsvorsätzen. Ich will nicht dramatisch klingen, aber wenn du das liest, ist es Frühling, und ich bin tot. Ich bin Evie, aber alle nennen mich Ever, ich habe einen Tumor im Gehirn (unheilbar, Endstadium, Metastasen bis in die Wirbelsäule), und wir waren Schwestern. Wir haben uns nie kennengelernt, und auch das tut mir leid. Ich weiß, ich habe dir bereits eine Mail geschickt, doch sie war nicht durchdacht. Sie war spontan, kopflos und nicht richtig. Deshalb hier mein Neustart. Falls du mittlerweile weißt, dass ich deine Schwester bin und Dad schon kennengelernt hast, ist meine Nachricht nicht wichtig. Falls Nein, dann ist sie sehr wichtig. Ich weiß seit einer Woche, dass du existierst. Dad hat ein Glas Wein zu viel getrunken (eigentlich trinkt er nie zu viel) und geweint (früher hat er nie geweint), und dann ist es ihm rausgerutscht. Wir haben uns die Neuverfilmung von Little Women *angeschaut (ich liebe Jo. Und Timothée Chalamet). Ich habe gesagt, dass ich gern eine Schwester gehabt hätte. Ich habe laut nachgedacht. Mir etwas dabei gedacht habe ich schon gar nicht. Aber er hat mir von dir erzählt. Ganz plötzlich, während Jo und*

Laurie auf dieser Wiese rumgerannt sind. Mum war so fassungslos (nicht wegen dir, von dir weiß sie), dass sie drei Tage nicht mit ihm geredet hat. Was sie dann bereut hat, aber das ist eine andere Geschichte. Dad kennt dich nicht, hat er gesagt, aber er vermisst dich. Zuerst habe ich das nicht verstanden, aber dann doch (am Ende der Mail mehr dazu). Jedenfalls besucht er manchmal deinen Instagram-Account. Er hat sogar diese Nachhilfeanzeige auf eBay gefunden (von der ich übrigens deine Mail-Adresse habe). Als ich ihn gefragt habe, wieso er sich nicht bei dir meldet, wusste er es nicht, er wolle sich nicht in dein Leben einmischen und es sei zu spät. Blablabla. Wenn du mich fragst, hat er sich einfach nicht getraut. Ich kann sein Verhalten nicht schönreden. Er war dein Vater, aber dir nie ein Vater, und das ist schrecklich. Ich habe keine Ahnung, wie du mit eurer Situation umgehst. Vielleicht hast du einen Stiefvater. Vielleicht hast du keinen. Vielleicht nennst du Robert Gibson deinen Erzeuger. Vielleicht redest du gar nicht über ihn. Ich habe Angst, diese Mail könnte dein Gefühlsleben auf den Kopf stellen (und auch das tut mir sehr, sehr, sehr leid), aber ich muss dir schreiben. Für den Fall, dass auch bloß die minimalste aller minimalen Chancen besteht, dass du Dad kennenlernen willst. Ich weiß, du könntest dich aufgrund der Umstände (mein mich umbringendes Glioblastom) zu einem Kennenlernen genötigt und gezwungen fühlen, was ich auf keinen Fall möchte. Es ist nur, na ja, für mich war er der beste Dad der Welt. Und mir bricht das Herz, wenn ich daran denke, dass du davon nichts zu spüren bekommen hast. Oder es nie könntest, obwohl du theoretisch könntest. Ich weiß nicht, was meine Eltern nach

meinem Tod machen werden, aber sie werden sich bestimmt eine Weile zurückziehen. Anbei unsere Adresse, die Telefonnummern und ihre privaten E-Mail-Adressen.
Kennst du zufällig das Wort Saudade? Wenn nicht: Es ist Portugiesisch (ich stehe auf Fremdwörter, die sich nicht übersetzen lassen, Pinterest ist dafür übrigens eine fantastische Quelle) und umschreibt das tiefe Empfinden von nostalgischer Sehnsucht für jemanden oder etwas, das abwesend ist.
Ich wollte dir einfach sagen, dass ich saudadezutiefst bereue, dass wir uns niemals kennengelernt haben.
Deine Ever

PS: Heute ist es auf den Tag genau 20 Jahre her, dass Dad dich zum letzten Mal gesehen hat. Er hat die Tage gezählt (super creepy), aber er ist unter anderem Mathematiker und gut mit Zahlen, weil Zahlen angeblich was mit ihm machen. Verrückt, oder?

Ich beendete die Mail, bevor der Zug stehen blieb. Die Türen öffneten sich, kalte Luft strömte herein, und neue Personen betraten das Abteil. Als ich aufstand und im letzten Moment mitten im Nirgendwo ausstieg, stolperte ich fast über meine eigenen Beine. Mit keuchendem Atem sah ich dem Zug nach, und die Musik in meinen Ohren wurde lauter, ohne dass ich eine Taste bediente. Florence, die immer so traurig und wehmütig klingende Florence sang: *Are you afraid? 'Cause I'm terrified.*

Kapitel 39

Nick

Nach 994 Tagen

Es wurde April, Charlie brachte Gewürze aus Mumbai mit und kochte für uns beide. Garam Masala, Kurkuma und Koriander in kleinen Plastiktüten. Die LondAir-Kampagne änderte sich, die Kunst verließ den Flughafen, und Bleistift-Buenos-Aires wurde von Bloggerinnen auf First-Class-Plätzen ersetzt. Ich kaufte mein eigenes Bild für über sechstausend Pfund und zuckte nicht mal mit der Wimper. Ende August konnte ich es wieder mitnehmen. Insgeheim jedoch fürchtete ich mich davor. Schließlich bestand das Bild aus Wasser. Olivia verflüssigt in Farben und der gefährlichsten Version ihrer selbst, weil ich beim Anblick ertrinken und nie wieder auftauchen könnte. Der WhatsApp-Chatverlauf mit ihr hingegen war eine konservierte Erinnerung. Ich konnte mir ihre Selfies in Sehnsuchtsmetropolen ansehen und für eine winzige Weile so tun, als wäre alles gut. Manchmal verharrte ich auf meiner letzten Nachricht, während sie online war, und stellte mir vor, sie würde mir gleich zurückschreiben. Ja, würde sie dann tippen.

Weil ja.

Heute war Donnerstag, und Dad hatte Geburtstag. Er wurde fünfundsechzig, Mum schmiss eine große Gartenparty. In Zelten und mit dekorativen Fackeln. Gäste kamen elegant in hellen Tönen, und das Lieblingsaccessoire der Männer waren kubanische Zigarren. Es gab Champagner und Whiskey. Nur teure Marken. Um kurz nach neun waren die meisten Gäste mehr als gut dabei, und ich stand mit Willy und Q an einem der Tische. Meinen Bruder hatte ich seit Stunden nicht mehr gesehen. Willy und Q hatten darüber gewettet, ob er Nathalie Sanders in seinem Zimmer vögelte.

»Ich brauche Getränkenachschub. Will noch jemand was?« Willy hielt sein leeres Glas hoch, woraufhin Q nickte und beide verschwanden. Da bemerkte ich ihn aus den Augenwinkeln. Theo. Natürlich waren seine Eltern eingeladen, aber mit seinem Auftauchen hatte ich nicht gerechnet. Seit der Vernissage hatten wir nichts mehr miteinander zu tun.

Zumindest war das während der letzten Wochen so gewesen.

Denn nun ging er geradewegs in meine Richtung und blieb vor mir stehen. Er trug einen perfekt sitzenden Anzug wie jeder der Anwesenden, das Gesicht blass und zerknautscht.

»Hey«, sagte er, als wäre alles okay. »Ich ... können wir reden, Nick?«

»Reden? Wir? Worüber?«

»Ich weiß, der Ort ist nicht ideal. Aber Mann, wir sind beste Freunde. Ich vermisse dich. Ich dachte, Abstand täte uns ganz gut, um über alles nachzudenken und dann noch mal in Ruhe miteinander zu sprechen.«

Ich schüttelte den Kopf. Langsam. Es war die Ruhe vor dem Sturm. Der Sonnenuntergang stand kurz bevor. Während ich durchdrehen würde, würde die Sonne flimmern.

»Es gibt nichts mehr zu bereden«, sagte ich. »Was du Olivia angetan hast, das … nein. Einfach nein.«

»Natürlich war das Scheiße von mir. Aber ich war ein Teenager, Nick! Du kannst deshalb nicht für immer sauer auf mich sein.«

Ich hätte mit ihm diskutieren können, die ganze Nacht, unser gesamtes Leben lang und wieder zurück. Ich hätte schreien können: *Du hast mir gesagt, sie hätte dir das Herz gebrochen. Du hast es nicht verstanden. Du weist die Schuld von dir. Du sagst: Olivia hat mir das Bild gesandt. Das Nacktbild wurde von meinem Handy versendet. Sie hat mich verlassen. Du sagst nicht: Ich habe Andeutungen auf ein Unterwäschebild gemacht. Du sagst nicht: Ich wollte auf ihr Bild wichsen. Du sagst nicht: Ich habe Ashley mein Handy gegeben. Du sagst nicht: Ich habe sie gedemütigt und verletzt.*

»Das ist mein Ernst, Theo, ich kann das einfach nicht. Nicht, wenn ich weiß, dass du sie so behandelt hast.«

Ich machte Anstalten zu gehen, doch seine Stimme nagelte mich fest.

»Das kann nicht dein Ernst sein! Ich bin dein bester Freund. Menschen machen Fehler! Als ob du mit siebzehn derjenige warst, der du jetzt bist. Du konntest nicht mal zu deiner Kunst stehen und hast dich in deinem Kleiderzimmer versteckt.«

Ich zuckte bemüht lässig mit den Achseln.

»Was ist bloß los mit dir, Mann? Du wirfst unsere Freundschaft weg. Für eine Frau! Du machst einen auf verdammt oberscheinheilig. Dabei wäre es dir egal, wenn es nicht um Olivia ginge. Überhaupt, glaubst du echt, du hättest dich mit siebzehn anders verhalten? Hättest du wirklich die Eier gehabt, mit dem Mädchen zusammen zu sein, das von allen Stipendium-Pocahontas genannt wird? Das kannst du dir nicht mal selbst abkaufen, Mann. Was zum Teufel hat sie mit dir gemacht? Hat sie mittlerweile eine magische Pussy und sendet dir jeden Tag drei Bilder, oder was?«

Ich schlug auf Theo ein. Es geschah ganz schnell. Ich ging auf ihn zu, ballte eine Faust und rammte sie ihm ins Gesicht. Ich dachte nicht nach. Ich war zu viel Testosteron in Kombination mit einem gebrochenen Herzen. Knochen prallten auf Haut, und meine Knöchel schmerzten. Dennoch schlug ich weiter, und wir gingen zu Boden. Es war die erste Prügelei meines Lebens, und ich konnte nicht aufhören.

Ich konnte niemanden so eine Scheiße über Olivia reden lassen. Nicht Theo. Vor allem nicht Theo.

Ich schlug meinen besten Freund blutig, auf die Nase und die Wangen. Immer weiter. Ich schlug ihn, weil es nicht stimmte. Weil ich niemanden jemals so verletzt hätte. Nicht mal mit unreifen, dummen und dämlichen siebzehn, weil man selbst mit siebzehn ein Mensch war. Ich schlug ihn, weil jemand *Stopp* sagen musste. Weil Tausende Männer Dickpics versandten und sich niemand darum scherte, aber Olivia mit ihrem Unterwäschebild für Theo verteufelt wurde. Ich schlug ihn, weil Olivia in ihn verliebt gewesen war und er sie unentschuldbar behandelt hatte. Ich schlug ihn, weil ich eifersüchtig war. Weil er ihre erste große Liebe war. Weil er Liebe ein bisschen für sie kaputt gemacht hatte.

»Was zum Teufel?«

»Nick, hör auf!«

»Er schlägt ihn krankenhausreif!«

»Gott, die Party. So ein Skandal!«

»NICK! WAS ZUM TEUFEL TUST DU?«

»Charlie! Gut, dass du da bist!«

»Jemand muss dazwischengehen!«

»Und das auf dem Geburtstag seines Vaters! Die arme Irina!«

Keine Ahnung, ob Theo sich wehrte. Keine Ahnung, wie lange ich auf ihn einschlug. Keine Ahnung, wann Charlie mich wegzog und ich ihn dabei mit dem Ellbogen im Gesicht erwischte. Aber ich weiß, wie Theo und ich uns anschließend ansahen. Er auf dem Boden mit blutiger Nase, fassungslos. Ich schwer atmend, von Charlie festgehalten, mit ebenfalls blutender Nase.

»Scheiße, Nick!«, schrie Q. »Du hast deinen besten Freund geschlagen, weil du Stipendium-Pocahontas gefickt hast?«

Mein Bruder hielt mich fester, als befürchtete er, ich

würde noch eine Schlägerei anzetteln. In meiner Brust jedoch vibrierte es bloß heftig, bis ich lauthals lachte.

»Shit, ist das lächerlich hier«, sagte ich, drehte mich um und ging.

»Nick! Warte!«, rief Charlie, als er mich eingeholt hatte. »Wo willst du hin, Mann?«

»Egal. Einfach nur weg.«

»Die sind nicht gebrochen, oder?« Er beäugte meine Knöchel.

»Nein.«

»Na schön.« Er kramte seufzend die Autoschlüssel aus den Jeans. »Wir wohnen in einem Kaff, schon vergessen? Nimm meinen Wagen. Ich versuche, Mum zu beruhigen. Übrigens, im Kofferraum ist noch die Kiste von Drake.«

»Danke.« Ich musterte seine gerötete Nase. »Und sorry.«

»Nah.« Er winkte ab. »Du bist mein kleiner Bruder. Dich aus deiner ersten Prügelei zu holen gehört quasi zu meiner Beschreibung.«

*

Die Autofahrt nach Hoxton ist aus meiner Erinnerung gelöscht. Zu viel Adrenalin, Herzrauschen und Fassungslosigkeit. Über Theo und mich selbst. Jedenfalls parkte ich den Audi um kurz vor zehn in einer Seitenstraße. Als ich den Kofferraum öffnete, waren meine Knöchel rot und geschwollen. Es tat scheißweh. Die Kiste war da, so wie Charlie es gesagt hatte. Ein Pappkarton voller Notizen aus meinem alten Leben. Die Zeichnung lag zuoberst. Als hätte sie die ganze Zeit auf mich gewartet. Sie, die erste Skizze meines allerersten Ölgemäldes. Ein halbes Gesicht, links verlaufend zu einer Gischtwelle. *O-Heart*. Weicher Bleistift, suchende Striche. Ich erkannte ganz genau, dass es meine erste Skizze einer ersten Skizze war. Mit diesen schiefen Gesichtsproportionen und den nicht ausgearbeiteten Zügen war sie eine Katastrophe. Aber O-Heart, es war mein Herz.

Hinter meinen Augen brannte es, und ich dachte, dass ich anfangen wollte, für die Dinge zu brennen, die in mir brannten. Ich erinnerte mich an die Rolle, in die ich hineingewachsen war, und hätte mich selbst hassen und verfluchen können. Letztendlich hatte ich alles zugelassen. Das Verbiegen, die Ausreden und das Verstecken. Doch das wollte ich nicht mehr. Ich wollte mich trauen, brennen und ertrinken. In mir, der Welt und im Fliegen. Einfach in allem, was ich tat.

Mit der Kiste unter den Achseln stieg ich in die Wohnung und schrieb Drake. Es war spät. Eigentlich erwartete ich keine Antwort. Ich würde die Nacht einfach mit Vorskizzen verbringen, aber dann vibrierte mein Handy dennoch.

Ich: *Hast du meine Pinsel noch?*

Drake: *Immer.*

*

Zum ersten Mal seit einem anderen Leben wieder mit Ölfarben malen. Um ein Uhr nachts. Ohne Vorskizze. Einfach so. Mit schmerzenden Knöcheln und dem metallischen Geruch von Blut in der Nase. Auf dem Boden kniend, bei geöffnetem Fenster und miserablem Licht. Ich malte rote Wellen. Wie Olivia in meiner Wohnung. Feste Striche und deckende Farben. Ein Gefühl zum Einatmen.

Du riskierst zu wenig Herz, hatte Drake früher gesagt. Mittlerweile glaubte ich, ich hatte kein Herz. Noch nie gehabt. Als sie mir hinterherrief, mein Kopf sei Kunst, musste ich mich verhört haben.

Dein Körper ist Kunst, musste sie gesagt haben.

Ich malte vor mich hin und war mir so sicher, dass es stimmte. Hätte man mich geröntgt und durchleuchtet und mir Schläuche mit feinen Kameras in den Hals gesteckt, hätte ich es beweisen können. In mir steckten die giftigen Gerüche, die endlosen Wartezeiten, Bleistiftvorskizzen, Sepiauntermalungen, jedes Gemälde, über das ich mit Drake diskutiert hatte, Monet, Cézanne, Pollock, die Seminare der UAL, die ich nie besuchte, Charlies mysteriöse Ausdrücke, jeder meiner gesetzten Striche und Olivia.

Ich war kein Körper mit Blut und Adern und Knochen.

Ich war nur Kunst und Gemälde und Pinsel.

Zum ersten Mal seit einem anderen Leben wieder mit Ölfarben malen. Um ein Uhr nachts. Ohne Vorskizze. Einfach so. Das war wie ein Flugzeug zu fliegen, das nie existieren würde.

*

Zwei Tage später befand ich mich in Heathrow mit den wirklich existierenden Fliegern. Zusammen mit Krimi-Wallace, der sich über unsere erneut gemeinsame Rotation freute. Das erzählte er mir, während wir mit unserer Crew auf die Airbusübergabe warteten. Wir standen draußen, auf dem Fliegerparkplatz neben der Jettytreppe, und beobachteten durch die Scheiben, wie die Horde an Passagieren ausstieg. Natürlich hätten wir im Jetty warten können, aber wer wollte schon Hunderten von fremden Leuten Auf Wiedersehen sagen? Also nahmen wir das kleinere Übel in Kauf, und ließen uns den tonnenschweren Flughafenlärm in die Ohren ballern. Krimi-Wallace redete weiter auf mich ein. Vielleicht sprach er über seinen Mai-Arbeitsplan, doch ich hörte nicht zu.

Als das Deboarding beendet schien, stiegen wir nach oben. Der Co-Pilot des vorherigen Flugs hatte den Airbus bereits verlassen und begrüßte Krimi-Wallace und mich. Staubsaugerrauschen, hektisches Wischen und das Geräusch von zuklappenden Tischchen. Im Fliegerinneren war das Cleaning voll im Gang, während Gideon von einer Turbulenzzone westlich Berlins berichtete.

»Die Kabinenbesatzung musste den Service abbrechen und bis zur Landung sitzen bleiben.«

»Saftey first«, erwiderte Krimi-Wallace bestätigend.

»Aber sonst war alles okay. Habt ihr eigentlich auch von der neuen Langstreckendestination in Korea gehört? Ich habe mitbekommen, dass ...«

Ich blendete Gideons Stimme aus, als sie plötzlich aus dem Flieger schritt.

Olivia.

Shit.

Sie wirkte müde in Uniform und mit leicht zerzauster Frisur. Gegenüber der Jettytür stellte sie sich auf, um den Henkel des Crewbags auszufahren. Wie automatisch schweifte ihr Blick dabei umher. Als wäre sie eine Pilotin, die routiniert die Kontrollanzeigen der primären Fluginstrumente scannt. *The Scan* in der wirklichen Welt, sie saß am Steuer, und ich war die unerwartete Fehlmeldung. Ein plötzliches Triebwerkfeuer, weit vom Cockpit entfernt, trotzdem bedrohlich und lebensgefährlich. Bei meinem Gesicht angekommen, verkrampfte sich ihr Körper. Doch die ersten Sekunden Panik waren in jedem Notfall-Procedure einkalkuliert.

Ich fragte mich, ob Warnsignale in ihrem Gehirn aufblinkten.

Ich fragte mich, was ihr erster Gedanke war.

Ich verabscheue dich, Nick? Wie konntest du nur, Nick?

Ich will dich nie wiedersehen, Nicholas Saint James?

Natürlich war Olivia bestens auf Notfälle vorbereitet und sah schnell weg. Als wäre es keine große Sache, dem Mann zu begegnen, der ihr das Herz verätzt hatte.

Sie hätte jede Notlandungssimulation mit links bestanden.

»Und?«, rief Gideon plötzlich amüsiert in ihre Richtung. »Wie war meine Landung, *Imperial College?*«

Olivia benötigte einen Moment, um mit einem breiten Lächeln zu reagieren.

Es war nicht schief.

Es war nicht ehrlich.

»Ganz okay. Aber Hannah war diejenige, die sich über deine Landung in Moskau beschwert hat. Du musst sie fragen.«

Sie hielt den Blick mit fester Stimme nur auf Gideon gerichtet, als hätte ich sie nie geküsst, gemalt, gevögelt und geliebt. So war das also. Sie sah mich nicht an, mir saß ein Kloß im Hals. Sie verschwand mit ihrer Crew in Richtung Flugplatz, ich trat mit meiner in den Flieger.

Wir hatten unsere Leben miteinander vermischt.

Wir waren eine Lösung aus Händen, Lippen und Liebe gewesen.

Jetzt waren wir nichts.

Im Cockpit verstaute ich den Trolley, schlüpfte aus dem Jackett und in die übergroße Warnschutzjacke, um die Maschine von außen zu begutachten. Wenn ich den Flughafenboden betreten würde, würde alles in den Hintergrund rücken. Ich wäre nur ein Pilot bei der Arbeit, das machten die Uniform und das Fliegergeschehen. Als legte ich mit dem Anpinnen des Namensschilds mich selbst und die innerlichen Konflikte einfach weg.

Als wäre das eine Fähigkeit, die man gemeinsam mit den Hemden im Uniformcenter annahm.

Nur beim Besteigen der Treppe hatte ich noch das Echo von Olivias letzten Worten im Ohr.

Du hast mein Herz verätzt.

Ich fuhr mir durch das Haar. Mit derselben Hand, mit der ich auf Theo eingedroschen hatte. Über achtundvierzig Stunden waren seitdem vergangen. Charlie hatte mir geschrieben, dass Mum außer sich sei. Für mindestens drei Jahre. Oder bis zur nächsten wichtigen Veranstaltung, wo wir als Friedefreudeierkuchenfamilie auftauchen würden. Von Theo und Q hatte ich nichts gehört. Bloß Willy hatte mich per WhatsApp gefragt, ob alles in Ordnung sei. Ich schwankte immer noch zwischen Ja, Nein und keine Ahnung.

»Sorry, aber ich habe wirklich keinen Crew-Koffer mehr im Loading«, hörte ich jemanden sagen.

»W... was?«

Beim Klang von Olivias Stimme hielt ich inne. Ich sah nach links. Und tatsächlich, dort stand sie. Einige Schritte vom Triebwerk entfernt, mit vor der Brust verschränkten Armen, auf diesen hohen Schuhen, durch die sie so groß wie der Loader-Typ wirkte. Sie war die einzig Verbliebene aus ihrer Crew. Die anderen waren wohl schon auf dem Weg ins FOC.

»Tut mir wirklich leid.« Der Typ machte ein zerknirschtes Gesicht. »Ich hoffe, es war nichts Wichtiges drin? Falls wir doch was finden sollten, melden wir es beim Lost and –«

»Soll ich noch mal schauen?«, rief ich.

Ruckartig wandten beide Gesichter sich mir zu.

»Eigentlich haben wir schon alle Gepäckstücke ausgeladen.« Der Typ fasste sich in den Nacken. »Aber wenn Sie wollen, natürlich.«

Ich nickte.

Olivia schüttelte den Kopf.

Es war kein stummes Nein, sondern eher ein *Was zum*

Teufel soll das, Saint James? Jedoch legte sie keinen Einspruch ein, als ich dem Angestellten in Richtung Frachttür folgte. Stattdessen vermied sie Blickkontakt, als wären sogar meine Bartstoppeln toxisch-gefährlich.

Den Flieger halb umrundet, erkannte ich ihren Koffer inklusive fehlendem Crewlabel auf dem zweiten Gepäckwagen. Unsere Koffer waren schwarz und so schlicht, dass sie ohne Label mit Passagiergepäck verwechselt wurden. Bestimmt hatte das Label sich während der Beladung gelöst.

»Das ist er«, sagte ich, hob die Plane an und hievte den Koffer vom Wagen.

Der Typ murmelte eine halb gemeinte Entschuldigung, die ich abwinkte. Anschließend beförderte ich den Koffer in Olivias Richtung. Ich hatte drei Sekunden, bevor sie mich bemerkte. Mittlerweile umarmte sie sich selbst, das Gesicht dem Himmel zugewandt. Rötlich angehauchte Sonnenuntergangswolken, dazwischen eine in die Höhe steigende Emirates-Maschine.

Sie erblickte mich unter Kofferrollendonner. Fast wirkte sie erleichtert.

»Danke«, murmelte sie, nachdem ich ihr den Henkel überreicht hatte.

Da passierte es.

Unsere Finger berührten sich, flüchtig, dennoch erschütternd. Als wären sie unzerstörbare Knochen, niemals zersetzbar und eine seltsame Art von Magneten, die bloß füreinander magnetisch waren.

Nur das Motorbrummen des Tankwagens ließ uns aufschrecken und die Berührung abbrechen. Automatisch machte sie einen Schritt zurück.

»Du gehst nicht nach Durham?«, fragte ich, weil Schweigen unerträglich schien. »Gideon, ähm, er hat dich gerade *Imperial College* genannt.«

Sie zuckte die Achseln.

Es stimmte also.

Wieder Schweigen, in Kombination mit ihren Augen, die kratzten, krallten und klaubten. In mir brodelte so viel, die leichteste Berührung reichte, damit die Gefühle an die Oberfläche drangen.

Es war meine letzte Chance, etwas zu sagen. Mitten im stets durchstartenden Heathrow-Geschehen.

Der ungünstigste Moment überhaupt.

Der einzig verbliebene Moment.

»Es tut mir so unendlich leid, Olivia«, begann ich und hob die Hand, weil sie mich unterbrechen wollte. »Ich sage das nicht, weil ich um Verzeihung bitten möchte. Wenn die Situation anders wäre, hätte ich schon lange um Vergebung gebeten. Aber ich habe dich halb nackt gemalt, das Bild hängt in einer Galerie, und du willst zu Recht nichts mehr mit mir zu tun haben. Ich verstehe das. Ich möchte nicht wie Theo sein, um Verzeihung bitten und dann so tun, als wäre es okay. Denn das ist es nicht. Aber ich will, dass du weißt, dass es mir leidtut. Ich wünschte wirklich, ich hätte dieses Bild nie gemalt. Nicht, weil ich ein Angsthase oder was auch immer bin. Ich würde nur alles dafür geben, dass du nicht verletzt wirst. Ich ... keine Ahnung. Als ich das Bild gemalt habe, wollte ich dich wirklich nicht bewusst malen. Wahrscheinlich ist mir im Kopf einfach hängen geblieben, wie traurig du wegen des Unterwäschebilds geklungen hast. Vielleicht wollte ich dir einfach zeigen, wie ich dich sehe, selbst wenn du halb nackt bist. Dass ich daruntersehe, dich sehe, verstehst du? Natürlich hast du recht. Ich hätte dich im FOC nicht auf diese Weise auf Theo ansprechen sollen. Ich habe das nicht gemacht, weil ich diese angeblichen Leyton-Hierarchien verinnerlicht habe. Ich war einfach etwas eifersüchtig. Er war deine erste große Liebe. Das ist weder Entschuldigung noch Ausrede, aber zumindest irgendeine Art Erklärung. Ich ... Ich liebe dich so sehr, dass mein Körper voller von dir als von mir ist. Wenn dir etwas wehtut, tut es mir auch weh. Es ist kitschig, aber wahr. Mach mit meinen Worten, was du willst. Lösch sie aus deinem Gedächtnis, vergiss sie und vergiss mich. Aber sei dir einfach sicher, dass ich es ändern würde, wenn ich könnte. Nicht meinetwegen, sondern deinetwegen.«

Olivia erwiderte nichts. Ihre Knöchel stachen bloß spitz und weiß am Kofferhenkel hervor.

»Übrigens«, sagte ich, bevor ich den Fliegerrundgang startete. »Deine roten Wolken sehen heute schön aus. Der Himmel.« Ich deutete nach oben. »Du magst es, wenn er so aussieht. Das hast du in Italien gesagt, am zweiten Abend.«

»Ja«, sagte sie nur.

Mein Herz bebte und stach zugleich, doch es gab kein Entkommen aus mir selbst. Also zwang ich meine Lippen zu einem Lächeln und verschwand auf die andere Seite des Fliegers.

Als würde ich mit Ausnahmesituationen genauso gut umgehen können wie Olivia, selbst wenn ich laut den Fluglehrern ein Fliegernaturtalent à la Saint James-Männer war.

Ich kontrollierte Gehäuse, Triebwerke und Fahrgestell. Zehn Minuten später war ich wieder auf dem Weg ins Cockpit und sie nicht mehr da. Während des Boardings begrüßten weder Krimi-Wallace noch ich die Passagiere. Wir blieben in unserer Höhle, machten unsere Briefings und führten ätzenden Small Talk.

»Wo waren wir noch mal im Januar?«, fragte er. »Oslo?«

»Weiß ich auch nicht mehr«, murmelte ich.

Für den Start setzte sich Influencer-Mason ins Cockpit und fotografierte die aufleuchtenden Panels. Krimi-Wallace und ich hingegen arbeiteten die Checklisten ab. Before Start, Engine Start, Before Take-off, Take-off.

Er verstaute die Checkliste und verkündete *»Cabin Crew, prepare for departure«* über das Lautsprechersystem. Wir rollten auf die Bahn, Funkstimmen ertönten, und ich richtete mein Headset. Wir hoben ab. Der Anstieg war holprig, denn wir starteten durch Wolken.

Nachdem das Gear eingefahren war und das Anschnallzeichen erlosch, lehnte Krimi-Wallace sich zufrieden zurück. In genau diesem Moment fiel mir der winzige Farbfleck an meinem Daumen auf. Dunkle Ölfarbe auf Haut, beleuchtet von Olivias gold-rot brennenden Wolken.

Eine Sekunde lang gab es nur den Farbfleck und den Himmel.

Dann realisierte ich es.

Ich war Pilot in Vollzeit, am Anfang meiner Karriere und verpflichtet für mindestens sieben weitere Jahre. Aber ich war ein Künstler, ich malte, und ich atmete. Nichts in meinem Leben war jemals nach Plan verlaufen, aber Drakes Worte von damals entsprachen nicht der Wahrheit.

Wenn du jetzt gehst, bist du tot, Nicholas.

Ich lebte doch.

Kapitel 40

Nick

~~Nach 996 Tagen~~

Fliegerfrieden.

Kapitel 41

Olivia

Noch 140 Tage

Ich fand seine Finger an dem Tag, als ich dem American Boy eine Nachricht schrieb.

Draußen war es grau. Mit knurrendem Magen saß ich am Küchentisch, während der Teller in der Mikrowelle sich drehte. Es roch nach scharfer Tomatensoße und Sommerregen im April, und mein Blick verharrte auf Las Vegas. In den letzten Wochen hatte Lilah den mickrigen Kaktus zweimal gedüngt. Nichts war passiert. »Ich bin ratlos«, hatte sie vor einigen Tagen gestöhnt.

Ratlos.

Das war ich auch.

Grell blinkte mir der Handybildschirm entgegen, während ich den sechzehnten Mailversuch an Robertgibson@gmail.com löschte. Es waren nur drei Zeilen gewesen. Ein *Hallo. Ich bin deine Tochter. Ist das deine richtige E-Mail-Adresse?* Was sie mit Sicherheit war, schließlich hatte Evie-Ever sie mir gegeben. Fünf Tage waren seit dem Eingang ihrer Nachricht vergangen. Und ich hatte dem American Boy immer noch nicht geschrieben. June und Lilah waren der Meinung, ich müsse es einfach hinter mich bringen. Es sei egal, was ich schriebe, jedes Wort sei richtig. Das ließen sie mich wissen, wann immer sie mich beim *Little-Women-*Ansehen erwischten. Es gab zwei Szenen, bei denen ich mir schmelzende Eisberge aus dem Körper weinte. Jo und Laurie auf der Wiese. Jo und Betty am Strand.

Als hätte ich immer mir nichts, dir nichts weinen können.

Mit einem tiefen Atemzug setzte ich nun erneut zum Tippen an. In den Betreff setzte ich *Hallo,* meine Anrede war *Robert,* ohne Lieber, Hallo und anderen Schnickschnack, immer noch alles ohne. Meine Nachricht bestand aus meinem Namen und einer Frage.

Können wir uns unterhalten?

Diesmal schickte ich sie ab.

Der Teller in der Mikrowelle würde sich für sechsundvierzig Sekunden weiterdrehen, doch ich legte das Handy zur Seite und stand auf. Vor dem Schreibtisch in meinem Zimmer blieb ich stehen. Anschließend streckte ich den Arm aus. Und riss den Wandkalender mit meinen Kreuzen vom Nagel. Heute war der fünfzehnte April. Für die letzten Tage hatte ich gar keine Kreuze in die Kästchen gesetzt. Was hatte ich mir überhaupt dabei gedacht? Jeden Tag ein Kreuz, als wären Tage etwas zum Abhaken. Ein Kreuz für vierundzwanzig Stunden Warten. Als befände sich mein Leben auf Pausenschaltung. Lilah hatte recht gehabt. In Leyton hatte ich auf Oxford gewartet, bei LondAir hatte ich auf Oxford gewartet. Ich war eine Passagierin in meinem eigenen Leben, so wie die Passagiere, die ich sonst in einer Airbus-Kabine bediente. Ich wartete am Gate darauf, dass ich einsteigen konnte. Auf meinem Sitz wartete ich darauf, dass die Triebwerke gestartet wurden. Während des Flugs auf meine Cola, die Landung und am Flughafen auf meinen Koffer. Mit meinem Koffer auf die Bahn, in der Bahn auf die Nachricht, die nie kam, im Bett auf den Schlaf und beim Schlafen auf den Wecker. Warten, um auf etwas anderes zu warten, ein endloser Kreis.

Dabei würde ich Oxford in den nächsten drei Jahren nicht mal einen Besuch abstatten. Durham mit den besten mathematischen Studiengängen nach Oxbridge auch nicht. Natürlich hatten June und Lilah auf mich eingeredet, beide gleichzeitig, dass sich an unserer Freundschaft nichts ändere, auch wenn ich auszog. Dass ich mir das ganz genau überlegen sollte mit dem Studium in London, das so weit von meinem eigentlichen Traum entfernt war wie Nord- und Südpol. Ich hatte nickend alles bejaht, weil sie recht hatten. Am Ende hatte ich noch einmal das Wort ergriffen.

»Erinnert ihr euch an das Zitat, das June uns am Vorstellungsgesprächstag vorgelesen hat? Von Sylvia Plath? *I took a deep breath and listened to the old brag of my heart. I am. I am. I am.* Ich glaube, ich habe es erst jetzt richtig verstanden. Ich bin. Ich bin. Ich bin. Was ich die letzten Jahre gemacht habe, war Warten. Und Warten. Und Warten. Ich komme nicht nach Oxford. Warum soll ich ans andere Ende des Landes ziehen, um bei meiner Masterbewerbung eine bessere Chance zu haben? Ich würde alles hier vermissen. Saudademäßig vermissen. Hipster-Shoreditch mit seinen Kunststudenten und den Graffiti ist mein Zuhause. Selbst mit den Bloggern, die vor *FIX 126* Bilder mit ihrem Latte machen, weil der Laden angeblich so instagramable ist. Ja, ich habe von einem Leben als waschechte Studentin in einem der Oxforder Colleges geträumt. Mit dem ganz normalen Studentenalltag. Aber ich schätze, manches ändert sich.«

Vor allem, wenn du eine Zukunftsmail aus der Vergangenheit von deiner verstorbenen Schwester bekamst. Ich verstand nicht mal selbst, was genau Evie-Evers Worte in mir verschoben hatten. Nur dass sie es taten. *Sie war, ich bin*. Als hätte sie mir alles Antarktiswasser über den Kopf geschüttet. Zehnmal hintereinander. Als hätte sie mich in eine andere Galaxis entführt, mich drei Millionen Runden über weit entfernte Monde gejagt und dann gefragt: *Spürst du dich endlich? Haare, Sommersprossen, müde Augen, hellwach oder nicht, mir egal. Siehst du darunter? Siehst du dein Herz? Wie es pocht? Kannst du mit deinen Teppichfaserbädern aufhören? Kannst du ein bisschen mehr leben? Und fühlen? Und Menschen und Städte nicht verlassen, von denen du weißt, du wirst sie saudademäßig vermissen?*

Also hatte ich meine Bewerbung bei Durham zurückgezogen und stattdessen das Angebot für das Imperial College in London angenommen.

Mit dem Kalender kehrte ich in die Küche zurück und warf ihn in den Mülleimer. Die Mikrowelle piepte alle dreißig Sekunden, aber ich ging wieder in das Zimmer.

Kein Warten mehr.

Ich kniete vor dem Kleiderschrank nieder, um den Umzugskarton auszupacken. Den, den ich schon vor Jahren hätte leeren sollen. Da fiel mir der Schuhkarton aus Leyton daneben auf, nach dem ich zuerst griff. Beim Anblick des Unterwäschebilds zuckte ich nicht mal zusammen, hielt aber bei der hervorstehenden Papierecke im Tagebuch inne. Mit gerunzelter Stirn faltete ich das Blatt auseinander.

Und da waren sie also.

Nicks Finger, gezeichnet in Rom, über all die Jahre hinweg versteckt zwischen meinen aufgeschriebenen Gedanken.

Was geschah, als ich sie mit meinen eigenen Fingerspitzen nachfuhr, würde ich nie verstehen. In mir wurde es weit und eng zugleich. Eng in meinem Herz, als würde es sich vor lauter Stromschlägen zuschnüren. Weit in meinem Kopf, offengelegt vor lauter Möglichkeiten, weil ich das Gefühl hatte, ich wäre ein glühend unendliches Zahlensystem.

Kapitel 42

Olivia

~~Noch 140 Tage~~
Ist doch egal

Als ich aus der Piccadilly Line stieg, vermischte sich mein Herzdonnern mit London. Die Stadt roch nach Abgasen. Ein bisschen nach Frühling und ein bisschen nach Essen, obwohl das vielleicht nicht zusammenpasste. Aber London selbst war auch so. Hier traf das bebende Durcheinander auf alte Traditionen. London war eine Stadt, die sich häutete und ständig neu erfand. Ich meine, die Skyline änderte sich hier jährlich. Alles war in Bewegung, am Wachsen, Niedergerissen- und Wiederaufgebautwerden. London vibrierte, und London war nicht bloß eine Metropole. London war ein Gefühl, bestehend aus Doppeldeckerbussen, U-Bahnen, Pop-up-Stores und Beton.

An der Galerie angekommen, saß die mir bereits bekannte Mitarbeiterin hinter der Glasscheibe. Heute musste ich ein Ticket kaufen, also kassierte sie mich gelangweilt ab. Anschließend steuerte ich Nicks Bild an. Meine Füße traten so dicht an den Rahmen heran, als könnte ich mich selbst einatmen. Zitternd kramte ich seine Zeichnung aus der Jackentasche.

Ich umklammerte sie so fest, dass meine Nägel Halbmonde hinterließen.

Mir saß ein Kloß im Hals, während ich Nicks Version von mir ein weiteres Mal musterte und meine Gedanken sich überschlugen.

Eine Gedankenschleife nur für ihn.

Hier stehe ich also, Nick. In meinen Fingern die Finger, die du gezeichnet hast. Mit denselben Fingern, mit denen du mich auf Papier skizziert und gemalt hast. Ausgemalt aber haben deine Finger mich überall. In Treppenhäusern, in Heathrow, in deinem Bett, in meinem Bett, in Palermo. In Leyton. Es beginnt immer mit deinen Fingern. Deine Finger zerkratzen und zerdrücken und zerlieben. Du hast mich zerliebt, Nick. Ich bin so oft zwischen deinen Fingern zergangen, ich weiß nicht mehr, wie oft. Dabei bin ich doch die unbesiegbare Mathematikerin, selbst wenn ich es nie nach Oxford schaffe. Deine Finger stehlen sich nicht mehr unter den Gummi meiner Slips, dennoch sind sie überall. Überüberall, Nick. Wie geht das weg, wie gehst du raus, wie kann ich dich vergessen, wenn –

»Du klebst an seinen Fingern.«

Die fremde Stimme brachte meine Gedankenspirale zum Stehen. Drei Sekunden lang war ich davon überzeugt, sie sei Einbildung. Dann sprach sie weiter.

»Na ja, zumindest musst du an seinen Fingern geklebt haben. Er hat dich perfekt getroffen. Du bist ein echter Mensch, da im Rahmen. Du hast ihn wirklich berührt. Sonst funktioniert so ein Bild nicht.«

Ich drehte mich nach links und erblickte eine Frau. Vielleicht ein paar Jahre älter als ich. Ihre Haut war dunkel, ihr Zopf lang und ihr Nasepiercing metallisch schwarz. Verwirrt blinzelnd starrte ich sie an.

»Hi, übrigens«, sagte sie. »Ich bin Drake. Ich weiß nicht, ob er von mir erzählt hat.« Sie deutete auf das Bild, weil ich nichts sagte. »Er hat es selbst gekauft. Sechstausendfünfhundert Pfund, um das höchste Angebot zu überbieten. Dachte, es könnte dich interessieren. Ich würde ihm übrigens nicht verzeihen.«

»W… was?«

»Nick ist ein Mann, und ich verzeihe Männern nicht. Die kommen immer mit allem durch. Ich meine, er schlägt sogar ganz macholike Theo zusammen. Auf dem Geburtstag seines Vaters. Glaubt er, er sahnt damit einen Preis ab, oder was? So unnötig. Jemand muss mal *Stopp* sagen. Also bin ich jemand.«

»Ich …« Meine Stirn runzelte sich. »Sorry, aber wovon redest du?«

»Ich habe gestern aus Nick rausgequetscht, dass ihr geredet habt. Hat er es dir nicht erzählt?«

»Äh, nein?«

»Äh, okay?«

Drake machte sich über mich lustig, doch mir war nicht nach Lachen zumute.

»Was machst du überhaupt hier?«, fragte sie schließlich.

Keine Ahnung, keine Ahnung, keine Ahnung.

»Keine Ahnung«, sagte ich.

»Ist die beste von allen.« Sie deutete wieder auf das Bild. »Hätte ich dich gemalt, wären die Farbpfützen blau gewesen. Blau wie das Kleid von Alice im Wunderland. *Wie lange ist für immer?* Das fragt der Hase Alice. Kennst du die Geschichte? Er antwortet ihr *Manchmal ist es nur eine Sekunde.*« Sie lächelte. »Ja, du bist definitiv Alice-im-Wunderland-Kleid-Blau.«

Ich öffnete den Mund, sie jedoch deutete ein Winken an und verschwand. Unvermittelt. Ich würde mich für immer fragen, ob ich unsere Begegnung geträumt hatte.

Eigentlich wollte ich ebenfalls gehen, aber meine Sohlen schienen wie angewurzelt. Automatisch senkte mein Blick sich auf Nicks Zeichnung.

Du klebst an seinen Fingern von Drake.

Wenn du mich fragst, hat er sich einfach nicht getraut von Evie-Ever.

Nur deinetwegen, nicht meinetwegen von Nick.

Ich erinnerte mich an mein emotionales Ohr, das ständig piepte. Als müsste es mein nicht-fühlen-wollendes Herz kompensieren. Mein dunkles und mysteriöses Herz, das eigentlich bloß voll war von Schmerz und Angst.

An Wut festzuhalten war, wie einen Feuerstein zu werfen und sich selbst an ihm zu verbrennen.

Ich wusste nicht, was nach Wut kam.

Ich wusste nicht, was nach Verletztheit kam.

War das Heilung? War das Verzeihen? War das Lieben, obwohl man verletzt worden war?

Was ich wusste, war, dass die Kaugummi kauende Mitarbeiterin mir beim Rausgehen hinterherrief. Mit dem

Handy zwischen den Fingern und Nicks Chat geöffnet, als müsste ich unbedingt etwas sagen.

»Hey, du, warte!« Sie schob einen Zettel über den Tresen. »Drake meinte, ich soll dir das geben, falls du hoffnungsvoll wirkst. Keine Ahnung, was sie damit meinte. Die Alte hat einfach 'nen Knall. Aber das ist anscheinend für dich.«

Ich begutachtete das Post-it.

Eine Adresse.

Kapitel 43

Nick

Ein Klopfen an der Fensterscheibe ließ mich im Malen innehalten. Ich wandte den Kopf nach links und war mir sicher, ich träumte. Der Atem stockte mir, als ich Olivia vor dem Fenster entdeckte. Passanten gingen an ihr vorbei, nur sie verharrte bewegungslos auf dem Bürgersteig. Als wäre sie einmal in ihrem Leben genau dort angekommen, wo sie sein wollte.

Was, zum Teufel?

Die Scheibe trennte das Universum von meiner Kunstwelt. Jetzt trennte sie bloß Olivias Gesicht von mir. Rot geränderte Augen und eine blassere Haut als sonst. Sie trug abgetragene Chucks, die ich noch nie an ihr gesehen hatte.

»Kann ich reinkommen?«

Kannst du mich kneifen?

Das Fenster stand auf Kipp, sodass ihre Stimme mir gedämpft ins Ohr kroch. Meine Antwort war ein Nicken, und ich öffnete ihr die Tür. Wortlos betrat sie mein Atelier. Es war fünfzehn Quadratmeter klein und nach Norden ausgerichtet. Wegen des gleichbleibenden Lichts erwies sich das als äußerst günstig. Es roch alt, für mich jedoch brandneu. Gestern hatte ich die Schlüssel entgegengenommen. Es fehlten noch Möbel, Sekretär, Regale und ein weiterer Stuhl. Im Moment gab es nur Tuben, Leinwände und Farbflecken auf dem Boden.

»W... was machst du hier?«, fragte ich.

»Drake hat mir die Adresse gegeben.«

»Du hast dich mit ihr getroffen?«

»Ich bin ihr in der Galerie begegnet. Sie, ähm, hat mir erzählt, du willst das Bild selbst kaufen?«

Ich runzelte die Stirn. Wieso redete sie über meine Kunst, was war mit uns, und wieso war sie überhaupt hier? Was war mit ihrem verätzten Herzen?

»Natürlich kaufe ich das Bild selbst, Olivia.«

»Du musst das nicht machen.«

»Doch, ich –«

»Du könntest das Geld aus dem Verkauf stattdessen spenden. An den *Teenage Cancer Trust.* Ist das erste Ergebnis bei Google, wenn du *Krebs* und *Jugendliche* zusammen eingibst.«

»Möchtest du das?«

»Ja.«

»Okay.«

Wir schwiegen, aber unser Schweigen flimmerte elektrisch wie eine Stromleitung vor einem nackt-blauen Himmel.

»Das …« Sie sah sich erneut um. »Das ist also dein Atelier?«

Ich nickte.

Small Talk, keine wichtigen Fragen und ausweichende Blicke. Wahrscheinlich wusste sie nicht mal selbst, wieso sie hier war.

»Ist das ein Gesicht?« Plötzlich ging sie auf meine Staffelei zu. »Aus Wellen?«

Sie nahm die neue Version von *O-Heart* unter die Lupe. Diesmal malte ich ein ganzes statt ein halbes Gesicht, mit Wellen in allen möglichen Farbnuancen.

Als Olivia sich wieder mir zuwandte, lief auf unseren Kopfkinoleinwänden synchron derselbe Film ab.

Das wusste ich einfach.

Szenen von Wellen. Wellen, die wir malten, Szenen von Wellen in Italien. Wir, versunken zwischen Herzwellen und Rauschen während unseres ersten Kusses. Das erste Mal meine Hand in ihrem Slip. Das erste Mal Sex. Mit Mittelmeerluft zwischen unseren Körpern, später mit dem Geruch ihres Waschmittels in der WG. Dann Nahaufnahmen von ihrem Gesicht, rangezoomt an ihre Lippen.

Ich würde Ja sagen, Nick. Zu allem.

In meinem Kopf war es noch nie so schön.

Du hast mein Herz entkorkt.

Nahaufnahmen von ihren Augen, schwarz und schilfgrün zugleich, als wäre sie diejenige mit Heterochromie.

Ich bin so zerrissen und zerfetzt, vom immer selben Problem.

Du hast mein Herz verätzt.

Es –

»Es tut immer noch weh, Nick«, murmelte sie.

»Ich weiß.« Es brannte mir hinter den Augen. »Aber ich wollte dich wirklich niemals, niemals verletzen.«

Abermals zuckte ihr Blick zwischen der Leinwand und meiner Miene hin und her. Sie schluckte.

»Frag mich, wo ich gerade gern in meinem Kopf wäre, wenn ich es mir aussuchen könnte.«

»Olivia«, begann ich langsam. »Ich will nicht, dass –«

»Frag mich einfach, Nick.«

Okay.

»Wo wärst du gerade gern in deinem Kopf, wenn du es dir aussuchen könntest?«

»Hier. In deinem Atelier. Mit dir.« Sie schloss die Augen. »Weil ich dir dann sagen könnte, dass ich in Heathrow mehr als Ja hätte antworten sollen.«

»Wieso? Ich war froh, dass du mir überhaupt zugehört hast.«

»*Wieso.*« Sie zitterte wie im FOC. Olivia, ein Herzbebenmensch. »Weil es nicht einfach schwarz und weiß ist. Du hättest das Bild nicht malen dürfen. Aber ... es ist großartig, okay? Das bin ich. Du hast mich gesehen und verstanden. Jeden Teil von mir. Wie zum Teufel soll ich das jemals aus dem Kopf bekommen? Selbst wenn ich wollte? Ich habe es heute zum zweiten Mal in der Galerie besucht. Wenn ich es ansehe, sehe ich nicht mal mich selbst. Ich sehe nur dich, Nick. Überüberall. Alles, was ich im FOC gesagt habe, habe ich so gemeint. Du hast mir wehgetan mit dem Bild. Mit Theo. Du hast alle Stellen in meinem Herzen aufgekratzt und verletzt. Aber ich glaube dir, dass du mir nie wehtun wolltest. Ich …« Sie schüttelte den Kopf. »Ich will nicht ständig verletzt sein. Ich will heilen, wenn ich heilen kann. Ich will verzeihen, wenn ich verzeihen kann. Ich will mich nicht fragen, *was wäre, wenn?* Was wäre, wenn du das Bild nicht gemalt hättest? Was wäre, wenn ich vor dem Flieger mehr gesagt hätte? Ich meine, was wäre überhaupt, wenn wir uns in Dublin nie wiederbegegnet wären?«

»Wenn wir uns in Dublin nicht wiederbegegnet wären, würdest du jetzt nicht in der Fallon Gallery hängen«, murmelte ich mit rasendem Herzen.

Statt zu antworten, kramte sie ein Papierstück aus der Jackentasche. Sie faltete es auf und hielt es in meine Richtung. Mehrere Male musste ich blinzeln, um es als das zu erkennen, was es war.

Sie schwieg.

Sie lächelte.

Dieses Halblächeln, zögernd und leicht verschämt.

Da stand sie also, Olivia, inmitten meiner Kunst, fast blass in ihrer gesamten Schlichtheit, mit meinen Fingern zwischen ihren, ohne mich zu berühren.

»Aber soll ich dir etwas verraten?«, erwiderte sie. »Wenn wir uns nicht wiederbegegnet wären, hätte niemand sonst mein Herz berührt. Niemand. Wirklich niemand. Nie.«

Ich tappte auf sie zu, um eine Armlänge von ihr entfernt zu verweilen.

»Und du, Nick?«, flüsterte sie. »Wo wärst du gerade in deinem Kopf, wenn du die freie Wahl hättest?«

Schweigend tauschte ich die Bleistiftfinger gegen meine eigenen aus.

Ja.

Rote Wolken in meinem Herzen

Es ist Anfang Mai. Und es passiert an einem Freitag. Freitag, der Erste. Es ist nicht September und der Beginn des Monats, auf den ich mein gesamtes Leben lang gewartet habe. Neunhundertsiebenundachtzig Kreuze hätte ich am Ende für Oxford gesetzt, wäre ich dort angenommen worden und hätte meinen Kalender nicht weggeworfen. Jahrelang gehofft, jahrelang gebangt. Jahrelang gewartet. Vergeblich. Stattdessen werde ich im Herbst offiziell Studentin des Imperial College sein. Gestern kam die Antwort des Emilia-Graham-Stipendiums. Eine Standardabsage, in der sich die Organisation für die vielen Einsendungen bedankte und dazu ermunterte, es nächstes Jahr erneut zu versuchen. Nichts war nach Plan gelaufen, aber ich sage mir ständig, dass alles egal war, solange ich bin und bin und bin.

Bevor ich mein Zimmer verlasse, schweift mein Blick zu dem Bild, das über dem Bett hängt. Brennende Wolken, von Nick. Mittlerweile sind meine Wände nicht mehr nackt. Zwischen den Wolken verbirgt sich ein Gesicht.

Es könnte meins sein.

Es könnte Evie-Evers sein.

Dennoch wird mir zumeist warm ums Herz, wenn ich es betrachte. Als ich Nick das beiläufig verriet, verschränkte er lächelnd seine linken Finger mit meinen rechten. Anschließend gingen wir weiter, bis zur WG, hinauf in die dritte Etage und hinein in mein Zimmer. Ich sah die Wolken an, er mich, dann wurde alles noch wärmer.

Zehn Minuten später habe ich das vereinbarte Lokal fast erreicht. Über mir steigt ein Flieger in die Höhe. Wenn ich Flugzeuge von der Straße aus am Himmel erkenne, will ich immer winken.

Bestimmt wird das für immer so sein.

Während ich in die Great Eastern Street einbiege, erblicke ich ihn bereits durch die Glasscheibe des Cafés. Er hat einen Ecktisch gewählt und sitzt mit dem Rücken zur Tür. Als wäre Flüchten keine Option. Statt eines glatt gebügelten Hemds trägt er einen verwaschenen Hoodie. Er ist weiß. Ich frage mich, ob zwischen den Stofffasern die Luft der Freiheit weht. Mit den Fingern umklammert er eine Serviette, die er nervös in Fetzen reißt.

Da sitzt er also.

Der American Boy im United Kingdom.

Einen kurzen Moment bleibe ich stehen und denke an Evie-Ever. Ich denke an das Lächeln, das ich nur von Fotos kennen werde. Ich denke an ihre glänzenden Medaillen.

Ich denke an ihr verschwitztes Gesicht. Ich denke an ihre selbst geletterten Postkarten.

Ich denke an Saudade.

Anschließend betrete ich das Café.

Ich steuere auf seinen Tisch zu.

Ich lasse mich schluckend nieder.

Ich hole tief Luft.

»Wusstest du, dass es auf dem Atlas der Mathematik auf ewig weiße Flächen geben wird?«, frage ich.

Einfach so.

Danksagung

Vera Lucia Santos de Lima und Harald Kleemann,
Florence Welch für die grenzenlose Inspiration,
Tarryn Fisher für jeden Buchstaben,
Micha und insbesondere Klaus Gröner für ihre Superheldagentenkraft,
Greta Frank für das wunderbare Verlagszuhause und Vertrauen in meine Wolkenwelt,
Friedel Wahren für das scharfe und intensive Nebeldichten,
meinen Freundinnen für die Gespräche, Spaziergänge und Playlisten,
Sarah Sprinz für Unendlichkeit,
meinen Testleserinnen und meinem Testleser für jede Nachricht,
meiner Airline für die Sonnenuntergänge über den Wolken,
dem Universum für die Sternschnuppenwünsche, die in Erfüllung gegangen sind,

dem Universum für die Sternschnuppenwünsche, die nicht in Erfüllung gegangen sind,
jeder Leserin und jedem Leser meiner Romane und Instagramtexte für meine eigene Welt.

Sie liebt es, Pläne zu machen, er das Spontansein.

*Cover- und Preisänderungen vorbehalten

Kathinka Engel

Love is Loud – Ich höre nur dich

Roman

Piper Taschenbuch, 416 Seiten
€ 12,99 [D], € 13,40 [A]*
ISBN 978-3-492-06224-4

Ihr ganzes Leben lang hat Franziska vorausgeplant. Doch als sie sich für ein freiwilliges soziales Jahr in New Orleans entscheidet, zieht die laute, ungewöhnliche Stadt sie sofort in ihren Bann. Auf einem ihrer Streifzüge begegnet sie dem attraktiven und aufregenden Musiker Lincoln. Er lebt für den Moment, denkt nicht an morgen. Er entführt Franzi in eine Welt ohne Reue und konkrete Pläne, voller Farben, Musik und ansteckender Lebensfreude. Und auf einmal ist sie nicht mehr sicher, wie ihre Zukunft aussehen soll …

Leseproben, E-Books und mehr unter www.piper.de

Simsalaliebe!

* Cover- und Preisänderungen vorbehalten

Kelly Siskind

Love Like Magic

Roman

Aus dem kanadischen Englisch von
Tanja Hamer
Piper Taschenbuch, 400 Seiten
€ 12,99 [D], € 13,40 [A]*
ISBN 978-3-492-06186-5

Als die frisch getrennte Beatrice dem rätselhaften Show-Magier Huxley in die Arme läuft, sprühen schon nach kurzer Zeit die Funken. Kurzerhand fängt Bea als Assistentin für Huxley und seine Brüder an und wird von ihnen auf der Bühne in ominöse Zauberboxen gesteckt. Die nahezu greifbare Anziehungskraft zwischen Bea und Huxley könnte allerdings zum Problem werden. Denn der letzte Mann, dem Bea vertraut hat, hat sie gnadenlos ausgenutzt. Aber diesmal ist schließlich Magie im Spiel, und so scheint alles möglich …

Leseproben, E-Books und mehr unter www.piper.de